Zu diesem Buch

In der Heidelberger Polizeidirektion herrscht große Aufregung: Eine internationale Wirtschaftstagung steht bevor, ein amerikanischer Minister wird daran teilnehmen, und es gibt ernst zu nehmende Hinweise auf einen drohenden Terroranschlag. Zu seinem Missfallen muss Kripochef Alexander Gerlach sein Büro mit einer Kollegin vom BKA teilen, einer Zielfahnderin, die die Spur einer ehemaligen RAF-Terroristin aufgenommen hat. Mitten im Trubel werden in einem abgebrannten Haus zwei verkohlte Leichen gefunden. Als sich die Anzeichen verdichten, dass auch einer der Toten Verbindungen zur RAF hatte, nimmt Gerlach die Theorien seiner ungeliebten Bürogenossin allmählich ernst. Während er fieberhaft versucht, die Pläne der Terroristin vorauszudenken, kommt es zu Protesten von Globalisierungsgegnern, und seine halbwüchsigen Töchter beginnen sich mit dem radikalen Teil der Demonstranten zu solidarisieren. Keine einfache Situation für den Kripochef, der sich zudem mit seiner Geliebten auseinandersetzen muss, die eifersüchtig auf seine neue Kollegin ist – nicht ganz zu Unrecht, wie sich zeigt. Buchstäblich in letzter Sekunde erkennt Gerlach, dass er einen entscheidenden Fehler begangen hat ...

Wolfgang Burger, geboren 1952 im Südschwarzwald, ist promovierter Ingenieur und als Leiter einer Forschungsabteilung am Karlsruher Institut für Technologie KIT tätig. Er ist verheiratet, hat drei erwachsene Töchter und lebt in Karlsruhe. Seit 1995 schreibt er Kriminalromane und hin und wieder auch Kurzgeschichten. Die Fangemeinde seiner Alexander-Gerlach-Krimis wächst unaufhaltsam.
Weiteres zum Autor: www.wolfgang-burger.com

Wolfgang Burger

DIE FALSCHE FRAU

Ein Fall für Alexander Gerlach

Piper München Zürich

Mehr über unsere Autoren und Bücher:
www.piper.de

Von Wolfgang Burger liegen bei Piper vor:
Heidelberger Requiem
Heidelberger Lügen
Heidelberger Wut
Schwarzes Fieber
Echo einer Nacht
Eiskaltes Schweigen
Der fünfte Mörder
Die falsche Frau

Originalausgabe
April 2012
© 2012 Piper Verlag GmbH, München
Umschlagkonzept: semper smile, München
Umschlaggestaltung: Hauptmann und Kompanie Werbeagentur, Zürich,
unter Verwendung eines Fotos von plainpicture / Arcangel
Satz: Kösel, Krugzell
Gesetzt aus der Sabon
Papier: Munken Print von Arctic Paper Munkedals AB, Schweden
Druck und Bindung: CPI – Clausen & Bosse, Leck
Printed in Germany   ISBN 978-3-492-27258-2

Für Hilde

1

Unser deutsches Strafrecht definiert Mord als » Tötung eines Menschen aus Mordlust, zur Befriedigung des Geschlechtstriebs, aus Habgier oder sonst aus niedrigen Beweggründen, heimtückisch oder grausam oder mit gemeingefährlichen Mitteln oder um eine andere Straftat zu ermöglichen oder zu verdecken«.

Keines dieser Motive trifft auf mich zu. Viele sagen sogar, ich hätte aus einem der besten Motive gehandelt, nämlich um einem Menschen das Leben zu retten. Das ist aber nicht wahr. Als ich abdrückte, war es bereits zu spät. Da gab es schon nichts mehr zu retten. Ich habe einen Menschen getötet. Sinnlos. Ohne jeden vernünftigen Grund. Wie ich es auch drehe und wende – mein Gewissen nennt es Mord.

»Wir sind hier nicht in Heiligendamm!«, stieß ich hervor und hätte um ein Haar mit der flachen Hand auf den Tisch geschlagen. »Sie können nicht einfach einen Zaun um die Stadt herum bauen und jeden, der hineinwill, einem Sicherheitscheck unterziehen.«

»Die Deutsch-Amerikanischen Wirtschaftsgespräche sind ja auch nicht mit einem G8-Gipfel zu vergleichen«, erwiderte Keith Sneider mit seinem undurchschaubaren und immer eine Spur überheblichen Grinsen. »Und niemand hat vor, Ihr schönes Heidelberg einzuzäunen.«

Seine freundliche Herablassung war mir noch bei jeder dieser ebenso lästigen wie langweiligen Vorbereitungssitzungen auf die Nerven gegangen. Was mich jedoch noch mehr ärgerte, war, dass ich mich bei diesen Veranstaltungen regelmäßig unwichtig und überflüssig fühlte. Und wer fühlt sich schon gerne unwichtig und überflüssig?

»Ich bin wirklich sehr gespannt, wie Sie die Lage im Griff behalten wollen, wenn hier ein paar Tausend Anarchos aufkreuzen – und sie werden kommen, darauf können Sie Gift nehmen. Angenommen, die ziehen vors Tagungshotel, um es in Brand zu stecken?«

Ich hielt es für eine ausgemachte Schnapsidee, diese Wirtschaftsgespräche ausgerechnet mitten in Heidelberg abzuhalten.

Dr. Fred Höger, ein junger Schnösel und, wenn ich richtig verstanden hatte, Vertreter des persönlichen Referenten von irgendjemandem, der ungeheuer wichtig war, klopfte mit gepflegten Knöcheln auf den blank polierten Tisch. »Meine Herren«, sagte er betreten. »Meine Herren, bitte.«

Wir saßen in einem der größeren Besprechungsräume des Heidelberger Rathauses. Der Tisch, um den herum sich heute knapp fünfzehn Personen mit sorgenvollen Mienen versammelt hatten, war aus vornehm schimmerndem Mahagoni.

Ich beschloss, für den Rest der Sitzung den Mund zu halten, nahm die Brille ab und lehnte mich zurück. Ich dachte an Theresa, meine Geliebte. Gestern war Dienstag gewesen, unser Abend. Wie üblich hatten wir uns in unserer kleinen Zweizimmerwohnung getroffen, die wir einzig zu dem Zweck angemietet hatten, um einen Ort zu haben, wo wir uns treffen und lieben konnten. Theresa hatte mir von ihrem neuen Buchprojekt erzählt, das keine rechten Fortschritte machte. Schon zum dritten Mal hatte sie wieder von vorn begonnen, und wieder war sie nach zehn Seiten stecken geblieben, weil sie die Geschichte plötzlich doof fand. Wir hatten gelacht und herumgealbert und später lange geschwiegen. Es gab diese Abende, da fühlte unsere Liebe sich immer noch und immer wieder jung an wie am ersten Tag. Ich schrieb ihr – das Handy sittsam unter dem Tisch – eine ausführliche und ziemlich gefühlvolle SMS, und sie antwortete so postwendend, als hätte sie mit den Daumen auf der Tastatur gewartet.

Derweil wurde eifrig weiterdiskutiert, aber die Stimmen schienen in den letzten Minuten leiser geworden zu sein. Das Gerede perlte von mir ab, und plötzlich fühlte ich mich wie vor dreißig Jahren im Schulunterricht. Fünfte Stunde, stickige Luft, draußen Regen, die leiernde Stimme der Mathelehrerin weit, weit weg. Das Leben, das, worum die Welt sich eigentlich drehte, unerreichbar fern.

Erst vor wenigen Monaten war Theresas erstes Werk erschienen, ein historisches Sittengemälde, in dem es im Wesentlichen um die Frage ging, wer es am Heidelberger Hof des siebzehnten und achtzehnten Jahrhunderts wie oft mit wem getrieben hatte.

Heute war Mittwoch, der achte September. Noch fünf Wochen bis zum Beginn der Wirtschaftsgespräche, zu deren Vorbereitung ich zurzeit nahezu täglich in irgendwelchen Besprechungen meine Zeit totschlug.

Noch fünf Wochen und zwei Tage – bis zu der Stunde, in der ich zum Mörder werden sollte.

2

»Paps, warum ist auf einmal so viel Polizei in der Stadt?«, fragte Sarah am Abend, ehe sie herzhaft in ihr Käsebrötchen mit dicken Gurkenscheiben biss. Mit zu vollem Mund sprach sie weiter: »Stimmt es, dass der amerikanische Präsident nach Heidelberg kommt?«

»Um Himmels willen, nein! Nur der Wirtschaftsminister kommt. Und sein deutscher Kollege und, wenn wir Pech haben, auch noch die Bundeskanzlerin. Es ist eigentlich eine ziemlich kleine und unwichtige Tagung, und sie dauert auch bloß zwei Tage.«

»Es geht um die Wirtschaftskrise, stimmt's?«

»Ja. Es geht darum, dass die Amerikaner aus Sicht der deutschen Regierung zu viele Schulden machen und wir aus Sicht der Amerikaner zu wenige.«

»Und wieso ausgerechnet bei uns?«

»Ich nehme an, weil alle Amerikaner Heidelberg toll finden.«

»Hast du viel Stress deshalb?«, erkundigte sich Louise mitfühlend, die zweite und eine halbe Stunde jüngere meiner Zwillingstöchter.

In zehn Tagen würden die beiden endlich das magische Alter von sechzehn Jahren erreichen, und ich hatte noch kein einziges Geburtstagsgeschenk für sie gekauft. Schon vor Wochen hatten sie mir ihre Wunschzettel überreicht, die überwiegend Kleidung mit exakt angegebenen Quellen, Größen und Preisen auflisteten, was mir die Sache sehr erleichtern würde. Was mir jedoch immer noch fehlte, waren Ideen für einige dem Anlass würdige Überraschungsgeschenke. Etwas, womit sie nicht rechneten und worüber sie sich freuten. Laptops wünschten sie sich sehnlichst, hatten sie in letzter Zeit immer wieder durchblicken lassen. Aber ein halbwegs ordentliches Gerät kostete vier- bis fünfhundert Euro, und der Nachteil bei Zwillingen war, dass man alles immer gleich doppelt brauchte. Schmuck war riskant, auf der anderen Seite nicht so teuer. Geld fand ich pietätlos, Gutscheine eine Bankrotterklärung der väterlichen Phantasie, auf die ich nur im äußersten Notfall zurückgreifen würde. Bücher schätzten sie nicht so, und CDs waren nicht mehr angesagt. Musik kam heute auch in Polizistenhaushalten irgendwie aus dem Nichts.

»Stress eigentlich nicht«, beantwortete ich Louises Frage. »Bisher wird nur viel geplant und noch mehr geredet.«

»Musst du die Politiker beschützen, wenn sie da sind?«

Ich hatte den Mund schon offen, um die Frage zu verneinen, entschied mich jedoch anders: »Im Prinzip schon, ja.« Wenigstens vor meinen Töchtern wollte ich mich ein wenig groß und wichtig fühlen. »Natürlich nicht allein. Da kommen jede Menge wichtige Leute vom BKA. Und die Amis haben auch schon eine halbe Kompanie Sicherheitskräfte geschickt, die sich Sorgen um das Leben ihres Ministers machen.«

»Haben sie Angst vor Terroranschlägen?«

»Amerikaner haben heutzutage immer Angst vor Terroranschlägen.«

Wegen der Geschenke musste ich unbedingt Sönnchen fragen, meine Sekretärin. Ich machte mir eine Notiz mit Ausrufezeichen im Kopf und fragte mich, ob es nicht allmählich an der Zeit war, mir eines dieser elektronischen Hosentaschengedächtnisse zu kaufen, wie sie heute fast jeder mit sich herumtrug. Bisher war ich immer zu stolz gewesen, mir diese Blöße zu geben. Auch sein Erinnerungsvermögen muss man regelmäßig trainieren, verkündete ich, wenn ich darauf angesprochen wurde. Das Dumme war nur, dass mein Training anscheinend nicht fruchtete und ich immer öfter etwas vergaß. Hin und wieder auch Wichtiges.

3

Längst glich unsere sonst eher friedliche Polizeidirektion einem überfüllten Hühnerstall. Zweiundzwanzig Beamtinnen und Beamte des Bundeskriminalamts beglückten uns inzwischen mit ihrer Anwesenheit und ließen uns tagtäglich fühlen, dass wir Landpomeranzen keinen Schimmer von den Problemen und Gefahren des politischen Lebens hatten. Etwa die Hälfte kam von der Abteilung Polizeilicher Staatsschutz in Wiesbaden, der Rest von der Sicherungsgruppe Berlin. Die zweite Gruppe umfasste auch die Kolleginnen und Kollegen, die während der Tagung für den unmittelbaren Personenschutz zuständig sein würden. Und natürlich – jeder sah es ein – brauchte jeder zumindest ein Eckchen in irgendeinem Büro, einen Schreibtisch, einen Stuhl, ein Telefon. Außerdem – jeder verstand es – benötigten sie für den Fall der Fälle die Nähe der örtlichen Polizeibehörde, Zugriff auf unsere Infrastruktur, Ortskenntnis, EDV und Kantine. So waren meine Untergebenen ohne allzu lautes Murren zusammengerückt, hatten Möbel gerückt, in jede freie Ecke noch einen alten Schreibtisch gequetscht. Es würde ja nicht ewig dauern.

»Guten Morgen, Herr Gerlach«, begrüßte mich Sönnchen wie immer strahlend.

Ihr bürgerlicher Name lautete Sonja Walldorf, aber sie hatte vom ersten Tag unserer Zusammenarbeit an darauf bestanden, auch von mir Sönnchen genannt zu werden, weil jeder sie so nannte. Meine treue Sekretärin schien die Einzige im Haus zu sein, die sich ihre gute Laune von der Enge und Hektik nicht verderben ließ.

»Stellen Sie sich vor, jetzt wollen sie noch wen schicken!«

»Wer?« Ich hängte mein Jackett an den Garderobenständer und krempelte die Ärmel meines Hemds hoch. »Wer schickt wen?«

»Wiesbaden. Vorhin haben sie angerufen, ob wir nicht noch irgendwo ein Plätzchen frei hätten.«

»Die haben Nerven. Im Keller vielleicht?«

Sie lachte herzlich. »Ich hab auch gesagt, dass wir jetzt schon aus allen Nähten platzen. Außerdem hat eine Frau für Sie angerufen.«

»Hoffentlich nicht schon wieder jemand vom Fernsehen?«

»Nein, keine Journalistin diesmal. Cappuccino wie immer?«
Ich nickte. »Und was will diese Frau von mir?«

Sie sprang auf und machte sich an unserem Kaffeecomputer zu schaffen, der in den paar Monaten, die er nun bei uns stand, schon drei Mal für teures Geld hatte repariert werden müssen.

»Wollt sie mir nicht verraten. Sie ruft später wieder an.«

»Liebekind hat schon gewusst, warum er sich rechtzeitig abgesetzt hat!«

Sönnchen lachte schon wieder. Die Maschine begann, geschäftig zu brummen. Mein direkter Vorgesetzter, Leitender Polizeidirektor Doktor Egon Liebekind, hielt zurzeit seine jährliche Blockvorlesung an der Hochschule der Polizei in Münster und hatte mich mit der Last der Verantwortung allein gelassen. Als Chef der Kriminalpolizei fungierte ich während seiner Abwesenheit automatisch als sein Stellvertreter. Immerhin hatten wir so ein wenig Platz gewonnen und in seinem Büro vorübergehend einen aufgeblasenen Polizeidirektor aus Berlin namens von Lüdewitz einquartieren können. Leider hatte dies schon nach wenigen Tagen dazu geführt, dass Petra Ragold – Liebekinds Sekretärin – begann, öffentlich über ihre fristlose Kündigung nachzudenken. Interkulturelle Verständigungsprobleme gab es offenbar nicht nur zwischen Deutschen und Amerikanern, sondern auch zwischen Badenern und Preußen.

Auf dem Flur draußen begannen ein Mann und eine Frau zu streiten. Offenbar wurde man sich nicht einig, wer zuerst am Kopierer gewesen war.

»Vergessen Sie Ihre Sitzung nicht, Herr Gerlach«, ermahnte mich Sönnchen. »Um neun im Rathaus, wie üblich.«

»Wie lange dauert das denn noch mit unserem Dach?«

Während eines der ungezählten Gewitter, die uns den August verdorben hatten, war das Flachdach unserer noch gar nicht so alten Polizeidirektion undicht und unser großer Besprechungsraum Opfer eines verheerenden Wassereinbruchs geworden.

»Gestern sind wieder mal zwei Männer da gewesen und haben ein bisschen Kies hin und her geschaufelt. Nächste Woche wollen sie fertig werden, heißt es.«

Während ich eilig meinen Cappuccino schlürfte, blätterte ich im Stehen die Post durch. Irgendwo im Haus fiel etwas klirrend zu Boden. Eine Frau fluchte auf Hessisch.

»As you can see on ... ähm ... my first slide ...«, stotterte eine sehr schlanke Kollegin vom BKA und fuchtelte mit einem grünen Laserpunkt herum. Ihr langes, glattes Haar leuchtete in einem Rot, das viel zu schön war, um echt zu sein. Sie trug ein Kostüm, dessen Tannengrün fast schmerzhaft perfekt zur Haarfarbe passte, und sprach ein ganz grauenerregendes Englisch.

Heute ging es wieder einmal um mögliche Bedrohungsszenarien für unsere hohen Gäste. Das BKA präsentierte seine Sicht der Dinge. »The darker the red background of a group, the higher we ... ähm ... suppose the risk ...«

Der Laserpunkt zuckte und zitterte von Kästchen zu Kästchen. Natürlich konnte man islamistische Terroranschläge nicht ausschließen. Das konnte man seit Nine Eleven schließlich nie. Um tibetische Protestgruppen brauchten wir uns dagegen weniger Gedanken zu machen, da keine Chinesen anwesend sein würden. Mit massivem Auftreten autonomer Gruppen, Randalierer und Berufsdemonstranten – auch aus dem Ausland – war dagegen in jedem Fall zu rechnen. Zudem war zu befürchten, dass sich im Fahrwasser der Chaoten auch Einzeltäter bewegten, die zu allem Möglichen und Unmöglichen entschlossen waren. Verrückte, Fanatiker, von irgendeinem Gott Berufene.

»Diese Sorte macht mir keine Sorgen«, fiel Keith Sneider der Polizeirätin gelassen ins Wort. Obwohl US-Amerikaner, sprach er perfekt Deutsch, witzigerweise mit Kurpfälzer Akzent. Wie ich von Sönnchen erfahren hatte, war er vor Jahren für einige Zeit als GI in Heidelberg stationiert gewesen. »Potenzielle Attentäter werden eine Menge Know-how, Infrastruktur und Intelligenz benötigen, um sich den Ministern auch nur auf Sichtweite zu nähern. Chaoten und Spinner haben keine Chance. Die können wir vergessen.«

Womit er vermutlich recht hatte. Mit denen würden nämlich wir, die Heidelberger Polizei, uns herumprügeln dürfen.

Sneider war älter als ich, schon weit über fünfzig, hatte strohblondes, achtlos geschnittenes Haar und wirkte im Gegensatz zu seinen jungen, vor Kraft und Ehrgeiz strotzenden Begleitern wie ein Mensch, der das Leben zu genießen wusste und keinen Spaß dabei fand, sich in aller Herrgottsfrühe mit sportlicher Betätigung zu quälen. Bisher war ich nicht recht schlau aus dem Mann geworden. Einen Tag gab er sich freundlich und entspannt, am nächsten konnte er gereizt und arrogant sein bis zur Ungenießbarkeit.

»Therefore the background is only ... ähm ... lightred, as you can see«, versetzte die Kollegin leicht gekränkt.

So ging das nun schon seit Wochen: Jede der an den Vorbereitungen beteiligten Organisationen musste unentwegt ihre Wichtigkeit unter Beweis stellen. Jeder musste jeden Tag aufs Neue sich selbst und alle anderen davon überzeugen, wie ungeheuer klug und unverzichtbar er war. Ein ständiges Gehacke und Gespreize und Gepluster.

Ich tat, was ich inzwischen immer öfter tat: Ich hielt den Mund und sah hin und wieder auf die Uhr. Als stellvertretender Chef der ortsansässigen Polizei war ich ohnehin nur ein kleines Rädchen im großen Getriebe. Für die Sicherheit der Politiker waren in erster Linie die BKA-Leute zuständig. Dabei wurden sie unterstützt von der Delegation aus den USA, welche von Keith Sneider angeführt wurde. Längst waren zur Abwehr gewaltbereiter Demonstranten tonnenweise Absperrgitter geordert. Hundertschaften Bereitschaftspolizei aus ganz Deutschland würden herangekarrt werden, für die zurzeit immer noch händeringend Massenunterkünfte gesucht wurden.

Aber all das ging mich im Grunde wenig an. Die Verantwortung trugen andere, und ich war nicht eine Sekunde traurig deswegen. Meine Leute und ich halfen mit unserer Kenntnis der örtlichen Gegebenheiten und Eigenheiten und würden selbst im unwahrscheinlichen Krisenfall nur flankierend tätig werden.

Keith Sneider saß links neben mir. Er kam aus Washington, DC, und laut seiner Visitenkarte arbeitete er für irgendeine Abteilung des US-Außenministeriums mit dem Kürzel »SHG«. Das »S« stand für »Security«, vermutete ich. Den Rest hatte ich noch nicht herausgefunden. Schon am ersten Tag hatte ich gemutmaßt, er stehe in Wirklichkeit im Dienst der CIA oder der NSA. Im Gegensatz zum Rest der eitlen Meute hatte ich Sneider von Beginn an nicht gerade gemocht, aber doch geschätzt, auch wenn er mir hin und wieder mit seiner herablassenden Art auf die Nerven ging. Er schien mir der einzige Vernünftige zu sein in diesem Hühnerhof der Eitelkeiten.

Vorhin hatte er mir erzählt, weshalb er so gut Deutsch sprach: Während seiner Stationierung in Heidelberg als Offizier der US-Army hatte er seine Frau gefunden, eine in der Wolle gefärbte Handschuhsheimerin, und sie später in die Staaten exportiert. Deshalb sprach er Deutsch mit kurpfälzischem Einschlag und kannte die Stadt vermutlich besser als mancher Einheimische.

Neben ihm aufgereiht saßen vier seiner Mitarbeiter, alle gut gebräunte und athletisch gebaute Kerle, die auf Surfbrettern eine wesentlich bessere Figur gemacht hätten als in ihren dunklen Anzügen. Daneben zwei interessiert dreinblickende Damen mittleren Alters in marineblauen Kostümen. Die sechs blieben die ganze Zeit stumm. Ich war mir nicht einmal sicher, ob sie der Diskussion folgen konnten, die teils auf Englisch, teils auf Deutsch geführt wurde. Dennoch wirkten sie auch nach anderthalb Stunden Langeweile immer noch hellwach, jede Sekunde bereit, zur Waffe zu greifen und sich für irgendwen ins Feuer zu werfen.

Mir gegenüber saß eine Reihe ernster Herren vom BKA, blasser als die Amerikaner und wesentlich unsportlicher, aber selbstverständlich ebenfalls in gepflegten Anzügen. Ich selbst trug aus stillem Protest Jeans zu einem legeren Sakko und war offenbar auf die falsche Seite geraten.

Die rothaarige Kollegin kam endlich zur letzten Folie und bedankte sich für unsere Aufmerksamkeit.

»Well«, ergriff Sneider das Wort. »Thank you very much for your brilliant presentation ...«

Nun wurde eine Weile diskutiert und abgewogen, und am Ende kam man zu dem Ergebnis, zu dem ich gleich zu Beginn gekommen war: Man konnte nichts sagen. Vieles war möglich, manches bedenklich, weniges wahrscheinlich. Die Amerikaner sahen die größte Gefahr in militanten Islamisten, in Selbstmordattentätern, die sich auf die Zärtlichkeiten von siebzig Jungfrauen freuten, in erzwungenen Flugzeugabstürzen, Raketenangriffen von den Höhen des Heiligenbergs. Die BKA-Leute hielten mehr oder weniger alles für möglich, sahen jedoch bisher keine ernst zu nehmende Bedrohung von irgendeiner Seite.

Um Angriffe aus der Luft praktisch unmöglich zu machen, würde der zivile Luftverkehr für die Dauer der Tagung Umwege fliegen müssen. Auf Militärflugbasen der Amerikaner in der Pfalz würden voll bewaffnete Abfangjäger in ständiger Alarmbereitschaft stehen. All das war nicht neu und schon seit Monaten beschlossen. Meine Augenlider sanken herab. Das Hin und Her der Stimmen wurde leiser und dumpfer.

Als ich hochschrak, lächelte Sneider mich in einer Mischung aus diebischem Mitgefühl und Neid an. Ich lächelte verwirrt zurück und bemerkte erst mit Verzögerung, was mich aus meinem wohlverdienten Sitzungsschlummer gerissen hatte: Das Handy surrte aufgeregt in der Brusttasche meines Jacketts. Es war Sönnchen. Wenn sie mich auf dem Handy anrief, dann war es wichtig. Außerdem war der Anruf eine prima Gelegenheit, ein wenig frische Luft zu schnappen. So nickte ich wichtig in die Runde und sprang auf.

»Sie ist schon da«, raunte meine Sekretärin, als ich die schwere Tür hinter mir ins Schloss zog.

»Wer?« Ich räusperte mich. Meine Stimme war noch nicht ganz wach. »Wer ist da?«

»Die Kollegin vom BKA, von der wir vorhin gesprochen haben.«

»Und um mir das zu sagen, rufen Sie mich aus einer Besprechung?«

»Wir wissen nicht, wohin mit ihr. Wir haben im ganzen Haus keinen einzigen Schreibtisch mehr frei. Und da haben wir gedacht, die Petra, also die Frau Ragold, und ich ...«

»Warum stecken Sie die Frau nicht einfach zu diesem Herrn von ... wie heißt er noch gleich?«

»Von Lüdewitz.«

»Liebekinds Büro ist ja wohl groß genug für zwei.«

»Haben wir auch gedacht. Aber der Herr möchte das nicht. Ist anscheinend unter seiner Würde.«

»Und jetzt?«

Sönnchen atmete tief durch.

»Also, Herr Gerlach, wir haben gedacht, Sie haben doch auch ein ziemlich großes Büro. Und die Frau vom BKA sagt, sie braucht bloß einen ganz kleinen Schreibtisch und einen Stuhl und ein

Telefon und ein Eckchen, wo sie sitzen kann. Sogar ihren eigenen Laptop hat sie dabei. Ich hab mir auch schon überlegt, wo …«

»Haben Sie sie schon gesehen?«

»Gesehen? Wen?«

»Diese Kollegin.«

»Ja klar.«

»Und wie ist sie so?«

»Nett. Sehr sympathisch. Und eher von der stillen Sorte. Sonst hätt ich mich auch gar nicht getraut, Sie zu fragen.«

»Und Sie finden, meine Würde ist nicht so hoch wie die von Herrn von Lüdewitz? Mir kann man schon irgendwelche Fremden ins Büro setzen?«

»Ich finde, Sie sind ein vernünftiger Mensch, Herr Gerlach.«

»In Gottes Namen«, seufzte ich, da genau in diesem Moment die Doppeltür des Sitzungsraums aufsprang und die angeregt plaudernden Damen und Herren herausströmten. »Aber wenn sie mir auch nur das kleinste bisschen auf den Geist geht, dann finden Sie eine andere Lösung, versprochen?«

Ich winkte Keith Sneider, er möge auf mich warten.

»Sie wird Ihnen nicht auf die Nerven gehen. Frau Guballa ist wirklich eine Ruhige. Und hässlich ist sie übrigens auch nicht.« Aus irgendeinem Grund schien meine Sekretärin plötzlich böse mit mir zu sein.

Sneider stand breit grinsend vor mir und sah mich erwartungsvoll an.

»Was machen Sie eigentlich so an den Abenden?«, fragte ich und steckte das Handy ein.

»Oh, wir … will sagen, meine Frau hat eine Menge Verwandtschaft hier und alte Freunde. Mir wird nicht langweilig, falls Sie das befürchten.«

»Hätten Sie trotzdem Lust, mal gelegentlich ein Glas mit mir zusammen zu trinken?«

Sneider zeigte zwei Reihen bestens gepflegter Nussknackerzähne und schlug mir kräftig auf die Schulter.

»Aber gerne. Sagen Sie einfach, wann und wo. Ich freue mich auf einen zünftigen Männerabend und ein gutes Glas Wein. Allmählich kann ich keine Verwandtschaft mehr sehen, und außerdem trinkt Margots Anhang nur Bier.«

4

»Diese Frau hat schon wieder angerufen«, eröffnete mir Sönn-chen mit abgewandtem Blick, als ich mein Vorzimmer betrat. »Es sei wichtig, sagt sie. Soll ich ihr beim nächsten Mal Ihre Handy-nummer geben?«

Aus meinem Büro kam gerade der schwitzende und schnau-fende Hausmeister, gefolgt von einer unscheinbaren, ebenfalls ein wenig atemlosen dunkelhaarigen Frau in dunkelbraunen Cord-jeans und einer Bluse in etwas hellerem Braun. Die Farbe ihres halblang und praktisch geschnittenen Haars lag irgendwo dazwi-schen. Auf der kleinen Nase trug sie eine schmale Brille mit reh-braunem Horngestell. Im Kinn hatte sie ein kleines Grübchen.

»Auf gar keinen Fall!«, fuhr ich Sönnchen an. »Auf keinen Fall geben Sie irgendwelchen Leuten meine Handynummer!«

»Sie klingt ...« Sönnchen sah die Fremde an und nickte ihr übertrieben freundlich zu. »Ich glaub, sie ist ziemlich verzweifelt. Sie sagt übrigens, Sie kennen sich.«

Die braune Frau stand mit ausgestreckter Hand und verlege-nem Lächeln vor mir.

»Guballa«, sagte sie mit dunkler Stimme. »Danke, dass Sie mir Asyl gewähren. Helena, wenn Sie mögen.«

Ich drückte ihre warme, weiche Hand und sagte gleichzeitig zu Sönnchen: »Wie heißt diese Frau denn, die mich angeblich kennt?«

»Will sie nicht sagen.«

Ich ließ die Hand wieder los. Der Hausmeister, der wegen irgendetwas wütend zu sein schien, knallte brummelnd die Tür hinter sich zu.

»Sie behauptet, sie kennt mich, aber ihren Namen will sie nicht verraten?«

Sönnchen zuckte verstockt die Achseln, wies auf die Frau neben mir. »Sie haben sich ja schon bekannt gemacht, sehe ich.«

Die Frau in Cordjeans lächelte inzwischen nicht mehr.

»Entschuldigung«, sagte ich und reichte ihr ein zweites Mal die Hand. »Hier geht's gerade ein bisschen drunter und drüber, wie Sie sehen. Sie sind also meine neue Bürogenossin. Na dann, auf gute Koexistenz.«

Jetzt lächelte sie wieder. »Guballa. Helena, wenn Sie mögen.«

Sie roch nach nichts. Nicht nur ihre Hand war weich, auch ihre Bewegungen, ihr ganzer Körper schien es zu sein. Die Jeans spannte ein wenig um die Hüften.

»Gerlach«, sagte ich. Das fehlte noch, dass irgendwelche wildfremden Kolleginnen mich gleich am ersten Tag mit dem Vornamen anredeten. »Was wird Ihre Aufgabe sein, wenn ich fragen darf?«

Ich bat Sönnchen um einen zweiten Cappuccino und betrat, gefolgt von meiner neuen Mitbewohnerin, mein Büro, wo mittlerweile zwischen Fenster und Wand gequetscht ein kleiner Schreibtisch stand. Schon mit Telefon, aber noch ohne Stuhl. Kurz entschlossen packte ich einen meiner vier Besucherstühle und stellte ihn vor den Schreibtisch, der aussah, als hätte er schon einige Jahre im Keller seiner Entsorgung entgegengemodert.

»Ich bin Zielfahnderin«, sagte die Frau in meinem Rücken schüchtern.

»Und nach wem werden Sie fahnden?«

»Judith Landers. Der Name sagt Ihnen etwas?«

»Da war mal irgendwas mit der RAF, nicht wahr?«

Helena Guballa trug keinen Schmuck. Kein Ring, nichts an den Ohren, nicht einmal ein dünnes Kettchen um den Hals. Ihre Nägel waren kurz geschnitten und unlackiert. An manchen Fingern waren sie so kurz, als würde hin und wieder an ihnen genagt.

»Ich bin hier in Heidelberg«, erklärte sie ernst, »weil es gewisse Signale gibt, dass sie einen Anschlag plant.«

»Auf wen?«

»Vermutlich auf Ron Henderson.«

»Den amerikanischen Wirtschaftsminister?«, fragte ich ungläubig und setzte mich hinter meinen Schreibtisch, während sie stehen blieb. »Sie meinen … einfach so? Im Alleingang?«

In diesem Augenblick summte mein Telefon.

»Die Dame, die ihren Namen nicht verraten will«, sagte Sönnchen knapp und stellte durch.

»Guten Tag, Herr Gerlach«, hörte ich im nächsten Augenblick eine Frauenstimme sagen, die mir tatsächlich bekannt vorkam. »Bitte verzeihen Sie, dass ich Sie einfach so überfalle, aber … ich …«

Ich beobachtete, wie Helena Guballa sich probeweise auf ihren blauen Polsterstuhl setzte, ihn zurechtrückte und dann begann, aus einem schwarzen Aktenkoffer einen weißen Laptop herauszunehmen und auf ihrem Schreibtischchen aufzubauen.

»Hallo?«, sagte ich in den Hörer, aus dem Geräusche drangen, als würde die Frau am anderen Ende der Leitung um Atem ringen. »Sind Sie noch da?«

»Es ist so entsetzlich«, erwiderte meine namenlose Gesprächspartnerin mit erstickter Stimme. »Ich … Bitte verzeihen Sie …«

Der Laptop wurde mit einer Steckdose verbunden, wozu die Zielfahnderin auf allen vieren unter den Tisch krabbeln musste und sich heftig den Kopf stieß. Offenbar hatte sie vor, unverzüglich mit dem Fahnden zu beginnen.

»Es geht um meinen Sohn«, sagte die Frau am Telefon mit plötzlich wieder fester Stimme. »Er ist verschwunden. Seit Wochen.«

Ihr akzentfreies Hochdeutsch und ihre Ausdrucksweise ließen mich vermuten, dass sie zu den sogenannten besseren Kreisen zählte.

»Dann empfehle ich Ihnen, sich ans nächste Polizeirevier zu wenden.«

»Das habe ich natürlich längst getan.«

Endlich fiel mir ein, woher ich diese Stimme kannte. Ich hatte schon einmal mit ihr telefoniert, vor einem knappen Jahr. Damals war es um einen verschwundenen kleinen Jungen gegangen, Gundram Sander. Und auch damals hatte die Frau sich geweigert, ihren Namen zu nennen.

Helena Guballa verließ mit lautlosen Schritten unser gemeinsames Büro. Sie trug braune Pumps fast ohne Absätze, deren Farbe einen Stich zu rötlich war, um mit dem restlichen Outfit zu harmonieren. In der Tür wäre sie um ein Haar mit Sönnchen zusammengestoßen, die meinen zweiten Cappuccino des Tages hereinbrachte. Die beiden lachten sich an. Man schien sich zu mögen. Frauensolidarität. Meine untreue Sekretärin hatte offensichtlich schon die Fronten gewechselt.

»Mehr als die Kollegen werde ich leider auch nicht für Sie tun können«, sagte ich ins Telefon.

Sönnchen stellte die Tasse vor mich hin und nickte mir zu, ohne mich anzusehen.

»Ich bitte Sie!« Die Frau am Telefon klang wirklich verzweifelt. »Ich bin bereit, Sie an jedem Ort zu treffen außer in Ihrem Büro. Ich werde alles tun, was Sie verlangen, ich habe Geld, ich ...«

Ich lehnte mich zurück, schloss für einen kurzen Moment die Augen und versuchte, mich zu entspannen. »Wie alt ist denn Ihr Sohn?«

»Zweiundzwanzig.«

»Ist er in irgendeiner Form behindert? Orientierungslos?«

»Diese Fragen habe ich schon mindestens zehn Mal beantwortet«, erwiderte sie scharf. »Nein! Peter ist nicht behindert! Peter ist ein intelligenter Junge. Er studiert. Aber verstehen Sie doch, es ist einfach zu kompliziert, um es am Telefon ...« Ein Schluchzen hinderte sie am Weitersprechen.

Ich trommelte mit den Fingern auf der Tischplatte herum. Sah auf die Uhr. Halb elf, und ich hatte noch nichts gearbeitet an diesem verhexten Donnerstag. Kollegin Guballa kam zurück, ein aufgerolltes Datenkabel in der Hand, setzte sich wieder an ihren Schreibtisch und verband ihren Edellaptop mit dem Internet. Offenbar hatte sie das leider viel zu seltene Talent, sich völlig lautlos zu bewegen. Aus dem Telefon hörte ich den stoßweisen Atem der deprimierten Mutter. Ich hatte große Lust, den Hörer aufzulegen und nach Hause zu gehen.

»Bevor wir weiterreden, würde ich gerne Ihren Namen erfahren«, sagte ich unfreundlich.

»Hagenow«, stieß sie nach Sekunden hervor. »Anna-Katharina Hagenow.«

»Kann es sein, dass man Ihren Mann kennt?«

»Ja.«

»Er ist irgendwas an der Universität, richtig?«

»Burkhard ist ... ziemlich bekannt, ja. Auch über die Fachwelt hinaus.«

Prof. Dr. mult. Burkhard Hagenow. Mehr als einmal hatte ich sein immer ein wenig blasiertes, jedoch nicht unfreundliches Juristengesicht in den Nachrichten gesehen. Meist, wenn es um verfassungsrechtliche Fragen ging. Um Fragen der Vorratsdatenspeicherung zum Beispiel und des Schutzes der Privatsphäre des Bürgers vor der angeblich unstillbaren Neugier der Strafverfolgungsbehörden.

»Ich habe um zwölf Mittagspause«, sagte ich plötzlich entschlossen. »Wir treffen uns im Red. Das ist ein vegetarisches Restaurant nicht weit von hier.«

Das ich immer schon einmal ausprobieren wollte.

»Also, ich find, Sie könnten ruhig ein bisschen netter zu ihr sein«, meinte Sönnchen, als die neue Kollegin wieder einmal irgendwohin verschwunden war. »Die arme Frau kann ja schließlich nichts dafür, dass man sie zu uns abkommandiert hat.«

»Ich habe ihr eigenhändig einen Stuhl hingestellt! Und zweimal die Hand gegeben.«

»Sie wissen genau, was ich meine.«

»Wenn sie so ruhig bleibt wie bisher, dann werde ich nett zu ihr sein«, versprach ich und reichte ihr einige Akten zur Ablage über den Tisch. »Haben Sie schon mal was von dieser Judith Landers gehört?«

Sönnchen nickte. »Sie ist in Heidelberg aufgewachsen. Und später ist sie bei der RAF gewesen. Ich kann mich noch gut an die Zeit erinnern. In der Stadt ist damals viel über sie geredet und geschrieben worden. Sie hat mindestens drei Menschen umgebracht. Darunter zwei Polizisten. Und seither ist sie spurlos verschwunden.«

»Sie ist nie gefasst worden?«

»Doch«, antwortete Helena Guballa hinter mir, die unbemerkt und ungehört zurückgekehrt war. »Drei Mal sogar. Aber sie ist uns jedes Mal wieder entwischt. Beim ersten Mal konnte sie durch ein idiotischerweise unvergittertes Fenster eines Polizeireviers in Eschweiler entkommen. Zwei Jahre später wurde sie wieder gefasst, in einem Vorort von Beirut. Aber bei der Überstellung nach Deutschland ist einiges schiefgelaufen. Bei der Zwischenlandung in Rom konnte sie entkommen. Das war zweiundneunzig. Ein Jahr später hat sie dann beim dritten Versuch, sie festzunehmen, zwei Polizisten erschossen.«

»Und seither ist sie verschwunden? Seit fast zwanzig Jahren?«

Die Zielfahnderin schlug die braunen Augen nieder, als hätte ich ihr einen Vorwurf gemacht. »Es gab immer wieder Hinweise aus allen möglichen Gegenden der Welt, aber nichts davon hat einer Überprüfung standgehalten. Manche denken, sie sei tot.«

Ich beugte mich vor und faltete die Hände auf dem Tisch. »Sie aber nicht?«

»Nein«, erwiderte Helena Guballa fest und sah mir zum ersten Mal in die Augen. »Ich nicht.«

»Und nachdem diese Frau zwanzig Jahre lang friedlich war, sich vielleicht irgendwo eine bürgerliche Existenz aufgebaut hat, vielleicht auch tot ist, da vermuten Sie, dass sie plötzlich einen Anschlag auf den amerikanischen Wirtschaftsminister plant?«

Ihr Blick blieb ruhig. Offenbar war sie es gewohnt, sich verteidigen zu müssen. »Es gibt einen sehr ernst zu nehmenden Hinweis aus Italien. Von einem V-Mann, den die Mailänder Kollegen bei den Brigate Rosse einschleusen konnten.«

»Und das ist alles?«

»Ich finde, es ist genug.«

5

Als ich sie vor einem Jahr zum ersten Mal traf, war Anna-Katharina Hagenow eine stolze Frau gewesen, die ein klein wenig Ähnlichkeit mit Theresa hatte. Damals hatte ich sie als Zeugin kennengelernt, als Nachbarin der verzweifelten Eltern des seit Wochen vermissten kleinen Gundram. Auch damals wollte sie mich unbedingt unter vier Augen sprechen und hatte sich geweigert, die Polizeidirektion zu betreten. Ihre Aussage lenkte den Verdacht auf die Eltern selbst, was sich später glücklicherweise nicht bewahrheitete.

Heute war die stolze Frau von damals ein Schatten ihrer selbst. Das Gesicht nachlässig geschminkt, das marineblaue Leinenkleid zerknittert, die halbhohen, farblich perfekt abgestimmten Schuhe staubig, der Blick aus den früher beeindruckenden dunklen Augen waidwund. Sie erwartete mich vor der Tür des kleinen Restaurants.

»Danke, dass Sie gekommen sind«, sagte sie heiser, als wir uns die Hände reichten. »Ich werde selbstverständlich die Rechnung übernehmen. Wo Sie schon Ihre wohlverdiente Mittagspause für mich opfern.«

»Das ist nicht nötig, danke.«

Wir setzten uns an einen der Tische unter den roten Sonnenschirmen, von denen man eine hübsche Aussicht auf die Großbaustelle um das ehemalige Heidelberger Hallenbad hatte. Der September schien uns für den verregneten August entschädigen zu wollen. Pünktlich zum Monatswechsel war es warm und sonnig geworden. Dennoch roch es hin und wieder schon ein wenig nach Herbst. Die Speisekarten lagen auf dem Tisch, der Kellner stand bereits erwartungsvoll grinsend neben uns. Ich wählte überbackene Pasta mit gemischten Gemüsen. Meine Gesprächspartnerin bestellte ihr Risotto mit einer Achtlosigkeit, als hätte sie nicht vor, es anzurühren. Seit meine Töchter kein Fleisch mehr aßen, hatte auch ich mehr und mehr die vegetarische Küche schätzen gelernt. Es sei gut für die Gesundheit, hatte ich gelernt. Und für die Umwelt auch.

»Was ist das nun für eine Geschichte mit Ihrem Sohn?«, fragte ich, als der Kellner verschwunden war. »Sie haben Angst, dass ihm etwas zugestoßen sein könnte?«

»Ich habe eher Angst, dass er Dummheiten macht.« Mit starrer Miene sah sie auf den Tisch. »Peter ist in den letzten Jahren sehr ... politisch geworden. Er versteht sich nicht sonderlich gut mit seinem Stiefvater. Burkhard und er ... Die beiden sind wie Feuer und Wasser. Peter entstammt meiner ersten Ehe. Er war immer – entschuldigen Sie, aber es fällt mir kein bescheideneres Wort ein – ein Musterkind. In der Schule immer unter den Besten. Nie gab es Grund zur Klage, nie. Aber dann ist mein erster Mann gestorben, an einer bis heute nicht heilbaren Nervenkrankheit. Damals war Peter dreizehn, mitten in der Pubertät, und dieser Schicksalsschlag hat ihn sehr getroffen. Er hat seinen Vater geliebt. Nein, das trifft es nicht, er hat ihn vergöttert. Später dann war er einige Zeit in Therapie und hat sich wieder gefangen. Er ist so sensibel. Ich ... ich habe ... Burkhard und ich haben uns damals schon einige Zeit gekannt, und – nun ja. Das war dann der nächste Schicksalsschlag für meinen kleinen Peter.«

Unsere Getränke kamen. Frau Hagenow hatte ein Fläschchen stilles Wasser bestellt, ich eine Cola. Wir nickten uns zu, nippten an unseren Gläsern.

Wieder schlug sie die dunklen Augen nieder. »Anfangs habe ich

Burkhard meinem Sohn einfach als alten Freund vorgestellt. Wollte ihn schonen. Erst später mit der Wahrheit herausrücken. Aber er hat es dann selbst herausgefunden. Er hat zufällig ein Telefonat belauscht. Es war meine Schuld. Ich dachte, er sei bei Freunden, und war unvorsichtig. An diesem Tag ist zum zweiten Mal die Welt für ihn eingestürzt. Und von diesem Tag an hat er Burkhard gehasst, bis aufs Blut. Mich seltsamerweise nicht. Niemals. Aber alles, was Burkhard sagte, wurde von nun an angezweifelt, hinterfragt, bekämpft.«

»Ihr Verhältnis zu Ihrem Sohn ist sehr eng?«

»Nach dem Tod meines ersten Mannes haben Peter und ich uns aneinandergeklammert. Vielleicht enger, als es gut war, ja.«

»Seit wann ist Ihr Sohn verschwunden?«

»Etwa seit acht Wochen. Ich kann es nicht genau sagen.«

»Davor hat er bei Ihnen gewohnt?«

»Aber nein. Peter studiert. Er hat ein Zimmer in Schlierbach. Er hat gesagt, er brauche Abstand. Ich habe es akzeptiert, auch wenn es mich schmerzte. Am Ende wollte er nicht einmal mehr Geld von mir annehmen. Lieber hat er gejobbt, um sich seinen Unterhalt und sein Studium zu verdienen. Immerhin haben wir da noch regelmäßig telefoniert, uns hin und wieder auch gesehen. Bei einem kleinen Lunch in der Stadt zum Beispiel. Aber jetzt habe ich schon wochenlang nichts mehr von ihm gehört. Überhaupt nichts. Sein Handy ist aus. Wenn ich ihm auf die Mailbox spreche, antwortet er nicht. Gestern habe ich seine Vermieterin angerufen. Die sagte mir, Peter habe sein Zimmer schon zum dreißigsten Juni gekündigt.«

»Das wären dann ja schon fast zehn Wochen.«

Sie nickte mit gesenktem Blick. An manchen ihrer Nägel war der blassrosa Lack abgeplatzt.

»Denken Sie, der Konflikt mit seinem Stiefvater hat etwas mit dem Verschwinden Ihres Sohnes zu tun?«

»Ich kann es nicht sagen.« Hilflos hob sie die schlanken Hände. »Ich weiß ja nichts. Nichts. Nur, wenn die beiden zusammentrafen, dann gab es Streit. Immer. Nach fünf Minuten.«

»Und dabei ging es um Politik?«

»Politik, Umweltzerstörung, soziale Gerechtigkeit. Letzteres vor allem. Sie machen sich keine Vorstellung, was bei uns los war, als weltweit die Banken zusammenbrachen und die leitenden Herren für ihr Versagen und Missmanagement auch noch fürstlich belohnt wurden.«

Unser Essen kam. Frau Hagenow schien es nicht einmal zu bemerken, dass die pummelige Bedienung einen appetitlich angerichteten Teller vor sie hinstellte.

»Ich fürchte, Peter hat sich irgendwelchen Gruppen angeschlossen«, sagte sie leise.

Ich ergriff die Gabel und begann zu essen. Schließlich hatte ich nicht ewig Mittagspause.

»Politischen Gruppen?«, fragte ich zwischen zwei Bissen.

»Sehr radikal denkenden Gruppen. Vielleicht sogar terroristischen Gruppierungen, wenn es so etwas zurzeit überhaupt gibt bei uns in Deutschland. Sie sehen, ich halte alles für möglich. Sie haben selbst Kinder, oder? Dann können Sie sich vorstellen, wie verzweifelt ich bin.«

»Seit die RAF Ende der Neunziger offiziell ihre Auflösung verkündet hat, ist es an dieser Front eigentlich ruhig geworden.«

»Jede Zeit scheint ihre eigene Form von Terrorismus hervorzubringen, nicht wahr? Jetzt sind offensichtlich die Muslime an der Reihe.«

»Ihr Sohn ist aber nicht etwa zum Islam konvertiert?«

»Aber nein.« Energisch schüttelte sie den Kopf. »Zum Thema Religion hat Peter immer gerne Marx zitiert: Opium fürs Volk. Auch so ein Thema, bei dem er sich regelmäßig mit seinem Stiefvater in die Haare gekriegt hat.«

Endlich ergriff sie doch ihre Gabel und begann, in ihrem Risotto herumzustochern. Sie verschlang einige Happen, legte ebenso plötzlich die Gabel auf die Serviette zurück. Ihr Gesicht war in ständiger Bewegung, die Augen kamen nicht zur Ruhe, der schön geschwungene Mund machte seltsame Zuckungen. Die Frau war am Ende ihrer Kräfte.

»Könnte es nicht sein, dass Ihr Sohn einfach nur ein bisschen Urlaub macht, ohne Ihnen etwas davon zu sagen?«

»Natürlich könnte das sein. Peter hat etwas Geld. Er hat einen Teil des nicht besonders großen Vermögens meines ehemaligen Mannes geerbt. Aber sonst hat er mich immer informiert, wenn er vorhatte zu verreisen.«

»Es gibt da leider ein Problem, Frau Hagenow«, sagte ich, als ich meine Pasta bis auf die letzte Erbse aufgegessen hatte. »So gerne ich würde, ich kann Ihnen nicht helfen.«

»Aber das weiß ich doch«, murmelte sie mit gesenktem Kopf. »Mir ist bewusst, dass Sie von Amts wegen nichts unternehmen können. Nichts unternehmen dürfen.«

»Es sei denn, ich hätte einen begründeten Verdacht, dass Ihr Sohn in Gefahr ist oder tatsächlich eine kriminelle Aktion plant. Gibt es denn Hinweise darauf, dass er etwas Derartiges vorhat?«

»Es gibt überhaupt keine Hinweise.« Mutlos schüttelte sie den Kopf. »Ich dachte, dass Sie vielleicht privat ... Sie haben die Erfahrung. Sie haben die Möglichkeiten. Geld wird keine Rolle spielen. Nennen Sie mir Ihren Preis, und ich werde Ihnen hier und jetzt die Hälfte als Anzahlung übergeben.«

»Ich mache Ihnen einen anderen Vorschlag. Ich kenne einen guten Privatdetektiv. Er wird Ihren Sohn hundertmal schneller finden, als ich es könnte. Privatdetektive sind nicht an Dienstvorschriften gebunden. Sie müssen nicht jedes Mal die Staatsanwaltschaft um Erlaubnis bitten, bevor sie einen Finger krumm machen.«

»Es wäre mir aber wichtig, dass nichts davon an die Öffentlichkeit dringt. Stellen Sie sich vor ... bei Burkhards Position ...«

»Da kann ich Sie beruhigen. Ein Privatdetektiv, der nicht absolut diskret ist, wird bald keiner mehr sein. Der Mann, den ich Ihnen empfehle, ist wirklich seriös und vertrauenswürdig.«

»Wie heißt er?«

»René Pretorius. Seine Nummer finden Sie im Telefonbuch.«

Zu meiner Verblüffung zückte sie ein modernes Handy, zog einen Stift heraus und begann, die Zunge spitz im Mundwinkel, auf dem Display herumzupiksen. Sekunden später hatte sie ihn schon gefunden. Einmal mehr fühlte ich mich alt und von gestern.

Auf dem Schild neben meiner Tür stand ein zweiter Name: Unter »A. Gerlach, Kriminaloberrat« stand in derselben Schriftgröße: »H. Guballa, Kriminalrätin«

»War das wirklich nötig?«, fragte ich Sönnchen, die todsicher hinter dem Komplott steckte.

»Selbstverständlich ist das nötig«, erwiderte sie patzig. »Frau Guballa arbeitet hier, und drum steht jetzt ihr Name an der Tür.«

»Ich habe gedacht, es ist nur, bis Sie einen freien Schreibtisch für sie gefunden haben?«

»Sobald wir einen freien Schreibtisch für Frau Guballa gefunden haben, kommt der Name ja auch wieder weg«, erwiderte sie spitz und machte sich an ihrem Regal zu schaffen, damit sie mir den Rücken zuwenden konnte.

Die Tür zu meinem Büro stand meist offen, wenn ich nicht anwesend war. Heute war sie geschlossen. Um ein Haar hätte ich angeklopft. Meine Bürogenossin saß vornübergebeugt an ihrem Laptop und tippte konzentriert. Sie tippte mit zehn Fingern und fast so schnell wie Sönnchen.

»Hallo«, sagte ich bemüht jovial. »Wie läuft's?«

»Nun ja«, antwortete sie, ohne den Kopf zu heben. »Fussel-arbeit.«

»Ich dachte, Zielfahndung ist eher Puzzlearbeit?«

Okay, es war kein Weltklassescherz. Aber ein klein wenig hätten ihre Mundwinkel schon zucken können, fand ich. Doch diese Frau war offenbar genauso humorlos, wie sie aussah.

»Beides ist richtig«, erklärte sie ernsthaft. »Puzzeln heißt, Teile, die auf dem Tisch liegen, richtig zusammenzufügen. Fusseln heißt, die richtigen Teile in einem gigantischen Berg von Müll überhaupt erst zu finden.«

»Wonach suchen Sie zurzeit, wenn man fragen darf?«

»Nach Namen. Namen von Menschen, mit denen Judith Landers in der Vergangenheit irgendwann einmal zu tun hatte. Alte Schulfreundinnen, erste Lieben, Kommilitonen …«

Ich setzte mich an meinen Schreibtisch und nahm mir die Unterschriftenmappe vor, die Sönnchen für mich bereitgelegt hatte.

»Hat man das nicht alles schon vor zwanzig Jahren erledigt?«

»Vielleicht nicht mit der gebotenen Gründlichkeit.«

»Weshalb machen Sie das nicht von Wiesbaden aus? Sollte doch heutzutage mit Internet und Telefon kein Problem sein.«

Sie hörte keine Sekunde auf zu tippen. Offenbar schrieb sie etwas von einer handschriftlichen Liste ab, die neben dem Laptop lag.

» Sie hätten Ihr Büro gerne wieder für sich alleine?«

» So meine ich das nicht.«

Endlich kamen ihre etwas zu kurz geratenen Finger zur Ruhe. Sie wandte den Kopf, sah mich an.

» Judith ist hier aufgewachsen und zur Schule gegangen. Später hat sie hier studiert. Ich möchte mit möglichst vielen Menschen sprechen, mit denen sie damals Kontakt hatte. So etwas geht nicht per Telefon. Am Telefon entsteht kein Vertrauen. Und ohne Vertrauen erfährt man die wirklich wichtigen Dinge nicht. Die kleinen Details, die uns vielleicht einen entscheidenden Schritt weiterbringen. Judith war zum Beispiel einige Zeit im Libanon. Warum sollte sie dort nicht zufällig eine alte Kindergartenbekanntschaft wiedergetroffen haben? So etwas kommt vor.«

» Sie nennen sie beim Vornamen?«

Sie tippte schon wieder. » Sie ist Judith für mich, weil ich sie inzwischen vermutlich besser kenne als jeder andere Mensch auf der Welt. Ihre Mutter eingeschlossen.«

Ich blätterte die Unterschriftenmappe durch und signierte, wo Sönnchen ihre gelben Kleberchen angebracht hatte. Helena Guballa tippte und tippte. Das leise Geräusch störte mich. Ihre Anwesenheit störte mich. Ihr Atmen fand ich zu laut. Ihr gelegentliches Räuspern beunruhigend. Hin und wieder telefonierte sie leise. Auch das nervte mich. Vor allem nervte mich jedoch, dass ich meist nicht verstehen konnte, worum es bei diesen Telefonaten ging, weil sie so leise sprach. Einmal schien sie mit einem Kollegen in Wiesbaden irgendwelche Informationsschnipsel auszutauschen. Einmal klang es, als spräche sie mit einer Frau, die der Terroristin vor Jahrzehnten einige Monate lang ein Zimmer vermietet hatte.

6

Keith Sneider war schon in der Susibar, als ich einige Minuten zu spät eintraf. Es war noch früh am Abend. Wir waren bisher die einzigen Gäste. Der Amerikaner unterhielt sich angeregt mit Susi, die mich sofort wiedererkannte.

Ihr herzliches Lachen wirkte echt. »Ich hoffe, Sie kommen nicht wieder zur Verbrecherjagd zu mir, Herr Gerlach!«

Ich hängte meinen feuchten Mantel an die Garderobe neben der Tür. Nachdem in den vergangenen Tagen prächtiges Altweibersommerwetter geherrscht hatte, mit dunkelblauem Himmel und einer Sonne, die die Farben zum Leuchten brachte, waren im Lauf des Nachmittags Wolken aufgezogen, und ein fieser Nieselregen hatte eingesetzt.

»Heute bin ich ausnahmsweise mal nur zum Vergnügen hier«, erwiderte ich lachend.

Susi war ein Phänomen. Man brauchte sie nur anzusehen, um sich sofort besser zu fühlen. Sie strahlte eine unverwüstliche gute Laune aus. Sie mochte die Menschen, sie mochte ihre Gäste, jeden Einzelnen von ihnen. Wen sie nicht mochte, der blieb nicht lange ihr Gast. Die schwarze Löckchenpracht war seit meinem letzten Besuch um einiges kürzer geworden, ansonsten sah sie genauso aus wie immer. Schlank, gerade, flink, mit buntem Schmuck behängt.

»Durbacher Weißherbst, wie üblich? Es ist ein neuer Jahrgang, aber ich finde ihn fast noch besser als den letzten.«

Sneider hatte ein langstieliges Weißweinglas vor sich stehen und schien sich wohlzufühlen.

»Keith«, sagte er lächelnd, als wir kräftig Hände schüttelten. »In den Staaten haben wir es nicht so mit den Nachnamen.«

»Alexander.«

Susi stellte ein großzügig eingeschenktes Glas vor mich hin. Aus den Lautsprecherboxen klimperte ein schon tausend Mal gehörter Bossa Nova von Stan Getz, dessen Titel mir nicht einfallen wollte.

»Wie gefällt Ihnen Heidelberg?«, fragte ich.

»Wunderbar.« Sneider lächelte immer noch. »Für uns Amerikaner ist das nun mal etwas Besonderes, eine Stadt, die fast tausend Jahre alt ist. Häuser, die schon den Dreißigjährigen Krieg überstanden haben. Bei uns gilt ja ein fünfzig Jahre altes Gebäude schon als Sehenswürdigkeit.«

»Ich nehme an, es hat sich manches verändert, seit Sie hier stationiert waren?«

»Die Menschen vor allem. Sie sind lockerer geworden. Amerikanischer, wenn Sie so wollen. Man duzt sich schneller. Man gibt sich nicht mehr bei jeder Gelegenheit die Hand.«

Wir machten Small Talk, erzählten von unseren Frauen und Kindern. Sneiders Frau war Dozentin für deutsche Sprache an irgendeiner Highschool. Meine Frau, Vera, war seit mehr als zwei Jahren tot. Sneiders Kinder, drei Söhne, studierten praktische Dinge, mit denen sie später leicht einen gut bezahlten Job finden würden. Meine Töchter wurden in etwas mehr als einer Woche sechzehn und hatten nicht den leisesten Schimmer, was sie dereinst mit ihrem Abitur anfangen sollten. Falls sie es überhaupt schaffen sollten, wonach es zurzeit nicht unbedingt aussah. Irgendwann landeten wir unweigerlich bei unserer gemeinsamen Arbeit. Inzwischen waren wir beim Du.

»Ihr fürchtet also wirklich, man trachtet eurem Wirtschaftsminister nach dem Leben?«

Sneider zog den Mund schief. »Wir müssen mit allem rechnen. Das ist unser Job.«

Ron Henderson war erst seit wenigen Monaten im Amt, nachdem sein Vorgänger wegen irgendwelcher Aktiengeschäfte hatte zurücktreten müssen.

»Er ist ein harter Hund, heißt es.«

»Henderson ist der Prototyp des amerikanischen Konservativen, wenn du so willst, ein typischer Vertreter des American way of life: vom Pizzaboten zum Milliardär. Und jetzt zum krönenden Abschluss auch noch in ein hohes Regierungsamt.«

»Bei so einer Karriere macht man sich vermutlich viele Feinde.«

»Mir ist bisher nicht zu Ohren gekommen, dass er irgendwelche Freunde hätte.« Sneider grinste mich an, als hätte er einen obszönen Witz gemacht.

Unsere Gläser waren leer. Nach einem freundlich-fragenden Blick schenkte Susi nach.

Mehr und mehr Gäste trafen ein. Die Plätze am Tresen wurden allmählich knapp. Sneider war ein angenehmer und intelligenter Gesprächspartner, stellte ich fest. Ich mochte seine ruhige, unaufgeregte Art. Er erzählte von seiner Heimat, den Wäldern Oregons, dem Städtchen, wo er aufgewachsen war, in dem es nur eine einzige Kneipe, dafür aber drei Kirchen gab, von seiner Studienzeit in San Francisco, Paris und Berlin, von seinen Jahren in Heidelberg. Ich ließ ihn reden und hörte zu. Meiner eingestreuten Frage, welche Behörde denn nun eigentlich sein Gehalt bezahlte, wich er mit einem Lächeln aus. Irgendwann entdeckte ich Pretorius im Gewühl neben der Tür. Ich legte Sneider kurz eine Hand auf die Schulter, nickte ihm zu und ging hinüber.

»Hallo«, sagte der Privatdetektiv, der sich an einem bunten Cocktail festhielt. »Danke für den Job!«

»Frau Hagenow hat sich schon bei Ihnen gemeldet?«

»Kommen Sie, um mit mir über die Provision zu verhandeln? Üblicherweise zahle ich zehn Prozent für die Vermittlung. Allerdings erst, wenn der Kunde bezahlt hat.«

»Warum so kratzbürstig? Ich dachte, wir hätten Frieden geschlossen?«

Pretorius hatte unverkennbar schlechte Laune. Außerdem hatte er schon beträchtliche Schlagseite. Er nahm einen großen Schluck aus seinem hohen Glas, stellte es auf einem der Stehtische ab, nahm es aber gleich wieder zur Hand, als hätte er Angst, es könnte ihm abhandenkommen.

»Entschuldigung. War nicht mein Tag heute.«

»Was halten Sie von der Geschichte?«

»Vom verlorenen Sohn? Was soll ich davon halten? Die Frau ist bereit, jeden Preis zu bezahlen, wenn ich ihr Wunderkind zurückbringe.«

»Ich denke, der arme Kerl hat die Fürsorge seiner Mutter nicht mehr ertragen und gönnt sich ein paar Wochen Urlaub ohne Familienanschluss.«

Der Geräuschpegel war inzwischen so hoch, dass wir die Köpfe zusammenstecken mussten, um uns zu verstehen.

»Passt nicht ganz.« Pretorius leerte sein Glas. Offenbar hatte er vor, sich in der nächsten Viertelstunde ins Koma zu trinken. »Vergessen Sie nicht: Er hat sein Zimmer gekündigt.«

»Sie meinen, er hat seine Zelte hier komplett abgebrochen?«

Der Privatdetektiv sah mit einer Miene an mir vorbei, als hätte er hinter mir jemanden entdeckt, den er nicht leiden konnte.

»Wären Sie so nett, mich ein wenig auf dem Laufenden zu halten?«, fragte ich.

»Natürlich nicht.« Er lachte gallig. »Was denken Sie von mir?«

»Sie sind diskret bis in die Haarspitzen, ich weiß. Wären Sie trotzdem so nett? Vor allem, falls sich herausstellen sollte, dass der Junge tatsächlich irgendwelche Dummheiten plant?«

Plötzlich grinste er. »Ich werde Ihnen nichts versprechen«, sagte er mit schwerer Zunge. »Aber man ist ja kein Unmensch.«

Ich drängelte mich zu Sneider zurück, der inzwischen friedlich vor sich hin lächelnd seinen Wein ausgetrunken hatte. Er schien eine Menge zu vertragen und wirkte auch nach dem zweiten Glas nicht im Mindesten betrunken. Ich dagegen spürte den Alkohol inzwischen stärker, als mir lieb war. Als ich fragend auf sein Glas deutete, erklärte er in ruhigem Ton, er müsse allmählich nach Hause zu seiner geliebten Margot. Wir nickten uns zu, er klopfte mir auf die Schulter und war Sekunden später verschwunden. Bald darauf beschloss ich, ebenfalls den Heimweg anzutreten. Ich zückte mein Portemonnaie, aber Susi bedeutete mir fröhlich, das Finanzielle habe mein amerikanischer Freund bereits erledigt.

»Netter Typ«, meinte sie. »Wo haben Sie den her? Was macht er hier?«

»Das weiß ich selbst nicht so genau«, gestand ich. »Ich vermute, er arbeitet für die CIA.«

Ausnahmsweise war sie sprachlos.

Als ich auf die dunkle und angenehm stille Krämergasse hinaustrat, hatte sich der Nieselregen zu einem kräftigen Wolkenbruch gemausert. Ausgerechnet jetzt fiel mir ein, dass ich immer noch keine Geburtstagsgeschenke für meine Töchter hatte.

7

In der Nacht von Donnerstag auf Freitag waren drei Wohnungen in Heidelberg und zwei in Mannheim durchsucht worden. Wohnungen von Menschen, welche die Staatsschützer des BKA aus irgendwelchen Gründen als potenziell gefährlich einstuften. Es hatte fünf vorläufige Festnahmen gegeben und zwei Verhaftungen. Als ich morgens in die Direktion kam, liefen bereits die Vernehmungen, zu denen weder ich noch einer meiner Mitarbeiter geladen war.

An meinem schwarz lackierten Garderobenständer hingen ein

kamelbrauner Dufflecoat, der neu wirkte, und eine schwarze, schon etwas abgenutzte Handtasche. Die Besitzerin dieser Dinge saß an ihrem Schreibtisch, über den Laptop gebeugt, als hätte sie die Nacht durchgearbeitet.

»Guten Morgen«, sagte ich und hängte mein Jackett neben ihren Mantel.

»Hallo«, antwortete sie, ohne aufzusehen. »Würde es Ihnen etwas ausmachen, die Tür zum Vorzimmer offen zu lassen?«

»Gerade eben war sie noch zu.«

»Gerade eben war ich auch noch allein.«

»Haben Sie Angst, ich würde Sie irgendwie … belästigen?« Ich machte keinen Hehl daraus, dass die Vorstellung mich erheiterte.

»Ich fühle mich einfach wohler so.«

»Die Tür bleibt zu, weil sie immer zu ist, wenn ich in meinem Büro bin. Genauso, wie sie immer offen steht, wenn ich nicht hier bin.«

Sie schwieg.

»Ich mag nun mal keine offen stehenden Türen«, fügte ich nach einigen Sekunden eine Spur verbindlicher hinzu.

Sie antwortete nicht.

Wie kam ich dazu, mich für meine Gewohnheiten zu verteidigen? Sie war hier Gast und hatte sich gefälligst anzupassen. Sie hatte nett zu sein, nicht ich, verdammt. Wütend setzte ich mich an meinen Schreibtisch und ergriff irgendein Papier, während sie unentwegt weitertippte.

»Wo sind Sie eigentlich untergekommen?«, fragte ich, als mir die Spannung auf die Nerven zu gehen begann. »In Heidelberg gibt es zurzeit nicht mehr allzu viele freie Hotelzimmer, nehme ich an.«

»In einer kleinen Pension in Walldorf. Sie gehört einem alten Ehepaar, das ein paar Zimmer im oberen Stockwerk vermietet. Sie sind sehr freundlich.« Endlich sah sie von ihrem blöden Computerchen auf und in mein Gesicht. »Ich werde auch gleich verschwinden und ein paar Besuche machen. Dann haben Sie Ihr Büro wieder für sich allein. Ich werde vor dem Abend nicht zurück sein.«

Im Vorzimmer stieß Sönnchen einen spitzen Schrei aus, eine halbe Sekunde später flog die Tür auf.

»Er ist da!«, rief sie mit leuchtenden Augen.

»Wer bitte schön?«

»Der kleine Konstantin!«

Meine aufgelöste Sekretärin sah um sich, als suchte sie jemanden, dem sie um den Hals fallen konnte.

»Der Kleine von der Frau Vangelis! Dreitausendachthundert Gramm! Fünfundfünfzig Zentimeter! Vor zwei Stunden erst!«

»Eine Ihrer Mitarbeiterinnen?«, fragte Helena Guballa, nachdem Sönnchen davongelaufen war, um die sensationelle Neuigkeit in der Direktion zu verbreiten.

»Meine beste«, seufzte ich. »Sie ist seit sechs Wochen im Mutterschutz und fehlt mir vorne und hinten. Wen werden Sie heute besuchen?«

Sie nahm ein Blatt von ihrem Schreibtisch und rückte ihre Brille zurecht. »Judiths ehemalige Deutschlehrerin, die sie in den letzten zwei Jahren am Gymnasium unterrichtet hat. Die Frau ist inzwischen achtundsiebzig, erinnert sich aber noch verblüffend gut an ihre Schülerin. Anschließend will ich bei einer Schulfreundin vorbeischauen, neben der sie einige Monate gesessen hat und von der ich mir weitere Kontakte erhoffe. Und falls die Zeit reicht, noch jemanden vom Roten Kreuz, wo sie zweiundachtzig während ihres Studiums ...«

Ich hob abwehrend die Hände. »So genau wollte ich es gar nicht wissen.«

Ungerührt legte sie die Liste auf den Schreibtisch zurück und wandte sich wieder ihrem Laptop zu.

Heute stand erfreulicherweise keine Besprechung im Rathaus an, verriet mein Terminkalender. Eine gute Gelegenheit, mich endlich mit dem Thema Töchtergeburtstag auseinanderzusetzen. Nachdem ich eine halbe Stunde lang erfolglos im Internet nach originellen Geschenkideen zur Beglückung weiblicher Teenager gestöbert hatte, meine Bürogenossin immer noch keine Anstalten machte zu verschwinden und ich kurz davor stand, in einer väterlichen Vorgeburtstagsdepression zu versinken, summte mein Telefon.

»Wir haben eine Brandsache mit nicht identifizierter Leiche, Chef«, sagte Sven Balke, mein zweitbester Mitarbeiter. »Fremdeinwirkung ist nicht auszuschließen. Wer soll hin?«

Nicht identifizierte Leichen waren eigentlich nicht meine Angelegenheit als Kripochef. Meine Angelegenheit waren so aufregende Themen wie Urlaubsanträge, Statistiken, Budgetplanung und Dienstreiseabrechnungen. Alles Dinge, ohne die ich problemlos leben konnte. Außerdem machten mich die endlose Tipperei der Zielfahnderin und ihr hartnäckiges Nichtverschwinden allmählich rasend. Natürlich war das Geräusch sehr leise, störte im Grunde kaum, aber sie schien einen Rhythmus gefunden zu haben, der mein Nervenkostüm in schlechte Schwingungen versetzte.

Fünf Minuten später war ich zusammen mit Balke auf dem Weg zum Brandort.

»Ein abgelegenes Häuschen am nördlichen Ortsrand von Sandhausen«, berichtete mein junger Untergebener aufgeräumt. »Die Feuerwehr ist heute Nacht um halb zwei alarmiert worden. Als sie ankamen, war das Haus schon fast komplett runtergebrannt. Die Leiche haben sie erst vor einer halben Stunde entdeckt.«

Als wir zwanzig Minuten später unser Ziel erreichten, waren aus einer Leiche zwei geworden. Von dem Haus standen nur noch die akut einsturzgefährdeten Außenwände. Alles Brennbare im Inneren war verbrannt.

»Wird schwierig werden, die beiden zu identifizieren«, verkündete der Brandsachverständige, der uns in weißem Schutzanzug und grünen Gummistiefeln durch das feuchte Gras entgegengestapft kam. »Ist nicht viel übrig von den beiden. Die Temperatur da drin muss irrsinnig hoch gewesen sein.«

Die immer noch qualmende und dampfende Ruine wurde von zwei großen Kastanienbäumen beschattet, die unter den hoch lodernden Flammen stark gelitten hatten. Das lange nicht gemähte Gras war an vielen Stellen niedergetrampelt oder von grobstolligen Reifen der Feuerwehrfahrzeuge zerwühlt. Es roch nach verbranntem Holz und verschmortem Plastik. Das Grundstück war von einem rostigen und an mehreren Stellen niedergetretenen Maschendrahtzaun umgeben. Überall standen und lagen Dinge herum, die sich im Lauf eines Lebens bei Menschen ansammeln, die ihr Geld zusammenhalten müssen. Zwei alte emaillierte Badewannen voll mit grünlich schillerndem Regenwasser sah ich. Einen zweirädrigen Fahrradanhänger mit platten Reifen, einen mit rostigem Wellblech abgedeckten und schon leicht vermoderten Stapel Brennholz, eine ausrangierte Kühltruhe ohne Deckel, aus der eine kleine Birke wuchs.

Wir traten so nah an das Haus heran, wie die Hitze es zuließ, und spähten durch eine der Fensteröffnungen hinein. Das Erdgeschoss hatte offenbar aus einem großen Raum, einem winzigen Flur, einer kleinen Küche mit angrenzender Vorratskammer und einer Toilette bestanden. Das Haus schien zumindest teilweise unterkellert zu sein. Von der Küche aus führte eine Steintreppe in die Tiefe. Beide Giebelwände hatten im oberen Bereich Fensteröffnungen. Vermutlich hatte es oben weitere Zimmer mit schrägen Wänden gegeben. Die Holztreppe, die einmal hinaufgeführt hatte, sowie der Fußboden des Obergeschosses waren spurlos verschwunden.

»Wo haben die Toten gelegen?«

Der Brandsachverständige hielt eine Grundrissskizze in der Hand und deutete auf den Raum, der etwa drei Viertel der Grundfläche einnahm.

»In ganz verschiedenen Ecken. Einer da und einer da. Es war nicht das Schlafzimmer, wie's scheint. Das wird oben gewesen sein, nehme ich an.«

»Irgendwelche Hinweise auf Fremdverschulden?«

»Na, Sie sind lustig!« Er lachte müde. »Sehen Sie sich doch mal um!«

»Brandursache?«

Er hörte auf zu lachen. »Wir müssen warten, bis die Ruine so weit abgekühlt ist, dass wir ohne Sauerstoff und Vollschutz reinkönnen. Dann kann ich Ihnen hoffentlich mehr sagen.«

»Weiß man schon, wer die Toten sind? Wer hier gewohnt hat?«

»Das ist ja genau das Problem. Offiziell hat hier niemand gewohnt.« Er fuhr sich mit der schmutzigen Pranke über die breite Stirn. »Bis vor fünf Jahren hat ein altes Ehepaar hier gelebt. Die haben sich dann umgebracht. Mit dreiundachtzig. Der Mann hat Alzheimer gehabt. Die Frau hat erst den Mann erstochen und dann sich selber. Mit einem Küchenmesser. Seither steht die Hütte leer und verrottet.«

»Da haben Sie ja eine Menge rausgefunden in der kurzen Zeit«, sagte ich anerkennend.

»Ich bin damals dabei gewesen, wie man die alten Leutchen rausgeholt hat«, erwiderte er leise. »Da sind sie schon drei Wochen tot gewesen. Es war Juli und ein verdammt heißer Sommer.« Er schauderte bei der Erinnerung.

»Die sollte sich die Spusi mal ansehen.« Balke wies auf die zahllosen Reifenspuren im weichen Boden. »Möglich, dass die nicht alle von der Feuerwehr sind.«

Sven Balke stammte aus dem hohen Norden Deutschlands. Man hörte es, wenn er sprach, man sah es am kurz geschnittenen Blondhaar und an der hellen, sonnenbrandgefährdeten Haut. Er war einen halben Kopf kleiner als ich, etwa eins achtzig, und erregte mit seinem Charme, den blitzenden Augen und seinem gut trainierten Körper oft mehr Wohlwollen bei Frauen, als gut für ihn war. Inzwischen lebte er jedoch mit einer Kollegin zusammen, Evalina Krauss, die darauf achtete, dass er nicht auf dumme Gedanken und abends zeitig ins Bett kam. Seither erschien er meist ausgeschlafen und gut gelaunt zum Dienst.

»Wie lange hat es eigentlich geregnet in der Nacht?«, fragte ich.

»Angefangen hat es ungefähr um neun«, erwiderte der Brandsachverständige. »Ich wohne nur einen Kilometer von hier. Da bin ich grad mit dem Hund heimgekommen. Gegen Mitternacht, wie ich ins Bett bin, da hat's wieder aufgehört.«

8

Als ich kurz vor Mittag mein Büro wieder betrat, fand ich es zu meiner Freude still und leer.

»Komische Arbeit hat unsere Frau Guballa«, rief Sönnchen mir nach. »Finden Sie nicht auch?«

»Für mich wäre das nichts«, erwiderte ich. »Immer nur vor dem Computer sitzen und rumtelefonieren.«

»Vielleicht besucht sie deshalb so gern Leute«, meinte meine Sekretärin nach kurzem Nachdenken. »Damit sie mal rauskommt? Glauben Sie denn, dass diese Judith Landers wirklich noch gefährlich ist? Nach so vielen Jahren?«

»Das spielt für die Kollegin wahrscheinlich gar keine Rolle. Sie sammelt Informationen über ihre Zielperson, weil es nun mal ihr Job ist, Informationen zu sammeln.«

Ich setzte mich an meinen Schreibtisch. Sönnchen stand plötzlich in der Tür und sah mich an.

»Stellen Sie sich vor, ich hab diese Judith Landers sogar mal getroffen.«

»Wie das?«

Sie nahm sich einen Stuhl und setzte sich mir gegenüber. Heute trug sie eine neue, hübsch geblümte Bluse zu einem grauen, gerade geschnittenen Rock. »Heidelberg ist ein Dorf. Im letzten Jahr vor dem Abi bin ich ein paar Mal auf diesen wilden Partys an der Uni gewesen. Das war damals das Größte für uns: Die Studenten, die Uni, da ist die Post abgegangen. Da ist gekifft worden und ... na ja, Sie wissen schon ... Und damals hab ich sie gesehen. Irgendwer hat gesagt, da drüben, das ist die Judith.« Sönnchen zögerte und sah zum Fenster, als könnte sie dort in ihre Vergangenheit blicken. »Sie ist anders gewesen als die anderen. So still und ernst. Sie hat auch nichts getrunken.«

»Haben Sie mit ihr gesprochen?«

»Das nicht. Irgendwer hat damals schon gesagt, die Judith hätte Kontakte zur RAF. Ich hab das erst für Gerede gehalten. Später hat's dann in der Zeitung gestanden. Sie hat so was ... wie soll ich sagen ... was Geheimnisvolles gehabt. Und ein bisschen was Hochmütiges auch. Männer hat sie nicht an sich rangelassen. Aber damals ist sie ja auch schon liiert gewesen, soweit ich weiß. Mit einem Oberarzt an der Uniklinik. Der ist später gestorben.«

Sie schwieg für Sekunden mit gesenktem Blick. Dann sah sie mir ins Gesicht.

»Dieser Mister Henderson soll ja ein ziemlicher Unsympath sein.«

»Wenn die Terroristen dieser Welt alle unsympathischen Menschen umbringen wollten, dann hätten sie viel zu tun. Und wir auch.«

Ich begann, meine Post durchzusehen. Sönnchen schloss die Tür von außen, öffnete sie jedoch gleich wieder.

»Der Herr von Lüdewitz«, sagte sie empört. »Stellen Sie sich vor, jetzt schickt er die arme Petra auch noch zum Einkaufen!

Seine Sekretärin in Berlin würd auch hin und wieder Sachen für ihn besorgen, weil er ja immer sooo viel zu tun hat.«

»Was hat er denn eigentlich zu tun?«

»Das weiß kein Mensch so genau. Die meiste Zeit telefoniert er und staucht seine Leute zusammen. Außerdem macht er Witze über die Kleider von der Petra. Wenn das so weitergeht, dann tut sie ihm noch was in den Kaffee, sagt sie.«

Die Tür zum Vorzimmer schloss sich, und meine nächste Amtshandlung bestand darin, Theresa eine längere SMS zu schreiben. Sie hatte mir im Lauf des Tages bereits drei Nachrichten geschickt, aber ich hatte bisher keine Gelegenheit gefunden, sie zu beantworten. Sie freue sich rasend auf den Abend, schrieb sie. Heute war Freitag, neben Dienstag unser zweiter Jour fixe. Was sie weniger freute: Der Verlag hatte die neuesten Verkaufszahlen ihres Erstlings geschickt, »Kabale und Liebe am Heidelberger Hof«. Siebenhundertzweiunddreißig Stück waren bisher über die Ladentische der Region gegangen. Der Verleger fand, es sei ein Achtungserfolg, und das Weihnachtsgeschäft stehe ja noch bevor. Ich schrieb zurück, dass auch ich mich auf den Abend freute, was die Wahrheit war. Nach dem Trubel der letzten Tage sehnte ich mich nach meiner Göttin.

Erst seit wenigen Monaten wusste ich, dass ihr Mann und zugleich mein direkter Vorgesetzter homosexuell war und mir geradezu dankbar dafür, dass ich regelmäßig die sexuellen Bedürfnisse seiner Frau befriedigte. Seither war unsere Beziehung leichter geworden, fröhlicher, vertrauter. Früher hatte es immer ein Geheimnis gegeben zwischen uns, etwas Unausgesprochenes, das für Spannung und Prickeln in der Luft sorgte, diese jedoch manchmal auch vergiftete. Obwohl es jetzt eigentlich keinen Grund mehr gab für Heimlichtuerei, hatten wir aus lieb gewonnener Gewohnheit an unseren beiden Abenden festgehalten. Hin und wieder trafen wir uns jedoch auch außer der Reihe, was früher fast unmöglich gewesen war.

Aber noch war nicht Abend, noch war nicht einmal der Vormittag zu Ende, und auf meinem Schreibtisch stapelte sich schon wieder der verhasste Papierkram, für dessen unerschöpflichen Nachschub Sönnchen mit Unterstützung irgendwelcher finsterer Mächte sorgte. Das Einfachste war wie immer die Unterschriftenmappe. Aufklappen, unterschreiben, umblättern, unterschreiben, umblättern, unterschreiben – bis nichts mehr kam.

Als Nächstes befasste ich mich mit mehr oder weniger kunstvoll formulierten Amtshilfeersuchen anderer Polizeidienststellen. Auch das war leicht, da ich an den oberen Rand lediglich den Namen dessen schreiben musste, der das Pech hatte, mir gerade einzufallen. Ziemlich oft traf es Rolf Runkel, da er zu wichtigeren Tätigkeiten nicht gut zu gebrauchen war. Der war allerdings zurzeit in Urlaub.

Im Stapel folgte ein dicker, wichtig aussehender Brief vom Innenministerium. Alle paar Tage kam dicke, wichtige Post vom Innenministerium mit irgendwelchen geänderten Richtlinien, neuen, angeblich viel effizienteren Verwaltungsanweisungen. Den hob ich mir für später auf. Schließlich eine Einladung zu einem Symposium in Hamburg zum Thema Internetkriminalität. Nein, ich wollte dort keinen Vortrag halten.

In einem großen Umschlag steckte eine funkelnagelneue und vermutlich sündteure Broschüre aus Stuttgart, die mit gewalttätigen Männern geplagten Frauen Mut machen wollte, diese anzuzeigen. Ich schrieb auf das beiliegende Bestellfax die Zahl Hundert und legte es zur Seite, damit Sönnchen es später erledigen konnte. Nebenbei füllte sich allmählich mein Papierkorb.

Als die Post erledigt war, kamen die E-Mails an die Reihe, diese elfte biblische Plage, die erst mit einer Verzögerung von drei Jahrtausenden über die Menschheit gekommen war. Neunmal hatte ich in einer spanischen Lotterie gewonnen. Elf Damen machten mir offenherzige Angebote, die mit einem Link versehen waren, den ich lieber nicht anklickte. Diverse promovierte Menschen machten sich seit Neuestem ernste Sorgen um meine Potenz. Geschäftsleute aus aller Welt baten mich dringend um meine Kontonummer, um irgendwie übrig gebliebene Millionenbeträge in Sicherheit zu bringen, von denen ich dann als Dank für meine großherzige Hilfe einen beträchtlichen Teil würde behalten dürfen. Was am Ende übrig blieb, war neue Arbeit. Heute hatte ich Glück: Nachdem der Spam gelöscht war, blieben lediglich drei Mails übrig, die überdies durch Weiterleiten an irgendjemanden rasch erledigt waren.

Gerade als mein Posteingang – was lange nicht mehr vorge-

kommen war – für einige Sekunden vollkommen leer und jung-
fräulich war, meldete sich Balke vom Brandort zurück.

»Die Leichen sind auf dem Weg in die Gerichtsmedizin. Sie
wollen versuchen, aus den Oberschenkelknochen ein bisschen
DNA zu isolieren. Bisher kann man nicht mal sagen, ob es Männ-
lein oder Weiblein waren.«

»Wie weit ist die Spurensicherung?«

»Die arbeiten noch. Viel gibt's da ja nicht zu sichern. Falls es
außerhalb vom Haus Fußspuren gegeben hat, dann sind die von
der Feuerwehr vernichtet worden. Auf dem Grundstück haben sie
tausend Sächelchen gefunden. Zigarettenkippen, einen Kugelschreiber, ein paar Kassenbons. Aber bisher war nichts dabei, was
irgendwie interessant wäre. Der Sachverständige geht übrigens
inzwischen von Brandbeschleunigern aus.

»Also möglicherweise Mord?«

»Wenn, dann Doppelmord.« Balke wirkte niedergeschlagen.
Sein Blick war müde.

»Die Geschichte setzt Ihnen zu?«, fragte ich.

Er betrachtete seine Hände, an denen sich hie und da noch
Rußspuren befanden. »Man hat ja schon manches gesehen. Aber
das da haut einem schon ein bisschen die Füße weg.«

»Was halten Sie davon, wenn wir zusammen essen gehen?«

»Kein Hunger.« Er schüttelte den Kopf. »Danke.«

»Dann kommen Sie einfach so mit. Sie sollten jetzt nicht allein
bleiben.«

Widerwillig folgte er mir in die wegen der vielen neuen Kolleginnen und Kollegen völlig überlastete Kantine, wo ich ihn
nötigte, wenigstens eine Kleinigkeit auf sein Tablett zu stellen. Er
nahm das, was ich in seinem Alter auch genommen hätte: Schnitzel, Pommes und Salat. Ich wählte den Fisch, denn schließlich war
heute Freitag. Nach einigem Suchen fanden wir zwei freie Stühle.
Die anderen Personen am Tisch diskutierten mit Berliner Akzent
und großem Ernst über Fußballergebnisse.

Beim Essen unterhielten wir uns über Privatangelegenheiten.
Balke erzählte mir ungewohnt offen von seiner nicht ganz prob-
lemlosen Beziehung mit Evalina Krauss, mit der er seit dem Frühjahr zusammenlebte. Ich erzählte vom unaufhaltsam näherrü-
ckenden Geburtstag meiner Töchter.

»Haben Sie vielleicht eine Idee, was ich den beiden schenken könnte?«

»Bares«, antwortete er, ohne eine Sekunde zu überlegen, und begann plötzlich zu essen. »Mit sechzehn braucht der Mensch drei Dinge: Kohle, Kohle und noch mehr Kohle.«

»Geld ... ich weiß nicht. Ist mir ein bisschen zu phantasielos.« Er grinste. »Ihre Töchter werden anderer Meinung sein, glauben Sie mir.«

Sein Schnitzel wurde nun zusehends kleiner. Mein Fisch war voller Gräten und schmeckte nach dem, wonach Fisch niemals schmecken sollte: nach Fisch.

Mein Untergebener sah auf. »Vielleicht habe ich noch einen besseren Vorschlag«, sagte er. »Wäre allerdings mit einem gewissen Aufwand verbunden.«

»Wegen unserer Brandleichen?«

Er lachte. »Wegen Ihrer Töchter.«

Um Punkt sieben war ich in unserem Liebesnest, einer kleinen Zweizimmerwohnung in Neuenheim. Erst seit wenigen Wochen gab es dort ein richtiges Bett, das Theresa organisiert und ich die Treppen hinaufgeschleppt und mit wenig Talent und viel Mühe zusammengebaut hatte. Früher hatten wir uns auf einer Matratze am Boden amüsiert.

Theresa kam vier Minuten zu spät, ein wenig außer Atem, aber bestens gelaunt.

»Du wirst es nicht glauben«, sagte sie strahlend nach einer ersten, vielversprechenden Umarmung und einem kräftigen Kuss. »Ich habe aufgehört zu rauchen!« Ein zweiter Kuss. Diesmal mit Zunge.

»Wann?«

»Vor einer Stunde und fünf Minuten. Um Punkt sechs habe ich die letzte Zigarette meines Lebens ausgedrückt und den Rest der Packung in den Müll geworfen. Und was soll ich sagen – dieses Mal macht es mir überhaupt nichts aus. Dieses Mal halte ich durch.«

»Mark Twain hat mal gesagt, er versteht überhaupt nicht, weshalb die Menschen solche Probleme haben, mit dem Rauchen aufzuhören.«

»Ich weiß.« Sie strahlte mich immer noch an. »Er selbst tut es jeden Tag mindestens einmal.«

Theresa war eine große, stolze Frau mit honigblonder Lockenpracht. Sie selbst fand sich zu füllig, redete gerne und oft vom Abnehmen. Ich fand sie genau richtig. Wir setzten uns auf unser kleines Sofa, tranken den Rest Sekt aus der Flasche vom Dienstag, sprachen über das Buchhandelsgeschäft, das niemand so recht verstand. Selbst die Verlage nicht.

»Sonst würden sie ja alle nur noch Bestseller drucken«, erklärte Theresa und schmiegte sich an mich.

»Hast du endlich die zündende Idee für deinen nächsten Roman?«

»Ich weiß nicht«, seufzte sie. Ihre Hand fuhr unter mein Hemd. »Die Muse will mich zurzeit einfach nicht küssen.«

»Dann versuch's ersatzweise mit mir.«

Das fand sie eine prima Idee. Der Saxofonist, der über uns wohnte, hatte schon seit Tagen nicht mehr gespielt. Wir vermuteten, dass er in Urlaub war. Theresas Küsse schmeckten nach Rauch und Pfefferminze. Ihre Hand fand zielsicher ihren Weg zu den nur bestimmten Menschen erlaubten Zonen. Bald darauf waren alle Gedanken an Wirtschaftsgespräche, Brandleichen und die Geheimnisse des Buchhandels hinter dem Horizont verglüht.

Es war eine seltsame Sache mit unserer Beziehung. Ich konnte mit übelster Laune diese Wohnung betreten und nicht die geringste Lust verspüren, Theresa zu sehen. Sobald sie jedoch bei mir war, mich in die Arme nahm, war ich glücklich. Theresa meinte, das nenne man Liebe.

Später öffneten wir eine neue Flasche. Als wir anstießen, lächelte Theresa selig, aber ihr Blick war unruhig. Die Zigarette danach fehlte ihr. Wir lagen auf dem Rücken und überlegten, ob es ohne Bett nicht irgendwie aufregender gewesen war. Monatelang hatten wir nur unsere Matratze am Boden gehabt. Und nun stand da seit zwei Wochen dieses Bett, wirkte irgendwie fehl am Platz und machte außerdem merkwürdige Geräusche, wenn es in Resonanz geriet. Schließlich sahen wir uns an, nickten uns zu, erhoben uns und zerrten mit vereinten Kräften die Matratze vom Bett. Dann lagen wir wieder wie früher am Boden und fühlten uns jung und sehr verrucht und ein kleines bisschen albern. Wir sprachen über dies und jenes, und im Grunde war es gleichgültig, was wir sprachen, wenn wir nur zusammen waren. Wir lachten manchmal leise und schnurrten, während wir uns versonnen streichelten.

Die Fenster waren gekippt. Von draußen drangen die Geräusche der Straße herein. Junge Menschen auf dem Weg zu den Kneipen Neuenheims. Das Klappern eines Mülleimerdeckels. Das Liebeslied eines einsamen Amselmännchens, das mit den Jahreszeiten durcheinandergekommen war.

Und vermutlich war es unvermeidlich: Irgendwann kam die Sprache auf den Wirtschaftsgipfel, der inzwischen zum Lieblingsthema der lokalen Presse aufgestiegen war.

»Ich zähle die Tage, bis es vorbei ist«, sagte ich. »Wenn du keine Dame wärst, dann würde ich an dieser Stelle sagen, es kotzt mich nur noch an.«

»Du hast seit Neuestem eine Bürogenossin, habe ich gehört?«

»Woher weißt du denn das schon wieder?«

»Von Egonchen. Er telefoniert hin und wieder mit seiner Sekretärin, um zu hören, ob du ohne ihn klarkommst.«

Egonchen war zugleich ihr Mann und mein Chef. Ein breiter Zweimeterriese, der sich ungern über irgendetwas aufregte.

»Sie klagt ja sehr, die arme Frau Ragold«, fuhr Theresa fort. »Es muss ein schreckliches Gedränge sein bei euch. Weshalb hast du mir eigentlich nicht erzählt, dass du dein Büro mit einer Kollegin teilst?«

»Weil sie erst seit gestern da ist. Außerdem ist es doch vollkommen unwichtig.«

»Ich finde es nicht unwichtig. Ich finde, ich habe ein Recht zu erfahren, wenn es eine andere Frau in deinem Leben gibt.«

Bevor ich etwas Falsches sagte, hielt ich lieber den Mund und begann, sie wieder zu streicheln. Sie ließ es geschehen, seufzte einige Male wohlig und fragte schließlich mit halb geschlossenen Augen: »Ist sie hübsch?«

»Hässlich wie ein vietnamesischer Ochsenfrosch. Sie trägt eine Brille, die ihr überhaupt nicht steht. Sie zieht sich an wie eine Engländerin. Und ich werde sie nie wieder ansehen, falls dich das beruhigt. Außerdem geht sie mir furchtbar auf den Geist, und das meine ich ernst. Ich bin es nicht mehr gewohnt, mit jemandem mein Büro zu teilen. «

Theresa nickte befriedigt und genoss meine Zärtlichkeiten. Als ich schon dachte, das Thema sei vergessen, sagte sie: »Und der ganze Tumult nur, weil zwei Minister das Bedürfnis verspüren, in Heidelberg ihr Tête-à-Tête zu veranstalten? «

»Das wäre ja im Prinzip noch kein Problem, wenn die Amis sich nicht überall und jederzeit bedroht fühlen würden. «

»Diesen Mister Henderson solltest du übrigens von Rechts wegen auf der Stelle festnehmen, sobald er einen Fuß in die Stadt setzt. « Theresa rückte näher, legte ihre heiße Hand auf meinen Bauch und begann wieder zu schnurren. »Aber jetzt ist vielleicht nicht der passende Zeitpunkt für Politik. «

9

»Übers Wochenende haben sich ein paar Zeugen gemeldet«, berichtete Evalina Krauss bei der Fallbesprechung am Montagmorgen und gähnte erst einmal herzhaft. »Spaziergänger, Jogger und eine alte Frau, die in einem von den Hochhäusern in der Nähe wohnt. «

Ein Hustenanfall unterbrach sie. Offenbar hatte sie sich beim Gähnen verschluckt. Neben ihr saß – gemütlich die Beine von sich gestreckt – ihr Lebensabschnittsgefährte Sven Balke und hatte sich von ihrem Gähnen anstecken lassen. Als der Husten seiner Liebsten nicht nachlassen wollte, schlug er ihr einige Male kräftig auf den Rücken. Helena Guballa saß still an ihrem Laptop und schien nicht zu hören, was um sie herum gesprochen wurde.

Mein Wochenende war ruhig verlaufen. Den Samstag hatte ich mit den Dingen verbracht, die die Woche über liegen geblieben waren. Dingen, die leicht zu erledigen waren und keine Probleme machten. Bei denen man nichts denken musste und wenig schiefgehen konnte. Am Sonntagnachmittag hatte ich in Begleitung meiner Töchter und eines großen Blumenstraußes Klara Vangelis im Sankt-Elisabeth-Krankenhaus besucht, um den kleinen Konstantin zu besichtigen, dessen Winzigkeit in krassem Gegensatz zum großen Vornamen stand. Ein Name zum Hineinwachsen, sozusagen. Meine Töchter waren beim Anblick des Babys völlig durchgedreht und hatten unverzüglich begonnen, Überlegungen zum Thema Familienplanung anzustellen. Sarah wollte mindestens vier Kinder haben, vielleicht auch fünf oder sechs, Louise fand zwei genug, wenn man die viele Arbeit bedachte und den ganzen Ärger, den Kinder nun mal mit sich brachten.

Meine sonst so toughe Erste Kriminalhauptkommissarin war ein wenig blass und erschöpft gewesen. Die Geburt hatte sie mehr mitgenommen, als sie sich eingestehen mochte. Abgesehen davon war sie so glücklich, wie es sich für eine junge Mutter gehört. Ein klein wenig trauerte sie schon jetzt ihrer Arbeit nach. Als wir uns nach einer halben Stunde verabschiedeten, waren die Zwillinge zum Schluss gekommen, drei Kinder seien ideal. Zwei Töchter und ein Sohn für Louise, zwei Söhne und ein Mädchen für Sarah. Was aktuell noch gesucht wurde, waren die Väter dazu.

Evalina Krauss räusperte sich ein letztes Mal. Es ging weiter.

»Ich mach's mal in der Reihenfolge, in der die Leute angerufen haben. Der erste ist Versicherungsvertreter. Der joggt jeden Abend so gegen acht, halb neun an dem Haus vorbei. Er sagt, seit ein paar Wochen sei es auf einmal wieder bewohnt gewesen. Einmal hat er gesehen, wie Rauch aus dem Kamin gekommen ist. Manchmal war innen Licht, aber nicht immer. Er hat sich nichts groß dabei gedacht. Nur, dass da halt jetzt wieder wer wohnt.«

»Hat er einen der Bewohner gesehen?«

»Nein. Nie. Die nächste ist eine Frau, die auch regelmäßig durch die Felder joggt. Die sagt im Großen und Ganzen das Gleiche wie der erste Zeuge. Einmal hätte sie ein Fahrrad gesehen, das neben der Haustür lehnte. Und wie sie später zurückgekommen ist, war das Fahrrad weg.«

Sie blätterte um.

»Der Dritte ist ein Rentner. Er ist fast achtzig und führt in den Feldern regelmäßig seine drei Rottweiler aus. Der will an einem Fenster mal einen Mann gesehen haben. So zwischen fünfzig und sechzig, meint er. Und das Fahrrad ist ihm auch aufgefallen. Sogar zwei oder drei Mal. Er ist sich sicher, dass es immer das gleiche Rad gewesen ist. Ein älteres Damenrad. Blau.«

»Dasselbe«, warf Balke ein.

»Was?«, fragte Krauss mit gerunzelter Stirn.

»Dasselbe Rad, nicht das gleiche.«

Ihre Miene verriet, dass die ungebetene Fortbildung in deutscher Grammatik nicht willkommen war. Es wird bei Paaren oft vom verflixten siebten Jahr gesprochen. Gab es auch einen verflixten siebten Monat?

»Und dann ist da noch ein Jogger, ein junger Professor für alte Geschichte, hier an der Uni. Der ist in meinen Augen der Interessanteste. Er hat sich erst gestern Abend gemeldet und sagt, er hätte bei dem Haus mal einen Mann gesehen, wie der grad um die Ecke gekommen ist. Er – also der Professor – hat sich ein bisschen gewundert, warum der andere so erschrocken ist. Er hätte gleich das Gesicht weggedreht und auch gar nicht gegrüßt.«

Ich setzte mich aufrecht hin und nahm die Brille ab. »Was kann er über diesen Mann sagen?«

»Alter so zwischen fünfundfünfzig und fünfundsechzig«, las Krauss aus ihren Notizen vor. »Statur eher schlank, eins fünfundsiebzig bis eins fünfundachtzig groß. Gesicht hager, tief liegende Augen. Haare noch ziemlich voll, aber schon ganz grau. Und der Typ hat einen dunkelblauen Jeansanzug angehabt. Außerdem sagt der Zeuge, der Mann hätte leise was gerufen, nach hinten, über die Schulter.«

»Wie kann man denn leise rufen?«, fragte Balke grinsend.

»Nerv nicht, Mann!«, fauchte Krauss, ohne den Kopf zu wenden. Sie sammelte sich kurz und fuhr fort: »Jedenfalls, der Zeuge meint, da wäre vermutlich noch wer hinter der Hausecke gewesen.«

»Diese zweite Person hat er aber nicht gesehen?«

Kollegin Kraus schüttelte den Kopf mit den aschblonden Fransen.

»Alle sagen, das Haus hätte jahrelang leer gestanden, und erst seit ein paar Wochen wäre da wieder manchmal Licht gewesen. Anscheinend haben sich die Bewohner ziemlich Mühe gegeben, nicht aufzufallen.« Sie klappte den dünnen Ordner zu, der alles an Papier enthielt, was wir zu dem Fall bisher hatten. »Und das war's auch schon.«

Balke zog seine Beine an sich und richtete sich auf. »Ich habe mich mal um die Besitzverhältnisse gekümmert. Das Haus ist nicht herrenlos, wie der Kollege meinte. Es gibt eine Tochter der toten Besitzer. Ich habe ihre Adresse in Kassel und auch eine Telefonnummer. Bisher habe ich sie allerdings noch nicht erreicht.«

Helena Guballa erhob sich und verließ den Raum. Vermutlich, um sich einen Kaffee zu organisieren oder bei meiner Sekretärin über mich zu lästern.

»Vor dem Brand hat es eine Explosion gegeben«, fuhr Balke fort. »Im Gras um das Haus herum liegen Glasscherben von den Fenstern bis zu zehn Meter weit. In der Küche gab's einen zweiflammigen Propangaskocher. Die Gasflasche ist leer. Und das Ventil aufgedreht.«

Balke stöberte mit hochgezogenen Brauen in seinem iPhone.

»Ah, da … In der Küche haben zwei Bikes gestanden. Haben die vermutlich nachts mit reingenommen, damit sie nicht wegkommen. Eines ist nicht weiter erwähnenswert. Aber das zweite war ein absolutes Hightechteil. Campagnolo-Schaltung, ungefähr die teuerste, die Sie für Geld kaufen können. Shimano-Dura-Ace-Bremsen, jede Menge Karbonteile. So was geht nicht jeden Tag über den Ladentisch. Wer so was verkauft, der erinnert sich.«

»War eines davon ein blaues Damenrad?«

Er schüttelte den Kopf und steckte sein Handy ein. »Das Feuer hat verdammt gründlich gearbeitet.«

»Und was war mit der alten Frau?«, fragte ich Evalina Krauss. »Die haben Sie nur anfangs erwähnt.«

»Ach, die.« Sie lachte verlegen. »Von ihrem Balkon kann sie das Haus sehen. Sie behauptet, da hätte es nachts manchmal gespukt. Da wären nachts manchmal Geister gewesen.«

»Seit Anfang Juni?«

Krauss schüttelte den Kopf. »Nein. Früher schon.«

»Und was haben die Geister so getrieben?«, fragte Balke neckisch und legte seine Rechte auf ihren Oberschenkel. »Mit Ketten geklirrt?«

»Wer hat den Brand eigentlich gemeldet?«, fragte ich.

»Die alte Frau.« Evalina Krauss schubste Balkes Hand weg. »Sie hat Schlafstörungen und guckt die halbe Nacht aus dem Fenster.«

Die Tür ging auf. Anstelle der Zielfahnderin kam Sönnchen herein. »Sie sind ja noch da, Herr Gerlach!«, sagte sie entrüstet.

»Das hier ist bis jetzt immer noch mein Büro.«

»Sie sollten im Rathaus sein. Seit fünf Minuten schon.«

»Our foreign guests will arrive at Frankfurt Airport«, referierte irgendein Anzugträger gerade, als ich außer Atem und fast eine halbe Stunde zu spät das Sitzungszimmer betrat. Bis zu diesem Moment hatte ich nicht gewusst, dass man selbst Englisch mit rheinischem Akzent sprechen konnte. Ich fand einen freien Stuhl, nahm möglichst geräuschlos Platz und legte artig Block und Kugelschreiber vor mich hin. Der Kuli rollte natürlich sofort vom Tisch, sodass ich mich bücken musste, um ihn aufzuheben. Der Vortragende schwieg rücksichtsvoll, um mir aufmerksam bei der Suche zuzusehen. Manche grinsten.

Keith Sneider musterte mich ausdruckslos und nickte mir erst nach Sekunden zu, als wäre er gerade dabei gewesen, intensiv über etwas sehr Wichtiges nachzudenken. Heute ging es um Fahrtrouten, entnahm ich der Agenda, die auf dem Tisch lag, Landeplätze für Hubschrauber, Fluchtwege für den Fall eines Großangriffs mit schweren Waffen.

Mister Henderson und sein Tross würden am Mittwoch, dem dreizehnten Oktober am späten Vormittag auf dem Frankfurter Rhein-Main-Flughafen landen, wurde für die wiederholt, die es immer noch nicht wussten. Den Transport der Delegation nach Heidelberg übernahmen die Amerikaner selbst, mithilfe einer eigens für diesen Zweck eingeflogenen Flotte gepanzerter Fahrzeuge. Der deutschen Polizei fiel dabei die ehrenvolle Aufgabe zu, die Autobahnen freizuhalten, damit man das Tagungshotel – das Palace-Hilton am südlichen Neckarufer – möglichst ungebremst erreichte. Der offizielle Teil der Veranstaltung begann mit einem abendlichen Bankett und endete zwei Tage später am frühen Nachmittag mit einer großen Pressekonferenz. Sollte die Bundeskanzlerin tatsächlich teilnehmen, dann war geplant, sie erst kurz vor Beginn des Essens von einem Termin in Stuttgart per Hubschrauber einzufliegen.

Beide Delegationen wohnten im Tagungshotel. Dies hatte den Vorteil, dass Fahrten quer durch die Stadt und die damit verbundenen Behinderungen und Absperrungen weitgehend entfallen würden. Eine der vielen Bedingungen, an die Mister Henderson sein Erscheinen geknüpft hatte, war, dass der Innenpool des Hotels jeden Morgen von fünf bis sechs Uhr für ihn reserviert war. Der Fuß- und Radweg zwischen Hotel und Neckar musste selbstverständlich komplett gesperrt werden.

Für jedes Teilstück der Fahrstrecke hatten die BKA-Leute zusammen mit Sneiders Gruppe Alternativ- und Ausweichrouten ausgearbeitet, die nun diskutiert und akzeptiert oder verworfen wurden. Längst schon war geklärt, wo im fraglichen Zeitraum Baustellen den Autobahnverkehr behindern würden. Die genauen Flug- und Fahrzeiten unterlagen höchster Geheimhaltung und wurden selbst in diesem Kreis nicht verraten.

Nun war ich an der Reihe. Auf einem Speicherstick hatte ich einige Folien mitgebracht, auf der die zur Verfügung stehenden Kräfte der Heidelberger Polizeidirektion aufgelistet waren. Ich vergaß nicht zu erwähnen, dass bei uns für die heiße Woche selbstverständlich absolute Urlaubssperre galt, was die enorme Wichtigkeit unterstrich, die wir den Wirtschaftsgesprächen sowie den anreisenden Gästen beimaßen. Mein kurzer Vortrag wurde wohlwollend zur Kenntnis genommen, und dann durfte ich mich wieder setzen.

Die einhundertachtzehn Mitarbeiter, die mir als Liebekinds Vertreter zurzeit unterstanden, reichten natürlich hinten und vorne nicht aus, um die Sicherheit der Politiker zu gewährleisten. Deshalb würden fast tausend zusätzliche Polizistinnen und Polizisten aus der näheren und weiteren Umgebung in die Kurpfalz abgeordnet werden, einige Hundertschaften der Bereitschaftspolizei eingerechnet, während sich weitere fünfhundert Kollegen mit gepackten Koffern in Alarmbereitschaft hielten. Die Menschen, die von dem zu erwartenden Trubel am wenigsten mitbekommen würden, waren vermutlich die Teilnehmerinnen und Teilnehmer der Wirtschaftsgespräche.

Keith Sneider schwieg die meiste Zeit und hörte mit halb geschlossenen Augen zu. Nur dass er hin und wieder an den richtigen Stellen nickte, deutete darauf hin, dass er konzentriert zuhörte. Sein Nebenmann dagegen, ein junger, athletisch gebauter Bursche, machte sich eifrig Notizen.

»Neues von der Brandstelle«, verkündete Balke, als er nach dem Mittagessen mein Büro betrat. Er nickte Helena Guballa freundlich zu und setzte sich mir gegenüber. »Wie es aussieht, hat es eine zweite Explosion im Inneren des Hauses gegeben. Die Spusi hat das Türschloss, das zu einem Schrank gehört hat, ungefähr fünf Meter entfernt vom Möbelstück selbst gefunden. Ziemlich verbeult und verbogen.«

An seinem linken Ohr glitzerten die Silberringe in einem Lichtstrahl, den die Mittagssonne durchs Fenster schickte.

Meine neue Bürogenossin war beim Wort »Explosion« aufgesprungen. »Weiß man schon, was da explodiert ist?«, fragte sie mit hochgezogenen Brauen.

»Im Moment wissen wir leider noch so gut wie gar nichts«, erwiderte mein Untergebener liebenswürdig. »Das Labor arbeitet mit Hochdruck daran. Falls es Sprengstoff war, dann war es in jedem Fall viel zu wenig, um ernsthaften Schaden anzurichten. Eine größere Menge hätte die Hütte vermutlich weggepustet.«

Balke strahlte sie an, als würde er nicht über eine Brandkatastrophe mit zwei Todesopfern berichten, sondern von seinem schönsten Wochenendvergnügen.

Alter Charmeur.

Sie lächelte zurück.

Ich räusperte mich und wandte mich an meine Bürogenossin. »Sie vermuten einen Zusammenhang zu dem angeblich drohenden Terroranschlag?«

In dem Moment, als sie mich ansah, erlosch ihr Lächeln. »Vermutungen anzustellen fällt nicht in mein Ressort.«

»Jedenfalls ein romantisches Örtchen, um einen Bombenanschlag vorzubereiten«, meinte Balke grinsend. »So mitten im Grünen unter Bäumen, rundrum Wiesen und Wald ...«

»Terroristen sind oft romantisch veranlagt«, erwiderte Helena Guballa ernst. »Weiß man inzwischen, ob eine Frau unter den Toten ist?«

»Nein.« Balke rieb sich mit beiden Händen das Gesicht. Es klang, als hätte er es bei der morgendlichen Rasur eilig gehabt. »Bis jetzt wissen wir so gut wie gar nichts. Der vorläufige Obduktionsbericht soll aber im Lauf des Nachmittags kommen. Haben sie hoch und heilig versprochen.«

Die Gerichtsmediziner hielten Wort. Um sechzehn Uhr rief ich Sven Balke und Evalina Krauss zu mir. Helena Guballa war ohnehin schon da und brauchte nicht eingeladen zu werden.

»Von einem Leichnam haben wir einen ganz brauchbaren Zahnstatus«, berichtete ich meinem aufmerksam lauschenden Publikum. »Den schicken wir über unseren Verteiler an alle Zahnärzte in der Umgebung.« Ich nickte Kollegin Krauss zu, um klarzustellen, wen ich mit »wir« meinte. »Der oder die Tote hatte mehrere Implantate und Brücken im Mund. Vom Zustand der Zähne zu schließen, dürfte er nicht mehr ganz jung gewesen sein.«

»Und der Zahnarzt wird sich einen halben Mercedes an ihm verdient haben«, meinte Balke böse. »Erhöht unsere Chancen, dass er sich an den Patienten erinnert.«

»Am anderen dürfte sein Zahnarzt nicht viel Freude gehabt haben«, fuhr ich fort. »Der hatte ein sehr gut erhaltenes Gebiss. Ansonsten leider bei beiden keinerlei Auffälligkeiten. Keine schlecht verheilten Knochenbrüche, keine anatomischen Unregelmäßigkeiten.«

Die beiden Körper hatten in einem Maße unter der Hitze gelitten, wie es auch der Arzt, von dem der dreiseitige Bericht stammte, nie zuvor gesehen hatte. Nicht einmal die Körpergröße der Toten zu Lebzeiten ließ sich ohne Weiteres bestimmen. Hoffnung setzten die Mediziner in winzige DNA-Reste, die sich auch bei stark verkohlten Leichen oft in den Oberschenkelknochen finden lassen. Mit den heutigen technischen Mitteln reichten bereits wenige Moleküle aus, um einen genetischen Fingerabdruck zu erstellen.

Eine wichtige Kleinigkeit kam ganz am Ende des Obduktionsberichts, und ich fand es beunruhigend, dass diese meinen Mitarbeitern von der Spurensicherung entgangen war.

»Am Arm des Körpers mit den gesunden Zähnen befinden sich Reste von einer Herrenarmbanduhr. Einer teuren Armbanduhr, mit großer Wahrscheinlichkeit von der Firma Glashütte. Ein mechanisches Modell, das seit fast fünfzig Jahren nicht mehr hergestellt wird. Und auf der Rückseite ist eine Gravur.«

»Eine Gravur?«, fragten Balke und Krauss gleichzeitig. Auch Helena Guballa, die inzwischen wieder vor ihrem Laptop saß, sah mich erwartungsvoll an.

»XvA.« Ich klappte den Bericht zu. »Großes X, kleines v, großes A.«

»Wie meinten Sie das, als Sie vorhin sagten, Terroristen seien oft romantisch veranlagt?«, fragte ich meine Bürogenossin, als wir wieder unter uns waren.

Zögernd hörte sie auf zu tippen, machte auf ihrem hübsch gemusterten Schreibtischstuhl, der irgendwann ohne mein Zutun gegen den Besucherstuhl ausgetauscht worden war, eine Hundertachtzig-Grad-Drehung, sah mich ernst und konzentriert an.

»Vor allem junge, noch unreife Menschen sind für extremistisches Gedankengut anfällig. Menschen, die den Glauben noch nicht verloren haben, dass Gerechtigkeit möglich ist. Die irgendwann an der Erkenntnis verzweifeln, dass sich außer ihnen offenbar niemand für diese doch so wichtige Frage zu interessieren scheint. Wenn sie dann auch noch das Pech haben, in die falschen Kreise zu geraten, und den Kontakt zu ihrem alten Umfeld verlieren, dann sind die Chancen groß, dass es am Ende schiefgeht. An einem bestimmten Punkt kommen diese Menschen zu dem Schluss, dass Reden nichts hilft. Dass Reden nichts verändert. Von dieser Minute an sind sie verloren, weil Argumente sie nicht mehr erreichen.«

Mir fiel auf, dass auf dem Schreibtisch der BKA-Beamtin nichts herumlag außer ihrem Laptop und einem DIN-A4-Blatt, von dem sie ihre Notizen abtippte.

»Und was ist mit denen, die keine Romantiker sind?«

»Die gibt es selbstverständlich auch. Die Einsamen, die in einem politisch extremen Grüppchen zum ersten Mal im Leben das Gefühl haben, ernst genommen zu werden, angenommen zu werden. Die sind aber meist nur mit halbem Herzen dabei und für uns relativ leicht umzudrehen, wenn es gelingt, sie von ihrer Gruppe zu isolieren. Dann gibt es die Abenteurerfraktion. Zu denen zählen wir zum Beispiel Andreas Baader. Denen macht es einfach Spaß, ein aufregendes Leben zu führen, Räuber und Gendarm zu spielen mit echten Waffen und sich dabei auch noch groß und edel zu fühlen. Und schließlich gibt es die Intellektuellen. Das sind die Gefährlichsten. Denken Sie an Ulrike Meinhof. Das sind die, die sich aus politischer Überzeugung, nach reiflicher Überlegung und mit kühlem Herzen zum bewaffneten Kampf entschließen.«

»Wie schätzen Sie Judith Landers ein?«

»Eine Mischung aus Typ eins und Typ vier. Ein bisschen Romantik, viel Intellekt und keine Spur von Abenteuerlust.«

»Und Sie glauben wirklich, sie plant einen Anschlag?«

Die Zielfahnderin atmete tief ein und schlug die Augen nieder. »Zum Glauben gehe ich in die Kirche, Herr Gerlach. Ich bin hier, um Erkenntnisse über Judith zu sammeln, Fakten, Details aus ihrem Leben. Ich bin hier, um unser Bild von ihr immer weiter zu vervollständigen. Und irgendwann, vielleicht morgen, vielleicht in zehn Jahren, wird das dazu führen, dass sie gefasst wird. Daran glaube ich.«

Ich lehnte mich zurück und nahm die Brille ab.

»Würden Sie mir ein wenig von ihr erzählen?«

Überrascht sah sie auf. »Selbstverständlich«, erwiderte sie. »Zur Welt gekommen ist sie am vierundzwanzigsten Dezember neunzehnhundertsechzig in Neckarsteinach.«

»Ein Christkind also.«

Als hätte sie meine Bemerkung nicht gehört, sprach sie weiter: »Grundschule von siebenundsechzig bis einundsiebzig. Der Vater war ein kleiner Beamter bei der Post, die Mutter Lehrerin. Judith war ein Einzelkind. Beide Eltern protestantisch, sehr religiös.« Sie referierte jedes Detail aus dem Gedächtnis. »In Judiths letztem Grundschuljahr wird der Vater nach Heidelberg versetzt. Man zieht um, in eine Vierzimmerwohnung in der Grünewaldstraße. So kam Judith einundsiebzig aufs Helmholtz-Gymnasium.«

»Auf das gehen meine Töchter auch!«

»Sie war bis zum Abitur eine gute bis sehr gute Schülerin. Wie die Eltern fromm, strebsam und angepasst.«

»Und wenige Jahre später ist das brave Mädchen eine europaweit gesuchte Terroristin und mehrfache Mörderin«, sagte ich nachdenklich.

»Viele Mitglieder der RAF waren wohlerzogene Kinder.«

10

»Paps«, begrüßte mich Sarah am Abend. »Wir müssen mit dir reden.«

Ich hängte mein Jackett an die Garderobe. »Gibt's schon wieder Ärger in der Schule?«

Neben ihr stand Louise und musterte mich mit finsterer, fast feindseliger Miene.

»Es ist wegen diesem Amerikaner. Diesem Ron Henderson.«

»Aha.«

Sie gingen voran ins Wohnzimmer und setzten sich auf die Couch. Ich nahm im Sessel Platz, schlug die Beine übereinander und fühlte mich ein wenig wie ein Angeklagter im Kreuzverhör. »Und?«

»Hast du gewusst, dass der über tausend Menschen umgebracht hat?«

»Wo habt ihr den Unsinn denn her?«, fragte ich, nachdem ich mich von meiner Verblüffung erholt hatte.

»Gelesen«, erwiderte Louise ungnädig. »Im Internet.«

»Im Internet steht eine Menge Unsinn. Wieso sollte er denn Menschen umgebracht haben?«

»Nicht selber natürlich. Bevor er Minister geworden ist, war er nämlich Boss von einer großen Baufirma.«

»Das weiß ich. Aber das ist kein Verbrechen.«

»Seine Firma hat zum Beispiel im Irak Supergeschäfte gemacht. Straßen gebaut und Brücken, die die Amerikaner vorher selber zusammengeschossen haben. Dein Mister Henderson ist nämlich ein Busenfreund von dem Präsidenten, der den Krieg angefangen hat.«

Ich setzte mich gerade hin. »Erstens ist er nicht *mein* Mister Henderson. Zweitens mag das alles richtig sein. Aber ich verstehe immer noch nicht …«

»Manchen Irakern hat das nicht gepasst, dass die alles wieder aufbauen.«

»Stimmt nicht«, wies Sarah ihre eine halbe Stunde jüngere Schwester zurecht. »Dass die Amerikaner auch noch fett dran verdient haben, das hat denen nicht gepasst. Sie haben nämlich meistens keine Einheimischen eingestellt, sondern ihre eigenen Leute eingeflogen. Obwohl es da unten genug Leute gibt, die keine Arbeit haben.«

»Dann hat es Anschläge gegeben. Bombenanschläge auf die Baustellen und auf die Amerikaner. Und dann haben sie eine Sicherheitsfirma geholt, damit sie die Baustellen bewacht.«

»Und dann hat dein Mister Henderson beschlossen, dass ihm das zu teuer ist, und einfach eine eigene Sicherheitsfirma gegründet.«

»Im Internet steht, sie haben die unmöglichsten Typen eingestellt. Ehemalige Soldaten, entlassene Sträflinge, voll die Asis ...«

»Und er hat persönlich angeordnet, dass sie keine Kompromisse machen sollen. Wer sich zu nah rantraut, wird umgelegt. Die haben sogar Frauen erschossen, mit Kindern an der Hand ...«

»Also jetzt entschuldigt mal, Mädels. Das glaube ich einfach nicht. Dass die Amerikaner sich im Irak nicht gerade mit Ruhm bekleckert haben, weiß jeder. Und von diesen sogenannten Sicherheitsfirmen habe ich auch schon gehört. Aber das, was ihr mir hier auftischt, kommt mir doch etwas übertrieben vor.«

Doch die Zwillinge blieben hartnäckig.

»Er hat den Befehl gegeben, dass auf alles geschossen wird, was sich bewegt«, erregte sich Sarah. »Und darum hat er doch wohl die Verantwortung! Er ist schuld, oder nicht?«

»Jetzt mal langsam, bitte.« Es war Zeit, die Diskussion in ruhigere Bahnen zu lenken. »Ich weiß, das Internet ist eine tolle Sache. Aber man darf wirklich nicht alles unbesehen glauben, was man da liest.«

»Weißt du, wie viel der bei seiner Firma verdient?«, fragte Louise mit grimmigem Blick, ohne auf meinen Einwand einzugehen.

»Verdient hat. Meines Wissens hat er seinen Vorstandsposten aufgegeben, als er Minister wurde.«

»Siebzehn Millionen!«

»Dollar!«

»Fast eineinhalb Millionen im Monat!«

»Das ist eine Menge. Aber viele Manager verdienen heutzutage so viel und sogar noch mehr.«

»Das sind fast zehntausend Dollar in der Stunde, haben wir ausgerechnet. So viel kann doch kein Mensch arbeiten!«

»Der Typ könnt sich jeden Tag ein neues Auto kaufen! Jeden!«
»Krank ist das«, zischte Louise zornig. »Total krank und fies
und supermegaungerecht.«

Zum Stichwort Ron Henderson fand Google in 0,17 Sekunden
etwas über zwei Millionen Informationsquellen im weltweiten
Netz. Meine Töchter waren losgezogen, nachdem sich ihre Empörung ein wenig gelegt hatte, um sich mit irgendwelchen Freundinnen zu treffen. Ich hatte mir ein Glas Rotwein eingeschenkt und
mich vor den PC gesetzt mit dem Vorsatz, mich ein wenig über
den Mann zu informieren, der die beiden in solche Aufregung
versetzte. Aus den geplanten fünfzehn Minuten wurden dreiein-
halb Stunden.

Ron S. Henderson kam neunzehnhundertachtundvierzig in
Houston, Texas, zur Welt. Sein vollständiger Vorname lautete
Ronald Sebastian Frederic. Der Vater, Jesse Henderson, war
Besitzer einer kleinen Baufirma, der Henderson Buildings. Die
Mutter Felicity, geborene Miles, Hausfrau, religiös bis in die
Haarspitzen, war sozial eifrig engagiert. Neben Ron hatten die
beiden noch drei weitere Kinder. Die Eltern waren nicht reich,
hatten es aber doch zu solidem Wohlstand gebracht.

Nach Primary School und High School in Houston besuchte
der zweitälteste Sohn der Familie die Phillips Academy in Ando-
ver, Massachusetts. Dort kreuzten sich seine Wege zum ersten
Mal mit denen eines gewissen George Walker Bush, auf dessen
zukünftige politische Karriere damals niemand auch nur einen
Cent gewettet hätte. Die beiden heranwachsenden Männer freun-
deten sich an und wurden mehr als einmal wegen wüster Sauf-
gelage und anschließend verübter kleinerer Untaten verwarnt.
Vermutlich hatte nur der Einfluss von Bush senior verhindert,
dass die beiden Früchtchen bald wieder von der Eliteschule flogen. Im Alter von neunzehn Jahren machte Henderson als Jahrgangsbester seinen Master of Business Administration.

Anschließend trat er in die Firma seines Vaters ein. Anfangs
fungierte er dort als persönlicher Assistent des Alten und als Jün-
gelchen für alles. Bald war er jedoch schon allein verantwort-
licher Chef, da Jesse Henderson einen Schlaganfall erlitt. Unbe-
stätigten Gerüchten zufolge in einem teuren Hotelbett, das er mit

gleich zwei Callgirls teilte. Der Alte – damals schon weit über sechzig – durchlief eine langwierige und teure Rehabilitation, litt jedoch dennoch unter massiven Sprachstörungen, sodass er sich aus dem Berufsleben zurückziehen und die Verantwortung für seine Firma endgültig an den Sohn abgeben musste.

Ron Henderson machte sich nicht schlecht als umtriebiger und ehrgeiziger Chef des mittelständischen Bauunternehmens. Die Gewinnkurve zeigte bereits im folgenden Jahr einen deutlichen Knick nach oben. Nur zwei Jahre nach Beginn seiner Managerkarriere übernahm die Henderson Buildings einen fast dreimal größeren Konkurrenten, der damals gerade in finanziellen Turbulenzen steckte, und wurde umbenannt in HBC, Henderson Building and Construction. Weitere zwei Jahre später wurde die HBC zur Aktiengesellschaft, woraufhin Ron Henderson im Alter von siebenundzwanzig Jahren mehrfacher Millionär und CEO eines Unternehmens mit nahezu achttausend Mitarbeitern war. Zusammen mit der inzwischen völlig in ihrer Religiosität versunkenen Mutter – der Vater war nach einem zweiten Hirnschlag verstorben – und dem jüngsten Bruder Pete bezog Ron eine standesgemäße Villa, die gewiss nicht zufällig unweit des weitläufigen Anwesens der Bushs lag. Darüber, was aus den anderen beiden Geschwistern wurde, schwieg sich das Internet aus.

George W. Bush war zu jener Zeit zum Chef der familieneigenen Bush Exploration aufgestiegen, die ihr Geld im Erdölgeschäft verdiente. Anfang der Achtzigerjahre kam die Firma ins Trudeln, da der Ölpreis einbrach. Ron Henderson schien bei der Rettung eine nicht unwesentliche Rolle gespielt zu haben.

Als George W. Bush einige Jahre später Gouverneur von Texas wurde, betrug der Börsenwert von HBC bereits zweieinhalb Milliarden Dollar, und das Unternehmen war zum Global Player aufgestiegen. Einundfünfzig Prozent der Aktien hielt Ron, fünfzehn Prozent Pete, weitere fünfzehn Prozent die Mutter, der Rest war in Streubesitz. Dass sein Busenfreund George nun plötzlich in der Politik Karriere machte, bescherte der HBC einen weiteren Wachstumsschub. Die Zahl der öffentlichen Aufträge stieg drastisch an, und auch wenn irgendwo in der Welt eine neue Erdölquelle erschlossen wurde, gab es immer reichlich Beton zu verbauen. Anfang fünfundneunzig berief der frisch gebackene

Gouverneur seinen alten Freund Ron in seinen Beraterstab, und seither sah man ihn immer häufiger auch öffentlich in Bushs Nähe.

Zweitausendeins wurde Bush mit der dünnstmöglichen Mehrheit – manche behaupten bis heute, nur durch Wahlfälschung in Florida, dessen Gouverneur damals praktischerweise sein Bruder Jeb war – zum Präsidenten der Vereinigten Staaten von Amerika gewählt. Dass Ron Henderson einen beträchtlichen Teil des Wahlkampfs finanziert hatte, war kein Geheimnis. Gut investiertes Geld, wie sich in den folgenden Jahren zeigen sollte.

Die HBC wuchs und gedieh. Die Klatschpresse berichtete hin und wieder von Alkoholexzessen Hendersons. Sein Lieblingsgetränk war angeblich schottischer Single-Cask-Whisky.

Zweitausenddrei begann der zweite Irakkrieg, um dem Nahen Osten endlich die Freiheit zu bringen, Bushs »Geschenk Gottes an die Menschheit«, welches Millionen Tod, Not und Verzweiflung bescheren sollte. Henderson war jetzt Stabschef im Weißen Haus und einer der engsten Ratgeber Bushs. Schon im Vorfeld des Krieges war angeblich beschlossene Sache gewesen, dass die HBC später den Löwenanteil der notwendigen Wiederaufbauarbeiten abwickeln würde. Der Aktienwert des Unternehmens stieg in den drei Jahren nach Beginn des Feldzugs gegen die Achse des Bösen auf über sieben Milliarden. Der Wert der – allesamt nicht öffentlich ausgeschriebenen – Regierungsaufträge lag Gerüchten zufolge bei über drei Milliarden, und die erzielte Umsatzrendite schätzten fachkundige Lästermäuler auf mindestens fünfzig Prozent.

Zweitausendsieben überfuhr Henderson am helllichten Nachmittag eine junge Mutter, die mit ihrem Kinderwagen eine ruhige Vorstadtstraße Houstons überquerte. Das Baby war sofort tot, die Mutter schwer verletzt und heute querschnittsgelähmt. Alle Spatzen des Internets pfiffen von den virtuellen Dächern, dass Henderson an jenem Nachmittag betrunken gewesen sei. Es kam zur Anklage. Zwei Tage vor Beginn des Prozesses zog die Mutter plötzlich ihre Aussagen zurück und behauptete, sich aufgrund des posttraumatischen Schocks an nichts mehr erinnern zu können. Der einzige unbeteiligte Zeuge, ein stadtbekannter Alkoholiker, war bereits in den Tagen nach dem Unfall auf geheimnisvolle Weise verschwunden. Im Prozess selbst verheddterte sich die arme Frau immer mehr in Widersprüche, wurde von Hendersons Anwälten zerpflückt und gedemütigt. Dass der Kinderwagen von Hendersons Hummer gerammt wurde, ließ sich natürlich beweisen. Dass er selbst am Steuer saß, nicht. Nach einem mehrtätigen Prozess wurde Henderson vom Vorwurf der fahrlässigen Tötung freigesprochen. Und irgendwie verlief am Ende auch die Anzeige wegen Trunkenheit am Steuer und Fahrerflucht im Sand. Die vom Schicksal gebeutelte und vor Gericht so elend demontierte Mutter bezog im Jahr darauf zusammen mit ihrem Mann und den beiden verbliebenen Kindern ein schönes neues Haus in einem angenehmen Viertel Houstons. Und vermutlich erfreute sich heute irgendein hoher Staatsanwalt eines neuen Swimmingpools oder einer Doppelgarage samt hubraumstarkem Inhalt.

Zweitausendacht wurde der Republikaner George W. Bush durch den Demokraten Barack Obama ersetzt, und Ron Henderson stand vorübergehend im politischen Abseits. Aber bereits zwei Jahre später übernahmen die Republikaner erneut die Macht im Repräsentantenhaus, und der politische Wind drehte sich gegen Obama. Um dort und in den Chefbüros der Großindustrie für gute Stimmung zu sorgen, berief Obama den zeitlebens parteilos gebliebenen Ron Henderson zum Wirtschaftsminister.

Und so kam nun Heidelberg zur Ehre seines hohen Besuchs.

Und ich selbst dazu, mir um sein Wohlergehen Gedanken und mittlerweile auch ein wenig Sorgen machen zu müssen.

11

Am Dienstag geschah nichts.

Helena Guballa tippte und telefonierte und tippte. Die Gerichtsmediziner bemühten sich, das kriminaltechnische Labor machte seine Untersuchungen, ohne bisher irgendwelche Ergebnisse vorweisen zu können. Inzwischen hatte ich herausgefunden, warum auf dem Schreibtisch der Zielfahnderin niemals etwas herumlag: Sie steckte ihre Notizzettel immer in ihre Handtasche, nachdem sie das darauf Geschriebene in ihren Laptop übertragen hatte. Unter ihrem Tisch stand nicht einmal ein Papierkorb.

Schon seit dem Frühstück regnete es in großen, trägen Tropfen, und der Himmel sah aus, als sollte es eine Weile so bleiben. Nicht einmal eine Sitzung im Rathaus lockerte den trübsinnigen Tag auf. Ich war seit dem Aufstehen müde und gereizt und hätte nicht sagen können, weshalb. Da sonst nichts anlag, versuchte ich, den Aktenberg auf meinem Schreibtisch ein wenig abzutragen, aber es gelang mir schlecht.

Sönnchen ging mir aus dem Weg, nachdem sie festgestellt hatte, dass mit mir nichts anzufangen war, und zu allem Überfluss sagte auch noch Theresa unser abendliches Treffen ab. Sie hatte endlich die zündende Idee für ihr neues Buch gefunden, sprühte vor Ideen und konnte angeblich gar nicht so schnell schreiben, wie die Muse sie abknutschte. Da war natürlich kein Platz für so irdische Dinge wie ein bisschen Liebe. (Du klingst so komisch in deinen SMS. Ist irgendwas??? – Nein, es ist nichts. Hab nur schlechte Laune.)

Einen kleinen Lichtblick bildete der Nachmittagskaffee, den ich mit Sönnchen zusammen einnahm. Helena Guballa war seit dem Mittag wieder einmal unterwegs, um Menschen zu interviewen, die Judith Landers irgendwann gekannt oder getroffen hatten.

»Haben Sie denn jetzt endlich alle Geschenke für Ihre Töchter?«, fragte meine unersetzliche Sekretärin, die den kommenden Termin offenbar ebenfalls in ihrem Kalender stehen hatte.

»Die großen Sachen habe ich am Samstag besorgt. Ich brauche unbedingt noch irgendwas Originelles. Irgendwas, womit sie ganz und gar nicht rechnen.«

»Wie wär's mit einem Ausflug in den Europapark?«

»Auf Achterbahnen wird mir schlecht.«

»Sie könnten ja zugucken.«

»Ich weiß nicht … Ich glaube, mir wird schon schlecht vom Zugucken.«

Wir diskutierten noch ein wenig hin und her. Aber auch Sönnchen hatte letztlich keine besseren Ideen als ich.

Draußen goss es immer noch.

An diesem Tag machte ich zeitig Feierabend, gönnte mir abends ein Glas Rotwein mehr als gewöhnlich, ärgerte mich über die Zwillinge, die ausgerechnet heute kein Bedürfnis nach der Gesellschaft ihrer Freunde verspürten. Und hätte mich vermutlich ebenso geärgert, wäre es anders gewesen. Ich ging mir selbst auf die Nerven und legte mich früh schlafen in der Hoffnung auf einen besseren Tag.

Auch am Mittwochmorgen, fünf Tage nach dem Brand, waren die beiden Leichen immer noch namenlos. Keine Vermisstenmeldung passte auf die Toten. Die Beschreibung der Armbanduhr in den Zeitungen, die Gravur, das teure Fahrrad – nichts hatte mehr als tote Spuren gebracht und Hinweise, die in Sackgassen führten. Auch meine Hoffnung, ein Zahnarzt könnte uns bei der Identifizierung helfen, schien sich nicht erfüllen zu wollen. Hilfe kam wie so oft von unerwarteter und völlig unwahrscheinlicher Seite.

»Chef, das glauben Sie nicht«, sagte Evalina Krauss, als sie im Lauf des Vormittags in mein Büro platzte. »Grad hab ich einen Zeugen am Telefon gehabt, der den Mann bei dem abgebrannten Haus auch gesehen haben will. Er behauptet, er kennt den.«

Ein wenig atemlos von den Treppen plumpste sie auf einen Stuhl. »Er behauptet steif und fest, er hätte das Gesicht schon mal gesehen. Das Dumme ist bloß, er kennt den Namen nicht. Jetzt will er in seinen Unterlagen nachsehen und sich dann wieder melden.«

Ich legte den Kugelschreiber auf den Schreibtisch. »In seinen Unterlagen?«

Sie zuckte die Achseln. »Das hat er gesagt. Er hat ein bisschen – wie soll ich sagen – komisch geklungen. Gestelzt irgendwie. Aber nicht verrückt, verrückt nicht. Ich glaub auch nicht, dass er ein Trittbrettfahrer ist. Oder noch einer von diesen Wichtigtuern.«

Draußen schien heute die Sonne von einem mit weißen Wölkchen gesprenkelten Himmel. Der Herbst konnte sich noch nicht recht entscheiden, wie er werden wollte. Meine Mitarbeiterin sprang auf und eilte davon.

Keine Viertelstunde später saß sie mir wieder gegenüber. Ihre Miene war jetzt weniger optimistisch.

»Er hat schon wieder angerufen«, sagte sie. »Ich glaub, der spinnt doch. Diesmal hat er ganz komisches Zeug geredet, vom Weltall und vom zweiten Hauptsatz der Thermodynamik und dass aller Kampf gegen die Unordnung vergebens ist. Ich hab nicht alles verstanden, ehrlich gesagt. Jedenfalls hat er nichts gefunden in seinen sogenannten Unterlagen.«

»Und jetzt?«

»Also, entweder, wir vergessen ihn ...«

Ich erhob mich. »Oder wir rücken dem guten Mann mal ein bisschen auf den Pelz.«

Eberhard Zorn war ein klein gewachsener, hagerer Mann, der auf den zweiten Blick nicht so gut gekleidet war, wie es auf den ersten wirkte. Er wohnte in einem stattlichen Haus in einem der besseren Viertel von Neuenheim. Während des kurzen Telefongesprächs, mit dem ich unser Kommen ankündigte, hatte er verhalten bis ablehnend reagiert. Mein Vorschlag, er könne ja stattdessen in die Direktion kommen, hatte allerdings noch weniger Begeisterung ausgelöst.

Der Hausherr empfing uns an der Tür in einem dezent zerknitterten dunkelblauen Anzug und frisch geputzten, jedoch schon etwas abgetretenen Halbschuhen, die aussahen, als wären sie vor langer Zeit einmal teuer gewesen. Wir machten uns bekannt, drückten Hände.

»Es wird sich wohl nicht vermeiden lassen«, sagte der angebliche Zeuge, ehe er zur Seite trat, um uns einzulassen.

Im Inneren des Hauses war es düster, und es roch, als wäre lange nicht gelüftet worden. Am Boden links im Flur stapelten sich Zeitungen. Eberhard Zorn schlüpfte aus seinem Sakko und hängte es sorgfältig über einen Holzbügel an einer schmiedeeisernen Garderobe, die vor fünfzig Jahren der letzte Schrei engagierter Innenarchitekten gewesen sein mochte. Dann lockerte er mit gemessenen Bewegungen seine Krawatte, knüpfte umständlich die Schnürsenkel seiner Schuhe auf und tauschte sie gegen blau karierte Hauslatschen. Offenbar hatte er sich stadtfein gemacht, nur um uns die Tür zu öffnen.

»Meine Kollegin, Frau Krauss, kennen Sie ja schon«, begann ich das Gespräch leutselig, als er mit dem Umkleiden fertig war.

Er nickte und musterte sie mit einem Blick, als hätte er Angst vor ihr.

»Sie sagten am Telefon, Sie hätten eine der Personen erkannt, die bei dem Brand ums Leben gekommen sind.«

Dieses Mal schüttelte er den Kopf mit dem akkurat frisierten, silbergrauen Haarkranz.

»Zunächst«, begann er nach einem verlegenen Räuspern, »ist ›erkannt‹ hier nicht das passende Wort, da ich den Herrn ja nicht kenne und auch nicht gekannt habe. Ich habe ihn lediglich wiedererkannt, da ich sein Gesicht schon einmal irgendwo – und ich kann bisher keineswegs sagen, wo – gesehen habe. Zum Zweiten kann ich selbstredend nicht behaupten, dass der Mann, den ich gesehen habe, bei dem tragischen Vorfall ums Leben kam.«

Eberhard Zorn verfügte über eine kräftige, sauber artikulierte Stimme.

»Darf ich fragen, weshalb Sie überhaupt dort waren?«

Er räusperte sich erneut. »Weil ich dort spazieren zu gehen pflege. Morgens um acht und abends noch einmal um fünf. Ich befinde mich im Ruhestand. Man braucht einen Rhythmus. Man geht sonst zugrunde.«

»Warum gehen Sie nicht hier irgendwo spazieren?«, kam Kollegin Krauss meiner Frage zuvor.

Eberhard Zorn schien keinen Satz aussprechen zu können, ohne sich vorher zu räuspern. »Weil es nun einmal meine Gewohnheit ist, auf den Wiesen zwischen Kirchheim und Sandhausen spazieren zu gehen. Das mache ich seit fünfundvierzig Jahren so.«

»Und deshalb fahren Sie zweimal am Tag nach Sandhausen und zurück?«

»Ich besitze kein eigenes Auto. Ich nehme ein Taxi.«

Ich konnte meiner Begleiterin ansehen, dass sie im Stillen zusammenrechnete, wie lange eine Oberkommissarin für das Geld arbeiten musste, das der Mann in den letzten fünfundvierzig Jahren für Taxifahrten ausgegeben hatte. Noch immer standen wir in dem dämmrigen und muffig riechenden Flur herum.

»Kommen wir zu dem Mann zurück, den Sie gesehen haben wollen«, versuchte ich das Gespräch wieder in die richtige Richtung zu lenken.

»Ich will ihn nicht gesehen haben«, erklärte er würdevoll. »Ich habe ihn gesehen.«

»Sie sagten, es wäre nicht das erste Mal gewesen.«

»Das sagte ich bereits zweimal.«

»Sie haben aber keinen Anhalt dafür, wo sie sein Gesicht schon einmal gesehen haben?«

»Ich muss es herausfinden, indem ich in meinen Archiven nachsehe.«

Er schien wenig Lust zu verspüren, dies gleich jetzt zu tun. Ich versuchte, ihn dort zu packen, wo nahezu jeder Mensch zu packen ist: bei seinem Stolz.

»Was sind das denn für Archive?«

»Nun.« Besonders ausgiebiges Räuspern. »Ich werte Zeitungen aus. Und Fernsehnachrichten.«

»Klingt sehr interessant.«

»Das ist es auch. Äußerst interessant sogar. Äußerst interessant. Wenn Sie mich zum Beispiel fragen würden, was am dritten März vor zwanzig Jahren um fünfzehn Uhr geschehen ist, dann könnte ich Ihnen in wenigen Minuten erschöpfend Auskunft geben. Sehen Sie, es herrscht eine solche Unordnung in dieser Welt. Und meine Archive sind ein kleiner Beitrag dazu, diese Unordnung wenn nicht zu beseitigen, so doch wenigstens zu mindern. Leider ist es heutzutage fast unmöglich geworden, dem unablässig anschwellenden Informationsstrom Herr zu werden.« Mutlos wies er auf die am Boden gestapelten Zeitungen. »Sie sehen, ich habe alle wesentlichen Blätter abonniert. Aber ich schaffe es kaum noch, sie alle auszuwerten. Meine Kräfte lassen nach. Deshalb habe ich auch erst heute von dem Brand erfahren. Fernsehsendungen zeichne ich auf, das funktioniert zum Glück automatisch. Elf Sender, rund um die Uhr. Aber auch das will natürlich alles gesichtet und bewertet werden. Was wichtige Informationen enthält, wird archiviert, der Rest wird gelöscht. Das alles ist eine ganz enorme Arbeit …« Räuspern. Ein deutlicher Blick zur Uhr. »Und deshalb passt mir Ihr Besuch im Moment leider gar nicht.«

»Aber es ist doch bestimmt eine Kleinigkeit für Sie, den Artikel zu finden oder den Zeitungsausschnitt …«

Der kleine Mann wurde eine winzige Spur größer.

»Einerseits ist richtig, was Sie sagen. Andererseits kommt in zweiundsiebzig Minuten mein Taxi. Ich habe einen Arzttermin, den ich nur ungern verschieben möchte.«

»Wir könnten ja einfach schon mal anfangen«, schlug Krauss

mit ihrem charmantesten Lächeln vor. »Vielleicht haben wir ja Glück.«

Zorn sank wieder ein wenig in sich zusammen.

»Ich würde mit der Auswertung weiter in Rückstand geraten. Ich weiß nicht …«

Nach einigem Hin und Her war er schließlich bereit, uns wenigstens einen Blick auf seine heiligen Archive werfen zu lassen. Es war erschütternd. Das Haus war vom Keller bis zum Dachboden voller Regale mit Tausenden und Abertausenden von Ordnern und – ungefähr seit dem Jahr 2000 – zunehmend auch CDs und DVDs. Selbst die Küche war nur noch zur Hälfte in ihrer eigentlichen Funktion nutzbar. Im ehemaligen Wohnzimmer bestaunten wir eine Sammlung von Video- und DVD-Rekordern, die alle im Aufzeichnungsmodus arbeiteten. Daneben drei dunkle Flachbildfernseher und ein teurer Laptop, der, so erklärte uns der Hausherr ohne jede Spur von Stolz, zum Herauskopieren der aus seiner Sicht aufbewahrenswerten Passagen der aufgezeichneten Fernsehprogramme diente.

»Ab Oktober werde ich auch BBC und vier weitere englischsprachige Programme empfangen«, wurden wir aufgeklärt. »Die notwendige Technik ist bereits bestellt.«

Auch hier an den Wänden Regale, Regale, Regale. Billige Blechdinger, wie sie normale Menschen in ihre Keller stellten. Im Obergeschoss gab es ein letztes kleines Zimmer ohne Ordner, das Zorn als Schlaf- und Wohnzimmer diente.

»Wie …« Auch Evalina Krauss war sichtlich bewegt von dem, was sie sah, und kaute einen Moment auf der Unterlippe, bevor sie es wagte, ihre Frage auszusprechen: »Wie wollen Sie denn hier irgendwas finden?«

Zorn deutete nach oben. Erst jetzt entdeckte ich, dass über jeder Tür ein kleines Pappschild klebte mit den Jahreszahlen, die in dem Raum dahinter zu finden waren. »Hier herrscht strengste Ordnung. Strengste Ordnung. Deshalb bin ich auch nicht sehr glücklich, wenn sich Fremde hier aufhalten.«

Ich machte einen letzten Versuch: »Haben Sie eine Vorstellung, wann ungefähr Sie das Gesicht des Mannes gesehen haben? In welchem Kontext?«

»Nein, das habe ich nicht. Aber vielleicht haben Sie nun ihrerseits eine Vorstellung davon, wie viele Gesichter ich tagein, tagaus zu sehen bekomme.«

»Das war ja wohl ein Schuss in den Ofen«, meinte Evalina Krauss, als wir mit eingezogenen Köpfen zurück zu unserem Wagen liefen. Es hatte plötzlich wieder zu regnen begonnen.

»Ihr Sven würde sagen, ein Griff ins Klo.«

»Weiß nicht«, erwiderte sie ernst, »ob er noch lange mein Sven ist.«

Der Regen schien nur darauf gewartet zu haben, dass wir aus der Tür traten.

12

Am Donnerstagvormittag saß ich wieder einmal im Rathaus. Unser großes Besprechungszimmer war immer noch nicht einsatzbereit, obwohl ich in den letzten Tagen vereinzelt Handwerker im Haus gesehen hatte. Heute wurde angeblich der Teppichboden erneuert. Morgen oder nächste Woche sollten die neuen Möbel kommen. Mein Trost war, dass am Montag Liebekind wieder zurück sein würde und ich ihn nicht mehr ständig vertreten musste.

Der Regen hatte im Lauf der Nacht wieder aufgehört. Der Wetterbericht versprach der Kurpfalz für heute Sonne und für die kommenden Tage die ersten Herbststürme. Ich war müde, obwohl ich gut und lange geschlafen hatte, und spürte einen kleinen Schmerz im Kopf, der für den Tag nichts Gutes ahnen ließ.

Ein Mitarbeiter Sneiders hielt – auf Englisch und ohne sich die geringste Mühe zu geben, verständlich zu sprechen – einen wort- und folienreichen Vortrag, in dem er sämtliche Zaubertricks vorführte, zu denen die neueste Powerpoint-Version fähig war. In seiner dreiviertelstündigen Präsentation ging es nicht etwa darum, was die Amerikaner tun wollten, um ihren Minister zu schützen, sondern im Gegenteil darum, was sie *nicht* tun würden. Vor Monaten schon hatten sie das komplette oberste Stockwerk des Palace-Hilton angemietet. Dort gab es drei Suiten. Die mittlere und größte würde Ron Henderson allein bewohnen, den Rest sein Tross und seine Schutztruppen. Niemand, der nicht Amerikaner war und überdies den richtigen Ausweis am Jackett hatte, würde dieses Stockwerk auch nur betreten dürfen. Auch die deutsche Polizei nicht. Auch ich nicht. Henderson würde ständig von einem Kokon von Security-Leuten umgeben sein. Wann genau er sich wo aufhalten würde, würden wir immer erst in allerletzter Minute erfahren. Eigenes handverlesenes Reinigungs- und Servicepersonal würden sie einfliegen, da dem Hotelpersonal natürlich nicht zu trauen war. Für sämtliche Aufzüge bis auf den einen, der ausschließlich für Henderson reserviert war, würde im vorletzten Stockwerk Endstation sein. Der Schiffsverkehr auf dem Neckar musste leider stark eingeschränkt werden. Die Schleusen oberhalb und unterhalb Heidelbergs würden nur unregelmäßig und zu vorher nicht bekannten Zeiten öffnen und bald darauf wieder schließen. Am liebsten hätten sie in dem Flüsschen einen Flugzeugträger stationiert. Und mit Sicherheit würden sie auf dem Dach Flakgeschütze installieren, aber das war natürlich geheim.

All das klang für meine mitteleuropäischen Ohren paranoid, übertrieben und, ich gebe es zu, kränkend. Unsere transatlantischen Freunde machten keinen Hehl daraus, dass sie uns nicht über den Weg trauten. Sie führten sich auf, als befänden sie sich in einer Bananenrepublik mit durch und durch korrupter und unfähiger Polizei.

Sneider hörte seinem Untergebenen mit schmalen Augen und großer Aufmerksamkeit zu und sprach heute kaum ein Wort. Als die Sitzung zu Ende war und wir uns verabschiedeten, wirkte er abwesend und schien Mühe zu haben, sich an mich zu erinnern. Mein kleiner Druck hinter der Stirn hatte sich zu ausgewachsenen Kopfschmerzen gemausert.

»Ein Herr Zorn hat angerufen«, empfing mich Sönnchen. »Ich hab nicht aus ihm rausgekriegt, was er will. Sie wüssten schon.«

Auch sie schien heute schlechter Laune zu sein. Sie drückte mir eines ihrer kleinen gelben Klebezettelchen in die Hand, auf dem sie die Nummer notiert hatte.

»Es war eine Sendung auf SWR 3 über die Castor-Transporte nach Gorleben«, dozierte Eberhard Zorn Sekunden später in mein rechtes Ohr. » Der Mann, für den Sie sich interessieren, war unter den Demonstranten. Es ging um eine Sitzblockade auf den Bahngleisen in der Nähe von Lüchow-Dannenberg.«

» Könnte ich die DVD haben?«

» Ich bin eben dabei, eine Kopie für Sie anzufertigen.«

Eine halbe Stunde später glitzerte die mit akkuraten Druckbuchstaben beschriftete Scheibe auf meinem Tisch. Eine Streifenwagenbesatzung hatte Kurier gespielt.

» Was ist das denn für ein Idiot?«, hatte der leicht verstörte Kollege gefragt, der sie ablieferte.

» Wenn wir Glück haben, ein nützlicher.«

Ich schob die DVD gerade ins Laufwerk meines Laptops, als Evalina Krauss und Sven Balke zur Tür hereingestürzt kamen, um sich die Sensation nicht entgehen zu lassen.

» Ungefähr Minute zwölf, hat er gesagt«, erklärte ich und schob das Knöpfchen, das den Ablauf des Films anzeigte, mit Hilfe der Maus langsam nach rechts und dann wieder ein wenig zurück. Wir sahen einen stillstehenden Zug mit großer, roter Diesellok an der Spitze und einem Lokführer, der gemütlich Pfeife rauchend aus dem Seitenfenster sah. Wir sahen riesige Wasserwerfer, bunte Plakate, Transparente, Polizisten, die friedlich dasitzende Atomkraftgegner von den Gleisen schleppten. Außerdem sahen wir viel Regen.

» Angeblich trägt er einen grünen Lodenmantel«, sagte ich.

» Da!« Krauss deutete auf einen älteren, farblosen Mann, der mitten in einer bunten Gruppe hockte. Die Beschreibung passte: hageres Gesicht, tief liegende Augen. Er trug eine Art Cowboyhut auf dem Kopf, von dem der Regen tropfte. Mit stoischer Miene saß er auf den Schienen, die Arme um die Knie geschlungen, unter Hunderten von Gleichgesinnten. Im Hintergrund plärrte eine Megafonstimme, die jedoch nicht zu verstehen war. Das drohende Brummen der Diesellok war zu hören, das näher kommende und sich wieder entfernende Knattern unsichtbarer Hubschrauber. Ansonsten war es ruhig, auf merkwürdige Weise sogar friedlich. Ein Grüppchen Demonstranten sang » We shall overcome«. Der Mann im dunkelgrünen Mantel sang nicht mit.

Die Menschen saßen wie die Hühner auf den Gleisen, viele hatten Kissen mitgebracht und Thermoskannen, und warteten geduldig darauf, weggetragen zu werden. Große, farbenfrohe Luftballons schwebten über der Szene. Der Mann, auf dessen Mantelkragen nicht weniger als sechs »Atomkraft – nein danke«-Sticker leuchteten, sprach mit niemandem und vermied offenbar auch Blickkontakt. Als eine links neben ihm sitzende junge Frau in azurblauer Outdoorjacke ihn anlächelte, sah er in eine andere Richtung. Die Frau duckte sich zum Schutz gegen den Regen unter eine durchsichtige Plastikfolie und drückte ein vielleicht dreijähriges, offenbar schlafendes Kind an sich. Rechts neben ihm hockte ein kräftiger Kerl mit deutlichem Bierbauch und grimmig entschlossener Miene. Er trug ein knallrotes Kapuzenshirt, feste Handschuhe und schwere Stiefel. Der kalte Regen schien ihm nichts auszumachen.

»Wir müssen herausfinden, wo genau die Szene sich abgespielt hat«, sagte ich.

»Das sollten am ehesten die Fernsehfuzzis wissen«, meinte Balke.

»Vielleicht könnten auch die Kollegen was dazu sagen, die man da im Einsatz sieht«, überlegte Evalina Krauss.

»Bleibt die Frage, ob es tatsächlich der Typ ist, der in dem Haus verbrannt ist«, warf Balke ein. »Oder ob dieser komische Zeuge einfach nur spinnt.«

Mir fiel auf, dass die beiden es angestrengt vermieden, sich zu nah zu kommen oder auch nur anzusehen.

»Wir brauchen einen der anderen Zeugen, die den Mann gesehen haben.«

Krauss nickte eifrig. »Der Professor. Der hat ihn am besten beschrieben.«

»Rufen Sie den Mann bitte an und fragen Sie ihn nach seiner Mailadresse. Wir schicken ihm einen Ausschnitt aus dem Video.«

Ich nahm die DVD aus dem Laufwerk und reichte sie Balke über den Tisch. Er kannte sich mit solchen Dingen am besten aus. Evalina Krauss hatte schon ihr Handy gezückt und telefonierte halblaut.

»Glückwunsch«, sagte Helena Guballa, deren Anwesenheit ich völlig vergessen hatte. »Ihre erste brauchbare Spur.«

Draußen wurde der Himmel von Stunde zu Stunde dunkler, und meine Kopfschmerzen wollten und wollten nicht verschwinden. Eine Tablette, die Sönnchen mir spendiert hatte, wirkte nicht. Eine zweite, die der Handtasche meiner Bürogenossin entstammte, hatte ich erst vor Minuten genommen.

Wie üblich gab es Schwierigkeiten. Bei dem Professor kamen zwar unsere Mails an, aber aufgrund irgendwelcher geheimnisvoller Softwareprobleme konnte er das Video nicht öffnen. Wenn diese wunderbaren E-Mails einmal zu irgendetwas nützlich sein könnten ...

»Bitten Sie ihn in Gottes Namen herzukommen«, seufzte ich ins Telefon.» Er soll sich das Video hier ansehen. «

»Er kommt«, erfuhr ich Augenblicke später.» Ob er's heut noch schafft, kann er nicht sagen. «

Der Professor für Ältere Geschichte schaffte es nicht an diesem Tag.

Der Nachmittag verging mit Belanglosem. Helena Guballa tippte und telefonierte. Meine Kopfschmerzen zeigten sich auch von der zweiten Tablette unbeeindruckt und wurden inzwischen von einem verdächtigen Kratzen im Hals begleitet. Balke und Krauss blieben abends bis acht im Büro und telefonierten sich die Ohren wund. Dennoch gelang es ihnen nicht einmal, den ungefähren Ort zu bestimmen, wo die Demonstration im vergangenen November stattgefunden hatte. Als ich in der Abenddämmerung die Direktion verließ, um mich auf den Heimweg zu machen, schlug mir der Wind fast die Tür aus der Hand.

»Ich hab mit Fernsehleuten telefoniert, bis mein Telefon gequalmt hat«, maulte Balke am Freitagmorgen und pfefferte die DVD auf meinen Schreibtisch. »Evalina hat Bilder von der Demo an Hunderte von Dienststellen im halben Bundesgebiet geschickt. Nichts. Irgendwas ist da grundfalsch. Sorry, Chef, aber so kommen wir nicht weiter. «

»Auf der Strecke sind vermutlich zigtausend Demonstranten gewesen«, sagte ich. » Von Lüneburg bis Dannenberg hat es eine Sitzblockade neben der anderen gegeben, habe ich gelesen. «

Helena Guballa war heute wieder einmal unterwegs und würde vermutlich gar nicht ins Büro kommen, hatte Sönnchen mir eröffnet, als ich leicht verspätet und stark niesend mein Vorzimmer betrat.

»Und mindestens ebenso viele Kollegen aus allen Ecken Deutschlands«, ergänzte Balke wütend. »Das ist hoffnungslos.«

Nachdem er an seinen Schreibtisch zurückgekehrt war, schob ich die DVD ein zweites Mal ins Laufwerk. Ich fand die richtige Stelle. Spulte ein wenig vor und zurück auf der Suche nach irgendeinem winzigen Hinweis darauf, wo das Ganze sich abgespielt hatte. Ohne wenigstens eine ungefähre Vorstellung, wonach wir suchten, hatten wir keine Chance, da hatte Balke recht. Das Kennzeichen eines der mächtigen Wasserwerfer hätte einen Hinweis geben können. Aber der Hintergrund war unscharf, dem Kameramann war es um die Gesichter der Demonstranten gegangen und nicht um Autokennzeichen. Um diese Mischung aus Trotz und Angst in den Mienen. Und der festen Gewissheit, auf der richtigen Seite zu stehen.

Ich spulte noch weiter zurück, drehte den Ton lauter. Die Szene unmittelbar vor der, die mich interessierte, zeigte ein Interview mit einem Politiker, der bei allem Verständnis für das Anliegen der Demonstranten eindringlich Sachlichkeit und Gewaltfreiheit anmahnte.

»Auch wenn wir alle AKWs wie geplant abschalten«, erklärte er, »wird es immer noch den Atommüll aus der Vergangenheit geben. Ich persönlich bin und war nie ein Anhänger der Kernenergie. Aber Politik ist nun einmal die Kunst des Möglichen, und dieses Problem verlangt eine Lösung. Wir können den strahlenden Müll ja schließlich nicht auf den Mond schießen.«

Schnitt. Ein Schwenk über kahle, nasse Bäume, grauer Himmel mit tief hängenden Wolken, ein Hubschrauber, der seine einsamen Kreise drehte, im Hintergrund die unverständliche Megafonstimme, während eine Sprecherin im Off einen Text verlas. Dann die Szene auf den Bahngleisen. Die Gesichter. Die beginnende Räumung. Noch einmal Zoom auf die Gesichter. Die quäkende Megafonstimme, die beim besten Willen nicht zu verstehen war.

Was sagt ein Polizist in dieser Situation, wenn er ein Megafon vor dem Mund hat? Etwas wie: »Ich fordere Sie auf, die Gleise zu verlassen. Ansonsten sehen wir uns gezwungen, entsprechende Maßnahmen zu ergreifen ...«

Noch einmal zurück. Wieder die inzwischen schon gut bekannten Gesichter. Wieder verstand ich nichts.

Irgendwann fiel mein Blick auf den Ärmel des jungen Mannes im roten Kapuzenshirt. Dort war ein länglicher weißer Fleck. Ich stoppte den Film. Vergrößerte, vergrößerte noch einmal, bis erste Buchstaben mehr ahn- als lesbar wurden. »Spvg... 192... Bad B...«

Versuchweise gab ich die Zeichenfolge bei Google ein, und Augenblicke später wusste ich, weshalb Balke und Krauss vergeblich die halbe Welt am Telefon terrorisiert hatten. Auf dem Ärmel des jungen Mannes stand: Spvgg 1920 Bad Bergzabern.

Bad Bergzabern lag in der Südpfalz, nicht weit von der französischen Grenze und keine hundert Kilometer von Heidelberg entfernt. Die Szene spielte vermutlich gar nicht in Niedersachsen, wie wir die ganze Zeit geglaubt hatten, sondern nur eine knappe Autostunde entfernt. Ich wusste, dass die Castoren auf ihrem Weg nach Gorleben manchmal über Straßburg nach Deutschland kamen.

Mit dieser Information im Kopf verstand ich plötzlich auch Bruchstücke von dem, was der Einsatzleiter mit dem Megafon plärrte. Er hielt keine Ansprache an die Demonstranten. Er kommandierte und leitete die Kollegen an, die begonnen hatten, die Sitzblockierer wegzutragen. Und er tat dies in breitestem Pfälzisch.

»Ihr do driwwe, ihr nehmt's als nexschts die alt Fraa. Die in de gelwe Jack! Nitt, dass die arm Fraa sich am End noch erkält!«

»Der Zug ist letzten November tatsächlich durch die Südpfalz gekommen«, erfuhr ich von Balke. »Und Sie haben recht, es hat damals eine Blockade gegeben, auf der Bahnstrecke zwischen Lauterbourg und Berg. Gleich hinter der französischen Grenze.«

Im Kommentar des Sprechers wurde tatsächlich Dannenberg erwähnt, allerdings nicht als Ort der Sitzblockade, sondern als Ziel des Castor-Transports. Eines dieser kleinen Missverständnisse, die in Sekundenbruchteilen geschehen und einem Ermittlerteam Tage voller sinnloser Arbeit bescheren können.

Nun ging es plötzlich sehr schnell. Eine Viertelstunde später kannte ich den Namen des Kollegen mit dem Megafon. Hauptkommissar Weiland wohnte im idyllischen Pfälzer Örtchen Sankt Martin, baute im Nebenerwerb Weißwein an, vorzugsweise Riesling, und war ein Feind der Atomkraft. Hätte er an jenem Tag dienstfrei gehabt, erklärte er mir empört am Telefon, dann hätte er neben den anderen auf den Gleisen gesessen. Wenn es sein musste, sprach er ein ganz passables Hochdeutsch.

»Schon manchmal ein komischer Beruf, den wir uns da ausgesucht haben, was?« Auch der Pfälzer Hauptkommissar und Nebenerwerbswinzer hatte inzwischen das Video gesehen. »Der mit dem Lodenmantel, das wird nicht leicht. Aber den im roten Pulli, den müssten Sie finden können«, meinte er. »Und wenn man stundenlang nebeneinander im Regen hockt, da schwätzt man doch mal was miteinander, oder nicht?«

Tatsächlich kostete es mich nur drei weitere Anrufe, bis ich den Mann mit dem roten Kapuzenpulli an der Leitung hatte. Ich erreichte ihn an seinem Arbeitsplatz, einer Baustelle in der Nähe seiner Heimatstadt Bad Bergzabern, wo zurzeit eine Fabrik für Kunststoffspritzgussteile hochgezogen wurde. Mein Gesprächspartner hieß Tobias Ganske, leitete einen Trupp Elektriker, der damit beschäftigt war, die Hallenbeleuchtung zu installieren, und litt anfangs unter schweren Erinnerungsstörungen.

»Wann soll das gewesen sein?«

»Letztes Jahr, Anfang November.«

»Da war ich nicht dabei.«

»Ich habe ein Foto vor mir liegen, auf dem Sie gut zu erkennen sind.«

»Fotos kann man fälschen.«

»Herr Ganske, es geht nicht darum …« Ich musste niesen, schnäuzte mich. »Es geht nicht darum, Ihnen irgendwas vorzuwerfen.«

»Wir sind alle friedlich gewesen. Alle. Keine Chaoten, nur friedliche Demonstranten. Und Demonstrieren ist ja wohl immer noch mein gutes Recht.«

»Es geht um einen Mann, der neben Ihnen gesessen hat.«

»Der ist auch friedlich gewesen, dafür leg ich meine Hand ins Feuer. Da sind keine Chaoten gewesen.«

Aus dem Hintergrund hörte ich Hammerschläge gegen Blech. Eine Männerstimme brüllte. Etwas schepperte. In meiner Nase juckte es schon wieder.

»Der Mann, den ich meine, ist um die fünfzig Jahre alt. Er hat links neben Ihnen gesessen und einen schwarzen Hut aufgehabt.«

Ganske schwieg für zwei Sekunden. »Möglich«, sagte er dann. »Und?«

Wieder schepperte etwas im Hintergrund. Jemand schrie. Ganske nahm das Handy vom Ohr und begann zu brüllen. Dann wurde es wieder ruhig.

»Was wollen Sie denn von dem?«, fragte er ein wenig atemlos. »Hat er was ausgefressen?«

»Er ist möglicherweise tot. Und wir wissen nicht, wie er heißt und wo er zuletzt gewohnt hat.«

»Tot? Umgebracht?«

»Ich weiß es noch nicht.«

»Würd mich nicht wundern.«

Ich nahm den Hörer ans andere Ohr.

»Warum sagen Sie das?«

»Komischer Typ, irgendwie«, erwiderte Ganske zögernd. »Der hat so was Verbohrtes gehabt. Null Humor, wenn Sie wissen, was ich meine.«

»Hat er etwas über sich erzählt?«

»Lassen Sie mich überlegen. Also, Pfälzer ist der nicht gewesen. Eher Gelbfüßler, ich will sagen, Badener, 'tschuldigung. Von der anderen Rheinseite halt. Geredet hat er praktisch nichts. Bloß die ganze Zeit dagehockt und sein finsteres Gesicht gezogen.«

»War er mit anderen zusammen? War er vielleicht mit einer Gruppe gekommen?«

»Glaub ich nicht. Der war ein Eigenbrötler. Wie sie ihn dann später weggetragen haben, hat er auch kein Wort gesagt. Sie haben ihn auf den Boden gesetzt, da ist er aufgestanden und einfach gegangen. Wir anderen, wir haben auch mal einen Witz gemacht mit den Polizisten. Das ist ja kein Krieg, wir waren ja keine Feinde. Aber der? Nichts. Kein Wort.«

»Wohin ist er gegangen?«

»In den Wald. Zu seinem Auto, nehm ich an. Von da, wo wir gehockt haben, sind's nur ungefähr zweihundert Meter gewesen bis zur Straße. Und da haben die ganzen Autos gestanden. Er wird heimgefahren sein. Oder weiter, zur nächsten Blockade, wie's viele gemacht haben.«

»Falls Ihnen noch irgendwas einfallen sollte. Jede Kleinigkeit ...«

»Ich weiß«, fiel er mir ins Wort. »Ich ruf Sie an.«

Kaum hatte ich aufgelegt, hielt ich den Hörer schon wieder in der Hand.

»Die Frau!«, stieß Ganske aufgeregt hervor. »Links von ihm hat eine Frau gesessen. Die ist aus Ludwigshafen gewesen, und mit der hat er ein paar Takte geredet. Hab aber nicht mitgekriegt, was. Wir anderen haben grad gesungen.«

»Die Frau mit dem Kind?«

»Exakt.«

Eine junge Frau mit Kind aus Ludwigshafen. Einer Stadt mit etwas mehr als hundertsechzigtausend Einwohnern. Ich bat Evalina Krauss, die Sache weiter zu verfolgen. Sie versprach, ein Bild der jungen Mutter an alle Ludwigshafener Reviere zu schicken und diese zu bitten, die Kindergärten abzuklappern.

»Das ist ja die reinste Schnitzeljagd, was Sie da veranstalten, Chef«, meinte sie fröhlich. »Legen Sie nicht auf. Sven hat noch was für Sie.«

»Eben ist eine Mail gekommen vom LKA«, hörte ich Balke nach kurzem Geraschel sagen. »Sieht schlecht aus mit einem genetischen Fingerabdruck. Es ist einfach zu heiß gewesen, schreiben sie. Da geht alles organische Material kaputt. Sie wollen noch ein paar Tricks versuchen, aber große Hoffnungen sollen wir uns nicht machen. Irgendwas am Skelett des jüngeren, dem mit der Armbanduhr, lässt die Medizinmänner vermuten, dass der Mensch dazu noch keine dreißig war. Mithilfe irgendeiner Software konnten sie die ungefähre Körpergröße berechnen. Leiche eins – der Ältere – eins zweiundachtzig plus, minus fünf Zentimeter. Leiche zwei um die eins fünfundsiebzig.«

»Irgendwelche Neuigkeiten von der Spurensicherung?«

»Die Reifenspuren können wir vergessen. Fußspuren ist auch Asche. Es hat einfach zu stark geregnet in der Nacht. Immerhin haben sie jetzt tatsächlich Spuren von Sprengstoff nachweisen können. Von der zweiten, kleineren Explosion. Und die Hose von der jüngeren Leiche, wenn man das so sagen kann, war eine Levi's. Sie haben einen Hosenknopf aus dem Kohleklumpen herauspräparieren können.«

Er grunzte noch etwas, was nach »Scheißjob« klang, und wünschte mir gute Besserung.

»Frau Guballa ist heut in Tübingen«, erfuhr ich von Sönnchen, als sie mir irgendwann einen Becher dampfenden Kamillentee hinstellte. »Sie besucht eine ehemalige Englischlehrerin ihrer Terroristin.«

»Wenn's ihr Spaß macht ...«, sagte ich und nieste.

»Morgen ist sie wieder da, soll ich Ihnen ausrichten.«

»Morgen ist Samstag.«

Sönnchen schnaufte. »Ich weiß überhaupt nicht, was Sie gegen die Frau haben. Sie ist ruhig. Sie ist höflich.«

»Nichts«, erwiderte ich und blätterte in irgendwelchen Papieren, um ihr zu zeigen, wie viel ich zu tun hatte. »Wie kommen Sie darauf, dass ich was gegen sie hätte?«

»Hoffentlich sind Sie bald wieder gesund«, seufzte sie mit Blick zur Decke. Als sie die Tür hinter sich schloss, meinte ich etwas wie »kranke Männer ...« zu hören.

13

Der Name der jungen Mutter war Swantje Börndorff, erfuhr ich am frühen Nachmittag. Sie war Apothekenhelferin. Dieses Mal war das Glück ausnahmsweise auf unserer Seite gewesen. Den Zug durch die Kindergärten hatten die Ludwigshafener Kollegen sich sparen können, da eine Polizeiobermeisterin die Frau auf den ersten Blick erkannt hatte. Die beiden waren Nachbarn.

»Börndorff hier, ja?«, meldete sich eine fast noch kindliche Stimme unter der Nummer, die Evalina Krauss mir gemailt hatte.

»Es geht um eine Castor-Demonstration im letzten November«, begann ich. »Eine Sitzblockade auf der Bahnstrecke zwischen Lauterbourg und Berg.«

»Und was ist damit?«, fragte sie plötzlich zögernd. »Sie sind von der Polizei, sagten Sie? Kriminalpolizei? Ich verstehe nicht ...«

»Es geht um jemanden, den Sie dort vielleicht kennengelernt haben.«

Im Hintergrund hörte ich Kinderplappern. Ein Löffel klimperte zu Boden. »Ich habe leider wenig Zeit. Mareike und ich müssen gleich zum Mutter-und-Kind-Turnen.«

»Ich werde Sie nicht lange aufhalten. Sie haben bei der Blockade neben einem älteren Mann gesessen. Er hatte einen Cowboyhut auf dem Kopf.«

Das gab sie nach kurzem Überlegen zu.

»Hat er Ihnen irgendwas über sich erzählt? Wo er herkommt? Wie er heißt? Ob er allein dort war oder mit einer Gruppe?«

»Weshalb wollen Sie das denn wissen?«

Ich erklärte ihr in wenigen Worten den Grund für meine seltsamen Fragen. Sie schwieg lange. Das Kind plapperte fröhlich, klopfte mit dem Löffel, den die Mutter inzwischen offenbar aufgehoben hatte, auf etwas Hartes.

»Über das schreckliche Wetter haben wir gesprochen«, sagte die junge Frau schließlich. »Und dass sie diese Transporte absichtlich im November machen, weil es da ungemütlich ist und kalt und nicht so viele zu den Demos kommen.«

Im Hintergrund begleitete Mareike ihr Schlagzeugsolo inzwischen mit Gesang: »Und meine Frau, die Wuliwisch, die schwimmt im Wasser wie ein Fisch.«

»Ich habe gesagt, wie toll es ist, dass trotz des Regens doch so viele gekommen sind«, fuhr Swantje Börndoff fort. »Und dass ich mir einen Tag freigenommen habe und ganz schön fahren musste. Ich besitze kein Auto, und mit der Bahn, das war ja eine halbe Weltreise, und am Ende musste ich mir sogar noch eine Taxe nehmen. Und dass ich Mareike mitgenommen habe, weil ein Kind nicht früh genug lernen kann, dass man Rechte hat, dass man sich wehren darf und manchmal sogar muss. Da hat er gesagt, dass er es nicht so weit hatte. Und sich auch nicht freinehmen musste.«

Erneute Funkstille. Mareike war zum Summen übergegangen und gönnte ihrem Schlagwerkzeug eine Pause.

»Hat er auch gesagt, warum?«

»Nein. Ich habe ihn aber so verstanden, dass er schon im Ruhestand ist. Obwohl er so alt eigentlich gar nicht wirkte. Ich hatte die stille Hoffnung, er würde mich später vielleicht zum nächsten Bahnhof mitnehmen. Ich wusste überhaupt nicht, wie ich da wieder wegkommen sollte, mitten in der Wildnis. Ein Handy habe ich nämlich auch nicht. Wegen Mareike, die Strahlen und so. Aber er hat sich taub gestellt. Dabei war ich sicher, er war mit dem Wagen da.«

Mareike begann unüberhörbar, sich zu langweilen.

»Sein Wagen ...«, sagte die Mutter mit plötzlich veränderter Stimme. »Damit war etwas. Ich komme aber nicht darauf ...«

Mareikes Quengeln wurde lauter. Der Atem der Mutter unruhig. Der Löffel fiel ein zweites Mal zu Boden.

»Ich muss jetzt wirklich«, seufzte sie. »Kann ich Sie anrufen, wenn mir noch etwas einfällt?«

Ich diktierte ihr meine Nummer.

»Jetzt!«, rief sie erleichtert, als ich die letzte Ziffer aussprach. »Jetzt weiß ich es wieder. Er sagte, er hätte dort übernachtet, in der Nähe der Gleise. Für den Fall, dass sie den Zug früher als erwartet auf die Reise schicken. Solche Tricks machen sie ja manchmal. Er hat so eine Art Wohnmobil, einen alten Polizeibus. Das fand er nämlich witzig. Sonst hat er wenig geredet, aber auf sein Wohnmobil, darauf war er der richtig stolz. Dass er sozusagen mit dem eigenen Polizeiauto zur Demo fährt, das hat er gleich zweimal erwähnt. Er hat es nicht umlackiert, obwohl er das gemusst hätte. Und er fand es schade, dass es kein Blaulicht oder Martinshorn mehr auf dem Dach hatte. Das hatten die Bull... Das hatten die von der Polizei natürlich abmontiert.«

»Und er hatte nicht weit zu fahren, sagten Sie vorhin.«

»Stimmt. Eine halbe Stunde, dann sei er zu Hause. Und wie er sich darauf freut, sich einen schönen Tee zu kochen und seine Katzen auf den Schoß zu nehmen. Wir haben ja alle gebibbert wie die Schneider. Ich hatte so gehofft, dass sie endlich mit der Räumung beginnen, und zwar bitte auf meiner Seite, damit ich wieder nach Hause konnte. Aber die haben uns ewig da im Regen sitzen lassen, und wie es dann endlich losging, war es natürlich ganz am anderen Ende. Am nächsten Morgen hatte Mareike Husten und Fieber und konnte eine Woche nicht in den Kindergarten, und mir haben sämtliche Glieder wehgetan.«

Ich legte auf und nieste zweimal.

»Herr Gerlach«, Sönnchen streckte den Kopf durch die halb geöffnete Tür und grinste geheimnisvoll. »Ich wollt bloß sagen, der Herr von Lüdewitz ist heut krank.«

»Nichts Schlimmes, hoffe ich?«

»Er hat's am Magen. Hat die halbe Nacht auf dem Klo gesessen, hat mir die Petra grad erzählt.«

»Und wie geht es Frau Ragold?«, fragte ich ahnungsvoll. »Ich hoffe, wir müssen kein Ermittlungsverfahren gegen sie einleiten wegen Beibringung gesundheitsgefährdender Stoffe?«

Sönnchen grinste geheimnisvoll und verweigerte eine Antwort. »Wo doch am Montag unser Dr. Liebekind sein Büro wieder braucht, haben wir gedacht, wir ziehen das Zeug vom Herrn von Lüdewitz schon mal um. Ich helf ihr ein bisschen dabei, wenn Sie nichts dagegen haben.«

»Haben Sie doch noch ein freies Büro für ihn gefunden?«

Wieder erhielt ich keine Antwort. Lassen Sie sich einfach überraschen, sagte ihr Lächeln.

Eine Viertelstunde später trat Helena Guballa ein und hängte mit einem erschöpften Seufzer ihren Dufflecoat an die Garderobe.

»Draußen steht ein Herr, der zu Ihnen möchte«, sagte sie, als sie schon am Schreibtisch saß. »Er hat es schrecklich eilig, Ihre Sekretärin ist nicht da …«

»Bitten Sie ihn herein?«

Wortlos erhob sie sich, um mir den Gefallen zu tun.

Der Professor für Alte Geschichte war nicht ganz so jung, wie ich ihn mir nach Evalina Krauss' Beschreibung vorgestellt hatte. Er war von gedrungener Gestalt und, obwohl noch keine fünfzig, schon völlig ohne Haare auf dem runden Kopf. Im Augenblick war er – gelinde gesagt – ein wenig angespannt.

»Ich bin sehr in Eile«, stieß er hervor, noch bevor er meine Hand losgelassen hatte. »Und ich bin es eigentlich nicht gewohnt, dass man mich auf dem Flur warten lässt.«

Seine Hand fühlte sich feucht und klebrig an. Ich wischte die meine unauffällig an der Hose ab. Außerdem hatte er Mundgeruch.

»Es tut mir sehr leid, Herr Professor«, sagte ich zuvorkommend. »Meine Sekretärin hat im Haus zu tun. Und es wird nicht lange dauern. Ich möchte Sie nur bitten, einen Blick auf ein Video zu werfen und mir zu sagen, ob Sie eine bestimmte Person schon einmal gesehen haben.«

»Es geht um diesen Brand in Sandhausen, vermute ich?«

Wortlos startete ich das Video, suchte die richtige Stelle, das empörte Schnaufen des Zeugen im Rücken.

»Richtig«, stieß er in der Sekunde hervor, als der Mann mit dem Cowboyhut auftauchte. »Das ist er.«

Ich wandte mich um und sah ihm ins Gesicht. »Sie sind ganz sicher?«

»Selbstverständlich bin ich mir sicher!«, fuhr er mich an. »Ich habe in meinem Beruf täglich mit zahllosen Menschen zu tun. Ich habe das jahrelang trainiert, mir Gesichter und Namen einzuprägen, Herr ... ähm ...«

»Gerlach.«

»Gerlach, ja. Und es wäre fein, wenn ich dann wieder gehen dürfte.«

Es gibt in Nordbaden nicht allzu viele Menschen, die in ausgemusterten Polizeifahrzeugen herumfahren. Zweieinhalb Stunden später hatten wir die erste Spur, die diesen Namen verdiente. Jürgen Prochnik hatte vor fünf Jahren einen Mercedes-Siebensitzer von der Rastatter Polizei ersteigert, der damals schon anderthalb Jahrzehnte auf dem rostigen Buckel hatte, für neunhundertachtzig Euro. Der Wagen hatte über dreihundertfünfzigtausend Kilometer auf dem Tacho gehabt, war jedoch trotz einiger Lackschäden und Beulen noch fahrbereit gewesen. Der Tote hatte zu Lebzeiten ein geräumiges Einfamilienhaus im Süden Rastatts bewohnt, nur etwa dreißig Kilometer von der Stelle entfernt, wo die verregnete Sitzblockade stattgefunden hatte. Auf meine Bitte hin schickte der Leiter vom Dienst der Rastatter Polizeidirektion eine Streife zu dem Haus.

Die Kollegen, die in ihrem Streifenwagen zufällig in der Nähe der angegebenen Adresse herumgekurvt waren, meldeten sich bereits wenige Minuten später. Das Haus stehe seit Längerem leer, wurde mir berichtet. Die Nachbarn hatten den Bewohner seit Wochen nicht mehr gesehen, der es – abgesehen von seinen vier oder fünf Katzen – allein bewohnte. Der Verschwundene war fünfundfünfzig Jahre alt und hatte sein Einkommen bis vor wenigen Jahren als selbstständiger Immobilienmakler verdient. Seither war er Privatier und radikaler Umweltaktivist. Bei den Nachbarn war er nicht übermäßig beliebt, galt als Eigenbrötler und arrogant. Für die Rastatter Kollegen war er kein Unbekannter.

»Der schreibt Briefe wegen jedem neuen Verkehrszeichen«, erzählte der behäbige Polizeiobermeister, mit dem ich telefonierte. »Der ist gegen Autos und gegen den Ausbau der Eisenbahn und gegen den Flughafen Söllingen sowieso. Aber mit einer alten Kiste durch die Gegend gurken, die garantiert ihre zwanzig Liter auf hundert Kilometer säuft, und mutterseelenallein in einem Haus mit acht Zimmern wohnen, das sind mir die Richtigen. Aber natürlich Solar auf dem Dach und tonnenweise Brennholz vor dem Haus.«

Noch während er sprach, tippte ich versuchsweise den Namen Jürgen Prochnik in die Suchmaske des BKA. »Keine Einträge«, las ich.

»Und jetzt ist der also tot?«, wollte der Polizeiobermeister wissen.

»Es spricht einiges dafür.«

»Den wird so schnell keiner vermissen.«

»Gibt es Verwandte? Freunde?«

»Moment.« Ich hörte einen kurzen Wortwechsel im Hintergrund. Die Nachbarn standen vermutlich in Hörweite am Zaun. »Die Leute wissen praktisch nichts über ihn. Besuch hat er selten gekriegt. Und geredet hat er auch kaum was. Er sei ein schräger Vogel, mit dem keiner was zu tun haben wollte.«

Das geräumige Haus, das früher einmal ein Schmuckstück gewesen sein musste, lag am südlichen Ortsrand von Rastatt. Dahinter erstreckten sich weite Felder, die größtenteils bereits abgeerntet waren. In der Ferne sah ich einen Traktor seine einsamen Bahnen ziehen. Heute wirkte das Haus vernachlässigt, traurig und ungeliebt, obwohl es offensichtlich vor nicht allzu langer Zeit einen neuen sonnengelben Anstrich erhalten hatte. Das Grundstück war weitläufig, wegen der vielen Bäume und Büsche unübersichtlich und auf freudlose Weise verwildert. Neben dem Haus waren große Beete angelegt, auf denen Gemüse wuchs. Stangenbohnen entdeckte ich, Kartoffeln, Rosenkohl. Am jenseitigen Ende des Gartens schimmerte ein vermutlich künstlich angelegter Weiher, auf dem zwei Enten geruhsam nach Futter gründelten. Dahinter ein hoher Zaun, der neu zu sein schien. Evalina Krauss, die mich begleitete, streckte und reckte sich und sog die kühle Luft gierig ein. Wir waren über eine Stunde gefahren. Der Wind fuhr durch die Bäume, dass sie knarrten und knackten.

Eine junge, spargelige Frau in der roten Uniform eines Schlüsseldienstes und die Rastatter Kollegen, die sie auf mein Bitten hin bestellt hatten, erwarteten uns schon ungeduldig.

Im Gänsemarsch durchquerten wir den vorderen, kürzeren Teil des Grundstücks. Rechts und links von uns wuchsen Apfelbäume, deren Äste sich unter dem Gewicht der Früchte bogen. An der Ostseite des Hauses stapelte sich Brennholz in Mengen, als hätte der Bewohner mit dem Schlimmsten gerechnet. Die hohe Tür aus massivem, dunklem Holz machte keinen einladenden Eindruck. An den wuchtigen Türpfosten leuchteten zwei Reihen »Atomkraft – nein danke«-Aufkleber. Der rostige Briefkasten neben dem Klingelknopf ohne Namensschild stand kurz davor zu platzen. Es roch nach nassem Gras und Landwirtschaft. In der Ferne brummte der Traktor, den ich eben noch nicht hatte hören können. Mein Schnupfen schien in der frischen Luft plötzlich schwächer geworden zu sein.

Das Öffnen des Sicherheitsschlosses dauerte keine dreißig Sekunden. Innen war es kalt und dämmrig. Es roch modrig. Der Flur war riesig und – bis auf ein kitschiges Ölbild und vier alte Kleiderhaken an der Wand – unmöbliert. Schon in der ersten Sekunde hatte ich das Gefühl, dass der letzte Bewohner hier lange Zeit allein gelebt hatte. Die erste Tür, die ich öffnete, führte in eine große, aufgeräumte und altmodisch eingerichtete Küche, in der es säuerlich roch. Der Raum wirkte, als hätte jemand sich große Mühe gegeben, alle Spuren von Leben daraus zu tilgen. Die Arbeitsflächen und der schwere Holztisch waren sauber abgewischt. Keine Krümel, keine Notizzettel am hellblauen Pinbrett, kein benutztes Glas in der Spüle. Der im Gegensatz zur restlichen Küchenausstattung hochmoderne Kühlschrank – vermutlich Energieklasse A++ – war ausgeschaltet, die Tür stand halb offen.

»Hier riecht's schimmlig«, stellte Evalina Krauss mit gerümpfter Nase fest. Tatsächlich entdeckte ich in zwei Ecken schwärzliche Flecken und Ränder von Feuchtigkeit, die das Gemäuer über die Jahre aufgesogen hatte.

»Die Leute nebenan sagen, er wäre schon mindestens acht

Wochen weg«, erklärte der Kollege, mit dem ich telefoniert hatte, in schwerfälligem Badisch. Er war groß und kräftig und riss mit entschlossenen Bewegungen ein Fenster auf, das offenbar klemmte.

Kollegin Krauss hob den Deckel des großen Blechmülleimers, Modell Krümelmonster, ließ ihn scheppernd wieder fallen. »Leer«, sagte sie, als hätte sie mit nichts anderem gerechnet.

»Hätt nicht gedacht, dass der so ordentlich ist«, sagte der Zweite der Rastatter, ein kleiner Mann mit kantigem Gesicht und stocksteifem Rückgrat.

Hinter der nächsten Tür befand sich ein geräumiges, sparsam möbliertes Arbeitszimmer mit Blick nach Westen, wo sich ebenfalls Felder erstreckten. Die Spätnachmittagssonne brach eben durch die schnell ziehenden Wolken und vergoldete die Aussicht.

»Eigentlich könnt das Haus ganz nett sein«, fand Evalina Krauss und sah sich fachmännisch um. »Mit ein bisschen Liebe könnt man was draus machen.«

Den einzigen Schmuck des Arbeitszimmers bildete ein schauderhaftes Ölgemälde, das so hässlich war, dass es sich nur um ein Erbstück handeln konnte. Das Pendant im Flur hatte eine abendliche Flusslandschaft mit viel Rosa gezeigt. Auf diesem hier war dunkler Tann mit Hirsch zu bewundern. Immerhin röhrte er nicht.

Unter dem großen Fenster stand ein alter und schon ein wenig aus dem Leim gegangener Pressspanschreibtisch. Nur eine feine, gleichmäßige Staubschicht bedeckte die leere Arbeitsfläche. Auch sämtliche Schubladen waren leer.

»Hier hat aber einer gut aufgeräumt«, stellte der steife Kollege fest.

»Wovon hat er eigentlich gelebt?«, fragte ich.

Die beiden Uniformierten zuckten die Achseln. »Die Nachbarn wissen nur, dass er früher mal mit Immobilien gehandelt hat«, sagte der Große. »Ich denk, der hat so gut verdient, dass er Arbeiten nicht mehr nötig gehabt hat.«

»Die Leute sagen, er hat das Grundstück praktisch nur zum Einkaufen verlassen«, fügte der mit dem stechenden Blick hinzu.

»Oder wenn er wieder mal auf eine Demo gefahren ist. Da sei er dann manchmal tagelang weggeblieben.«

»Wo sind eigentlich die Katzen?«, fragte meine Mitarbeiterin plötzlich. »Hat's nicht geheißen, er hätte Katzen?«

14

»Was denken Sie?«, fragte Evalina Krauss, als wir wieder im Wagen saßen.

»Dass die Nachbarn recht haben. Ein schräger Vogel.«

Wir hatten das Haus von unten bis oben durchsucht, selbst den feuchten Keller und den staubigen Dachboden voller Spinnweben hatten wir besichtigt und nicht den kleinsten Hinweis auf die Identität des Besitzers gefunden. Keine Briefe, keine Fotoalben, keine Kontoauszüge. Das altertümliche Festnetztelefon ohne Anrufbeantworter war tot gewesen, der Anschluss abgemeldet. Im lieblos, aber nicht ungemütlich eingerichteten Wohnzimmer gab es einen Kachelofen, in dem jemand vor nicht allzu langer Zeit große Mengen Papier verbrannt hatte. Alles machte den Eindruck, als hätte sein Bewohner nicht vorgehabt, noch einmal zurückzukehren. Falls Jürgen Prochnik zu Lebzeiten ein Handy besessen hatte, dann hatte er es bei seinem Auszug mitgenommen.

Seine Katzen hatte er wenige Tage vor seinem Verschwinden ins Tierheim gebracht, samt aller Futtervorräte, wie Krauss mit Unterstützung der Rastatter Kollegen herausgefunden hatte. Am selben Tag hatte er dem kleinen Verein, der das Tierheim betrieb, eine Spende überwiesen. Die Vereinsvorsitzende war auch nach zehn Wochen immer noch völlig aufgelöst über die Höhe dieser Überweisung: zweihunderttausend Euro.

Mein Handy trillerte.

»Döbele hier«, sagte eine atemlose Männerstimme. »Sie hatten angerufen?« Die Stimme gehörte dem Vorsitzenden der örtlichen Greenpeace-Gruppe.

»Es geht um Jürgen Prochnik«, sagte ich.

»Ach herrje«, stöhnte mein Gesprächspartner. »Mit dem haben wir nichts zu schaffen. Auch wenn er uns diese irrwitzige Spende überwiesen hat. Mit dem haben wir nichts zu schaffen. Der ist nicht Mitglied bei uns.«

»Warum legen Sie solchen Wert auf diese Feststellung?«

»Weil der Jürgen ein Spinner ist. Wir brauchen hier aber keine Spinner. Was wir brauchen, sind Menschen mit heißem Herzen und kühlem Verstand. Beim Jürgen ist es genau umgekehrt. Der liebt nicht die Natur, der hasst die Menschen. Uns geht's aber nicht darum, die Menschheit abzuschaffen, sondern sie zur Vernunft zu bringen.«

»Sie sagten etwas von einer Spende.«

»Eine halbe Million! Der Typ spinnt doch, entschuldigen Sie. Nicht, dass wir das Geld nicht brauchen könnten …«

»Sie kennen ihn persönlich?«

»Kennen ist zu viel gesagt. Er kommt oft genug zu unseren Abenden. Leider, muss ich sagen. Seit Jahren versucht er immer wieder, Mitglied zu werden. Ich nehme an, er will Einfluss auf unsere Strategie und unsere Aktionen nehmen. Was ist mit ihm? Ist er jetzt endgültig ausgetickt, dass sich auf einmal die Polizei für ihn interessiert?«

Ich erklärte ihm in wenigen Worten die Hintergründe meines Anrufs, ohne jedoch auf die Details einzugehen.

Evalina Krauss bog auf die A 5, fädelte sich in den dichten Feierabendverkehr in Richtung Norden ein und beschleunigte.

»Tot? Hat er sich mit Benzin übergossen und angezündet?«, fragte der Greenpeace-Vorsitzende mit grimmigem Lachen. »Würd mich nicht wundern.«

»So ungefähr war es tatsächlich. Er ist in einem Haus in der Nähe von Heidelberg verbrannt.« Das würde er morgen ohnehin in der Zeitung lesen. »Ich glaube allerdings nicht, dass er es selbst angezündet hat.«

»Das heißt …?«, sagte Döbele mit belegter Stimme. »Er ist … umgebracht worden?«

»So weit sind wir noch nicht. Es kann auch ein Unfall gewesen sein. Gibt es niemanden bei Ihnen, der ihn ein bisschen näher kennt? Ist er mal in Begleitung aufgetaucht, hat er sich mit jemandem öfter unterhalten?«

»Meines Wissens ist der Jürgen immer allein gekommen«, erwiderte Döbele nach kurzem Überlegen. »Ich frag aber sicherheitshalber mal rum.«

»Jürgen Prochnik stammt aus Südbaden.« Balke war während unserer Abwesenheit fleißig gewesen. »Aus Konstanz am Bodensee. Dort hat er gelebt, bis er achtundzwanzig war. Zweimal ist er durchs Abi gerasselt, anschließend hat er eine Ausbildung zum Immobilienfachwirt gemacht und einige Jahre in dem Beruf gearbeitet, als Angestellter einer großen Wohnungsbaugesellschaft. Ich habe eben mit seinem damaligen Chef gesprochen. Prochnik ist nicht der Hellste gewesen, aber fleißig und fast schon zu harmlos. Keine Weibergeschichten, keine Alkoholprobleme, keine schnellen Autos. Der scheint sich für überhaupt nichts interessiert zu haben. Gewohnt hat er bei seinen Eltern. Sein Job war der Verkauf der Wohnungen, die die Firma gebaut hat. Dann sind die Eltern kurz nacheinander gestorben, und ungefähr zur selben Zeit ist zum ersten Mal eine Frau in seinem Leben aufgetaucht. Ein halbes Jahr nach dem Tod seiner Eltern hat Prochnik das Elternhaus mit Seeblick für einen guten Preis verkauft, ist nach Rastatt gezogen und hat sein Maklerbüro aufgemacht. Das war fünfundachtzig.«

»Woher wissen Sie das alles?«, fragte ich. »Wir sind drei Stunden weg gewesen …?«

»Nachbarn.« Balke grinste geschmeichelt, während Krauss sich konzentriert Notizen machte.

Meine Bürogenossin war schon wieder unterwegs. Vermutlich, um noch mehr senile Lehrer zu interviewen.

»Nachbarn mit scharfen Augen und gutem Gedächtnis. Die beiden alten Leutchen haben Prochnik schon als Baby gekannt.«

Ich schnäuzte mich. Meine Augen brannten, mein Kopf brummte. Der Schnupfen war während der Rückfahrt wieder stärker geworden und schien allmählich seinem Höhepunkt entgegenzustreben.

»Sie sagten, er hätte eine Frau kennengelernt …«

»Rothaarig soll sie gewesen sein. Mit langen, glatten Haaren bis zum Gürtel. Ein bisschen zu dürr, hat der Nachbar gemeint, aber sonst ganz hübsch. Prochnik hat sie übrigens erst mit nach Hause gebracht, nachdem die Eltern tot waren. Wie lang die Geschichte schon lief, kann ich deshalb nicht sagen. Die Eltern waren streng katholisch.«

Auch die Eltern von Judith Landers waren religiös gewesen, fiel mir ein. Und stammte Gudrun Ensslin nicht aus einer schwäbischen Pfarrersfamilie?

»Sehen Sie eine Chance, diese rothaarige Frau zu identifizieren?«

Balke zog den Mund schief. »Dürfte schwierig werden, nach dreißig Jahren. Die kann inzwischen kugelrund sein und acht Enkelkinder haben. Einen winzigen Hinweis habe ich aber doch: Sie ist immer mit einem kleinen, knallroten Auto gekommen. Die Nummer sei nicht aus der Gegend gewesen, sagen die Nachbarn.«

Theresa war am Abend zuvor im Theater gewesen. In einem Musical. In Stuttgart. Zusammen mit einer Nachbarin, die fast schon eine Freundin war und ihr die Karten zum Geburtstag geschenkt hatte. Evita. Wunderbar sei es gewesen, erfuhr ich zwischen den ersten, aufgeregten Küssen, phänomenal, umwerfend, überwältigend, grandios. Meine Göttin war immer noch völlig aus dem Häuschen. Und sie schwor, seit einer Woche keine Zigarette mehr angerührt zu haben.

Ich war todmüde und verschnupft. Unser Abend begann mit einem ausführlichen Bericht von Theresas aufregendem Kulturerlebnis und endete zwei Stunden später im Streit. Unvorsichtigerweise erwähnte ich irgendwann den Namen Ron Henderson.

»Der Mann ist ein Verbrecher«, erklärte Theresa mit plötzlicher Kälte. »Ich würde ihm keine Träne nachweinen, sollte jemand … Ich könnte dir ein paar Details …«

»Vielen Dank. Meine Töchter gehen mir schon genug auf die Nerven mit dem Thema. Theresa, mein Job ist es, die Leute zu unterstützen, die für seine Sicherheit verantwortlich sind. Mein Job ist nicht, ihn nett zu finden.«

»Fühlt man sich nicht ein klein wenig doof dabei, das Leben eines solchen Mistkerls zu beschützen?«, fragte meine Liebste mit rauflustigem Blick.

»Ich fühle mich bei meiner Arbeit häufiger doof, als mir lieb ist«, versetzte ich ärgerlicher, als ich beabsichtigt hatte.

»Du weichst aus.«

»Das tue ich überhaupt nicht!«, fuhr ich sie an. »Ich habe nur keine Lust, mir den Abend zu verderben, indem ich mit dir über irgendwelche amerikanischen Politiker herumstreite.«

»Ich spreche nicht von Politik. Ich spreche von einem Menschen, der nach den Gesetzen der meisten Länder dieser Erde hinter schwedische Gardinen gehört. Oder noch besser an die Wand.«

»Theresa, also bitte! Du redest wirklich, als würdest du Beifall klatschen, wenn jemand ihn in die Luft sprengen würde.«

»Mich macht das wütend, verstehst du?«, versetzte sie. »Es scheint bei deinem Herrn Henderson nicht anders zu sein als bei Berlusconi: Er ist in die Politik gegangen, um der Justiz von der Schippe zu springen. In den Staaten drüben mussten vier Ermittlungsverfahren gegen ihn eingestellt werden, als er praktisch über Nacht Minister wurde.«

»Erstens ist er nicht mein Herr Henderson«, stöhnte ich und versuchte, mich zu entspannen. »Und zweitens kannst du ja dann zu den Demos gehen, von denen es mehr als genug geben wird.«

Ihre Rechte suchte unbewusst nach Zigaretten und fand keine.

Ich legte den Arm um ihre nackte Hüfte und wollte sie an mich ziehen. Aber sie bockte.

»Theresa, bitte. Der Kerl ist es doch nicht wert, dass wir uns streiten …«

»Ich will mich aber streiten«, zischte sie. »Es macht mir Spaß, mich zu streiten!«

Eine Weile schwiegen wir verstockt vor uns hin.

Schließlich sah sie mir ins Gesicht. »Weißt du eigentlich, wie viel er verdient hat, als er noch Boss der HBC war?«

»Siebzehn Millionen Dollar im Jahr. Bei zweihundert Arbeitstagen sind das fünfundachtzigtausend pro Tag. Man hat mich schon aufgeklärt.«

Nun war sie doch ein klein wenig überrascht.

»Herrgott, Theresa!«, sagte ich begütigend. »Wenn du jeden Manager, der so viel verdient, ins Gefängnis sperren wolltest, dann müssten wir eine Menge Mörder und Vergewaltiger freilassen.«

»Sag doch mal ehrlich, findest du das nicht auch pervers?«

»Natürlich ist es pervers. Meine Töchter finden es außerdem noch fies und krank und ekelerregend.«

»Deine Töchter sind mir sehr sympathisch.«

»Ich heute offenbar nicht. Wenn du jetzt nicht sofort aufhörst mit dem Thema, dann gehe ich und besaufe mich irgendwo. Irgendwo, wo es hübsche junge Frauen gibt, die sich kein bisschen für Politik interessieren ...«

Es gelang mir mit knapper Not, ihrer Kopfnuss auszuweichen. Kurz darauf kugelten wir auf unserer Matratze herum, keilten und schubsten, kniffen und knufften, und dann waren wir plötzlich sehr still und sehr zärtlich.

»Ich hasse ihn«, erklärte Theresa, als wir uns zwei Stunden später ankleideten. »Ich hasse deinen Mister Henderson aus tiefster Seele. Weil er für ein Wirtschaftssystem steht, das uns vor Kurzem um ein Haar in den Abgrund gerissen hätte. Das Zigtausende ins Elend gestürzt hat.«

»Wie oft soll ich es noch sagen: Er ist nicht *mein* Mister Henderson.« Ich atmete tief durch, schloss meinen Gürtel und mäßigte meine Stimme. »Für mich ist der Mann einfach nur irgendein ausländischer Politiker, auf den ich von Berufs wegen aufzupassen habe, verstehst du? Das heißt nicht, dass ich seine Meinungen oder seine Methoden oder sein Einkommen irgendwie gut finde. Das heißt einfach nur, dass ich den Job mache, für den ich am Ende des Monats mein spärliches Gehalt überwiesen kriege.«

»Bei Frauen nennt man das Prostitution.«

»So.« Ich zog meinen Mantel an. »Mir reicht's. Schönen Abend, Frau Liebekind. Grüßen Sie Ihren Mann von mir, wenn er morgen wiederkommt.«

Glücklicherweise war ich schon fertig angezogen, während sie noch in Designerunterwäsche steckte und an ihren teuren Strümpfen herumfummelte.

Ich knallte die Tür hinter mir zu.

»Alexander!«, hörte ich noch, als ich die Treppe hinuntersprang mit dem festen Vorsatz, die Susibar aufzusuchen und mich wirklich zu betrinken.

Am Samstagmorgen waren die Zwillinge, die an Wochenenden üblicherweise vor Mittag nicht aus den Betten zu locken waren, um Punkt halb neun wach. Die Bescherung hatte ich auf dem Küchentisch aufgebaut, mit allen Kerzen, die ich in der Wohnung hatte finden können, und einem riesigen Strauß, den ich in einem Blumengeschäft an der Rohrbacher Straße besorgt hatte, das praktischerweise schon um acht öffnete.

In der Tür blieben die beiden kurz stehen, um die Inszenierung mit glänzenden Augen zu betrachten. In ihren völlig identischen Pyjamas wirkten sie plötzlich wieder sehr klein und schutzbedürftig.

»Herzlichen Glückwunsch«, sagte ich ein kleines bisschen gerührt und umarmte sie in der Reihenfolge ihrer Geburt – erst Sarah, dann Luise.

»Danke, Paps«, sagten sie artig und küssten mich links und rechts.

»Ab heute dürft ihr ganz legal bis Mitternacht in Discos herumhängen.«

An die Lampe hatte ich ein Banner gehängt, auf das ich mit dickem Filzschreiber riesengroß die Zahl 16 gemalt hatte. Leider hatte es die dumme Eigenschaft, sich bei jedem noch so kleinen Luftzug selbst zusammenzufalten, sodass ich es dreimal wieder zurechtbiegen musste, während meine Töchter daran gingen, andächtig ihre Geschenke auszupacken und sich gebührend zu freuen.

Balke hatte recht gehabt: Über die Gutscheine – zweihundertfünfzig Euro pro Tochter – freuten sie sich am meisten. Die Halsketten mit Bergkristallherzen, die ich auf eigenes Risiko gekauft hatte, betrachteten sie mit ratlosem Wohlwollen. Die bestellten Geschenke lösten keine Begeisterung aus. Am Ende war ich es, der umarmt wurde und ein zweites Mal auf die Wangen geküsst.

»Danke, Paps.« Louise schmiegte sich für einen Augenblick ganz fest an mich. »Du bist der beste Vater der Welt.«

»Stimmt«, bestätigte Sarah ernst. »Echt wahr.«

Anschließend gab es Frühstück.

»Einen selbst gebackenen Kuchen wollte ich euch nicht zumuten«, sagte ich. »Dafür habe ich Streuselkuchen gekauft. Den mögt ihr doch, oder?«

O ja, sie mochten Streuselkuchen. Sie *liebten* Streuselkuchen. Vielleicht waren sie auch nur alt genug, so zu tun, um den besten Vater der Welt nicht zu enttäuschen.

15

Den Tag verbrachten wir zusammen in der Stadt, wo sie einen beträchtlichen Teil ihres neuen Reichtums umgehend wieder dem Geldkreislauf zuführten. Schon beim Frühstück hatten die Handys neben den Kakaobechern gelegen. Bis auf zwei SMS von entfernten Freunden war jedoch nichts gekommen. Auch auf Facebook hatte sich nichts gerührt. Im Lauf der Stunden wurden meine Töchter immer nervöser, inspizierten immer öfter die Displays, aber niemand gratulierte, es kamen keine Kurznachrichten, kein Mensch außer ihren Großeltern rief an. Meine Eltern hatten sich nach Vaters Pensionierung in den Süden zurückgezogen und lebten jetzt an der Algarve. Man hatte achtundzwanzig Grad, erfuhr ich, und konnte immer noch jeden Morgen im Atlantik schwimmen.

Das Getuschel meiner Mädchen wurde im Lauf des Tages immer aufgeregter und ratloser. Schließlich riefen sie sich sogar gegenseitig an, um die Handys zu testen. Zu Mittag aßen wir ausgiebig im Goldenen Hecht mit Blick auf den Neckar und die Alte Brücke. Um halb fünf machten wir uns, alle drei mit Beute beladen, auf den Heimweg. Inzwischen waren meine Töchter regelrecht verstört, weil offenbar die ganze Welt ihren Geburtstag vergessen hatte. Hinzu kam, dass auch sämtliche Versuche, sich mit Freundinnen und Freunden für den Abend zu einer kleinen, irgendwo improvisierten Feier zu verabreden, unbeantwortet blieben.

»Ihr solltet euch dann umziehen und ein bisschen hübsch machen«, sagte ich, als wir zu Hause ankamen.

»Ähm …?«

»Es gibt noch eine Überraschung.«

»Eigentlich wollten wir …«

»Was ist es denn für eine Überraschung?«

»Ihr werdet sehen.«

Die beiden sahen sich an. Sahen mich an.

»Sag schon, wo gehen wir hin?«

»Werdet ihr erfahren, wenn es so weit ist.«

»Paps, das ist gemein!«, fand Louise.

»Jetzt sag endlich«, quengelte Sarah.

»Eine Überraschung heißt Überraschung, weil man überrascht ist.«

Um Viertel vor sechs zogen wir los. Meine Töchter abendfein herausgeputzt und inzwischen völlig aufgelöst, weil sie noch immer nicht wussten, was der Plan war. Zum Glück war der Weg nicht weit. Wir überquerten den Platz vor der Christuskirche, betraten ein Haus, stiegen eine Treppe hinab ins Tiefgeschoss. Unten war es totenstill und dunkel. Sie drückten die Schalter, aber das Licht schien nicht zu funktionieren.

»Lasst mich mal vorausgehen«, sagte ich. »Ich kenne mich hier aus.«

»Du?«

»Aber …?«

Ich öffnete eine breite Tür. Im Raum dahinter herrschte absolute Finsternis. Meine Töchter blieben auf der Schwelle stehen und trauten sich nicht weiter. Plötzlich flammte Licht auf, dröhnende Musik und ein Riesengeschrei brandeten auf.

Die Überraschungsparty war Balkes Idee gewesen. Seit Wochen hatten meine Töchter hin und her überlegt, wie und wo sie ihren magischen Geburtstag angemessen feiern sollten, sich letztlich jedoch zu nichts entschließen können. So hatte ich in der vergangenen Woche heimlich den Gemeindesaal der Christuskirche angemietet, Balke machte den DJ und hatte sich um Technik und Musik gekümmert, ich hatte Dekoration, Getränke und Essen organisiert sowie mit Unterstützung von Silke, der engsten Freundin meiner Mädchen, eine Gästeliste erstellt. Sie hatte dafür gesorgt, dass alle den Tag über stillhielten.

Wieder gab es Umarmungen und Geschenke. Am Ende wurde auch ich noch einmal gedrückt. Dann ließ ich sie allein. Eine Party in Anwesenheit von Erziehungsberechtigten hatte schon zu meiner Zeit als peinlich gegolten. Und Balke würde nicht nur als DJ fungieren, hatte er mir versprochen.

Montag, der zwanzigste September.

Noch dreiundzwanzig Tage bis zum Beginn der Wirtschaftsgespräche.

Liebekind war zurück.

Meine erste Diensthandlung an diesem herbstklaren Morgen war ein halbstündiger Besuch bei ihm, um seinen Wissensdurst zu befriedigen. Meine stille Hoffnung war, dass ich ab sofort nicht mehr zu diesen langweiligen Besprechungen ins Rathaus musste.

Am Sonntag war das Wetter trüb und regnerisch gewesen, die Zwillinge kaum aus den Betten zu bewegen, ich selbst faul und schwankender Laune. Ich hatte spät und in himmlischer Ruhe gefrühstückt und das Mittagessen mangels Publikum einfach ausfallen lassen.

Beim Abendessen – in der Zeitung hatte ich ein neues Rezept für vegetarische Lasagne entdeckt – waren meine inzwischen wieder zum Leben erwachten Töchter erneut auf das leidige Gesprächsthema Henderson gekommen. Diesmal jedoch aus einer ganz anderen Ecke.

»Paps«, fragte Louise mit scheinheiligem Blick. »Wie viel verdienst du eigentlich?«

»Zu wenig.«

»Mehr als zweitausend Euro im Monat?«

»Das schon, ja.«

»Mehr als fünftausend?«

»Was soll das denn jetzt?«

»Sag, mehr als fünftausend?«

»Ich sage gar nichts, solange ich nicht weiß, worauf ihr hinauswollt.«

»Der durchschnittliche Arbeitnehmer verdient pro Jahr ungefähr vierzigtausend Euro«, verkündete Sarah stolz.

»Davon gehen allerdings noch Steuern ab und Sozialabgaben. Außerdem sagt der Durchschnitt gar nichts. Es gibt auch bei uns Menschen, die Millionen verdienen, und andere, die mit weniger als tausend Euro im Monat zurechtkommen müssen. Friseurinnen zum Beispiel oder Putzfrauen.«

»Arbeiten die anderen denn so viel mehr als die Putzfrauen?«

Ich versuchte, meinen Mädchen begreiflich zu machen, dass der Vorstand eines Großunternehmens Verantwortung für zigtausend Mitarbeiter trug. Und außerdem natürlich sehr viel besser ausgebildet war als Reinigungspersonal.

»Putzen kann jeder. Ein Unternehmen leiten, das ist etwas, wozu man eine Menge gelernt haben muss, versteht ihr? Und je weiter oben jemand steht, desto mehr Geld bekommt er, damit die unter ihm sich ordentlich anstrengen, um vielleicht irgendwann seinen Posten zu kriegen.«

»Du bist doch auch Chef. Verdienst du auch Millionen?«

»Dann würden wir in einem schönen Haus am Heiligenberg wohnen und ein tolles neues Auto fahren.«

»Und nicht so 'ne blöde alte Kiste«, ergänzte Sarah mit Blick zur Decke.

Damit war das Gespräch zu meiner Verblüffung schon zu Ende gewesen. Sie hatten das Thema gewechselt und mir von der Party vorgeschwärmt. Ungefähr die Hälfte der anwesenden Mädchen hatte sich in Sven Balke verguckt.

»Der ist ja echt der Supertyp«, durfte ich mir anhören. »Was der für coole Sprüche drauf hat!«

»Obwohl er schon so alt ist!«

Balke würde demnächst sein dreißigstes Lebensjahr beenden.

Jedenfalls war es ein sensationelles, wundervolles, echt geiles, nicht zu toppendes Fest gewesen und das supertollste Geburtstagsgeschenk, das zwei Teenager sich überhaupt wünschen konnten.

»Wie war's in Münster?«, fragte ich, nachdem ich meinem Chef herzlich die Hand geschüttelt hatte. Seit ich wusste, dass er wusste, dass ich regelmäßig mit seiner Frau schlief und er aus gewissen Gründen nichts dagegen einzuwenden hatte, war unser Verhältnis fast freundschaftlich geworden.

»Ich habe das Gefühl, unser Nachwuchs wird mit jedem Jahr dümmer«, seufzte er. »Aber das haben unsere Professoren seinerzeit vermutlich auch über uns gesagt.«

»Man kann es meines Wissens schon bei den alten Ägyptern nachlesen.»

Wir setzten uns. Liebekind, ein bedächtiger Zwei-Meter-Riese, hinter seinen mächtigen Schreibtisch aus dunklem Holz, ich davor. Er wirkte ausgeruht und war zufrieden, dass Heidelberg während seiner Abwesenheit nicht in Chaos und Gesetzlosigkeit versunken war. Im Großen und Ganzen war er ein angenehmer Chef. Ein Chef, der die Forderungen als Erster erfüllte, die er an seine Untergebenen stellte. Der morgens oft genug vor mir da war und abends nicht selten nach mir das Büro verließ. Er schien ein wenig abgenommen zu haben, was seiner Gesundheit bestimmt nicht schadete. Dennoch schätzte ich ihn immer noch auf über einhundert Kilo.

Ich erstattete Bericht. Hin und wieder stellte er Fragen.

Ich dachte an Theresa. Sie hatte mir im Lauf des Wochenendes nicht weniger als zwölf SMS geschrieben und sich wortreich für ihren Ausbruch am Freitagabend entschuldigt. Ich hatte keine davon beantwortet. Dreimal hatte sie angerufen, und ich hatte nicht abgenommen. Mir unterstellte niemand ungestraft, ich würde mich für irgendwen zur Hure machen. Auch nicht Theresa.

Zugegeben, meine Reaktion war kleinlich und unreif und vielleicht auch ein wenig übertrieben. Aber ich hatte eine in meinen Augen gute Ausrede: Ich war immer noch erkältet. Nicht mehr so schlimm, aber als Begründung für kleinkariertes Verhalten genügte es. Nach unserem Streit hatte ich letztlich doch nur zwei Gläser Wein bei Susi getrunken und war noch halbwegs nüchtern heimgekehrt. Auch heute Morgen war schon wieder eine Nachricht von Theresa gekommen, schwankend zwischen der Sorge, es könnte vorbei sein, Zorn über meine Bockigkeit, die sie nicht ganz zu Unrecht kindisch nannte, und der ernst gemeinten Bitte um Entschuldigung. Irgendwann würde ich wohl antworten müssen. Ich war selbst gespannt, was ich schreiben würde.

Liebekind hatte etwas gesagt und erwartete eine Antwort von mir.

»Wie bitte?«, sagte ich. »Entschuldigen Sie, ich …«

»Sie sind krank?«

»Es geht schon wieder.«

»Ich fragte, wie groß Sie das Risiko eines Anschlags einschätzen.«

»Einen Anschlag können wir natürlich nicht ausschließen. Irgendein Selbstmordattentäter, der sich unters Publikum mischt – da können wir nur hoffen, dass so was nicht passiert. Dass ein Anschlag auf Henderson Erfolg hat, ist aber nach menschlichem Ermessen ausgeschlossen. Niemand wird näher als hundert Meter an die Herrschaften herankommen. Niemand wird auch nur Zeit zum Zielen haben, weil sie in der Öffentlichkeit ständig in Bewegung sein werden. Während der Sitzungen werden keine Schiffe auf dem Neckar unterwegs sein, keine Flugzeuge in der Luft. Kritisch sehe ich nur die Anreise- und die Abreisephasen und die Schlossbesichtigung am Donnerstag. Die ist leider ein ausdrücklicher Wunsch von Mister Henderson. Auch die Amerikaner sind nicht glücklich darüber.«

Mein Chef nickte befriedigt. Das ist es, was Chefs hören wollen: dass man die Sache im Griff hat. Dass sie sich keine Gedanken machen müssen. Wir redeten noch ein wenig über dies und das. Liebekind erzählte von seiner Vorlesung, die er schon seit vielen Jahren hielt, und ich hatte allmählich wieder Sehnsucht nach seiner Frau.

»Was ist das eigentlich für eine Geschichte mit diesem Herrn von Lüdewitz?«, fragte Liebekind, als wir uns schließlich erhoben. »Frau Ragold hat ja am Ende kein anderes Thema mehr gekannt.«

»Da wird vielleicht noch die eine oder andere Beschwerde auf Sie zukommen. Unsere beiden Damen haben ihm während seiner Abwesenheit eine Art Besenkammer im Erdgeschoss freigeräumt, gleich neben den Toiletten. Noch weiß er nichts davon, weil er immer noch krank ist.«

»Er ist krank?«

»Ich fürchte, Ihre gute Frau Ragold hat ihn vergiftet. Aber ich bin sicher, er wird es überleben.«

16

Im Gegensatz zu mir hatte Evalina Krauss das Wochenende in der Direktion verbracht.

»Dieser Prochnik ist richtig reich gewesen«, berichtete sie. »Ein paar Tage, bevor er untergetaucht ist, hat er aber praktisch sein ganzes Geld verschenkt. Vorher hat er ein fettes Wertpapierdepot gehabt. Eins Komma vier Millionen in Aktien und Schuldverschreibungen. Im Juni hat er dann alles aufgelöst, eine halbe Million an Greenpeace überwiesen, das Gleiche an Attac, zweihunderttausend ans Tierheim und noch mal hunderttausend an

Amnesty International. Den Rest hatte er sich in bar auszahlen lassen. Hunderttausend Euro, und die sind jetzt womöglich in dem Haus verbrannt. Das muss man sich mal vorstellen! Sein Girokonto existiert übrigens noch. Auf dem sind knapp viertausend, und seit Anfang Juli ist nichts mehr abgehoben worden. «

» Woher stammt das viele Geld? «, fragte ich in die Runde.

Allgemeines Achselzucken. Vor elf Jahren hatte Jürgen Prochnik seine nicht übermäßig erfolgreiche Maklerfirma verkauft, das viel zu große Haus im Grünen gekauft und sein Leben ganz dem Schutz der Umwelt gewidmet.

» Keine Ahnung «, sagte Balke schließlich. » Mit seiner Firma hat er es nicht verdient, schätze ich mal. «

» Er hat übrigens einen DSL-Anschluss gehabt «, fuhr Kollegin Krauss fort. » Und ein Handy auch. Die KT sucht zurzeit nach seinen Mail-Accounts. Die Verbindungslisten vom Handy-Provider sind angefordert. «

Auch Balke hatte nicht auf der faulen Haut gelegen.

» Ich habe die Fotos aus sämtlichen Radarfallen in der Gegend angefordert «, berichtete er. » In Sandhausen, Kirchfeld und Sankt Ilgen habe ich Aushänge machen lassen. Wer immer das Haus abgefackelt hat, muss ja irgendwie da hingekommen sein. Außerdem sollten wir so bald wie möglich alle infrage kommenden Straßenzüge abklingeln lassen. Wir brauchen eine Soko. Mit jedem Tag, den wir länger ... «

» Keine Chance «, unterbrach ich ihn. » Wir sind hoffnungslos unterbesetzt wegen dieser verflixten Tagung. Wann kommt eigentlich der Kollege Runkel aus dem Urlaub zurück? «

» In einer Woche. Aber, Chef, mit jedem Tag, den wir verstreichen lassen, sinken unsere Chancen ... «

» Das weiß ich auch. Was soll ich machen? «

Balke grinste plötzlich. » Ich hätte vielleicht eine Idee. «

» Ist es wieder eine von denen, die auf keinen Fall bei der Staatsanwaltschaft bekannt werden dürfen? «

Balkes Grinsen wurde breit. » Lassen Sie sich überraschen. «

Jetzt erst wurde mir bewusst, dass Helena Guballa während unseres Gesprächs an einem bestimmten Punkt ihre Tipperei eingestellt hatte. Erst als meine beiden Mitarbeiter sich erhoben, klapperte ihre Tastatur wieder.

Den Vormittag verbrachte ich mit Routinekram. Um Viertel vor zwölf erhob sich Helena Guballa, mit der ich bisher außer »Guten Morgen« kein Wort gewechselt hatte, schnappte sich ihren Dufflecoat und verschwand grußlos. Nach einem Blick auf den Speiseplan der Kantine im Intranet beschloss ich, ins Merlin zu gehen, ein Bistro nur wenige Schritte von der Direktion entfernt.

Als ich eintrat, war es erst kurz nach zwölf, das Lokal jedoch schon rappelvoll, und nur an einem Zweiertisch an der Fensterfront war noch ein Platz frei. Ausgerechnet an diesem Tisch saß die Zielfahnderin. Sie hatte mich schon entdeckt, umzukehren wäre eine grobe Unhöflichkeit gewesen. So setzte ich mich zu ihr.

»Essen Sie immer hier?«, fragte ich.

»Ich mag dieses Gedränge in der Kantine nicht«, erwiderte sie mit gesenktem Blick.

»Hier ist es auch ganz schön voll«, sagte ich lächelnd.

Damit war unser Gespräch fürs Erste zu Ende.

»Wie war's bei der Englischlehrerin?«, fragte ich, als unser Schweigen peinlich zu werden begann.

»Interessant«, erwiderte sie mit unbewegter Miene. »Frau Grünstein hatte zu Judith ein recht enges Verhältnis und erinnert sich erstaunlich gut an ihre Schülerin. Die Eltern wollten Judith ursprünglich gar nicht studieren lassen, habe ich erfahren. Sie sollte eine Banklehre machen. Frau Grünstein hat den beiden damals ins Gewissen geredet und sie davon überzeugt, dass ihre begabte Tochter in einem Büro verkümmern würde. Das hat Judith ihr nie vergessen. Die alte Dame ist inzwischen zweiundachtzig, aber immer noch putzmunter und völlig klar im Kopf. Sie und Judith standen auch nach dem Abitur noch einige Zeit in losem Kontakt. Was ich bisher auch nicht wusste: Judith hat damals eine große Reise gemacht. Nach Indien. Elf Wochen insgesamt. Sie hat ihrer Lehrerin hin und wieder Ansichtskarten geschickt.«

»Das ist ja wirklich interessant.«

Ich bestellte bei der jungen Bedienung, die erwartungsvoll lächelnd und mit gezücktem Bestellcomputerchen neben mir stand, erst die überbackene Pasta von der Tageskarte, um diese sofort wieder zu stornieren und stattdessen den Salat mit Lachsstreifen zu wählen.

»Wenn ich vorhin richtig zugehört habe, dann hat Jürgen Prochnik alle Zelte hinter sich abgebrochen«, sagte Helena Guballa, als wir wieder allein waren. Am Nachbartisch stritt ein Paar mittleren Alters in gedämpfter Lautstärke. Die Frau war weißblond, hatte ein rot geschminktes Schmollmündchen und eine unangenehm schrille Stimme, wenn sie sich aufregte. Und sie regte sich sehr auf.

»So sieht es aus«, beantwortete ich die Frage meiner Bürogenossin. »Was mir Sorgen macht, sind seine kompromisslosen politischen Ansichten.«

»Sie denken, er hat irgendeinen … Entschluss gefasst?«

»Sehen Sie eine andere Erklärung für sein Verhalten?«

Unser Essen kam. Helena Guballa hatte dasselbe bestellt wie ich.

»Was sonst könnte einen Menschen bewegen«, fuhr ich fort, »den größten Teil seines Vermögens zu verschenken, alles Persönliche zu verbrennen und sich in einem allein stehenden Haus zu verstecken, wenn nicht irgendein verrückter und ganz bestimmt nicht legaler Plan?«

»Denken Sie, dieser Plan hat mit den Wirtschaftsgesprächen zu tun?«

»Prochnik hat sich sehr für die Umwelt engagiert. Die USA sind nicht gerade ein leuchtendes Vorbild in puncto Umweltschutz. Hendersons Firma hat in der Vergangenheit enorme Umsätze im Ölgeschäft gemacht.«

Der Salat schmeckte mir. Jetzt erst stellte ich fest, wie hungrig ich war.

Der Mann am Nebentisch sprang plötzlich auf, packte sein Nadelstreifenjackett, das unordentlich über der Stuhllehne hing, und rannte davon. Die Frau blieb mit bebender Unterlippe und leerem Blick zurück.

Helena Guballa bat mich um eine kurze Zusammenfassung dessen, was wir bisher über Jürgen Prochnik wussten. Als ich den roten Kleinwagen und die rothaarige Freundin erwähnte, blieb ihre Gabel auf halbem Weg zum Mund stehen. »Judith fuhr Anfang der Achtziger einen roten Fiat«, sagte sie mit alarmiertem Blick. »Und sie hatte damals Haare bis zum Gürtel.«

Auch ich hatte aufgehört zu essen.

»Damals war Judith allerdings schwarzhaarig, wenn ich mich richtig erinnere. Andererseits war Haarefärben so etwas wie ihr Hobby. Am wildesten war es vierundachtzig, kurz bevor sie in den Untergrund ging. Damals war sie im Frühjahr kastanienbraun, im Sommer wasserstoffblond und im Herbst rabenschwarz.«

»Das wäre ja … «, sagte ich mit trockenem Hals.

»Ihre Eltern haben oft am Bodensee Urlaub gemacht. Sie haben Verwandte in Allensbach. Das liegt in der Nähe von Konstanz. Wegen der Haarfarbe – das müsste ich überprüfen. Möglich, dass ich da etwas durcheinandergebracht habe.«

Die Frau am Nachbartisch war inzwischen ebenfalls verschwunden. Auf dem Tisch standen zwei kaum angerührte Teller und eine fast volle Sektflasche. Ich winkte der Bedienung und bat um die Rechnung. Helena Guballa bestand darauf, ihre Zeche selbst zu bezahlen.

»Vielleicht ist das der Grund, warum er später nach Rastatt gezogen ist?«, spekulierte ich auf dem Rückweg zur Direktion. Die Luft war angenehm frisch und roch nach kommendem Herbst. Am Boden kullerten die ersten Kastanien.

»Damit er näher bei Judith sein konnte?«

»Er wäre nicht der Erste, der wegen der Liebe seinen Wohnort wechselt.«

»Woher stammt das viele Geld auf seinen Konten?«

»Was er für seine Firma erlöst hat, klären meine Leute gerade. Bestimmt keine anderthalb Millionen.«

»Vielleicht eine Erbschaft?«

Ich kickte eine Kastanie über die Straße.

»Wäre es möglich, dass Sie beginnen, mich ernst zu nehmen?«, fragte Helena Guballa mit feinem Lächeln, als wir in meinem – in unserem – Büro den Verdauungskaffee zu uns nahmen. Sie an ihrem sauber aufgeräumten Schreibtisch, ich an meinem, auf dem sich die Akten stapelten.

»Ich habe Sie von Anfang an ernst genommen«, behauptete ich.

Sie drehte sich in ihrem Stuhl in meine Richtung, sah mir offen ins Gesicht und lächelte nicht mehr. »Diesen Eindruck hatte ich nicht.«

»Jedenfalls wäre es ein ziemlicher Knaller, wenn es eine Verbindung zwischen Prochnik und Ihrer Terroristin geben würde.«

»Ich bin überzeugt, dass diese Verbindung existiert.« Nachdenklich nippte sie an ihrer Riesentasse Milchkaffee. »Vielleicht haben die beiden all die Jahre in Kontakt gestanden. Und jetzt kommt Judith zurück, und Jürgen Prochnik unterstützt sie bei der Durchführung ihrer Pläne.«

Mir kam ein Gedanke. »Halten Sie es für möglich, dass sie hinter dem Brand steckt? Es hat Streit gegeben, man ist sich wegen irgendwas in die Haare geraten ...«

»Das halte ich für sehr gut möglich.« Sie sah in ihre Tasse, die sie mit beiden Händen festhielt. »Wenn es um die Sache geht, kennt Judith kein Pardon. Die dritte Generation der RAF hat auf niemanden Rücksicht genommen, auch nicht auf die eigenen Leute. Verräter oder Abweichler wurden hingerichtet. Es wäre genau ihre Art, Probleme aus der Welt zu schaffen.«

»Bleibt die Frage: Was hatten die beiden vor? Und wer ist der zweite Tote?«

»Nicht Judith, nach allem, was wir bisher wissen.«

Beide Fenster waren gekippt. Das Rauschen des Verkehrs vermischte sich mit dem Rauschen des Herbstwinds in den Bäumen, deren bunte Blätter herumwirbelten.

»Es fällt mir immer noch schwer zu glauben«, sagte ich nach kurzem Schweigen, »dass eine Frau, die inzwischen über fünfzig Jahre alt ist, ihre Terroristinnenvergangenheit längst hinter sich gelassen hat, plötzlich wieder auftaucht und einen neuen Anschlag plant.«

»Zu ihren Motiven kann ich nichts sagen«, entgegnete meine Kollegin ruhig. »Aber eines weiß ich: Judith wird niemals ein Risiko eingehen. Sie vertraut niemandem. Und wer nicht ihr Freund ist, ist ihr Feind.«

»Klingt ziemlich paranoid.«

»Wäre sie nicht so, dann säße sie im Gefängnis oder wäre tot. Judith war immer schon eine Perfektionistin. Sie würde sich niemals, wie Inge Viett damals, aus reinem Übermut und Leichtsinn ein Wettrennen mit Polizisten quer durch Paris liefern. Wenn Judith etwas tut, dann hat es einen Sinn und ein Ziel. Zumindest in ihrem Kopf.«

»Halten Sie sie für … geisteskrank?«

»Aber nein, überhaupt nicht!« Sie klang regelrecht empört. »Aus ihrer Weltsicht heraus handelt sie vollkommen logisch und konsequent. Verrückte überleben in diesem Umfeld nicht lange.«

Meine Tasse war leer. Die meiner Gesprächspartnerin noch halb voll.

»Und wo liegt die Logik, wenn man den amerikanischen Wirtschaftsminister tötet? Wo ist die Verbindung? Das Motiv?«

»Wie gesagt, über ihre Motive weiß ich nichts. Henderson könnte ein Symbol sein, denke ich. Der Prototyp des fiesen Kapitalisten, der für Geld über Leichen geht. Millionen von Menschen – und das meine ich wörtlich – würden vermutlich Beifall klatschen, rund um die Welt.«

»Ich weiß nicht …« Ich stellte die Tasse auf den Schreibtisch und schlug die Beine übereinander.

Mit ruhiger Miene erwiderte sie meinen Blick.

»Warum tun Sie das?«, fragte ich. »Wie kommt man zu so einem Beruf?«

»Ich bin Polizistin wie Sie.« Jetzt lächelte sie wieder ein wenig. »Mit demselben Recht könnte ich Sie fragen, weshalb Sie in Fällen ermitteln, die Sie eigentlich Ihren Untergebenen überlassen sollten.«

Ich lachte. »Das Thema hatte ich hier schon öfter. Ich bin nun mal kein Verwaltungshengst. Im Grunde hasse ich Akten und Statistiken und diesen ganzen Kram. Ich bin Polizist geworden, weil ich mich für Menschen interessiere und für ihre Schicksale und nicht für Zahlen. Kripochef bin ich eigentlich nur durch Zufall geworden.«

»Dafür scheinen Sie es nicht schlecht zu machen.« Sie war sehr viel hübscher, wenn sie lächelte.

»Könnte es sein, dass Sie meiner Frage ausweichen?«

Wie bei einer Lüge ertappt, senkte sie den Blick. »Ich habe Psychologie studiert«, sagte sie nach kurzem Schweigen. »Aus ganz ähnlichen Beweggründen übrigens wie die, die Sie eben genannt haben. Aber dieses Elend mit der Statistik – auch hier haben wir etwas gemeinsam –, es war einfach nichts für mich. Wie Sie wollte ich mit Menschen zu tun haben und nicht mit Zahlen und Wahrscheinlichkeiten. Der Unterschied zwischen Ihnen und mir ist nur, dass ich mich sehr viel länger mit einem Menschen befasse als Sie.«

Jetzt erst wurde mir bewusst, dass auch ich lächelte.

»In meinem Beruf kann ich tun, was mir am meisten Spaß macht«, fuhr sie so zögernd fort, als würde sie zum ersten Mal über diese Fragen nachdenken. »Mich in einen Menschen hineinversetzen. In seine Gedanken, in seine Gefühle.« Sie wandte den Blick zum Fenster. »Und allmählich sollten wir vielleicht wieder an unsere Arbeit gehen.«

17

Am Nachmittag kamen die vorläufigen Laborberichte. Ich rief Balke und Krauss zu mir.

»Prochnik ist eindeutig identifiziert«, begann ich, während die beiden noch auf ihren Stühlen herumrutschten. »Die Rastatter Kollegen haben endlich seinen Zahnarzt aufgetrieben. Er hat seine Praxis vorletztes Jahr aufgegeben. Deshalb hat es so lange gedauert. Und die zweite Leiche ist nun eventuell doch eine Frau.«

Helena Guballa saß plötzlich senkrecht in ihrem Stuhl.

»Was heißt eventuell?«, fragte sie.

»Die Wahrscheinlichkeit liegt bei achtzig Prozent, steht hier. Sie denken an Judith Landers? Die Körpergröße könnte hinkommen, wenn ich richtig informiert bin. Vielleicht wissen wir demnächst mehr. Sie haben mithilfe irgendeiner neuen Methode doch noch ein bisschen DNA aus den Oberschenkelknochen rauspräparieren können.«

»Die Armbanduhr war eine Männeruhr«, fiel Balke ein.

»Manche Frauen tragen so was«, sagte Krauss.

»Das Labor hat übrigens auch Reste von einem goldenen Halskettchen gefunden«, fügte ich hinzu und klappte die dünne Mappe zu.

Ich sah Helena Guballa fragend an. Die schüttelte den Kopf und entspannte sich. »Judith ist der Typ Frau, der eine Männeruhr tragen würde. Aber Schmuck? Sie ist mehr … der sportliche Typ.«

»Das BKA hat doch bestimmt DNA Ihres Schützlings in seinen Datenbanken?«

Sie nickte abwesend. »Natürlich.«

»Ich hab auch noch was«, sagte Krauss. »Die Chemiker in Wiesbaden haben rausgefunden, was für ein Sprengstoff es war. Moment ...« Sie nahm das Blatt nah vors Gesicht. Möglicherweise würde auch sie bald eine Brille brauchen. »Hexaxyluol oder so ähnlich. Ich kann meine eigene Handschrift nicht mehr richtig lesen. Jedenfalls ist's das gleiche Zeug, das die al-Qaida letztes Jahr in einem Computerdrucker per Luftfracht nach Amerika geschickt hat. Das Teufelszeug ist vollkommen geruchlos. Nicht mal Sprengstoffspürhunde schlagen drauf an. Aber es ist eindeutig zu wenig gewesen, um ernsthaft was auszurichten.«

»Sie wollten damit experimentieren«, sagte ich. »Den Zünder ausprobieren, irgend so etwas.«

»Dann müsste die eigentliche Bombe irgendwo versteckt sein«, sagte Krauss.

»Was sagen Sie dazu?«, fragte ich Helena Guballa.

»Ich ...« Sie sah zum Fenster, schüttelte plötzlich unwirsch den Kopf. »Ich kann mir nicht vorstellen, dass sie tot ist. Dass sie auf diese Weise ums Leben kommt.«

»Klingt fast, als wollten Sie es nicht glauben.«

»Es wäre einfach nicht Judiths Art, bei einem ...« Sie sah mir kurz ins Gesicht. Dann irrte ihr Blick ab. »... bei einem dummen Betriebsunfall ums Leben zu kommen.«

»Die Verbindungslisten sind da.« Auch Balke hatte Neuigkeiten mitgebracht. Offenbar ging es endlich voran. »Prochnik hat zum letzten Mal am dritten Juli mit seinem Handy telefoniert. Mit dem Tierheim, wo er seine Katzen untergebracht hat. Seither war das Handy nicht mehr im Netz. Ein paar Anrufe noch, die er aber nicht mehr angenommen hat. Einmal hat das Tierheim zurückgerufen, einmal eine Arztpraxis, mit der er wegen einer Rechnung Streit hatte, ein Callcenter von seinem Handyprovider, das ihm einen neuen Vertrag andrehen wollte. Das Festnetztelefon hat er kaum benutzt. Der letzte Anruf auf der Liste ist aus Luzern. Am neunten Juli. Die Nummer gehört zu einer Zelle im Hauptbahnhof. Auch bei den Mails sieht's dünn aus. Seit Anfang Juli keine ausgehenden Mails mehr. Davor nichts Erwähnenswertes.«

»Er kann ein zweites Handy gehabt haben«, warf ich ein. »Er kann mehrere Mailadressen gehabt haben. Mailadressen, die wir nicht kennen.«

»Die Internetspezialisten vom LKA arbeiten dran.« Balke steckte sein Smartphone in die Gesäßtasche seiner Jeans. »Die Spusi hat in dem Haus übrigens Reste von irgendwas gefunden, was vielleicht Handys gewesen sein könnten. Außerdem Metallteile aus einem verbrannten Notebook. Technisch ist mit den Sachen natürlich nichts mehr anzufangen. Da drin waren Temperaturen von über elfhundert Grad. Da schmelzen sogar die meisten Metalle.«

»Was ist mit Internetcafés?«, sagte Guballa in die Stille hinein, die auf Balkes knappen Bericht folgte.

»Läuft«, erwiderte dieser knapp. »Die Rastatter ziehen zurzeit rum und zeigen überall sein Foto. Sicherheitshalber auch im Elsass drüben. Er hat's ja nicht weit gehabt bis zur Grenze.«

Bereits am späten Nachmittag ging es ein weiteres Stück voran. Sven Balke erschien ungerufen bei mir.

»Ich hab mir die Finanzen von dem Typ mal ein bisschen genauer angesehen«, begann er. »Irgendwas stimmt da hinten und vorne nicht.«

Was ich mir schon gedacht hatte: Jürgen Prochnik hatte mehr Geld besessen, als er bei seiner Vorgeschichte hätte haben dürfen. Viel mehr Geld.

»Von dem, was er mit seiner Klitsche verdient hat, hat er gerade mal so leben können«, fuhr Balke fort. »In manchen Monaten hat er überhaupt keine Umsätze gemacht. War wohl nicht gerade ein Verkaufsgenie. Ein bisschen was hat er von seinen Eltern geerbt. Aber ich frage mich schon, wie er sich dann auf einmal dieses Haus kaufen konnte – dreihundertachtzigtausend hat er dafür hingelegt –, und anschließend hatte der Bursche immer noch fast zwei Millionen auf der Bank ...«

»Ich dachte, es wäre weniger?«

»Die Finanzkrise hat ihn auch voll erwischt. Er hatte einiges in amerikanischen Immobilienfonds ...«

Balke brach ab, schwieg für einen Augenblick mit gesenktem Blick. Dann sah er auf.

»Ich hab mal ein bisschen recherchiert: In den zwei Jahren, nachdem Prochnik sich in Rastatt niedergelassen hatte, gab's eine Serie von Banküberfällen, die bis heute nicht aufgeklärt sind. Insgesamt sechs Fälle, die alle nach demselben Schema abgelaufen sind. Alle in der östlichen Hälfte Frankreichs, Nancy, Metz, Épinal. Jedes Mal dieselben Täter, ein Mann und eine Frau, beide relativ jung. Die Täterbeschreibungen könnten hinkommen. Die beiden waren maskiert, sind immer mit einem Motorrad vorgefahren, haben, wo es nötig war, Löcher in die Decke geschossen, ihre Beute gegriffen und Abgang. Das Motorrad hatten sie jedes Mal kurz vorher geklaut und nach wenigen Kilometern stehen lassen.«

»Wann genau war das?«

»Von Ende fünfundachtzig bis Anfang siebenundachtzig. Danach war schlagartig Schluss. Beute über den Daumen zwanzig Millionen Francs. Die Franzosen sind schon damals von einem terroristischen Hintergrund ausgegangen. Und man hat früh vermutet, dass die Täter aus Deutschland kamen. Das war aber auch schon alles, was sie rausgefunden haben.«

Ich meinte, Helena Guballas Ohren wachsen zu sehen. Ich nahm die Brille ab und rieb mir die Augen. »Prochnik bleibt der harmlose Immobilienmakler, Judith Landers geht in den Untergrund ...«

»Judith spricht kein Französisch«, warf die Zielfahnderin leise ein.

»Es hat auch immer nur der Mann geredet«, sagte Balke.

»Waren sie die ganze Zeit in Kontakt?«, fragte ich mich selbst. »Wohl kaum.«

»Sie könnten sich irgendwo getroffen haben«, schlug Balke vor. »Ganz zufällig. So was kommt vor.«

»Ich denke nicht, dass Judith in den letzten Jahren in Europa war«, sagte Helena Guballa. »Sie steht immer noch auf den Fahndungslisten.«

»Vielleicht hat sie ihn gezielt kontaktiert, um ihn für ihre Zwecke einzuspannen?«, schlug Balke vor.

»War Prochnik eigentlich nie verheiratet?«, fragte ich. »Hat er nie mit jemandem zusammengelebt?«

»Soweit ich bisher weiß, nein.« Balke unterdrückte ein Gähnen und sah auf die Uhr. »Aber wir wissen noch lange nicht alles. Bevor er sich das große Haus gekauft hat, hat er in einem kleinen Reihenhaus in Kuppenheim gewohnt. Dort suche ich momentan nach ehemaligen Nachbarn, die mir was über ihn erzählen können. Freunde scheint er nicht gehabt zu haben. Fast jeder, der mit ihm zu tun hatte, fängt sofort an zu lästern, wenn er seinen Namen hört.«

»Sprengstoff«, sagte ich zu Helena Guballa, als wir wieder allein waren. »Wäre das ihr Stil?«

»Aber ja.« Sie tippte einen Satz zu Ende, wandte sich mir mit der üblichen ernsten Miene zu, legte die kleinen, weichen Hände auf die Knie ihrer braunen Cordhose. »Judith hat mehrfach Explosivstoffe eingesetzt.«

»Würden Sie mir ein bisschen mehr von ihr erzählen? Bisher weiß ich nur, dass sie in Heidelberg aufgewachsen ist und eine gute Schülerin war und später bei der RAF gelandet ist.«

»Neunzehnhundertachtzig macht sie Abitur als Drittbeste ihres Jahrgangs. Ihre Eltern haben lange auf diesen Tag hingefiebert und spendieren ihr ein kleines Auto – den roten Fiat. Von ihrer Oma bekommt sie zweitausend Mark geschenkt, und außerdem hatte Judith schon lange für ihre große Reise gespart. Anfang August bricht sie auf. Wo sie überall war, ist nicht belegt. In Indien mit Sicherheit, in Pakistan wahrscheinlich, in Indonesien vielleicht. Ende Oktober kommt sie zurück und beginnt schon eine Woche später ein Praktikum am Uniklinikum. In der Allgemeinen Psychiatrie. Sie sehen, es ist nicht ihre Art, Zeit zu verschwenden. Das war alles präzise geplant. Ich habe übrigens die Karten und Briefe lesen dürfen, die sie ihrer Lehrerin von unterwegs geschickt hat. Sie muss in Indien viel Elend gesehen haben. Anfangs klang sie erschüttert, aufgewühlt, am Ende nur noch empört. Losgefahren ist ein völlig unpolitisches, neugieriges Mädchen. Zurück kam elf Wochen später eine junge Frau voller Zorn. Dort, in der Klinik, lernt sie gleich am ersten Tag Wolfram Helms kennen. Sie verliebt sich in ihn …«

»Der Name sagt mir nichts.«

»Helms war auch nur eine Randfigur. Er hatte in Heidelberg studiert und schon während seiner Studentenzeit Kontakte zum

Sozialistischen Patientenkollektiv. Später ist er nicht in den Untergrund gegangen wie viele andere der Gruppe, sondern hat als Arzt am Klinikum gearbeitet. Ihre ehemalige Deutschlehrerin sagte mir, sie habe Judith unmittelbar nach der Rückkehr von ihrer großen Reise getroffen, in der Lebensmittelabteilung vom Kaufhof. Damals sei sie noch ganz die liebe und offene Judith gewesen, die sie kannte. Nachdenklicher und gereifter, aber ansonsten unverändert. Ein halbes Jahr später hat sie sie noch einmal getroffen und fand ihre ehemalige Schülerin völlig verändert. Bitter, geradezu streitsüchtig sei sie auf einmal gewesen. Die Beziehung zu dem fünfzehn Jahre älteren Helms dauert knapp drei Jahre. Dann stirbt er völlig überraschend an einem Hirnaneurisma. Daraufhin beschließt Judith, nicht, wie ursprünglich geplant, Kinderärztin zu werden, sondern Hirnchirurgin.«

Ich stand auf, trat an eines der Fenster, blieb dort mit dem Rücken zur Fensterbank stehen, nur zwei Schritte von meiner Bürogenossin entfernt. Die Sonne wärmte mir den Rücken. Meine Erkältung hatte sich im Lauf der letzten Stunden so stark gebessert, dass ich sie schon fast vergessen hatte.

»Und weiter?«

»Es dauert nur noch einige Monate, dann ist sie weg. Ihr Zimmer ist geräumt, der Fiat verkauft, Judith selbst spurlos verschwunden. Was dann geschah, liegt auf langen Strecken im Nebel. Wir vermuten eine Beteiligung am Mord an Ernst Zimmermann, dem damaligen Chef der MTU.«

»MTU ist ein Rüstungskonzern, richtig?«

Helena Guballa sah an mir vorbei aus dem Fenster, mit ihren Gedanken jetzt weit in der Vergangenheit. »Möglich, dass sie selbst geschossen hat. Das war fünfundachtzig. Sechsundachtzig, beim Sprengstoffanschlag auf Karl Heinz Beckurts wieder dasselbe. Wir vermuten, dass sie auch da beteiligt war, es gibt aber keine Beweise. Anschließend war fast drei Jahre Ruhe. Wir wissen heute, dass sie sich in dieser Zeit in der DDR versteckt hielt, mit Unterstützung des MfS. Neunundachtzig, beim Anschlag auf Herrhausen ... der Name ist Ihnen bekannt?«

»Der damalige Vorstandschef der Deutschen Bank.«

»Damals konnten erstmals DNA-Spuren sichergestellt werden, die von Judith stammen. An dem Fahrrad, das zur Bombe umgebaut war. Und da haben wir übrigens zum zweiten Mal das Stichwort: Sprengstoff.«

»Es war zu wenig«, warf ich ein. »Das, was in dem Haus explodiert ist, hätte nie und nimmer gereicht, um ernsthaften Schaden anzurichten.«

»Ich denke, Sie liegen richtig mit Ihrer Vermutung. Sie hatten vor, damit zu experimentieren. Irgendwo wird ein Depot existieren, wo der eigentliche Sprengsatz versteckt ist.«

Durch das gekippte Fenster kam angenehm kühle Herbstluft herein. In der Ferne quietschte eine Straßenbahn um eine Kurve. Helena Guballa betrachtete ihre Knie.

»Ich kann einfach nicht glauben, dass sie bei dem Brand ums Leben gekommen ist«, sagte sie.

»Wieso nicht?«

Ratlos hob sie die Schultern. Die Hände mit den etwas zu kurzen Fingern lagen immer noch entspannt und absolut symmetrisch auf den Oberschenkeln. »Es passt nicht zu ihr. Es ... Ich spüre, dass sie lebt. Dass sie in der Nähe ist.«

Ich schwieg.

Sie starrte nach unten.

»Ich weiß, das klingt für Sie nicht überzeugend«, sagte sie schließlich.

»Nein«, gab ich zu und räusperte mich.

Für einige Sekunden herrschte betretene Stille. Vor dem Fenster zwitscherten aufgeregte kleine Vögel.

Schließlich fuhr sie fort: »Beim Herrhausen-Anschlag war sie mit Sicherheit beteiligt. Ob als treibende Kraft oder nur als Helferin, ist nicht bekannt. Die dritte Generation der RAF hat völlig anders gearbeitet als die erste und zweite. Professioneller, leiser, gnadenloser. Sie waren international vernetzt und haben diese Vernetzung genutzt, um nach Anschlägen blitzschnell im Ausland abzutauchen. Sie haben mit der Action Directe zusammengearbeitet, mit den Roten Brigaden, mit der belgischen CCC. Bei manchen ihrer – übrigens fast immer erfolgreichen – Anschläge haben wir bis heute nicht einmal einen Verdacht, wer die Täter waren.«

»Ich erinnere mich an Brigitte Mohnhaupt und ... Grams?«

»Wolfgang Grams. Die beiden wurden damals im Rahmen

dieser desaströsen Aktion am Bahnhof von Bad Kleinen überwältigt.«

»Grams wurde nicht überwältigt. Er wurde erschossen.«

»Und außerdem ein junger Kollege, wenn Sie sich erinnern.
Nur drei Tage später wurde Judith am Bahnhof von Aachen
erkannt und gestellt. Sie war auf dem Weg nach Belgien. Das
Resultat war noch katastrophaler als in Bad Kleinen: zwei tote
Kollegen und eine spurlos verschwundene Judith.«

Im Vorzimmer hörte ich Sönnchen eine Melodie summen. In
der Ferne hupte ein Bus.

»Wer ist die andere Frau?«, fragte Helena Guballa weniger
mich als sich selbst. »Wer ist die tote Frau, wenn es nicht Judith
ist?«

18

»Sie sollen bitte gleich ins große Besprechungszimmer kommen«,
empfing mich Sönnchen aufgeregt am Dienstagmorgen. »Irgendwas ist passiert. Die Amerikaner sind ganz aus dem Häuschen,
hört man.«

»Was ist mit Liebekind? Wieso geht er nicht hin?«

»Er meint, wo Sie doch schon die ganze Zeit dabei gewesen
sind, will er Ihnen nicht ins Handwerk pfuschen.«

Die Bauarbeiten waren endlich zum Abschluss gekommen. Die
Besprechungen mussten nicht mehr im Rathaus stattfinden.

Seufzend machte ich kehrt.

»Wir nehmen die Drohung äußerst ernst«, erklärte Keith Sneider gerade, als ich das proppenvolle und nach neuem Teppichboden riechende Sitzungszimmer betrat. Er nickte mir zerstreut
zu und wartete, bis ich mich gesetzt hatte. »Die Website ist uns
seit Jahren bekannt. Sie liegt auf einem Server in Usbekistan, wird
aber von Pakistan aus gepflegt. Wie wir aus verlässlichen Quellen
wissen, stecken dahinter hohe Funktionäre der Taliban.«

Obwohl mehrere seiner Landsleute im Raum waren, sprach er
deutsch.

»Was genau wird da eigentlich angedroht?«, wollte ein älterer

Beamter vom BKA wissen. Nach seinem selbstbewussten Auftreten zu schließen, gehörte er zu den oberen Chargen. Der Name auf dem weißen Schild, das vor ihm stand, lautete: von Lüdewitz. Erstaunlich, dass man wochenlang mit einem Menschen im selben Gebäude arbeiten kann, ohne ihn ein einziges Mal zu treffen. Bislang hatte er allerdings auch nie an diesen Sitzungen teilgenommen.

»Der Inhalt dieser Botschaften ist nie sehr konkret«, erwiderte Sneider förmlich. Auf der Leinwand erschien das Bild einer bunten Internetseite voller fremder Schriftzeichen. Links das unscharfe Foto eines schwarz vermummten Mannes mit einem Kalaschnikow-Schnellfeuergewehr vor der Brust. »Der Vertreter des Teufels werde in naher Zukunft das blitzende Schwert Allahs spüren. Die üblichen Sprüche. Was uns Sorgen macht: Abu Thala, so der Name des Mannes, den Sie hier sehen, ist Konvertit. Sein wirklicher Name ist David Hinrichs, geboren in Lüneburg, einundzwanzig Jahre alt und nach unseren Erkenntnissen von eher bescheidener Intelligenz. Wir kennen den Namen schon seit geraumer Zeit. Seine Bewertung durch die NSA ist: AAC. Äußerst gefährlich, äußerst ernst zu nehmen, bisher nicht selbst bei Aktionen in Erscheinung getreten.«

An der Wand erschien eine neue Powerpoint-Folie mit zwei Fotografien des Gotteskämpfers aus der Zeit, als er sich noch nicht Abu Thala nannte. Der sommersprossige junge Mann sah aus wie der nette kleine Angestellte von nebenan, der alten Damen ungefragt die Einkäufe nach oben trägt und morgens auf dem Weg ins Büro den neuesten Hit von James Blunt vor sich hin pfeift.

»Äußerlich hat er kaum Merkmale, die seine Identifizierung einfach machen würden.« Zum ersten Mal, seit ich ihn kannte, wirkte Sneider nervös.

»Er sieht auch nicht gerade aus wie der typische al-Qaida-Kämpfer, mit seinen Kupferlocken«, meinte von Lüdewitz sarkastisch. »Was ist Ihr Plan?«

»Wir werden unsere Sicherheitsmaßnahmen weiter verstärken. Und wir erwarten von unseren Freunden, dass sie uns dabei in jeder Hinsicht und mit aller Kraft unterstützen.«

»Klingt gut«, versetzte sein Kontrahent mit bösem Grinsen. »Aber was heißt das genau?«

Hier bahnte sich offenbar ein Kompetenzgerangel an.

»Das werden Sie zu gegebener Zeit erfahren«, erklärte Sneider distanziert. »Derzeit warte ich auf Analysen und Anweisungen aus Washington. Anschließend werden wir über unsere nächsten Maßnahmen entscheiden und Sie über unsere Beschlüsse in Kenntnis setzen.«

»Ich mache Sie vorsorglich darauf aufmerksam, dass Sie sich hier nicht auf US-amerikanischem Boden befinden.« Von Lüdewitz klang plötzlich sehr amtlich. »Ihre Leute haben hier keinerlei polizeiliche Befugnisse, wie Ihnen sicherlich bewusst ist.«

Sneider sah mit unbewegter Miene an ihm vorbei und machte sich nicht einmal die Mühe einer Erwiderung.

»Sie sind hiermit informiert, meine Damen und Herren«, sagte er stattdessen in die Runde. »Ich erwarte in Kürze weitere und aktuellere Fotos von Abu Thala. Diese werden unverzüglich an Sie weitergeleitet. Wir gehen davon aus, dass unseren Freunden Mister Hendersons Sicherheit ebenso am Herzen liegt wie uns.«

»Hier wird niemandem ein Haar gekrümmt«, versetzte von Lüdewitz, der mir von Sekunde zu Sekunde sympathischer wurde. »Es sei denn, durch Mitarbeiter deutscher Sicherheitskräfte. Sie dürfen darauf vertrauen, dass Sie sich hier nicht in einer Bananenrepublik aufhalten. Und vielleicht erlauben Sie mir an dieser Stelle den Hinweis, dass in unserem Land – im Gegensatz zu anderen – bisher nicht ein einziger islamistischer Terroranschlag geglückt ist. Und dass dieser Umstand gewiss nicht nur dem Glück geschuldet ist.«

Sneider nickte ihm zu wie ein Lehrer einem Schüler, dessen Bemerkung zu dämlich ist, als dass sie eine Antwort wert wäre, und zog die Stecker von seinem überbreiten Laptop.

In meinem Vorzimmer erwartete mich ein älteres, streng dreinblickendes Ehepaar. Die beiden mochten um die siebzig sein. Die Frau war weißhaarig mit einem leichten Stich ins Gelbliche, das Gesicht blass und rund. Der Mann hatte ein Pferdegesicht, einen krausen Haarkranz und trug einen Walrossschnurrbart von undefinierbarer Farbe. Nach seiner gequälten Miene zu schließen, war die Frau bei diesem Überraschungsbesuch die treibende Kraft gewesen.

»Die Herrschaften …«, begann Sönnchen zu erklären.

»Wir sint hier weken Herrn Prochnik«, erklärte die Frau würdevoll. Beide trugen graue Wollmäntel und festes Schuhwerk, als
wären sie auf dem Weg zu einer Wanderung im Odenwald. »Wir
hapen eine Aussake zu machen!«

Der Mann, zwei Köpfe größer als seine Angetraute, nickte mit
säuerlicher Miene. Sönnchen verzog indigniert den Mund.

»Gehen wir doch in mein Büro«, schlug ich vor.

»Frau Nebuscheit sagte uns, Sie interessieren sich dafür, mit
wem Herr Prochnik Umgank hatte«, fuhr die Frau fort, als wir
Platz genommen hatten.

»Wir heißen Bach«, erklärte der Mann mit verlegenem Lächeln.
»Wie der mit dem Wohltemperierten Klavier.«

»Der Name Nebuscheit sagt mir leider nichts.«

»Nachbarn von Herrn Prochnik«, kam Herr Bach seiner Frau
zuvor. »Die Nebuscheits, wissen Sie, haben auch einen Hund,
und da trifft man sich natürlich hin und wieder.«

»Es kipt da nämlich eine Frau«, ratterte seine steif auf ihrem
Stuhl sitzende Gattin. »Eine Frau, die Herrn Prochnik öfters
pesucht hat.«

Helena Guballa hörte mitten im Wort auf zu tippen. Ich beugte
mich vor, stützte die Unterarme auf den Tisch und sah Frau Bach
aufmunternd an.

»Wir kennen sie nicht, tiese Frau. Wir haben sie nur tes Öfte-
ren tort kesehen.«

»Können Sie sie beschreiben?«

»Tunkel. Mittelgroß. Leider haben wir sie immer nur von hinten kesehen. Sie ist nämlich immer erst spät abends gekommen.
Im Tunkeln. Jürken, sag doch auch mal was!«

»Sie ist immer spät abends gekommen«, sagte Jürgen. »Und
dunkle Haare hat sie. Bubikopf oder wie man das nennt. Recht
gut gebaut. Ganz hübsch, ja.«

Seine Frau warf ihm einen befremdeten Seitenblick zu.

»Das Alter?«

»Schwer zu saken«, sagte die Frau. »Wir hapen sie ja immer
nur von hinten kesehen.«

»Um die dreißig, würd ich schätzen.« Herr Bach erntete einen
zweiten irritierten Blick. »Höchstens fünfunddreißig.«

»Wie war sie angezogen?«

»Immer sehr kurze Kleidchen. Immer sehr hohe Schuhe«, berichtete die Frau.

»Hohe Schuhe, ja«, bestätigte ihr Mann. »Und verdammt lange Beine.«

Helena Guballa tippte weiter.

»Sie ist immer zu Fuß gekommen?«

»Möglich, dass sie irgendwo ein Auto stehen gehabt hat.«

»Wir kehen mit den Hunten abends immer gegen zehn zum letzten Mal raus«, erklärte die Frau streng. »Es sind große Hunte, und sie brauchen viel Pewegung. Deshalb kehen wir meist ungefähr eine Stunde mit ihnen. Wenn wir die Frau kesehen haben, dann immer auf dem Rückweg.«

»Das heißt, sie ist immer erst gegen elf Uhr abends gekommen.«

Würdiges Nicken.

»Hatten Sie den Eindruck, dass es ihr unangenehm war, gesehen zu werden?«

»O ja«, erwiderte Herr Bach mit überraschender Lebhaftigkeit. »Den Eindruck hatten wir allerdings. Drum sind wir ja hier.«

»Und den Nachbarn von Herrn Prochnik ist die Frau nie aufgefallen?«

»Nebuscheits kehen Punkt halp elf zu Pett. Immer.«

»Aus dem Viertel ist sie jedenfalls nicht«, sagte Herr Bach bestimmt. »Wir wohnen da jetzt seit achtunddreißig Jahren. Aus dem Viertel ist sie nicht.«

»Nun lass uns kehen, Jürken.« Frau Bach sprang mit für ihr Alter verblüffender Behändigkeit auf. »Wir hapen unsere Pflicht getan.«

Der Mann nickte erst mir, dann dem Rücken meiner Bürogenossin freundlich zu und folgte seiner zügig ausschreitenden Frau mit gebeugtem Rücken.

»An der Börse hat er sein Geld nicht gemacht«, berichtete Sven Balke bei einer improvisierten Fallbesprechung am Nachmittag. »Ich habe den größten Teil der Unterlagen durchgeackert, die mir seine Bank geschickt hat. Prochnik ist auch vor fünf Jahren schon

Millionär gewesen. Zwischendurch hat er hin und wieder ein bisschen an der Börse gezockt. Aber er hat kein Talent gehabt. Deshalb hat er bald wieder damit aufgehört und seine Kohle lieber in Bundesanleihen und Immobilienfonds angelegt. Das könnte vielleicht seinen Hass auf die Amis erklären: Als die Immobilienblase in den Staaten geplatzt ist, hat es ihn ziemlich übel erwischt.«

»Aber was hätte ausgerechnet der Wirtschaftsminister damit zu tun?«

Balke sah mich erstaunt an. »Sie wissen schon, dass Henderson bis vor acht Monaten CEO der Henderson Building and Construction war?«

»Natürlich weiß ich das.«

»Der Typ hat sich am Boom vor dem großen Crash dumm und dämlich verdient. Zigtausend Einfamilienhäuser hat seine Firma hochgezogen, billige Kisten aus Holz und Pappe, und anschließend Leuten angedreht, die sie sich nicht leisten konnten.«

»Neuigkeiten wegen der Banküberfälle?«

Mein Untergebener schüttelte den Kopf. »Die beiden waren ganz schön clever. Das Einzige, was wir haben, sind ein paar unscharfe Videos in Schwarzweiß.«

Er fummelte an seinem Smartphone herum, und kurze Zeit später konnte ich eines dieser Videos in Miniaturformat sehen. Es war in der Tat kaum etwas zu erkennen, außer wie zwei vermummte Menschen durch eine Glastür stürmten, mit Waffen herumfuchtelten, die Anwesenden zwangen, sich mit den Gesichtern nach unten auf den Boden zu legen. Während der kleinere der beiden Räuber die am Boden Liegenden in Schach hielt, bedrohte der größere das Personal, händigte der weißhaarigen Kassiererin eine Plastiktragetasche aus, und eine Minute später war der Spuk schon vorbei und das Filmchen zu Ende.

»Die zwei waren definitiv keine Loser, die dringend Geld brauchten«, meinte Balke. »Die wussten ganz genau, was sie taten. Zum Beispiel haben sie nur Filialen ausgewählt, wo die Sicherheitseinrichtungen nicht auf dem neuesten Stand waren.«

»Für mich ist das die Handschrift der RAF«, mischte sich Kollegin Guballa ein. »Nach diesem Muster haben sie sich damals mit Geld versorgt. Als Verstecke haben sie oft Erddepots angelegt. Meist im Ausland. Für Geld, aber auch für Waffen. Manche wurden später durch Zufall gefunden. Die meisten vermutlich bis heute nicht.«

»Wir haben keinen Beweis dafür, dass Prochnik tatsächlich mit der RAF zu tun hatte«, warf ich ein. »Bisher ist das alles nur Spekulation.«

»Einen Beweis werden wir vielleicht auch niemals bekommen. Die dritte Generation der RAF hatte nur etwa zwanzig Mitglieder. Von der Hälfte kennen wir bis heute nicht einmal die Namen. Die sind immer noch auf freiem Fuß.«

»Dann wäre Prochnik so etwas wie ein Schläfer gewesen«, sagte ich. »Ein Schläfer, den Judith Landers geweckt hat.«

»Möglich ist vieles«, sagte die Zielfahnderin unbestimmt, sprang auf und verließ eilig das Büro.

»Was auch immer der Plan war ...« Balke grinste schief. »Jedenfalls ist er gründlich in die Hose gegangen. Wird wohl nichts werden mit dem Anschlag auf den amerikanischen Geldsack.«

»Geben die Kontoauszüge sonst irgendwas her?«

Balke zuckte die Achseln. »Ich bin noch nicht ganz durch. Bisher habe ich mich nur um die großen Beträge gekümmert.«

Mein Telefon summte. Ich nickte Balke zu, woraufhin er aufsprang und verschwand.

»Der Herr Bach ist in der Leitung«, sagte Sönnchen. »Sie wollten ihn ja noch mal sprechen ...«

»Sind Sie allein?«, fragte ich, nachdem wir uns begrüßt hatten.

»Meine Frau ist einkaufen. Warum fragen Sie?«

»Ich habe den Verdacht, dass Sie die junge Dame kennen, die Sie vorhin so schön beschrieben haben.«

»Sie haben recht«, erwiderte er zögernd. »Aber ich wäre Ihnen sehr verbunden, wenn meine Frau nichts davon erfahren müsste ...«

»Was wir reden, bleibt selbstverständlich unter uns.«

Er räusperte sich umständlich. »Sie arbeitet im ... ähm ... im Pussycat. In Iffezheim.«

Das Geständnis schien ihm körperliche Schmerzen zu bereiten.

»Ich könnte ja jetzt sagen, ein Bekannter oder so ... Aber das wäre albern. Es ist ... meine Frau ... sie denkt, ich gehe zweimal die Woche kegeln. Ich kann mir vorstellen, was Sie jetzt von mir denken.«

» Wo und mit wem Sie Ihre Abende verbringen, geht mich nichts an. «

» Sie nennt sich Nadine. Mit langem i. « Nun klang er schon wieder etwas entspannter. » Sie ist aber keine Französin, auch wenn sie gerne so tut. Sie stammt aus Mecklenburg. «

» Ich bin Ihnen sehr dankbar für Ihre O… «

Es klickte. Er hatte aufgelegt.

19

Nadine mit langem i hieß in Wirklichkeit Sabrina Weibel, wusste ich nach einem phasenweise etwas lautstarken Telefonat mit dem Geschäftsführer des Clubs, der in einem Industriegebiet in der Nähe der Iffezheimer Pferderennbahn residierte.

» Was hat sie denn jetzt schon wieder ausgefressen? «, war seine erste Frage gewesen. » Ständig gibt's Stress mit der Tussi. Diese Ossis, man sollte die Mauer umgehend wieder aufbauen, sag ich immer. «

» Sie hat überhaupt nichts ausgefressen «, hatte ich geantwortet. » Ich brauche sie als Zeugin. «

» Ich schmeiß sie raus, die dumme Fotze, wenn sie noch mal Ärger macht! Die vergrault mir die Kundschaft mit ihren Zicken. Und sie versaut mir die Disziplin im Personal, weil sie dauernd gegen mich stänkert. «

Nachdem ich mir einen mit zahllosen Kraftausdrücken gewürzten Vortrag über aufmüpfige Angestellte angehört hatte, die hinter seinem Rücken versuchten, gegen ihren großherzigen Arbeitgeber so etwas wie einen Betriebsrat zu etablieren (» Nutten? Wo kommen wir denn da hin? «), erfuhr ich endlich das, weshalb ich eigentlich angerufen hatte: Sabrina Weibels Anschrift. Ihr Dienst begann heute erst um zweiundzwanzig Uhr, weshalb ich sie zu Hause erreichte.

» Polizei? «, fragte sie schläfrig, nachdem sie das Handy ungefähr zehnmal hatte läuten lassen. » Was soll denn jetzt schon wieder sein? «

» Nichts. Er geht um einen gewissen Herrn Prochnik. «

»Proch-wie?« Sie gähnte herzhaft, klang jedoch schon ein wenig wacher. Sie hatte eine dunkle, angenehme Stimme und sprach, vermutlich aus Gewohnheit, mit verführerischem Unterton. »Hat der Herr auch einen Vornamen?«

»Jürgen. Jürgen Prochnik.«

Kurze Pause.

»Und was ist mit ihm?«

»Gar nichts ist mit ihm. Ich würde mich nur gerne mit Ihnen über Ihren Bekannten unterhalten.«

»Und wie kommen Sie darauf, dass ich den Herrn kenne?«

»Es gibt Zeugen, die Sie mehrfach vor seinem Haus gesehen haben.«

»Jürgen«, wiederholte sie gedehnt. Der erotische Unterton war plötzlich verschwunden. »Er ist ein Freund von mir. Der Bastian, das ist der Arsch, was mein Chef ist, der denkt, ich mache nebenher Privatgeschäfte. Stimmt aber nicht. Es ist nichts Geschäftliches. Wir sind nur befreundet.«

»Wie gut kennen Sie ihn?«

»Schon ein bisschen. Hat er denn irgendwas verbrochen? Wird das ein Verhör oder so was?«

»Nein. Ich möchte einfach nur von Ihnen hören, was für ein Mensch er war.«

»War? Wieso ›war‹?«

»Er ist tot. Tut mir leid, Ihnen das am Telefon sagen zu müssen.«

»Braucht Ihnen nicht leid tun. So gut befreundet waren wir auch wieder nicht.« Wieder eine kurze Pause. Im Hintergrund hörte ich leise klassische Musik. Ein Flötenkonzert, Händel vielleicht. »Hat er ... einen Unfall gehabt?«

»Er ist bei einem Brand ums Leben gekommen. Und es wäre gut, wenn wir das Gespräch so bald wie möglich führen könnten.«

Die Tür öffnete sich, Helena Guballa kam zurück, nickte mir zerstreut zu und setzte sich wieder an ihr Schreibtischchen.

»Ich kann aber nicht nach Heidelberg kommen«, sagte Sabrina Weibel. »Erstens habe ich keine Zeit, und außerdem ist mein blödes Auto schon wieder kaputt.«

»Ich komme gerne zu Ihnen.« Ich warf einen Blick auf die Uhr. Es war halb drei am Nachmittag. »Sagen wir, in einer Stunde?«

»Ups!« Sie kicherte wie ein Teenager bei einem unsittlichen Antrag. »Wenn es Sie nicht stört, dass nicht aufgeräumt ist …«

Ich behielt den Hörer in der Hand und drückte die Direktwahltaste zu Evalina Krauss. Beim Gespräch mit der Prostituierten wollte ich weiblichen Begleitschutz haben. Krauss hatte jedoch um fünf einen Zahnarzttermin und bat um Dispens.

»Ich könnte Sie begleiten«, sagte Helena Guballa, als ich auflegte. »Nur wenn Sie mögen natürlich.«

Überrascht sah ich sie an. »Warum nicht?«, sagte ich.

Sabrina Weibel war eine ausgesprochen hübsche, zierlich gebaute Frau von vielleicht fünfunddreißig Jahren, die offensichtlich viel Zeit und Aufwand in ihre körperliche Fitness investierte. Sie hatte überhaupt nichts Nuttiges an sich, nichts Anrüchiges, nichts Klebriges.

»Die nicht«, sagte sie mit einem kalten Blick auf meine Begleiterin im kamelbraunen Dufflecoat, als wir vor ihrer Tür standen.

»Wieso? Ich verstehe nicht …«

»Sie haben gesagt, Sie kämen her, um sich mit mir über Jürgen zu unterhalten. Von einer Frau war nicht die Rede.«

Sie trug eine perfekt sitzende schwarze Jeans und einen dünnen, grauen Rollkragenpulli aus weicher Wolle. Sie war ungeschminkt und inzwischen offenbar hellwach. Das schwarze Haar trug sie knabenhaft kurz geschnitten, was ihr vorzüglich stand.

»Es wäre mir aber lieber, wenn ich … Es ist leider auch Vorschrift.«

»Na dann …« Sie nickte mir sachlich zu. »… wünsche ich angenehme Rückfahrt.«

Ich wechselte mit Helena Guballa einen ratlosen Blick. Die hob die Augenbrauen und wandte sich zum Gehen.

»Ich werd Sie schon nicht anknabbern«, erklärte Sabrina Weibel heiter und ging voraus in ihre helle und geräumige Singlewohnung. Diese lag in einem Neubaugebiet in Plittersdorf, einem westlichen Stadtteil von Rastatt, und vom Wohnzimmer aus hatte man einen wunderschönen Blick ins Grüne und auf einen in der Ferne glitzernden Altrheinarm.

Beim genaueren Hinsehen hatte ich das Giorgio-Armani-Emblem über der Gesäßtasche der Jeans und die Fältchen um die

Augen der jungen Frau bemerkt. Anstelle von Schuhen trug sie dicke und vermutlich von irgendeiner Omahand gestrickte Wollsocken. In der Zwischenzeit hatte die doch nicht mehr ganz so junge Frau offensichtlich Ordnung geschaffen. Die Wohnung war mit Geld und Geschmack eingerichtet und wirkte keineswegs wie die Bleibe einer Dame aus dem Gewerbe, in dem Sabrina Weibel ihre Brötchen verdiente. Aus den kleinen Lautsprecherboxen erklang jetzt nicht mehr Flötenmusik von Händel, sondern das Violinkonzert von Brahms. Es duftete nach einem frischen Frühlingsparfüm.

»Tee?«, fragte meine Gastgeberin. »Das da ist chinesischer Jasmintee. Ich habe aber noch ungefähr dreißig andere Sorten im Schrank.«

Auf dem rauchgläsernen Couchtisch stand ein chinesisches Teekännchen aus fast durchsichtigem Porzellan auf einem dazu passenden Stövchen. Daneben eine winzige Trinkschale im selben Design.

»Ein Glas Wasser wäre nett.«

Ihre Augen waren so hellgrau wie ihr Pullover. Der ostdeutsche Akzent kaum mehr zu hören. Sie verschwand kurz in der Küche, kam zurück mit einem hohen, beschlagenen Glas, in dem Eiswürfel klimperten, stellte es achtlos auf den Couchtisch.

Wir nahmen Platz. Sie auf einer für meinen Geschmack etwas zu klotzigen schwarzen Ledercouch. Ich gegenüber in einem dazu passenden Sessel. Frau Weibel wirkte weder verlebt noch wie eine Drogensüchtige, sondern wie eine selbstbewusste Frau, die wusste, was sie vom Leben erwartete und wie sie es am besten erreichen würde.

»Was haben Sie gegen meine Kollegin?«, fragte ich.

»Sagen wir's mal so«, erwiderte sie charmant lächelnd und mit direktem Blick in meine Augen. »Ich ziehe männliche Gesellschaft vor.«

Ich trank einen Schluck eiskaltes Wasser.

»Und jetzt stellen Sie Ihre Fragen«, fuhr sie fort, als ich das Glas abstellte. Das Lächeln war erloschen, der unverblümte Blick geblieben. »Ich möchte noch eine Runde laufen, bevor es dunkel wird.«

»Es dauert noch ungefähr drei Stunden, bis es dunkel wird.«

»Ich laufe ziemlich lange.«

»Was war Jürgen Prochnik für ein Mensch?«

»Der Jürgen«, erwiderte sie zögernd, als müsste sie erst noch einmal nachdenken. »Ein Spinner war er, aber irgendwo tief drinnen auch eine Seele von Mensch. Man konnte ewig quatschen mit ihm, ohne sich zu langweilen. Kann man nicht mit jedem. Die meisten Kerle wollen einem ja so schnell wie möglich an die Wäsche.«

»War er regelmäßiger Gast im Pussycat?«

»Gar nicht. Er war nur ein einziges Mal da, vor Jahren schon. Als Erstes ist mir aufgefallen, dass er geizig war. Den ganzen Abend hat er nur Sprudelwasser getrunken. Erst später habe ich herausgefunden, dass er hin und wieder auch Alkohol trinkt. Meistens aber nicht. Aus Überzeugung. Der Jürgen hat eine Menge Überzeugungen gehabt. Überzeugungen waren sein Hobby. Bei seinem Besuch damals hat er sich ein bisschen in mich verguckt. Passiert schon mal, dass Kunden sich vergucken. Dann heißt es, vorsichtig sein. So was kann mächtig Ärger geben. Klar darf man in meinem Job nicht zimperlich sein. Da wird schon mal gegrapscht und gefummelt. Aber wenn Gefühle ins Spiel kommen, wird's kritisch. Einer wollte sich sogar mal scheiden lassen meinetwegen. Und später auch noch von der Rheinbrücke werfen. Ich hatte meine liebe Not, dem Kerl das Köpfchen wieder gerade zu rücken.«

»Wie kommt es dann, dass Sie Herrn Prochnik später zu Hause besucht haben?«

Sie zog eine Grimasse, als hätte sie in eine Zitrone gebissen.

»Irgendwie hat er meine Handynummer herausgefunden. Gott allein weiß, wie. Er hat mich angerufen und angebettelt. Er wollte nur reden. Mehr nicht. Nur reden. Aber ins Pussycat wollte er nicht mehr kommen. Und er wollte gut bezahlen fürs Reden. Na ja, habe ich gedacht. Mittwoch und Donnerstag sind meine freien Tage. Bastian killt mich, wenn er es erfährt. In meinem Vertrag steht ausdrücklich, dass private Kontakte zu Kunden verboten sind. Aber mir ist das Höschen auch näher als die Jeans, und man bleibt nicht ewig jung. Ich weiß ja nicht, wie Sie über so was denken, und es ist mir auch ziemlich schnuppe. Es ist mein Leben, und es ist meine Art, mein Geld zu verdienen. Nur damit eines klar ist: Ich bin keine Nutte. Bei meinem Job ist an der Unterwäsche Schluss. Mehr gibt's nicht. Mein Plan war, es zu machen, bis ich dreißig bin, und mich dann irgendwo im Süden niederzulassen. Falls ich nicht vorher über Mister Right stolpere, natürlich. «

Sie nippte an ihrem Tee und sah mir wieder in die Augen.

»Und jetzt bin ich achtunddreißig«, fuhr sie lächelnd fort, »und mache es immer noch. Auch wir Barmädels haben durch die Finanzkrise Federn gelassen. «

Sie schwieg für Sekunden. Dann wurde ihr Blick plötzlich feindselig. »Was rede ich hier? Sie wollten was über Jürgen hören, nicht über mich. «

»Wissen Sie etwas über seine politischen Ansichten? «

Zu meiner Überraschung lachte sie aus vollem Hals. »Für Jürgen hat's überhaupt nichts anderes gegeben als politische Ansichten. Ich bin immer die ganze Nacht bei ihm geblieben. Bei ihm gab's ausnahmsweise Full Service und am Morgen achthundert bar auf die Kralle. Er hat enormen Wert darauf gelegt, dass ich immer erst im Dunkeln komme und wieder verschwinde, bevor die ersten Leute auf der Straße sind. Das Auto musste ich zwei Straßen weiter parken. Aber für achthundert kann man auch mal ein paar Schritte gehen. «

»Geld hat er offenbar genug gehabt. «

»Hat er. Er hat mir aber nie verraten wollen, woher es kommt. Sonst prahlen die Typen ja gerne mit ihren Jobs oder ihren Autos oder Firmen. Das Immobiliengeschäft, das er früher hatte, ist nicht so irre gut gelaufen, habe ich rausgehört. Ich tippe auf eine Erbschaft. Oder Lotto. Jedenfalls hat er immer komisch rumgedruckst, wenn ich in die Richtung gestichelt habe. «

»Wie oft waren Sie mit ihm zusammen? «

Sie zog die Stirn kraus und sah zur Decke. »Fünfzig Mal? Ja, das kommt hin. Fünfzig Mal. Das lief Jahre. Schade, dass es jetzt vorbei ist. Hatte mich schon gewundert, dass er sich nicht mehr gemeldet hat. «

Vierzigtausend. Steuerfrei. Es gibt Momente, in denen ich verstehen kann, warum manche Polizisten korrupt werden.

»Erbschaft halte ich für unwahrscheinlich«, sagte ich. »Aber das ist nicht das Thema. Was waren denn nun seine politischen Ansichten? «

»Dass wir Menschen dabei sind, die Welt mit Karacho an die Wand zu fahren. Dass es fünf Minuten nach zwölf ist. Dass sie spätestens übernächste Woche untergeht, diese Welt. Aus wechselnden Gründen. Meistens ist es um die Umwelt gegangen. Wenn ich zu ihm gefahren bin, habe ich immer meine warme Strickjacke eingepackt, weil diese Knalltüte ja nicht geheizt hat. Er hat allen Ernstes versucht, ohne Strom und Öl auszukommen. Auf der Autobahn ist er nie schneller als achtzig gefahren, hat er mir erklärt. Und im nächsten Satz auf die Lkw-Fahrer geschimpft, die ihn natürlich reihenweise angeblinkt und überholt haben. Und – ach Gott, die Amerikaner, die hatte er ja gefressen. Haben Sie gewusst, dass die Amis, obwohl sie nur fünf Prozent der Weltbevölkerung stellen, ein Viertel aller Energie verjubeln? Ist ja schon bescheuert, das verstehe sogar ich. Ich bin nicht blöde, auch wenn ich mein Geld nicht mit dem Kopf verdiene.«

Sie füllte den Rest des blassgrünen Tees aus der Kanne in ihr Schälchen und pustete energisch das Teelicht aus. Draußen, vor den großen Fenstern, schrie ein großer Vogel, als wäre er über irgendetwas sehr traurig. Dabei kam mir ein verrückter Gedanke. Ich versuchte, die Frage möglichst neutral zu formulieren: »Hat er Ihnen gegenüber mal von seinen Erfahrungen mit Frauen erzählt?«

»Frauen?« Wieder lachte sie. »Da gab's wohl nur eine. Und die hatte er eine halbe Ewigkeit nicht mehr gesehen. Ich denke, ich habe ihn an sie erinnert. Er hat mal eine Bemerkung in diese Richtung gemacht. Sie war wohl der Grund, warum er mich immer wieder zu sich gebeten hat.«

»Wer diese Frau war, wissen Sie aber nicht?«

»Nur, dass er sie sehr geliebt und ziemlich verrückte Sachen mit ihr zusammen gemacht hat.«

»Verrückte Sachen?«

»Mehr wollte er nicht sagen. Sie war wohl seine große Liebe gewesen.«

»Halten Sie es für denkbar, dass er – wie soll ich es ausdrücken? – irgendwann beschlossen hat, Nägel mit Köpfen zu machen?«

»Der Jürgen?« Dieses Mal klang ihr Lachen traurig. »Hunde, die bellen, habe ich immer gedacht. Die eine Hälfte von meinen achthundert habe ich damit verdient, mir sein Gelaber anzuhören. Die andere – nun ja, er war nicht mehr der Jüngste. Und das Reden war ihm irgendwie auch wichtiger. Das hat er total gebraucht. Es hat Nächte gegeben, da sind wir gar nicht zur Sache gekommen.« Sie nippte an ihrem Tee, der sehr heiß zu sein schien, sah mir mit ihren großen, grauen Augen aufmerksam ins Gesicht.

»Was genau meinen Sie mit Nägeln mit Köpfen?«

»Dass er nicht mehr nur redet und zu Demonstrationen geht, sondern ernst macht.«

»Sie meinen, was richtig Schlimmes?«, fragte sie vorsichtig.

»Was richtig Schlimmes.«

Sie nickte in ihren Tee, sah aus dem Fenster. An ihrem zierlichen Ohrläppchen funkelte ein Steinchen, das vermutlich nicht von Swarovski stammte.

»Geredet hat er davon. Nein, geredet nicht. Mehr so Andeutungen gemacht. Dass Quatschen nichts verändert. Dass es ein paar Leute gibt, ganz oben, die weggemacht gehören. Ich habe das aber nicht ernst genommen.«

»Hatten Sie das Gefühl, dass er sich in letzter Zeit verändert hat?«

Mit einem Ruck wandte sie sich wieder mir zu. »Das Gefühl hatte ich, o ja. Vor einem Vierteljahr etwa, da ist er auf einmal anders gewesen. Auf einmal hat er viel weniger gequatscht. Er hat viel gegrübelt. Und nervös war er. Angespannt. Als ob er sich auf irgendwas wahnsinnig freut und sich gleichzeitig in die Hosen macht vor Angst. Manchmal hat er mitten im Satz den Faden verloren. Im Bett ist gar nichts mehr gelaufen. Er war ja schon früher nicht der große Stecher gewesen, aber seit Juni ungefähr … Ich habe meine Tricks drauf. Aber – nichts.«

»Hat er jemals etwas von Freunden erzählt? Mit wem er Umgang hatte?«

»Freunde? Der Jürgen?« Zum vierten Mal lachte sie. Dann wurde sie plötzlich traurig. »Im Grunde genommen hat er kaum was über sich erzählt. Außer eben, wie er über die Welt denkt und dass es mal eine Frau gab in seinem Leben. Aber Freunde? Ein einziges Mal, das war, kurz nachdem er so komisch geworden war, da hat ihn wer angerufen. Sein Telefon hat im Arbeitszimmer gestanden und gebimmelt. Er hatte so ein altes Telefon, das noch richtig schön bimmelt. Braucht viel weniger Strom als die modernen schnurlosen, hat er mir lang und breit erklärt. Und außerdem, diese schlimmen Strahlen. Und wie es bimmelt, da ist er hochgeschossen, als hätte ihn was gestochen. Es war schon spät, kurz vor Mitternacht. Er rüber ins Arbeitszimmer, sogar die Tür hat er hinter sich zugemacht.«

»Sie haben nichts verstehen können?«

»Ich habe nur mitgekriegt, dass er wenig geredet und die meiste Zeit zugehört hat. Aber dass er aufgeregt war, das habe ich durch die geschlossene Tür gehört. Und wie er wieder reinkam, da war er total durch den Wind. Hat mir einfach mein Geld in die Hand gedrückt und mich weggeschickt. Das war das letzte Mal, dass ich bei ihm war. Danach habe ich nichts mehr von ihm gehört.«

»War er eher freudig erregt oder eher wütend?«

»Irgendwie beides. Ich weiß, das klingt schräg ...«

»An welchem Tag dieser Anruf war, wissen Sie vermutlich nicht mehr.«

»Es war ein Mittwoch, weil ich immer am Mittwoch bei ihm war. Und dann ist mir bei der Heimfahrt zum ersten Mal mein blödes Auto stehen geblieben, und ich ... Moment!«

Sie sprang auf, verschwand mit federnden Schritten durch eine Tür. Ich hörte eine Schublade quietschen, meine Gastgeberin halblaut über ihre eigene Unordnung schimpfen.

»Na, wer sagt's denn!«, rief sie nach einer Weile und kam mit einem Papier in der Hand zurück. »Hab ich doch tatsächlich die Rechnung gefunden. Am neunten Juli ist es gewesen. Hundertfünfzig haben sie mir berechnet, diese Halunken, für drei Kilometer Abschleppen! Und am nächsten Morgen haben sie keinen Fehler gefunden, und der Motor ist wieder gelaufen, als wäre nichts gewesen.«

Die Rechnung in ihrer Hand zierte rechts oben ein Stern. Ihr »blödes Auto« war ein schwarzer Mercedes SLK mit allen Extras, die man für Geld kaufen kann, erzählte sie mir beiläufig. Inzwischen war mir noch ein weiterer Gedanke gekommen.

»Haben Sie ein Foto von sich, das Sie mir überlassen könnten?«

»Wollen Sie einen Fanclub von mir gründen?«, fragte sie lächelnd zurück.

»Ich möchte es jemandem zeigen. Sie bekommen es zurück.«

»Könnte es sein, dass sie ein bisschen in Sie verschossen ist?«, fragte Sabrina Weibel, als sie wenig später zum Abschied kräftig meine Hand drückte.

»Wer?«, fragte ich verdutzt.

»Dieses hässliche Entlein, das Sie begleitet hat.« Sie zwinkerte mir zu und lächelte. »Passen Sie auf sich auf!«

»Sie auch«, erwiderte ich und lächelte zurück.

20

»Der Anruf aus Luzern«, sagte Balke, mit dem ich während der Rückfahrt telefonierte, »war tatsächlich am neunten Juli. Uhrzeit passt auch: dreiundzwanzig Uhr achtunddreißig.«

»Sagten Sie nicht, der Anruf sei von einer Zelle in der Nähe des Bahnhofs gekommen?«

»Ich werde sicherheitshalber alle Hotels in der Nähe des Bahnhofs abklappern.«

»Schicken Sie den Leuten Fotomontagen, wie Judith Sanders heute aussehen könnte.«

»Sie telefonieren ohne Freisprechanlage?«, fragte Helena Guballa, als ich das Handy auf die Ablage zwischen den Sitzen legte. Da kein Dienstwagen frei gewesen war, hatten wir meinen privaten Peugeot-Kombi genommen, der ein halbes Jahr älter war als meine Töchter und nicht über so moderne Einrichtungen wie Freisprechanlagen verfügte.

»Sehen Sie sich bitte das hier an.« Ohne auf ihre Frage einzugehen, reichte ich ihr das Foto, das Sabrina Weibel mir überlassen hatte.

»Das ist die Frau von eben, nicht?«

»Erinnert es Sie an jemanden?«

Sie dachte nach. »Judith«, sagte sie dann. »Die Augen und der Mund, da ist eine gewisse Ähnlichkeit.«

Trotz Geschwindigkeitsbegrenzung trat ich aufs Gas. In einer dreiviertel Stunde hatte ich in Heidelberg einen wichtigen Termin, zu dem ich keinesfalls zu spät kommen wollte.

An diesem Abend war Theresa sehr friedlich und sehr zärtlich. Sie hatte ein schlechtes Gewissen, wie ich fand, völlig zu Recht. So legte ich mich auf den Rücken und ließ mich verwöhnen.

»Egonchen sagt, die Frau, mit der du dein Büro teilst, ist überhaupt nicht hässlich«, flüsterte sie irgendwann und küsste mich zärtlich aufs Ohrläppchen. »Und außerdem gibt es gar keine vietnamesischen Ochsenfrösche.«

»Das war mehr so eine Metapher. Erst vorhin hat jemand sie ein hässliches Entlein genannt. Außerdem riecht sie aus dem Mund und schielt.«

»Was tut sie eigentlich hier? Und weshalb in deinem Büro?«

»Weil wir aus allen Nähten platzen wegen der vielen BKA-Leute, die sie nach Heidelberg abkommandiert haben, um auf diesen ... amerikanischen Großkotz aufzupassen.«

Nun wäre der Name um ein Haar doch gefallen, den ich an diesem Abend auf keinen Fall hatte in den Mund nehmen wollen. Um das Thema gleich wieder zu beenden, wandte ich mich meiner Geliebten zu, und für eine Weile versanken wir in einem süßen Nebel aus Zärtlichkeit und Wollust.

Anschließend war Theresa wieder unruhig. Die Zigarette ... Ich neckte sie und versuchte ihr das Thema ihres neuen Buchs zu entlocken, das sie so sehr zu beschäftigen schien. Sie hatte einen halben Kofferraum voller Bücher aus der Unibibliothek ausgeliehen, erzählte sie mit leuchtenden Augen, und las und recherchierte und studierte von morgens bis abends. Wie in ihrem ersten Roman ging es wieder um ein historisches Thema. Mehr wollte sie jedoch nicht verraten. Sie behauptete, es bringe Unglück, wenn man zu früh über ein Buchprojekt rede.

»Du wirst es als Erster erfahren, versprochen.« Sie schmiegte sich ganz fest an mich. »Aber jetzt noch nicht.«

Vor den Fenstern rauschte gemütlich der Herbstwind.

Mittwoch, der zweiundzwanzigste September. Noch drei Wochen bis zum Beginn der Wirtschaftsgespräche. In meinem Büro erwartete mich heute nicht Tastaturgeklicke, sondern Babyglucksen.

Klara Vangelis saß mit dem kleinen Konstantin im Arm auf einem Besucherstuhl und strahlte mir mütterlich entgegen.

»Ich dachte, ich komme einfach mal vorbei.«

Konstantin sagte etwas wie: »Örrö, örrö«, was vermutlich Griechisch war, und strampelte begeistert, als er mich erblickte.

»Geben Sie zu, Sie haben Sehnsucht nach Büroluft und Aktenstaub.«

»Ein bisschen schon«, gab sie zu. »Aber deshalb bin ich nicht hier. Ich habe ein Autokennzeichen für Sie. Ein junges Paar in einem älteren Golf. Sie haben an dem Abend vor dem Brand bei einem Metzger in Sandhausen eingekauft und sich dabei ziemlich merkwürdig benommen. Deshalb hat die Inhaberin sich das Kennzeichen notiert.«

Heute trug sie keines ihrer eleganten und selbst geschneiderten Designerkostüme, sondern Jeans und eine groß karierte Bluse. An der linken Schulter, wo der Kopf ihres immer noch strampelnden Söhnchens ruhte, war ein klebriger Fleck. Ich setzte mich hinter meinen Schreibtisch und merkte, dass ich lächelte, wenn ich das Baby ansah. Wann hatte ich das letzte Mal verkündet, ich könne kleine Kinder nicht mehr sehen? Waren das die ersten Opagefühle?

»Ich dachte, Sie sind im Mutterschutz und kümmern sich um Ihr Kind statt um Brandstifter?«

Vangelis lachte. »Es ist so unsagbar langweilig, Herr Gerlach. Und als Sven anrief und sagte, dass Sie in der Sache Land unter haben, da habe ich mir gedacht, an Türen klingeln kann man auch mit meinem Schnuckelchen auf dem Arm. So kommen wir beide an die frische Luft, und Konstantin schläft seither nachts auch viel besser.«

Einmal Kripo, immer Kripo, hatte Vera zu diesem Thema hin und wieder geseufzt. Jetzt war sie schon über zwei Jahre tot.

Der Golf gehörte einer Frau namens Abigail O'Connor. Meine Erste Kriminalhauptkommissarin schob mir einen Zettel über den Tisch, auf dem sie in ihrer winzigen Handschrift eine Telefonnummer notiert hatte. Das Kennzeichen des Wagens stammte aus Duisburg.

Sekunden später hatte ich die junge Frau mit dem irischen Namen am Telefon. Vangelis hörte aufmerksam zu, und sogar Konstantin wurde vorübergehend still.

»Wann soll das gewesen sein?«, fragte die Frau am anderen Ende mit ausgeprägtem angelsächsischen Akzent.

»Am Abend des neunten September. Vor fast zwei Wochen.«

»In der Nähe von Heidelberg, sagen Sie … Ja, klar. Wir sind aus dem Urlaub zurückgefahren. Elba. Wundervoll. Aber dann hatte schon die Fähre nach Piombino Verspätung wegen Sturm, und wir waren zwölf Stunden gefahren, und ich war sterbensmüde und hatte solche Kopfschmerzen. Deshalb sind wir von der Autobahn runter und haben ein Hotel gesucht. Harry war seit Mailand gefahren, und seit Basel haben wir nur noch gestritten. Kann sein, dass das in der Nähe von Heidelberg war. Wir haben aber kein Hotel gefunden, das wir bezahlen konnten. Hungrig waren wir außerdem, und alle Geschäfte hatten schon geschlossen. In irgendeinem Dorf hatte dann doch noch eine Metzgerei offen. Eigentlich hatten sie auch schon geschlossen. Aber es war noch eine Frau im Laden, und die hat extra für uns noch mal aufgemacht und uns belegte Brötchen gemacht. Sie hatte wohl Mitleid mit uns.«

»Haben Sie später noch eine Unterkunft gefunden?«

»Nein. Nachdem ich gegessen und getrunken hatte, waren meine Kopfschmerzen wie weggeblasen. Wir haben uns dann noch irgendwo ins Gras gelegt, und Harry wollte ein bisschen schlafen. Aber dann hat es plötzlich geregnet. Da sind wir bei der nächsten Auffahrt wieder auf die Autobahn und auf einen Rutsch durchgefahren bis Duisburg.«

»Wann waren Sie zu Hause?«

»Zwölf? Halb eins? Ich hab nicht mehr auf die Uhr gesehen. Ich war nur noch tot.«

»Könnte jemand bestätigen, wann Sie zurück waren?«

»Agneta, meine Nachbarin. Sie hat gehört, dass ich wieder da war, und sofort geklingelt. Es gab da was mit ihrer Katze, was sie mir erzählen musste. In Wahrheit wollte sie natürlich hören, wie es mit Harry gelaufen war. Ob wir nach zwei Wochen Campen in Italien noch zusammen sind.«

»Und sind Sie?«

»Nein.«

Damit konnten die beiden mit dem Brandanschlag nichts zu tun haben. Der Brand war nicht vor Mitternacht gelegt worden. Es wäre ja auch zu einfach gewesen.

Auch Vangelis war enttäuscht, als sie sich erhob.

»Ich bin trotzdem froh, dass ich mich ein wenig nützlich machen kann«, sagte sie, als sie sich nach ein wenig Fachsimpelei über Kindererziehung verabschiedete. »Später ziehen wir wieder los. Für heute haben wir uns den südlichen Teil von Kirchfeld vorgenommen, nicht wahr, mein Schätzchen?«

Schnuckelchen, Schätzchen. Ungewohnte Töne aus dem Mund meiner sonst so coolen Klara Vangelis. Konstantin quäkte vergnügt und strampelte, dass seine Mutter ihre liebe Not hatte, ihn nicht fallen zu lassen.

»Ich hab sie!« Irgendwann im Lauf des trüben Vormittags stieß Helena Guballa einen abgrundtiefen Seufzer aus und ließ sich in die Rückenlehne fallen. »Pakistan. Sie ist vermutlich all die Jahre in Pakistan gewesen.«

Ich tippte die letzten zwei Zeilen meines Briefs zu Ende und speicherte ihn ab, damit Sönnchen ihn später Korrektur lesen, hübsch machen und ausdrucken konnte. »Was hat sie dort getrieben?«

»Wenn ich das hier richtig verstehe …« Sie wies auf eine Internetseite mit weißem Hintergrund. »Sie hat Schulen gebaut, Lehrerinnen ausgebildet, vielleicht auch selbst unterrichtet.«

»Und wie sind Sie ihr jetzt plötzlich auf die Spur gekommen?«

»Eine der Ansichtskarten, die sie ihrer Englischlehrerin von der großen Reise geschickt hat, hat mir den entscheidenden Hinweis geliefert. Die Karte war aus Peshawar. Außerdem hat Judith sich schon als Schülerin für englische Literatur begeistert. Wohl auch ein wenig angeregt durch ihre Lehrerin. Eine ihrer Lieblingsautorinnen war Mary Wollstonecraft. Die Lehrerin hatte ihr zum Abitur einen Roman von der Autorin geschenkt, und ich weiß, dass sie den als Reiselektüre dabei hatte. Und vorhin habe ich nun auf der Homepage der Pakistan Times eine kleine Meldung entdeckt, in der eine Engländerin dieses Namens erwähnt wird. Es geht um die Einweihung eines neuen Schulgebäudes in einem Dorf nördlich von Peshawar. Die alte Schule ist bei der großen Flut vor zwei Jahren zerstört worden.«

»Und Sie sind sicher, dass es die richtige Frau ist?« Es gelang mir nicht, meine Zweifel zu verbergen.

»Hier sind Fotos. Möchten Sie sie sehen?«

Ich erhob mich und trat hinter sie. Sie klickte eines der sechs Bildchen an, es wurde ein wenig größer, jedoch nicht schärfer. Stolz schob sie den Mauszeiger auf irgendein Gesicht.

»Bitte sehr: Judith Landers.«

Die Frau trug ein rotes, knöchellanges Kleid und ein marineblaues Kopftuch, das ihr Haar völlig bedeckte. Die Aufnahme war von miserabler Qualität, aber so viel konnte ich erkennen: Das Gesicht war schmal, die Haut sonnengebräunt, jedoch heller als die der Umstehenden. Auch die Gesichtszüge verrieten, dass diese Frau keine Einheimische war. Zudem war sie größer als die anderen, die sich strahlend um sie drängelten. Nur die große Frau in der Mitte lachte nicht. Der trockene Boden, auf dem die kleine Gruppe stand, war ockerfarben und verriet ein schweres Leben. Im Hintergrund war ein aus Lehmziegeln gemauertes, einstöckiges Gebäude zu sehen – wahrscheinlich die Schule, deren Einweihung gefeiert wurde. Davor ein einfacher Tisch, auf dem einige Flaschen standen und Dinge, die man vermutlich essen konnte. Der Text über und unter den Bildern – Hieroglyphen.

»Menschen verändern ihr Aussehen über die Jahre«, gab ich zu bedenken.

»Ich würde sie trotzdem unter Tausenden erkennen. Sie ist es.«

»Und nun?«

»Als Erstes werde ich Kontakt zum deutschen Konsulat in Lahore aufnehmen«, sagte Helena Guballa, ein wenig atemlos vor Aufregung. »In diesen Ländern hilft erfahrungsgemäß nur, sich durchzufragen, von einem zum Nächsten und zum Übernächsten. Bis man auf jemanden trifft, der jemanden kennt, der jemanden kennt, der einem vielleicht etwas sagen kann.«

In den folgenden Stunden kamen in rascher Folge winzige Informationssplitter über das Leben der angeblichen Judith Landers im Nordwesten Pakistans zutage. Helena Guballa entdeckte immer mehr Meldungen auf privaten und offiziellen Websites, in denen der Name Mary Wollstonecraft genannt wurde. Das Mittagessen ließ sie ausfallen. Ich brachte ihr aus der Kantine ein Käsebrötchen mit. Meist ging es bei diesen Meldungen um Mädchenschulen, mit deren Gründung und Bau die Frau zu tun hatte, von der sie hartnäckig behauptete, sie sei die seit fast zwanzig Jahren verschwundene Terroristin.

»Ich habe den Namen mal gegoogelt«, sagte sie zwischen zwei hastigen Bissen von ihrem Käsebrötchen. »Mary Wollstonecraft war eine englische Schriftstellerin und frühe Frauenrechtlerin im achtzehnten Jahrhundert. Eines ihrer großen Lebensziele war Schulbildung für Mädchen. Leider ist sie nicht alt geworden.«

»Wo ist Frau Landers jetzt? Noch immer in Pakistan?«

»Die letzte Meldung, die ich bisher gefunden habe, stammt vom siebzehnten Februar. Damals war sie offenbar noch dort. Ich habe aber schon vor Stunden eine Mail an die Zentralredaktion der Pakistan Times geschrieben mit der Bitte um die Mailadresse des Journalisten, der den Artikel verfasst hat. Bisher ist noch keine Antwort gekommen. Vom Konsulat habe ich leider auch noch nichts gehört.«

Helena Guballa arbeitete jetzt wie im Fieber. Keine Website blieb unbesucht, die auch nur die winzigste Chance versprach, etwas über Judith Landers alias Mary Wollstonecraft in Erfahrung zu bringen. Websites voller indischer Schriftzeichen oder vielleicht auch pakistanischer, falls man dort eine andere Schrift benutzte. Ich wusste wenig über dieses Land, außer dass es Katastrophen magisch anzog. Wenn in den Nachrichten darüber berichtet wurde, dann ging es um Erdbeben, Überschwemmungen biblischen Ausmaßes, Selbstmordattentate mit zahlreichen Toten, Hungersnöte oder den Dauerzwist mit Indien.

»Waziristan«, seufzte meine Bürogenossin irgendwann erschöpft, »das ist Talibanland. Da ist es schwierig, an verlässliche Informationen zu kommen. Clanchefs und Stammesführer haben das Sagen. Die pakistanischen Zentralbehörden haben dort nichts zu melden.«

Abends um zehn vor sieben kam endlich die ersehnte E-Mail von dem Journalisten, der die kleine Meldung verfasst hatte.

»Die Fotos sind im Oktober letzten Jahres entstanden«, klärte Helena Guballa mich auf. »In einem Dorf mit Namen Baday kor. Er hat den Artikel noch am selben Tag geschrieben, aber die Redaktion hat ihn fast drei Monate lang liegen lassen und erst nach mehrfacher Nachfrage abgedruckt.« Aufatmend lehnte sie sich zurück. »Ich soll Sie fragen, ob er eine Belohnung bekommt, wenn er die deutsche Polizei unterstützt.«

»Kann er herausfinden, ob die Frau zurzeit in Pakistan ist?«

Sie begann wieder zu tippen.

»Schreiben Sie, er kriegt seine Belohnung«, sagte ich. »Ich weiß noch nicht, aus welchem Budget ich das Geld abzweigen soll, aber er kriegt sie. Außerdem soll er uns sämtliche Fotos von der angeblichen Frau Landers in Originalgröße schicken. Auf denen im Internet erkennt man ja nichts.«

»Darum hab ich ihn schon vor Stunden gebeten«, murmelte sie zerstreut. »Aber ich wiederhole es gerne noch einmal.«

Die Antwort aus dem fernen Osten ließ auf sich warten. Um halb acht erhob ich mich, um nach Hause zu gehen.

»Sie bleiben hier?«, fragte ich den gebeugten Rücken meiner Bürogenossin.

»Wenn es sein muss, die ganze Nacht.«

21

Warum ich an diesem Abend in der Susibar landete, hätte ich am nächsten Morgen nicht mehr sagen können. Vielleicht hoffte ich, Keith Sneider zu treffen und ein wenig aushorchen zu können. Vielleicht hatte ich auch einfach keine Lust auf die neuesten politischen Ansichten meiner Töchter.

Sneider traf ich nicht, dafür jedoch René Pretorius, den Privatdetektiv.

»Hallöchen, Herr Gerlach«, rief er, als er mit einem so gewinnenden Lächeln auf mich zustrebte, dass es nur falsch sein konnte. »Welche Freude, Sie zu sehen!«

Für einen Privatdetektiv sind gute Beziehungen zur örtlichen Kripo Gold wert. Außerdem war er bei unserem letzten Treffen derart unfreundlich gewesen, dass er vielleicht meinte, etwas gutmachen zu müssen.

»Darf ich Sie zu einem Gläschen einladen?«

»Wenn Sie dabei nicht vergessen, dass ich vollkommen unbestechlich bin.«

»Donnerwetter!« Pretorius lachte herzlich. »Mit so viel Begeisterung hat schon lange niemand mehr meine Einladung angenommen. Aber okay, Sie sind natürlich Beamter.«

»Vor allem kann ich mir nicht vorstellen, dass ein Selbstständiger wie Sie ohne Grund Geld ausgibt.«

Er kam aus dem Lachen gar nicht mehr heraus. »Sehen Sie es so: Ich habe heute gute Laune. Außerdem haben Sie mir kürzlich einen netten kleinen Auftrag zugeschustert. Betrachten Sie es als kleines Dankeschön.«

Susi hatte mir inzwischen mit ihrer üblichen herzerwärmenden Fröhlichkeit ein Glas von meinem Lieblingswein hingestellt. Pretorius trank wie üblich irgendetwas Großes, Buntes. Wir stießen an.

»Wie weit sind Sie denn mit unserm verschwundenen Studenten?«, fragte ich nach dem ersten kühlen Schluck.

»Der Fall ist erledigt. Er lässt sich in Italien die Sonne aufs blasse Bäuchlein scheinen. Es gibt einen Ryanair-Flug, wo er auf der Passagierliste steht. Frankfurt-Hahn nach Rimini, dritter Juli, one way.«

Susi schob noch ein Schälchen Erdnüsse zwischen unsere Gläser.

»Das heißt, Sie unternehmen nichts weiter in der Sache?«

»Ich schicke der Mutter die Rechnung. Sie hatten wohl recht: Der arme Kerl ist vor der überschäumenden Mutterliebe desertiert.«

»Er hat in einer WG gelebt. Er hat seine Mutter kaum noch gesehen.«

Pretorius nahm mit Genießermiene einen Schluck aus seinem hohen Glas. »Vielleicht ist er vor dem Stiefvater auf der Flucht? Professor Hagenow scheint ja privat ein ziemlicher Kotzbrocken zu sein. Auch wenn er sich im Fernsehen gern so liberal und abgeklärt gibt.«

»Irgendwie …« Ich nahm mir ein paar Nüsschen. »Muss man nach Rimini fliegen, um seinem Stiefvater aus dem Weg zu gehen? Wenn eine Frau dahinterstecken würde. Eine hübsche italienische Austauschstudentin …«

»Eine Frau?« Schon wieder lachte er. »Wenn die arme Mutter nicht so standhaft das Gegenteil behaupten würde, würde ich alles Mögliche denken …«

Ich brauchte einige weitere Nüsschen, bis ich begriff. »Wollen Sie andeuten, der Junge ist schwul?«

»Wussten Sie, dass er gerne Goldschmuck trägt?«

»Einer meiner besten Männer trägt Glitzersteinchen im Ohr, und ich schwöre jeden Eid, dass er nicht schwul ist.«

Plötzlich war Pretorius ernst. »Zumindest ist er bi. Er hatte auch Mädchen. Mit einer davon habe ich sogar selbst telefoniert. Die junge Dame ist immer noch stinksauer auf ihn, obwohl die Geschichte schon Monate zurückliegt. Er sei ein narzisstisches Arschloch, hat sie mir ziemlich ausführlich erklärt. Und glauben Sie mir, es gibt solchen und solchen Goldschmuck. Ich weiß, wovon ich rede.«

Der Detektiv war selbst schwul, wie ich wusste. Es entstand eine Pause. Pretorius leerte zügig sein Glas. Eine Gruppe, die sich neben uns an die Theke drängelte, diskutierte die Tatsache, dass es in den Supermärkten schon wieder Lebkuchen und Spekulatius zu kaufen gab.

»Sie denken also, er ist in Italien«, sagte ich, als die Nüsschen alle waren.

»Ob er sich noch dort aufhält, weiß ich nicht, und es interessiert mich auch nicht. Wenn die Mutter mehr wissen will, soll sie mir einen neuen Auftrag geben.«

»Wie hat sie reagiert?«

»Erleichtert. Tausend Mal besser, er fliegt in der Vorlesungszeit nach Italien, als …«

»Besser als was?«

»Ich weiß nicht, was sie befürchtet hat.«

Als ich gegen elf nach Hause kam, fand ich die Wohnung leer. Noch hatte ich mich nicht ganz daran gewöhnt, dass meine Töchter nun fast erwachsen waren und bis Mitternacht unterwegs sein durften, ohne dass ich mich der Vernachlässigung meiner Aufsichtspflicht schuldig machte. Ich setzte mich ins Wohnzimmer, um noch ein letztes halbes Gläschen Weißwein zu trinken und über Judith Landers nachzudenken, die vielleicht doch noch am Leben war und vielleicht sogar auf dem Weg zurück in ihre alte Heimat.

Kaum hatte ich den ersten Schluck genommen, begann irgendwo in der Wohnung das Telefon zu trillern. Stöhnend erhob ich mich wieder, um es zu suchen. Als ich schließlich feststellte, dass das Geräusch aus Louises Zimmer kam, verstummte es. Nun ärgerte ich mich doch. Tausend Mal hatten wir schon vereinbart, dass das Telefon auf dem Schuhschränkchen im Flur zu liegen hatte, neben oder in der Basisstation, und nirgendwo sonst. Man durfte es mit ins Zimmer nehmen, wenn man ungestört telefonieren wollte, aber anschließend hatte es zurück an seinen Platz zu wandern, verflucht noch mal!

Ich machte Licht. Im Zimmer das übliche Teeniedurcheinander. Kleidung, Jugendzeitschriften, CDs, Schuhe, Strümpfe, Schminkkram, ein Föhn am Boden, der eigentlich ins Badezimmer gehörte. Sogar ein aufgeschlagenes Buch entdeckte ich auf dem zerwühlten Bett. Der Name der Autorin sagte mir nichts, der Titel umso mehr: »Die Liebe – und was du davon wissen solltest.« Zu meiner Zeit hatte man solche Bücher noch besser versteckt.

Was ich nicht fand, war das Telefon. Lautlos fluchend holte ich mein Handy vom Couchtisch und wählte wieder einmal meine eigene Festnetznummer. Es begann erneut zu trillern, und ich fand das aufgeregt blinkende Telefon schließlich am Boden unter einem kleinen Häufchen aus T-Shirts und Unterwäsche. Als ich mich wieder aufrichtete, fiel mein Blick auf den Stuhl, der Louise als zweites Nachttischchen diente, weil es auf dem ersten kein freies Plätzchen mehr gab.

Neben einem futuristischen Radiowecker mit USB-Anschluss, den sie sich im vergangenen Jahr zu Weihnachten gewünscht hatte, lag eine kleine Schachtel. Ich war schon fast aus dem Zimmer, als mir bewusst wurde, dass diese Schachtel verteufelte Ähnlichkeit mit der Verpackung bestimmter Medikamente hatte. Ich machte kehrt. Der Aufdruck war in Rosa gehalten. Daneben Blümchen. Der Name des Präparats sagte mir nichts, und das Kleingedruckte konnte ich ohne Brille nicht lesen. Aber das brauchte ich auch nicht.

Was ich in Händen hielt, war eine Dreimonatspackung Antibabypillen.

Seit wann nahm Louise die Pille? Und warum wusste ich nichts davon? War das überhaupt erlaubt, ohne Einverständnis der Erziehungsberechtigten? Und nahm Sarah sie etwa auch? Hieß das etwa, dass meine Mädchen regelmäßig mit irgendwelchen

Jungs schliefen? Mit Männern? Mit irgendwelchen schmierigen Finsterlingen, die die Vertrauensseligkeit meiner kleinen Töchter schamlos ausnutzten? Ihnen das Blaue vom Himmel herunter versprachen? Filmkarrieren? Villen an der Riviera? Vielleicht gerade jetzt, in diesem Moment, als ich mit vermutlich selten dämlichem Gesicht die leichte Schachtel so vorsichtig an ihren Platz zurücklegte, als wäre sie aus Glas?

Die grün leuchtenden Ziffern meines Weckers zeigten dreizehn Minuten vor fünf, als ich aus tiefem Schlaf hochschreckte. Mein Unterbewusstsein hatte einige zueinander passende Informationen nebeneinandergerückt. Goldschmuck: Hatten unsere Techniker nicht an der noch nicht identifizierten zweiten Leiche Reste eines Goldkettchens gefunden? Italien: Peter Hagenow war am dritten Juli nach Rimini geflogen, am neunten hatte Prochnik einen Anruf aus Luzern erhalten. Wenn man von Norditalien nach Baden-Württemberg fuhr, dann üblicherweise durch den Gotthardtunnel und an Luzern vorbei. Wasiristan – fürchteten die Amerikaner nicht einen Terroranschlag eines konvertierten Deutschen, und befanden sich in dieser Gegend Nordpakistans nicht die Ausbildungscamps der Taliban?

Ich konnte nicht wieder einschlafen in dieser Nacht und war am Morgen viel zu früh im Büro.

Helena Guballa schien die Nacht wirklich vor ihrem Laptop verbracht zu haben. Ihr Blick war trüb, die Gesichtsfarbe käsig, unter den Augen schimmerten bläuliche Ringe.

»Viel habe ich nicht mehr herausgefunden«, sagte sie tief enttäuscht, als ich eintrat. »Einige Tage, nachdem die Fotos gemacht wurden, ist sie nach Peshawar aufgebrochen, angeblich, um dort einen Arzt aufzusuchen. Sie hatte sich während des Schulbaus eine Fußverletzung zugezogen, die nicht richtig heilen wollte.«

»Wenn sie weiter nach Europa gereist wäre, müsste sich das doch herausfinden lassen.«

»Das sagt sich so leicht«, erwiderte sie und rieb sich die Augen. »Es gibt tausend Wege und Möglichkeiten. Einige davon habe ich schon abgeprüft. Es ist hoffnungslos. Sie kann mit falschen Papieren nach Italien geflogen sein. Als Mary Wollstonecraft oder unter einem anderen Namen. Sie kann sich mit Bus und Bahn quer durch Afghanistan und den Iran bis nach Beirut oder Istanbul durchgeschlagen haben.«

Ich nahm hinter meinem Schreibtisch Platz und erzählte von meinem Gespräch mit Pretorius und meinem nächtlichen Geistesfeuerwerk.

»Wie heißt der junge Mann?«, fragte die Zielfahnderin, plötzlich wieder konzentriert.

»Peter. Peter ...« Ich musste kurz in meinem Gedächtnis kramen, bis mir der Name einfiel: »Peter Hagenow.«

Irgendwas stimmte nicht. Warum kam mir der Name plötzlich so fremd vor?

Im Vorzimmer klappte die Tür. Sönnchen sah erstaunt herein, ersparte uns jedoch launige Bemerkungen und erschien stattdessen kurze Zeit später mit einem Cappuccino für mich und einer riesigen Tasse Milchkaffee für meine Leidensgenossin. Diese schien es nicht einmal zu bemerken, als die milde Dopinggabe neben sie gestellt wurde.

»Damals, bei ihrer Reise vor dreißig Jahren, war sie viel mit öffentlichen Verkehrsmitteln unterwegs«, murmelte sie, als würde sie Selbstgespräche führen. »Selbst in den entlegensten Gegenden. Sie hat viel Erfahrung darin, sich in den unwirtlichsten Winkeln der Welt fortzubewegen, ohne ausgeraubt oder vergewaltigt zu werden.«

Endlich ließ sie von ihrem Laptop ab, sank in ihren Stuhl zurück, entdeckte die dampfende Tasse, lächelte Sönnchen dankbar an.

»Es gibt einfach zu viele Möglichkeiten. Man glaubt nicht, wie viele Flughäfen es allein in Pakistan gibt. Sie kann mit dem Zug nach Indien gefahren und von Delhi geflogen sein. Sie verfügt mit Sicherheit über perfekt gefälschte Papiere. Judith ist nicht der Mensch, der die Dinge dem Zufall überlässt.«

Sie trank einen großen Schluck Milchkaffee, schloss für Sekunden die Augen.

»Vielleicht sollten Sie nach Hause gehen und eine Runde schlafen?«

Sie schien meinen Vorschlag überhört zu haben und begann plötzlich zu tippen, als wäre ihr ein neuer Gedanke gekommen.

»Ihre Idee, Judith könnte mit einer islamistischen Terrorgruppe gemeinsame Sache machen, halte ich übrigens für Unfug«, sagte sie nebenbei. »Judith lehnt jede Art von Religion ab. Opium fürs Volk.«

Das Letzte hatte ich kürzlich schon einmal gehört. Von Anna-Katharina Hagenow, der Mutter des verschwundenen Studenten. Und plötzlich wurde mir klar, was mich vorhin an dem Namen irritiert hatte: Peter war ihr Sohn aus erster Ehe. Vermutlich führte er den Nachnamen seines Vaters.

Mein Versuch, die Mutter per Telefon zu erreichen, scheiterte an einem Anrufbeantworter. Ich beschloss, dass dieses Detail im Moment nicht so wichtig war.

Gegen halb zehn wurden die Pausen in Helena Guballas Tipperei immer länger, und sie begann, Unsinn zu reden. Um zehn schickte ich sie in energischem Ton nach Hause, und zu meiner Überraschung fügte sie sich, als hätte ich ihr etwas zu befehlen.

Sönnchen hatte mir inzwischen ein dünnes Dossier vom BKA gebracht, Abu Thala betreffend, alias David Hinrichs. Geboren und aufgewachsen war er in Delmenhorst. Nach der mittleren Reife hatte er bei einem Kaufhaus in Bremen eine Ausbildung zum Schauwerbegestalter begonnen. Dort hatte er rasch einen Freund gefunden, Selim Coscun, einen jungen, lebenslustigen, in Deutschland geborenen Türken. Die beiden waren bald unzertrennlich gewesen, hatten allerhand altersgemäßen, meist harmlosen Unsinn angestellt.

Doch irgendwann musste irgendetwas geschehen sein, denn praktisch von einem Tag auf den anderen, ohne jede Vorwarnung, war Hinrichs nicht mehr zur Arbeit erschienen. Man forschte nach und stellte fest, dass er mit unbekanntem Ziel verreist war. Auch Selim Coscun war plötzlich nicht mehr auffindbar. Bekannte behaupteten später, er habe seinen deutschen Freund einige Male in die Moschee mitgeschleppt, die er selbst zuvor eher unregelmäßig besucht hatte. In den Monaten vor ihrem Verschwinden hatten die beiden ihre Kontakte zu Freunden und Familien mehr und mehr vernachlässigt.

Und nun war Hinrichs also in Afghanistan oder Pakistan, hatte dort vermutlich eine Ausbildung an der Waffe genossen, und was man als angehender Talibankämpfer sonst noch lernen muss, und war im Begriff zurückzukehren, um den amerikanischen Wirt-schaftsminister zu töten.

Hatte er eine Chance? Bei Licht besehen: nein. Das Palace-Hilton würde sich für die Zeit der Tagung in eine Festung verwandeln. Mit einem Sprengstoffgürtel oder einer MP unter der Jacke dort hineinzuspazieren, war völlig unmöglich, und selbst wenn, dann würde der Betreffende noch zwei weitere Kontrollen passieren müssen, um die Minister auch nur von ferne zu sehen. Kritisch waren nur die Zeiten, in denen Henderson sich außerhalb des Hotels bewegen würde.

Obwohl die Medien inzwischen täglich über das bevorstehende Großereignis berichteten, war über den geplanten Ablauf bisher so gut wie nichts an die Öffentlichkeit gedrungen. Dass der Amerikaner am zweiten Tag unbedingt das Heidelberger Schloss besichtigen wollte, würde bis zur letzten Minute geheim bleiben. Und selbst im Schlosshof hatte ein Attentäter, sollte er sich zufällig dort aufhalten, keine Chance, an Henderson heranzukommen. Am kritischsten waren nach Einschätzung aller Verantwortlichen die Fahrten von Frankfurt nach Heidelberg und zwei Tage später wieder zurück.

Natürlich würden Vorkehrungen getroffen werden. Natürlich war es alles andere als einfach, mit einer Panzerfaust ein Fahrzeug zu treffen, das mit hoher Geschwindigkeit in einem Konvoi mit mehreren anderen, gleich aussehenden Wagen über die Autobahn raste. Dafür, dass dieser Konvoi auf keinen Fall zum Stehen kam, waren wir, die deutsche Polizei, verantwortlich.

Nein, der konvertierte Delmenhorster, der die Amerikaner in solche Aufregung versetzte, machte mir keine Sorgen. Aber hatte Helena Guballa recht? War es wirklich ein so abwegiger Gedanke, Judith Landers könnte sich während der Jahre in Pakistan einer Gruppe angeschlossen haben, die den Amerikanern Böses wollte? Menschen ändern sich. Manche Menschen ändern im Lauf ihres Lebens sogar ihre Grundüberzeugungen. Im Gegensatz zu Hinrichs kannte sie sich in der Stadt bestens aus, sprach vermutlich sogar den hiesigen Dialekt. Sie hatte Erfahrung mit gefährlichen Situationen, war abgebrüht. Tausend Mal abgebrühter jedenfalls als dieser jugendliche Hitzkopf. Zudem war sie sehr viel intelligenter.

Um kurz nach drei tauchte Helena Guballa wieder auf. Sie sah kaum frischer aus als am Morgen, stürzte sich jedoch ohne Zögern und unterstützt von einer neuen Tasse Milchkaffee wieder in die Arbeit.

22

Am Freitagvormittag um kurz vor zehn hörte ich in der Ferne mit großem Tatütata die Feuerwehr ausrücken. Es waren mindestens fünf oder sechs Fahrzeuge, die Sekunden später den Römerkreis umrundeten, sich in Richtung Innenstadt entfernten und rasch leiser wurden. Sie waren noch nicht außer Hörweite, als unten im Hof Rufe ertönten, Autotüren knallten, Motoren aufheulten und die nächsten Martinshörner loslegten. Gleichzeitig hörte ich Sönnchen telefonieren. Dann flog die Tür auf.

»Ein Bombenanschlag!«, rief sie. »Mitten in der Innenstadt!«

Minuten später war ich selbst am Ort der vermeintlichen Katastrophe. Ein Pkw war explodiert, hatte ich während der rasenden Blaulichtfahrt erfahren, in der Nähe des Neckarufers. Die schwarze Qualmwolke war bereits aus einigen Hundert Metern Entfernung zu sehen gewesen.

Es stank beißend nach verbranntem Kunststoff. Rund um den qualmenden Wagen, der ins Heck eines braunen Paketwagens von UPS gekracht war, wimmelte es von uniformierter Polizei und Feuerwehrmännern, die offensichtlich nichts zu tun hatten. Inzwischen war die erste Aufregung schon ein wenig abgeflaut. Von einem Bombenanschlag konnte keine Rede sein, erfuhr ich von einem gut gelaunten Polizeihauptmeister, der sich über die Jahrzehnte im Dienst der Heidelberger Sicherheit ein dickes Fell zugelegt hatte.

Ein junger Oberstudienrat aus Wilhelmsfeld war mit seinem schon etwas betagten, silbergrauen Hyundai auf dem Weg zurück ins heimische Dorf gewesen, als ihm an der letzten Ampel vor der Theodor-Heuss-Brücke ein merkwürdiger Geruch auffiel. Augenblicke später war schon Qualm unter der Motorhaube hervorgequollen, er hatte in aller Hast nach einer Abstellmöglichkeit für seinen vermutlich in Kürze explodierenden Wagen gesucht, zunächst jedoch keine gefunden. So war er vor der Brücke geistesgegenwärtig rechts abgebogen, aus dem einfachen Grund, weil dort gerade Grün war, und als der Innenraum sich rapide mit Rauch füllte, hatte der armen Mann einfach mitten auf der Fahrbahn gehalten und seinen Wagen fluchtartig verlassen.

Dabei hatte er jedoch leider vergessen, die Handbremse zu ziehen. Die Straße war ein wenig abschüssig, weshalb sich der inzwischen lichterloh brennende Hyundai selbstständig gemacht hatte. Nach etwa fünfzig Metern war er auf den in zweiter Reihe parkenden UPS-Wagen geprallt und hatte eine eindrucksvolle Menge Rauch, Gestank und Panik erzeugt. Nicht weniger als sieben Rettungswagen standen nutzlos herum, neun Streifenwagen und sechs Fahrzeuge der Berufsfeuerwehr zählte ich. Der Brand war schon gelöscht, als ich ankam, der Schaden an dem Lieferwagen gering, der Hyundai nicht mehr zu retten.

Noch knapp drei Wochen bis zum Beginn der Wirtschaftsgespräche, und schon jetzt lagen die Nerven blank.

»Wo steckt sie denn heute?«, fragte ich, als ich mein Vorzimmer wieder betrat.

»In einem Dorf bei Chemnitz«, wusste meine unersetzliche Sekretärin zu berichten. »Da wohnt eine ehemalige Freundin von der Terroristin. Sie bleibt wahrscheinlich bis morgen, soll ich Ihnen ausrichten.«

Am Nachmittag galt es wieder einmal, eine Sitzung zu überstehen. Liebekind hatte sich erneut gedrückt. Er schien nicht vorzuhaben, mir diese Plage abzunehmen. Heute ging es um die Technik, welche derzeit im Palace-Hilton installiert wurde. Unmittelbar angrenzend an die Tagungsräume wurde zurzeit ein Lage- und Befehlszentrum eingerichtet mit allem, was das Herz neugieriger Polizisten höher schlagen lässt. Unzählige Monitore, Computer für alles und jedes, Kommunikationstechnik vom Allerfeinsten, Überwachungskameras an jeder möglichen und unmöglichen Ecke des Sicherheitsbereichs. Es gab keine Stelle, wirklich keine, die nicht von mindestens zwei Kameras beäugt wurde für den Fall, dass eine kaputtginge oder zerstört würde.

144

Zwanzig zusätzliche abhörsichere Telefonleitungen nach draußen, Glasfaserdatenleitungen, wer weiß, wohin, Satellitenschüsseln auf dem Dach für die unverzichtbaren Standleitungen nach Washington. In einem zweiten Raum im Erdgeschoss wurde ein veritabler Operationsraum zur Erstversorgung eventuell Verletzter eingerichtet.

Thema waren heute außerdem die Wege innerhalb des Hotels. Welche Toiletten würden die amerikanischen Gäste benutzen? Wie würde Henderson unbelästigt und möglichst auch ungesehen in den Tagungsraum gelangen und wieder hinaus? Welches waren die möglichen Fluchtwege im Krisenfall? Wo hatte die Presse Zutritt und wo nicht? Die Akkreditierungsfrist für die Journalisten war bereits vor einer Woche abgelaufen, und jeder, der sich angemeldet hatte, wurde zurzeit einer eingehenden und tiefschürfenden Überprüfung unterzogen. Und schließlich: Wo würden die Absperrgitter stehen und wo die Polizeikräfte, die das Volk auf gebührendem Abstand von seinen Vertretern halten sollten?

An den Räumungsplänen für den Katastrophenfall wurde immer noch gearbeitet. Die Amerikaner wünschten sich einen eigenen Fluchtweg, der im Fall des allerschlimmsten Falles nicht von irgendwelchen panisch herumirrenden Deutschen blockiert wurde. Im praktischerweise nicht weit entfernten Uniklinikum waren für die Zeit der Tagung Krankenzimmer und Intensivbetten reserviert. Von Mittwochmittag bis zur Abreise der Politiker am Freitagnachmittag würden ständig mehrere Operationsteams in Bereitschaft gehalten werden.

Zum Glück kam niemand auf die Idee nachzurechnen, was der ganze Irrsinn kostete.

Als alle dachten, die Besprechung sei zu Ende, erhob sich Keith Sneider und trat nach vorn. Wortlos verband er seinen Laptop mit dem Beamer, drückte einige Tasten. An der Wand erschien ein Schwarzweißvideo. Erst nach Sekunden erkannte ich, dass das Video den Eingangsbereich eines Schiffs zeigte. Eine lange Reihe von Personen trat durch eine breite Stahltür. Alte, schwarz gekleidete Frauen, Männer mit wettergegerbten Gesichtern. Junge Familien mit Kindern. Sneider sah in die Runde.

»Der Film, den Sie hier sehen, stammt aus der Überwachungskamera einer Fähre, die zwischen Larnaka in Zypern und Athen verkehrt.«

Er wartete noch einige Sekunden, dann stoppte er das Video.

»Und der junge Mann, den Sie jetzt sehen, ist nach unseren Erkenntnissen David Hinrichs alias Abu Thala.«

Der unauffällige, schmale Mann war sportlich gekleidet, trug eine Basecap auf dem Kopf und eine große Reisetasche über der Schulter.

»Seit gestern hält Hinrichs sich in einem Hotel in einem nördlichen Vorort von Athen auf«, fuhr Sneider fort. »Wir gehen davon aus, dass er sich irgendwo dort mit seinen Helfern treffen wird, um dann vermutlich auf getrennten Wegen nach Deutschland weiterzureisen. Sobald alle versammelt sind, möglichst noch in Athen, werden wir zuschlagen.«

»Ich finde ja, die sollten sich lieber auf einer einsamen Insel treffen«, hörte ich einen der BKA-Beamten seiner Kollegin zuraunen, als die Sitzung gegen halb vier endlich ein Ende fand und alles zur Tür drängte.

»Die Amis haben nun mal einen Narren gefressen an diesem verflixten Heidelberg«, erwiderte sie achselzuckend. »Mir persönlich wäre die Insel auch sympathischer. Hier gibt's ja nicht mal Palmen.«

»Inseln sind langweilig«, sagte Sneider grinsend, der plötzlich neben mir ging. »Nächstes Mal vielleicht Neuschwanstein?«

»Gerne.« Ich grinste zurück. »Liegt nicht in meinem Zuständigkeitsbereich.«

»Mister Henderson freut sich sehr auf Heidelberg.«

»Und ich werde mich freuen, wenn er wohlbehalten wieder in seinem Flugzeug sitzt.«

Theresa hatte mir eine SMS geschickt, bemerkte ich, als ich wieder an meinem Schreibtisch saß. Zum zweiten Mal in zwei Wochen hatte sie keine Zeit für mich. Das Buch war wichtiger. Das Thema sooo spannend. Obwohl sie mit ihren Recherchen noch längst nicht fertig war, hatte sie sich nicht länger zurückhalten können und mit dem Schreiben begonnen.

»Es schreibt sich wie Limonade«, las ich. »Wenn es läuft, muss man es laufen lassen.«

Es tat ihr schrecklich leid und nächste Woche ganz bestimmt und vielleicht einmal außer der Reihe und so weiter …

Ich war nur ein ganz kleines bisschen sauer und nahm mir vor, den überraschend freien Abend der Körperertüchtigung zu widmen. Ich würde endlich wieder einmal joggen gehen.

»Chef, ich hab hier was«, sagte Evalina Krauss gleich Montag früh am Telefon. »Könnten Sie mal kurz runterkommen?«

»In Ihr Büro?«

Keine zwei Wochen, nachdem Klara Vangelis ihren Mutterschutz angetreten hatte, verlegte Evalina Krauss mit meinem Einverständnis ihren Arbeitsplatz an deren Schreibtisch. Vorerst nur vorübergehend, hatten wir vereinbart. Krauss und Balke wollten gerne auch während der Dienstzeit zusammen sein.

Ich ließ meinen Papierkram liegen und nahm der Fitness zuliebe nicht den Fahrstuhl, sondern die Treppe. Hinter mir lag ein herrlich faules Wochenende voller Ruhe und Frühherbstsonne. Am Freitagabend war ich tatsächlich laufen gewesen, und nach anfänglicher Lustlosigkeit war es überraschend gut gegangen. Meine Töchter hatte ich kaum zu Gesicht bekommen. In der Nacht von Samstag hatten sie bei einer Freundin übernachtet, und so war aus meinem Vorsatz, sie endlich auf das Thema Pille anzusprechen, leider nichts geworden.

Im Zimmer von Krauss und Balke saß ein junges und sehr verlegen dreinschauendes Pärchen. Die beiden mochten im Alter meiner Töchter sein, vielleicht ein, zwei Jahre älter. Der großgewachsene Junge mit blonden Haarstoppeln auf dem Kopf und heller Haut trug eine betongraue Jeans und ein noch graueres Kapuzenshirt zu beeindruckend schmutzigen Sportschuhen. Das Mädchen war einen Kopf kleiner als er, ein wenig rundlich und mit blauschwarz schimmernden Locken. Sie steckte in frisch gewaschenen Bluejeans und einem bunten Strickpullover. Die beiden sprangen auf, als ich eintrat, reichten mir artig die Hand. Der Junge mit markiger Miene und angedeuteter Verbeugung. Balke war offenbar im Haus unterwegs. Seine dunkelbraune Lederjacke hing schief über der Lehne seines Schreibtischstuhls.

»Darf ich vorstellen?«, sagte Evalina Krauss mit spitzbübischem Grinsen, während wir uns setzten. »Die Gespenster.«

Ich sah sie fragend an.

»Erinnern Sie sich nicht? Die alte Frau, die behauptet hat, in dem leer stehenden Haus würd es spuken?«

»Es ist …«, begann der Junge mit gesenktem Blick und krächzender Stimme, als wäre er noch im Stimmbruch. »Wir sind da abends gewesen. Manchmal. Zusammen.«

Das Mädchen ergriff seine Hand, als wollte sie ihm Mut machen. So, wie sie zu ihm aufsah, ihre erste große Liebe. Der Junge hustete, fuhr fort: »Aylin, also wenn …«

»Wenn mein Vater davon erfährt, dann geht's mir schlecht«, sagte das Mädchen in akzentfreiem Deutsch und sah mir tapfer ins Gesicht.

»Niemand wird irgendwas von dem erfahren, was wir hier reden.«

Der Junge nickte und zwinkerte nervös. »Früher sind wir jede Woche ein, zwei Mal da gewesen. War supergemütlich da und praktisch auch. Wir hatten sogar ein paar Sachen hingebracht. Eine Matratze und einen kleinen Tisch und Klappstühle und eine Petroleumlampe. Aber wie wir im Juni … Ende Juni ist das gewesen, wir glauben, am sechsundzwanzigsten … Und wie wir da wieder in unser Haus wollten, da ist …«

»Ist schon wer da gewesen«, ergänzte Aylin mit charmantem Lächeln, bei dem sie zwei Reihen kleiner, spitzer Zähne zeigte.

»Zwei Männer. Ein junger und ein alter.«

Ich hatte mich auf Balkes Schreibtischstuhl gesetzt.

»Können Sie die Männer beschreiben?«

»Na, logo«, erwiderte das Mädchen altklug. Der Junge schien froh zu sein, die Last des Redens fürs Erste los zu sein. »Wir haben an dem Abend Licht gesehen. Schon von Weitem. Sie hatten Vorhänge an die Fenster gehängt. Die waren früher nicht da gewesen. Aber einer hat einen Spalt offen gestanden, und da haben wir dann reingespitzelt. Nur so, weil wir neugierig waren. Die Männer haben sich unterhalten. Wir konnten aber nichts verstehen. Manchmal haben sie auch gelacht. Obwohl, eigentlich hat nur der Jüngere gelacht. Der andere hat ganz griesgrämig geguckt. Der hatte schlechte Laune.«

»Sie sind sicher, dass es zwei Männer waren und nicht ein Mann und eine Frau?«

»Ja«, bestätigte der Junge nun schon wieder etwas mutiger.

»Beschreiben Sie bitte mal den Älteren.«

»Groß. Nicht dick. Schon ein bisschen grauhaarig«, erklärte der Junge.

»Eine ziemlich lange Nase hat er gehabt und ein hageres Gesicht«, fuhr das Mädchen fort.

Jürgen Prochnik.

»Und der Jüngere?«

»Der ist schmal gewesen. Vielleicht zwanzig, zweiundzwanzig.«

»Nicht so der Muskeltyp. Eher im Gegenteil.«

»Sonst haben Sie niemanden dort gesehen?«

Entschiedenes Kopfschütteln.

»Wir sind dann auch bald abgehauen«, sagte der Junge. »Hatten ein bisschen Schiss, dass sie uns entdecken. Wir wussten ja nicht, was für Typen das waren. Am Waldrand sind wir dann aber doch noch mal umgekehrt.«

»Es ist ziemlich aufregend gewesen, wissen Sie?« Aylin ließ mich noch einmal ihr Lächeln sehen, mit dem sie ihrem Vater vermutlich problemlos jeden Wutausbruch wegzauberte. »Drum sind wir noch mal zurück und wollten ein bisschen lauschen.«

»Wir wollten einfach wissen, was die da machen, und vor allem, wie lange die dableiben wollten.«

»Wir haben aber wieder nichts verstehen können. Sie haben gegessen. Der Alte ein Steak mit Brot. Der Junge nur Brot. Mit Käse und Tomaten.«

»Der wird Vegetarier gewesen sein.«

Ich bat die beiden, kurz zu warten, und verließ den Raum.

»Mögt ihr was trinken?«, hörte ich Kollegin Krauss aufgeräumt fragen, als ich die Tür hinter mir schloss. »Eine Cola oder so?«

An meinem Schreibtisch zurück, wählte ich die Nummer von René Pretorius. Ich hatte Glück, der Privatdetektiv war in seinem Büro.

»Peterchen?«, fragte er fröhlich. »Klar habe ich Fotos von unserem Süßen. Muss ich nur rasch raussuchen. Dauert höchstens ein Sekündchen. Peter, Peter, Peter … Ah, hier sind sie: Peter von Arnstedt. Mail ist unterwegs.«

Meine Vermutung war richtig gewesen. Er führte nicht den

Namen der Mutter, sondern den des leiblichen Vaters. Von Arnstedt also. Als ich die Treppe wieder hinabstieg, den aufgeklapp-
ten Laptop auf dem Arm, wusste ich schon, was nun gleich kommen würde.

»Das ist der Typ«, sagte Aylin ohne Zögern, als sie das erste
Foto sah. Inzwischen hielten unsere beiden verliebten Zeugen sil-
berfarbene Red-Bull-Dosen in der Hand.

»Jepp«, bestätigte ihr Freund eifrig nickend. »Gar keine Frage.«

23

»Tot«, murmelte Anna-Katharina Hagenow. »Also doch.«

Dieses Mal fand unser Gespräch in ihrem großzügigen Haus im
Westen Sandhausens statt. Das Grundstück war weitläufig und
wurde am nördlichen Ende von einer hohen Buchsbaumhecke
begrenzt. Das Haus war bauhausinspiriert und mit sachlichem
Geschmack eingerichtet. Viel Sichtbeton und Glas, viel mattes
Metall, wenig Behaglichkeit.

Ich fühlte mich unendlich dumm und elend, als ich sagte: »Es
tut mir sehr leid.«

»Verbrannt, sagen Sie? Hat er ...« Ihr Blick irrte ziellos umher.
»Hat er Schmerzen gehabt, bevor er starb?«

»Soweit ich weiß, nein. Wir gehen davon aus, dass er bewusst-
los war, als das Feuer ausbrach.« Ich schilderte in groben Zügen,
was geschehen war, ersparte ihr jedoch Einzelheiten. Als ich die
Armbanduhr mit der Gravur erwähnte, sah sie auf.

»XvA bedeutet Xaver von Arnstedt«, sagte sie. »Peters Groß-
vater. Er hat seine Uhr an Peters Vater vererbt, und dieser hat sie
später wenige Tage vor seinem Tod feierlich seinem Sohn ver-
macht. Peter hat sie immer getragen. Er hat diese Uhr geliebt.
Jeden Tag hat er sie getragen.«

Sie starrte auf ihre Hände, die wie schockgefrostet in ihrem
Schoß lagen. Über dem kleinen Sessel, auf dem sie saß, hing ein
großformatiges abstraktes Gemälde, das ich ungewöhnlich hässlich fand. Es duftete nach Blumen, die nirgendwo zu entdecken
waren.

»Verstehen Sie, Peter hat seinen Vater … Er hat sie immer getragen, diese Uhr. Einmal, da war er vielleicht vierzehn, sagte er zu mir, er werde die Uhr eines Tages an seinen ältesten Sohn weitergeben.«

Ich räusperte mich. Was nun kam, fiel mir fast noch schwerer als der erste Teil.

»Frau Hagenow, ich muss Ihnen diese Frage leider stellen: Halten Sie es für möglich, dass Ihr Sohn an den Vorbereitungen eines Terroranschlags beteiligt gewesen sein könnte?«

Sie wirkte nicht im Geringsten überrascht. Mit schwimmenden Augen sah sie mir ins Gesicht.

»Ich hatte … Wir hatten schon so etwas befürchtet. Ja.«

»Aber warum haben Sie …?«

»Befürchtet heißt nicht vermutet. Ich hatte so gehofft, es sei nur eine übertriebene Sorge meinerseits. Peter war in den letzten Monaten so … radikal geworden in seinen Ansichten, so … völlig unzugänglich. Mit Burkhard, nun ja, das war immer schon schwierig gewesen. Aber mit mir … Wir waren … Wir hatten ein so gutes Verhältnis. Früher. Später, natürlich, da … Aber er war doch immer noch mein Sohn. Es gab da etwas, was es nur zwischen einer Mutter und ihrem Kind geben kann. Und dann … Ich denke, es begann etwa ein halbes Jahr vor seinem Verschwinden, da ist dieses Band gerissen. Plötzlich … Er hat mich nicht mehr an sich herangelassen. Hat mich regelrecht gemieden. Mich, seine Mutter.«

Sie schlug die Augen nieder, schwieg für lange Sekunden, sah wieder auf. »Nein«, fuhr sie mit tonloser Stimme fort. »Er hatte sich schon in den Jahren davor verändert. Ich wollte es vielleicht nur nicht wahrhaben. Schon vor dem Abitur hat er begonnen, sich für Politik zu interessieren, und wie junge Menschen nun einmal sind, waren seine Ansichten sehr radikal. Sehr links. Burkhard konnte nie damit umgehen. Leider hat er sich immer wieder provozieren lassen. Dann wurde es laut, es fielen böse Worte, Türen wurden geknallt. Nachdem Peter seine Studentenbude bezogen hatte, wurde es etwas besser. Ich hatte gehofft, er würde woanders studieren. In Berlin, in den Staaten. Dort war er einmal ein Jahr als Austauschschüler … Aber nein, das ist Unsinn, das war ja kein Austausch, und es war auch kein Jahr …«

Sie bedeckte die Augen mit der Rechten. Schwieg wieder. Draußen auf der Straße spielten Kinder in der Sonne.

»Nun, jedenfalls war er für einige Monate in den Staaten, in Seattle, und ich dachte ... Aber seine Selma ... Er wollte zurück. Es hat ihm auch nicht gefallen, drüben. Diese zur Schau gestellte Religiosität, die Gewohnheit, selbst die kürzesten Strecken mit dem Auto zurückzulegen. Aber ich denke, es muss noch etwas anderes vorgefallen sein. Etwas, worüber er nie gesprochen hat. Peter konnte sich nicht anpassen. Er ... Vielleicht hat meine Erziehung in diesem Punkt versagt, vielleicht ... ich ...«

Sie brach ab, schien hinter der Hand lautlos zu weinen.

»Er hatte eine Freundin in Heidelberg?«, fragte ich vorsichtig.

Als fände sie die Vorstellung unanständig, schüttelte sie den Kopf.

Ich lehnte mich in der unbequemen Designercouch zurück und wartete. Sie würde von sich aus sprechen, sobald sie die Kraft dazu hatte.

»Selma«, sagte sie schließlich und lauschte kurz dem Klang des Namens hinterher. »Ein nettes Mädchen. Offen, sympathisch, hübsch. Die beiden waren so ... Ich habe mich schon ... Bitte lachen Sie nicht, ich hatte mich schon als Großmutter gesehen, und seltsamerweise hat diese Vorstellung mich nicht im Mindesten erschreckt. Aber dann ... Plötzlich war es aus zwischen den beiden. Im Frühjahr, von einem Tag auf den anderen. Peter hat nie wieder ein Wort über sie verloren, und ich habe längst nicht mehr gewagt, ihn nach solchen persönlichen Dingen zu fragen. Er hätte an eine Universität in den Staaten gehen sollen. Warum hier? Warum ausgerechnet Heidelberg? An der Hochschule, wo sein Stiefvater ...?«

»Haben Sie eine Adresse von dieser Selma?«

»Das nicht«, murmelte sie abwesend. »Aber ich müsste ihre Handynummer noch gespeichert haben.«

»War Ihr Sohn Mitglied einer Partei? Hatte er sich irgendeiner Gruppe angeschlossen?«

»Peter hat über die Jahre Verschiedenes ausprobiert. Anfangs waren es die Jusos. Für Burkhard schon ein rotes Tuch. Peter fand sie bald zu angepasst. Gequatsche, war sein Kommentar, immer nur Gequatsche. Später war er eine Weile parallel in mehreren

Gruppierungen engagiert. Am Ende war selbst mir nicht mehr klar, mit wem er gerade sympathisierte. An einem Tag ging es ihm um die zunehmende Verarmung der unteren Schichten. Am nächsten um das Nord-Süd-Gefälle des menschlichen Wohlstands. Am dritten um das Artensterben. Die Klimaveränderungen. Die unerhörte Ressourcenverschwendung des Westens, vor allem der USA natürlich, die er regelrecht gehasst hat. Er war immer so absolut. Kompromisse existierten nicht in seinem Weltbild.« Plötzlich sah sie mir mit flammendem Blick in die Augen. »Aber sollen wir denn wirklich wieder in Zelten leben? Und mit ... mit ... mit Kameldung heizen?«

Sie schlug die Hände vors Gesicht, atmete heftig. Beruhigte sich wieder. Eines der Kinder auf der Straße hatte sich wehgetan und weinte hysterisch.

»Können Sie sich vorstellen, dass er irgendwann zum Schluss kam, dass nur Gewalt gewisse Dinge ändern kann?«, fragte ich.

Sehr langsam, sehr müde schüttelte sie den Kopf. »Sehen Sie, das ist das Merkwürdige: Ich kann es mir nicht vorstellen. Peter hat Gewalt immer verabscheut. Er hat sich nie geprügelt, wie Jungs es ja schon mal tun. Burkhard hat ihm sogar vorgeworfen, er sei ein Angsthase. Eine Memme.«

»Sagt Ihnen der Name Prochnik etwas? Jürgen Prochnik?«

Sie sah mir ratlos ins Gesicht. »Ein Kommilitone?«

»Die beiden sind zusammen gestorben. Prochnik war kein Student. Er war früher Immobilienmakler und zweiundfünfzig Jahre alt.«

Befremdet schüttelte sie den Kopf.

»Haben Sie jemanden, der sich ein wenig um Sie kümmern kann?«

»Ich komme zurecht«, flüsterte sie und schlug die Augen nieder. »Burkhard ist in Shanghai. Ein Kongress. Aber ich komme zurecht.«

»Falls ich Ihnen irgendwie helfen kann, rufen Sie mich bitte jederzeit an.«

»Das wird nicht notwendig sein.« Ihr Lächeln wirkte, als wäre es ihr letztes. »Ich komme allein zurecht.«

Als ich ins blendende Sonnenlicht hinaustrat, waren die Kinder verschwunden.

»Zu dem Haus gibt's was Neues«, sagte Balke, als wir später bei einer kleinen, improvisierten Besprechung zusammensaßen. »Ich habe endlich die Erbin erreicht. Die Tochter des toten Ehepaars. Sie lebt in Kassel und weiß nicht, was sie mit der alten Kate anfangen soll. Anfangs war sie mit einem Makler in Kontakt, aber der hat auch keinen Dummen gefunden, der das Ding haben wollte. Später hat sie sich dann einfach nicht mehr darum gekümmert. Bis Ende Mai dann völlig überraschend ein gewisser Jens Schmidt angerufen hat und das Haus mieten wollte.«

Die Tür öffnete sich lautlos. Helena Guballa trat ein, die ich seit Donnerstag nicht mehr gesehen hatte. Sie nickte mir zerstreut zu, setzte sich an ihren Schreibtisch und klappte eilig ihren Laptop auf.

»Jens Schmidt?«, fragte ich.

»Nach der Beschreibung kann es nicht Prochnik gewesen sein. Die Stimme klang jünger. Ich tippe auf von Arnstedt. Er hat ihr erzählt, er sei Holzbildhauer und suche eine abgelegene Bleibe, wo es keinen Stress mit den Nachbarn gibt. Die Miete fürs erste halbe Jahr hat er ihr im Umschlag geschickt.«

»Und wie ist das mit der Schlüsselübergabe gelaufen?«

»Der Makler hat noch einen Schlüssel gehabt.«

»Kann er diesen Jens Schmidt beschreiben?«

»Er ist leider in Urlaub. Segeln. Irgendwo im Mittelmeer. Seine zwei Angestellten haben von nichts eine Ahnung und können ihren Chef nicht erreichen. Makler müsste man sein.«

Ich nickte. Krauss nickte. Für kurze Zeit herrschte nachdenkliche Stille. Balke hatte recht. Segeln. Allein mit den Elementen. Kein Telefon, keine E-Mails, keine Wirtschaftsgespräche …

»Vielleicht reden wir noch mal über Italien«, sagte ich schließlich, weil Träumen nichts half. »Was kann von Arnstedt in Italien gewollt haben? Wohin ist er nach der Landung in Rimini gefahren? Was hat er in den Tagen bis zu seiner Rückkehr gemacht? Und wie ist er überhaupt zurückgekommen?«

»Dürfte schwierig werden, jetzt noch einen Taxifahrer zu finden, der sich an ihn erinnert.«

»Wir müssen es versuchen.« Krauss machte sich eine Notiz. »Da kümmere ich mich drum. Die Hotels in Italien sind ja zum Glück ziemlich pingelig, was das Anmelden angeht.«

Ich legte beide Zeigefinger an den Mund und überlegte.

»Wenn die beiden wirklich einen Terroranschlag geplant haben, dann wollte er vielleicht Waffen besorgen. Sprengstoff. Falsche Papiere ...«

»Vielleicht hat er Judith getroffen«, sagte Helena Guballa mit dem Rücken zu uns, »um sie nach Deutschland zu bringen.«

»Was sollte das für einen Sinn haben?«, fragte ich. »Wenn sie imstande ist, allein von Pakistan nach Italien zu reisen, wieso braucht sie dann für die letzten paar Kilometer Begleitschutz?«

»Judith würde ein Auto nehmen«, erwiderte meine Bürogenossin ungerührt. »Damit kommt sie am einfachsten durch den Zoll. Sie dürfen nicht vergessen, dass sie in Europa immer noch auf den Fahndungslisten steht.«

»Und warum fährt sie nicht selbst? Auto fahren kann sie ja wohl.«

»Sie ist den Verkehr nicht mehr gewohnt. Vielleicht dachte sie auch, zu zweit fallen sie weniger auf. Eine Mutter und ihr Sohn auf dem Weg nach Deutschland. Das erregt keine Aufmerksamkeit.«

Balke rollte die Augen. Auch er schien ihre Fixierung auf diese Terroristin für übertrieben zu halten.

»Wenn es wirklich so wäre«, sagte ich, »dann müsste jetzt irgendwo im Großraum Heidelberg ein herrenloses Auto mit italienischem Nummernschild herumstehen. Nach welcher Marke sollen wir Ihrer Meinung nach suchen? Fiat, weil sie früher schon mal einen Fiat hatte?«

»Judith würde ein deutsches Fabrikat wählen. Obere Mittelklasse, vermute ich. Wohlhabende Menschen werden an den Grenzen seltener kontrolliert als andere.«

Der Mercedes mit italienischem Kennzeichen war ein gut gepflegtes, erst zwei Jahre altes E-Klasse-Modell, azuritblau. Seit zweieinhalb Monaten stand er schon am Rand einer ruhigen Wohnstraße in Leimen, einem Städtchen südlich von Heidelberg und nur wenige Kilometer von der Brandruine entfernt. Bereits zehn Minuten, nachdem Evalina Krauss die Suchmeldung an die Reviere gegeben hatte, klingelte ihr Telefon. Gleich mehrere Streifenwagenbesatzungen hatten sich den Wagen in den vergangenen

Wochen unabhängig voneinander schon einmal genauer angesehen. Er parkte jedoch nicht im Halteverbot, war ordentlich zugelassen, verschlossen und tauchte auch nicht auf den Listen der als gestohlen gemeldeten Fahrzeuge auf.

»Respekt«, sagte ich zu meiner Bürogenossin, als ich mit unangenehmem Gefühl im Magen den Hörer auflegte.

»Respekt ist nicht notwendig«, erwiderte sie ruhig. »Ich weiß, wie sie denkt, wie sie in bestimmten Situationen handeln würde. Es ist meine Aufgabe, solche Dinge zu wissen.«

»Was machen Sie eigentlich abends? Haben Sie Freunde hier oder Kollegen?«

Schon als ich die Worte aussprach, wusste ich nicht mehr, was mich dazu veranlasst hatte. Vielleicht das Gefühl, etwas gutmachen zu müssen. Sie ein wenig für mein bisheriges Misstrauen zu entschädigen.

»Arbeiten. Lesen. Fernsehen«, zählte sie auf. »Manchmal gehe ich aus. Auf Judiths Spuren.« Sie nahm die Hände von der Tastatur, drehte sich auf ihrem Stuhl in meine Richtung. »Ich weiß inzwischen recht gut, wo Judith früher ihre Abende verbracht hat. Zu Beginn ihres Studiums zum Beispiel hat sie in der Plöck gewohnt, über einer kleinen Buchhandlung. Schräg gegenüber ist das Essighaus ...«

»Sie gehen in die früheren Stammkneipen Ihres ... Ihrer Zielperson?«

Um ein Haar hätte ich »Schützling« gesagt.

»Auch Terroristinnen sind Menschen«, entgegnete sie ungerührt. »Auch Mörderinnen kennen Gefühle wie Heimweh und Wiedersehensfreude. Wenn Sie in Heidelberg ist, dann ist die Chance nicht klein, dass sie den einen oder anderen bekannten Ort aufsucht. In welcher Verkleidung auch immer.«

»Und Sie hoffen, Sie im Fall des Falles zu erkennen?«

»Ich weiß nicht, ob ich sie erkennen würde. Ich habe aus Pakistan immer noch keine besseren Fotos bekommen. Meine Mails werden nicht mehr beantwortet. Vielleicht wurde meine Kontaktperson verhaftet, vielleicht ist sein Internetzugang gesperrt.« Helena Guballa holte tief Luft und sah mir ins Gesicht, als sie fortfuhr: »Halten Sie mich für verrückt, wenn Sie mögen. Eines weiß ich: Wenn sie eine ihrer alten Kneipen besucht, dann wird sie nicht in Begleitung kommen. Sie wird einen Tisch für sich allein haben, einen Tisch, der möglichst zwei Fluchtwege offenhält. Sie wird keinen Kontakt zu anderen suchen. Vielleicht wird sie ein Buch mitbringen. Und möglicherweise wird dieses Buch englischsprachig sein.«

Ich sah auf die Uhr. Es war schon fast sieben. Ich hatte nichts vor an diesem Abend. Außerdem war ich hungrig.

»Hätten Sie Lust, heute ausnahmsweise nicht allein in Judith Landers' alter Stammkneipe zu sitzen?«

Plötzlich lächelte sie.

24

Mit deutlichem Abstand zwischen uns gingen wir in Richtung Innenstadt, wie sich das gehört für Menschen, die nichts weiter sind als Kollegen. Ein Gespräch wollte nicht recht in Gang kommen. Über die Arbeit zu sprechen, hatte ich mir verboten. Und wenn ich ehrlich war, dann gab es nichts, was ich von meiner Begleiterin hätte wissen wollen. Längst verwünschte ich meine verrückte Idee, den Abend mit ihr zu verbringen.

»Sie haben Töchter?«, fragte Helena Guballa vermutlich aus purer Verlegenheit.

»Zwillinge. Sie sind vor Kurzem sechzehn geworden.«

»Ein schwieriges Alter, stelle ich mir vor.«

»Wie waren Sie denn mit sechzehn?«

Sie lachte! Helena Guballa konnte lachen! Ihre braunen Haare wippten im Rhythmus ihrer Schritte, die kürzer waren als meine. Sie trug halbhohe Schuhe, die kaum Geräusche machten. Heute steckte sie nicht in ihrem ewigen Dufflecoat, sondern in einem leichten sandfarbenen Wollmantel, in dem sie sogar ein wenig elegant wirkte. Wir erreichten den um diese Uhrzeit stark belebten Bismarckplatz, mussten an einer roten Fußgängerampel warten.

»Ja, wie war ich? Gekifft habe ich nicht, und von einem halben Glas Bier wurde mir sofort schlecht. Ich habe nicht in Boutiquen geklaut, ich war nicht magersüchtig und nicht bulimisch. Ich hatte keinen allzu wilden Sex. In der Schule war ich so lala.«

»Ihre Eltern müssen glückliche Menschen gewesen sein«, seufzte ich.

»Im Großen und Ganzen war ich wohl ganz erträglich, ja.«

Die Ampel wurde endlich grün, aus der Hauptstraße quoll uns eine Traube Passanten entgegen, die meisten mit Einkäufen beladen, in Tragetüten, Jutetaschen, Paketen.

»Nein, das stimmt gar nicht«, sagte meine Begleiterin leise, nachdem wir wieder eine Weile schweigend gegangen waren. »Ich hatte mit sechzehn noch überhaupt keinen Sex.«

Ihr Geständnis überraschte und verwirrte mich. Es passte nicht in dieses Gespräch. Wir waren Kollegen. Kollegen, die sich überdies kaum kannten. Da redete man doch nicht in den ersten fünf Minuten …

»Damals war man in diesen Dingen ja auch noch nicht so locker wie heute«, sagte ich leichthin, als fände ich ihre Offenheit völlig normal.

»Ach herrje.« Wieder lachte sie. Ihr Lachen hatte etwas von Glockenläuten. »Wenn auch nur die Hälfte von dem stimmt, was meine Freundinnen damals voller Stolz herumerzählt haben …«

Fünf Minuten später erreichten wir unser Ziel, das Essighaus nahe der Universitätsbibliothek. Das kleine, schmucklos eingerichtete Lokal war noch fast leer.

»Ich habe einen Mordshunger«, stellte meine Begleiterin fest, während sie sich ungeniert umsah. »Man isst gut hier, oder?«

»Ich bin zum ersten Mal hier.«

Ihr Blick huschte hin und her, vermutlich auf der Suche nach einer Frau Anfang fünfzig, die in ein Buch vertieft allein in ihrer Ecke saß. Ich deutete auf einen Tisch am Fenster. Sie nickte und wählte ohne Zögern den Platz, von dem aus sie die Straße überblicken konnte. Ihren Mantel hängte sie achtlos über die Stuhllehne.

»Dort drüben hat sie übrigens gewohnt«, sagte sie nach Sekunden. »Von August zweiundachtzig bis Ende September dreiundachtzig.«

»Wird Ihnen das nie langweilig? Immerzu demselben Menschen nachzuspüren?«

Erstaunt sah sie mich an. »Was könnte spannender sein als ein Menschenleben? Als ein solches Menschenleben?«

»Ich bewundere Ihre Geduld. Und Ihre Hartnäckigkeit.«

»Da gibt es nichts zu bewundern«, versetzte sie spröde. »Ich kann ja nichts dafür, dass ich bin, wie ich bin.«

Ein junger, etwas zu kurz und breit geratener Kellner kam, tagsüber sicherlich Student, und legte mit gleichgültiger Miene Speisekarten vor uns hin. Am Nachbartisch schimpften drei alte Männer in breitem Kurpfälzisch über die Benzinpreise.

Helena Guballa wählte rasch entschlossen Wiener Schnitzel mit Pommes. Ich war zu faul zum Nachdenken und nahm dasselbe. Beim Wein war es umgekehrt. Ich bestellte einen Zwingenberger Riesling, sie schloss sich an.

»Darf ich Ihnen eine persönliche Frage stellen?«, sagte meine Kollegin, als wir wieder allein waren.

»Versuchen Sie es.«

»Was ist mit der Mutter Ihrer Töchter? Sind Sie geschieden?«

»Sie ist tot.«

»Oh.« Erschrocken schlug sie die Augen nieder. »Verzeihung.«

»Wie ist es bei Ihnen?«

»Ich?« Sie wich meinem Blick aus, sah zum Fenster hinaus. »Ich habe kein Glück mit festen Beziehungen.«

»Kann ich mir bei einer Frau wie Ihnen eigentlich nicht vorstellen.«

Erst erstaunt, dann plötzlich zornig sah sie mich an. »Was soll das denn heißen, eine Frau wie ich?«

Überrascht von ihrer scharfen Reaktion, musste ich erst meine Argumente zusammensuchen.

»Sie sind intelligent. Sie sind noch jung. Sie sind hübsch.«

Wie magnetisch angezogen, wanderte ihr Blick immer wieder zum Fenster. »Vielleicht lassen wir das Thema.«

»Sie haben damit angefangen.«

»Ja. Und es tut mir leid.«

Plötzlich hing Frost in der rauchfreien Kneipenluft. Zum Glück brachte der Kellner den Wein. Wir stießen an ohne Blickkontakt, nippten an unseren Gläsern, und dann war es auch schon vorbei.

»Sie haben Glück, hier leben zu dürfen.« Sie lächelte wieder. Etwas angestrengt noch, aber sie lächelte. »Ich mag Heidelberg wirklich sehr.«

»Sie waren noch nie hier?«

Und wieder wanderte ihr Blick zum Fenster. Als könnte dort draußen plötzlich Judith Landers auftauchen und wehmütig zu ihrer ehemaligen Studentinnenbude hinaufschauen.

»Wie?«, fragte sie, als hätte ich sie aus tiefen Überlegungen geschreckt.

»Sie waren noch nie in Heidelberg?«

»Nein«, erwiderte sie und schüttelte den Kopf mit dem weichen, braunen, erschütternd phantasielos geschnittenen Haar. »Nie.«

Erneut stockte das Gespräch. Dieses Mal rettete uns die flott arbeitende Küche. An der Durchreiche ertönte ein Glöckchen, und Augenblicke später standen zwei für Studentenappetit dimensionierte Teller auf dem Tisch. Helena Guballa fiel über ihr Schnitzel her, als hätte sie drei Tage gehungert. Als sie Minuten später das Besteck auf den leer geputzten Teller legte, sah sie mir ins Gesicht und sagte das Letzte, was ich in diesem Moment erwartet hätte.

»Ich mag Sie.«

»Danke«, erwiderte ich mit vermutlich reichlich blödem Gesichtsausdruck. »Ich Sie auch.«

Sie lächelte mich an mit der Friedlichkeit eines Menschen, der soeben ein Riesenschnitzel nebst einem Berg Pommes frites verdrückt und derzeit keine weiteren Wünsche ans Leben hat.

»Sie sind ein nachdenklicher Mensch. Das ist mir gleich am ersten Tag aufgefallen. Obwohl Sie mich anfangs nicht leiden konnten.«

Ich schob meinen nicht ganz leeren Teller zur Seite und wusste nicht, was ich antworten sollte.

»Sie sind keiner von den Machos, wie man sie in unserem Beruf ja leider viel zu häufig trifft.«

Jetzt war es an mir, Komplimente zu machen, und wie so oft fiel mir nichts ein. Stattdessen sah nun ich aus dem Fenster. Entdeckte gegenüber die kleine Buchhandlung.

»Was liest sie eigentlich, Ihre Judith?«, fragte ich.

Mein plötzlicher Themenwechsel schien sie nicht zu überraschen.

»Die Klassiker natürlich. Thomas Mann aus Pflichtbewusstsein, Böll mit Leidenschaft. ›Die verlorene Ehre der Katharina

Blum‹ war lange Zeit eines ihrer Lieblingsbücher. Später auch Politisches, natürlich. Marx, Engels, Rosa Luxemburg. Und zur Entspannung hin und wieder Englisches. «

Ich hob die Hand, um ein zweites Viertel zu bestellen, sah Helena Guballa fragend an. Sie nickte, ich reckte zwei Finger. Inzwischen hatte sich das Lokal gefüllt. Es war laut geworden und warm.

»Eigentlich wollten wir ja nicht über die Arbeit reden«, sagte ich und fragte sie, da mir beim besten Willen nichts Originelleres einfiel, wo sie geboren und aufgewachsen war.

Paderborn, erfuhr ich. Sehr katholisch. »Wenn der Bischof niest, ist am nächsten Tag die halbe Stadt erkältet.« Viel Regen. Der Frühling kommt spät.

Der Wein machte das Reden leichter, und irgendwann wurde mir bewusst, dass ich mich im Grunde ganz wohl fühlte in der Gesellschaft dieser merkwürdigen und zugleich so normalen Frau. Dieser Frau, die so kantig war und zugleich so weich. Als Nächstes wurde mir bewusst, dass sie mir – offenbar schon seit Sekunden – in die Augen sah und ihr stilles Lächeln lächelte, das mich in diesem Moment so heftig an Mona Lisa denken ließ, dass ich fast aufgelacht hätte.

»Was ist?«, fragte sie.

»Nichts.«

»Sagen Sie schon. Sie haben eben an etwas gedacht.«

»Ich habe daran gedacht, dass ich es schön finde, hier mit Ihnen zu sitzen. Und dass Sie manchmal lächeln, als hätte da Vinci Sie gemalt.«

Jetzt lachte sie laut und herzlich. »Das ist das schönste Kompliment, das man mir in den letzten fünfzehn Jahren gemacht hat«, sagte sie, als sie sich wieder beruhigt hatte.

»Ich mache eigentlich keine Komplimente«, sagte ich verlegen. »Ich habe kein Talent dazu.«

Immer noch sah sie mir in die Augen. »Das macht Sie mir noch sympathischer.«

Für einen winzigen Augenblick fürchtete ich, sie würde nach meiner Hand greifen. Ich wandte den Blick ab. Zum zweiten Mal rettete mich die Buchhandlung.

»Lesen Sie selbst auch viel?«

Ihr Lächeln zerfiel. Plötzlich nahm sie ihre schon leicht abgewetzte, beigefarbene Handtasche auf die Knie und kramte darin herum. Schließlich förderte sie ein dünnes Büchlein zutage. »Das hier hat Judith gehört. Ich habe es von ihrer alten Deutschlehrerin und bin dabei, es selbst zu lesen. Sie hatte es all die Jahre aufgehoben für den Fall, dass sie ihre ehemalige Schülerin doch noch einmal treffen sollte. «

Was sie in der Hand hielt, war ein vergilbtes Reclam-Bändchen. »Irisches Tagebuch«, entzifferte ich, Heinrich Böll.

»Eine Stelle hat sie angestrichen. Warten Sie ... «

Sie blätterte, fand rasch die gesuchte Passage.

»Mein Begleiter zitterte«, las sie konzentriert vor. »Er unterlag dem bittersten und dümmsten aller Vorurteile: dass Menschen, die schlecht gekleidet sind, gefährlich seien, gefährlicher jedenfalls als die Gutgekleideten ... « Sie blätterte um, rückte die Brille zurecht. »Achtung, jetzt kommt die Stelle, die sie angestrichen hat: ›Ach wären sie doch gefährlicher, diese Zerlumpten, wären sie doch so gefährlich wie die, die in der Bar des Shelbourne-Hotels so ungefährlich aussehen.‹ «

Helena Guballa wandte den Blick ab, sah wieder eine Weile hinaus auf die Straße. Es schien ein wenig zu regnen, und ich hatte keinen Schirm dabei.

»Interessant«, sagte ich.

In diesem Moment erstarrte sie. »Da!«, stieß sie hervor, sprang auf und stürzte zur Tür. Ich folgte ihr mit einer halben Schrecksekunde Abstand.

»He!«, schrie der Kellner. »Was wird das denn? «

Ich blieb stehen, hielt kurz meinen Dienstausweis in die Luft. »Bin gleich wieder da. «

Als ich ins Freie trat, waren weder die Zielfahnderin noch das Ziel ihrer Fahndung zu sehen. Ich ging ein Stück die schmale, von vielen Radfahrern bevölkerte Straße hinauf und wieder zurück. Betrat schließlich wieder das Lokal.

»Was war denn da los, Herr Gerlach?«, fragte eine sonore Männerstimme am Tisch gleich rechts von der Tür. »Hinter wem ist die Kripo so eilig her? «

Ich wandte mich um, und was ich nur befürchtet hatte, wurde zur Gewissheit: Am Kopfende saß gemütlich grinsend und zugleich eine winzige Spur verschlagen dreinschauend ein Redakteur der Rhein-Neckar-Zeitung.

»Eine Kollegin«, erwiderte ich lahm. »Wir hatten Streit. Ich wollte sie aufhalten.«

»So, so, hinter einer Kollegin wären Sie mit so einem Affenzahn hergeflitzt? Nicht eher hinter einer kleinen Geliebten?«

Ich hätte ihn ohrfeigen können für sein verschwörerisches Zwinkern.

»Eine Kollegin.«

»Wir sind alle Menschen, Herr Gerlach«, meinte er gemütlich. »Kein Grund, rot zu werden.«

»Ich werde überhaupt nicht rot. Sie ist eine Kollegin, weiter nichts.«

»Wissen Sie.« Der Journalist faltete die Hände auf seinem Speckbauch. »Wenn es eines gibt, was ich in meinem Scheißjob über die Jahre gelernt habe, dann ist es das: Lügen riechen. Ich rieche Lügen zehn Kilometer gegen den Wind. Ihre … in Gottes Namen Kollegin … hat die ganze Zeit aus dem Fenster geguckt, als würde sie etwas erwarten, von dem ihr Leben abhängt. Und auf einmal saust sie davon wie der Blitz und Sie hinterher, und von Streit ist die ganze Zeit überhaupt keine Rede gewesen. Ganz im Gegenteil, ein Herz und eine Seele sind Sie gewesen. War richtig rührend zuzugucken. Ich bin weder blind noch blöd, verehrter Herr Gerlach. Zumindest nicht so blöd, wie Sie zu denken scheinen.«

»Herr …«

»Stober«, sagte er mit ironischer Verbeugung und unentwegt weiter grinsend. »Braucht Ihnen nicht peinlich sein, dass Sie meinen Namen nicht kennen. Wir sind uns noch nicht vorgestellt worden.«

Brauchst du brauchen ohne zu, brauchst du brauchen gar nicht zu gebrauchen, hätte ich am liebsten zitiert. Stattdessen sagte ich: »Herr Stober, ich kann Ihnen leider nicht sagen, was plötzlich in meine Kollegin gefahren ist. Falls sie zurückkommt, fragen Sie sie am besten selbst.«

Sein Grinsen wurde eine Spur gemeiner. »Woher kommt die Dame …«

Die Dame kam soeben zur Tür herein. Ziemlich außer Atem und erhitzt.

»Weg«, keuchte sie, bevor ich ihr ein warnendes Zeichen geben konnte.

»Wer?«, fragte der Redakteur sofort. »Wer ist weg?«

Sie musterte ihn ausdruckslos. »Eine Bekanntschaft. Wir waren am Sonntag zusammen im Bett. Er vögelt wie ein junger Gott, und außerdem schuldet mir der Schweinehund noch Geld. Hundertfünfzig Euro. Gründe, für die man schon mal ein bisschen rennen kann, finden Sie nicht?«

Stober kaute mit schmalen Augen auf der Unterlippe. Es stimmte, dieser Mann konnte Lügen riechen, selbst wenn sie ihm über alle Maßen professionell serviert wurden.

Wir setzten uns wieder an unseren Tisch und vermieden es, über Judith Landers zu sprechen, solange der Journalist uns beobachtete. Ihre Miene verriet, dass sie nicht nach Gründen und Ergebnis ihres merkwürdigen Ausflugs gefragt werden wollte. Als wir das Lokal gegen halb zehn verließen, saß Stober immer noch an seinem Platz in der Ecke hinter der Tür, diskutierte mit einem knochigen jungen Mann über Zweck und Zukunft der FDP und tat, als würde er uns nicht bemerken. Zwei andere Männer am selben Tisch schimpften auf die Deutsch-Amerikanischen Wirtschaftsgespräche, die in sechzehn Tagen beginnen würden.

Ich begleitete Helena Guballa bis zur Straßenbahn, da wir bis dorthin denselben Weg hatten. Seit ihrer Rückkehr von der Terroristenjagd war sie wortkarg und bedrückt. Vermutlich war ihr die überstürzte Aktion peinlich.

Mir lag das Kingsizeschnitzel im Magen, und ich wusste schon jetzt, dass ich unruhig schlafen würde in der kommenden Nacht.

25

Selma Mangold hatte ich am Vortag trotz wiederholter Versuche nicht erreicht. Ihr Rückruf kam am Dienstagmorgen um halb neun. Die Zeiten, als kein Student vor Mittag aus den Federn kam, schienen Vergangenheit zu sein.

»Um Peter geht es?«, fragte sie atemlos. Sie hatte eine jugendliche, lebendige Art zu sprechen. »Wissen Sie denn, was mit ihm ist?«

»Ja, das weiß ich. Ich würde es Ihnen aber gerne persönlich sagen. Können wir uns treffen?«

Im Hintergrund hörte ich Verkehrsgeräusche. Ein Auto hupte, ein Radfahrer klingelte und zeterte.

»Oje.« Die junge Frau überlegte kurz. »Heute ist's arg eng bei mir. Bin grad auf dem Weg zur Uni, und gleich fängt mein Job an. Obwohl, die Frau Großmeier, die ist wahrscheinlich immer noch krank. Da könnte ich mich schon mal für eine halbe Stunde verkrümeln. Passt Ihnen halb zehn? Im Marstallhof?«

Peter von Arnstedts ehemalige Freundin entpuppte sich als kleine, quirlige Frau mit Pickeln im rundlichen Gesicht und flinken Augen. Ich erkannte sie merkwürdigerweise sofort, als sie leicht verspätet mit kurzen Schritten über den Hof gelaufen kam. Die Flinkheit ihrer Bewegungen passte zu dem Tempo, mit dem sie sprach. Ich hatte einen Tisch in der Frühherbstsonne gewählt und einige Minuten die Wärme, das farbenfrohe Treiben um mich herum und das Leuchten des bunten Laubs über mir genossen. Ein kleiner Springbrunnen versprühte kristallene Funken. Die Studentin sah sich eifrig um, ich hob die Hand. Sie lächelte, setzte sich Sekunden später atemlos an meinen Tisch.

»Sorry«, stöhnte sie und rieb sich mit der flachen Hand die Stirn. »Irgendwie komme ich immer zu spät. Weiß auch nicht.«

»Darf ich Sie zu einem Kaffee einladen?«

»O-Saft bitte. Kaffee hatte ich schon zwei. Hier ist aber Selbstbedienung. Sie müssten schon selbst ...« Sie lachte hell und unverkrampft.

»Kein Problem.« Ich erhob mich und betrat die niederen, schweren Gewölbe des altehrwürdigen Marstalls, um mich am Ende einer zum Glück überschaubaren Schlange anzustellen. Vor und hinter mir wurden die unterschiedlichsten Sprachen gesprochen. Auf einem T-Shirt entdeckte ich, dass man den Namen meiner Stadt auch als »Highdelberg« schreiben konnte. Fünf Minuten später trat ich mit einem großen, beschlagenen Glas frisch gepresstem Orangensaft in der einen und einem Cappuccino in der anderen Hand wieder in die Sonne hinaus.

» Was ist denn nun mit Peter? «, fragte Selma Mangold, das Glas schon an den Lippen. Dann trank sie gierig und mit gut hörbaren Schlucken.

Ich klärte sie über das traurige Schicksal ihres ehemaligen Freundes auf.

» Terrorismus? « Ihre Frage klang eher nachdenklich als überrascht. Sie schwieg lange, blinzelte ins Nichts, tupfte sich zwei Tränchen aus den Augenwinkeln und schnäuzte sich in ein schon reichlich ausgefranstes Papiertaschentuch.

» Peter «, sagte sie dann, » irgendwie war er schon ein netter Kerl. Einer, mit dem man reden konnte. Anfangs jedenfalls. Anfangs konnten wir gut reden. Mit der Zeit ist es dann immer schwieriger geworden. Es war wie ... wie eine Krankheit war das bei ihm, genau. Er hat sich immer mehr in sich selbst zurückgezogen, überall nur noch finstere Mächte am Werk gesehen, Bosheit und Betrug. Anfangs habe ich noch versucht, an ihn ranzukommen. Aber im Mai, im Mai war's dann vorbei. Endgültig. Ich wollte nicht mehr, und irgendwie konnte ich auch nicht mehr. «

» Sie haben Schluss gemacht? «

Nachdenklich schüttelte sie den Kopf und schien einige Sekunden der Vergangenheit nachzuträumen. » Er. Per SMS. So ungefähr das Feigste, was es gibt. Aber ich war auch nicht weit davon entfernt. Es ging einfach nicht mehr. «

Bei meiner nächsten Frage wählte ich meine Worte mit Bedacht: » Hat er damals möglicherweise – sagen wir mal – Gleichgesinnte kennengelernt? «

Die junge Frau schlug die Augen nieder und dachte nach. » Irgendwas ist da gewesen «, sagte sie schließlich. » Man spürt das. Früher haben wir viel gestritten. Über seine Ansichten, sein doofes Schwarz-in-Schwarz-Weltbild. Klar, es gibt viel Schlimmes. Die Klimakatastrophe, die Armut in der Dritten Welt, all das. Aber es wird doch nichts besser, wenn ich mich deswegen kaputtmache. Die Optimisten waren es immer, die die Welt vorangebracht haben, nicht die Untergangsphilosophen. Ist es jemals zuvor so vielen Menschen so gut gegangen wie heute? Das ist doch Fakt, oder etwa nicht? «

Ich nickte und schwieg.

» Irgendwann ist mir aufgefallen, dass wir gar nicht mehr

gestritten haben. Das war ganz komisch. Andere Paare trennen sich, weil sie ständig streiten. Bei uns war's genau umgekehrt. Er hat mich nicht mehr an sich rangelassen. Ich meine nicht körperlich. Das war schon ... Das war wie immer. Okay. Auf einmal hat er nichts mehr von sich erzählt. Hat ein paar Wochen gedauert, bis ich das gecheckt hab. Bin in so Sachen manchmal ein bisschen langsam. «

» Eine andere Frau? «

Ihr Blick wurde für einen winzigen Moment unsicher. Dann schüttelte sie hastig den Kopf. » Klar hab ich heimlich seine Mails gecheckt. Und sein Handy auch. Da war nichts. Peter war ... Er war einfach nicht mehr erreichbar. Kein Anschluss unter dieser Nummer. «

» Hat er Freunde gehabt? «

» Bekannte, ja. Kumpels, ja. Freunde kaum. «

» Kaum? «

Ihr » Na ja « klang, als wäre ihr die Frage unangenehm. » Da war so 'n Typ. Den Namen weiß ich nicht. Mit dem hat Peter im Frühjahr öfter rumgehangen. Ich hab die beiden auch später noch manchmal zusammen gesehen. Wie es schon aus war zwischen uns. In der Mensa oder hier ... « Sie wies mit einer schnellen Geste um sich. » Die zwei sind immer sehr vertieft gewesen. Nehme an, sie haben sämtliche Probleme der Welt gelöst, so wie die diskutiert und rumgefuchtelt haben. « Traurig sah sie mich an. » Peter war noch ein Kind, wissen Sie? Zu naiv für diese Welt, zu geradeheraus. Zu ... «

Sie brach ab, starrte in ihr längst leeres Glas, an dessen Rändern noch ein wenig Fruchtfleisch klebte, als gäbe es dort eine Erklärung zu lesen.

» Früher war er ganz anders «, fuhr sie leise fort. » Wir haben so viel gelacht. Er hat Tiere geliebt. Die Natur. Wir sind oft spazieren gegangen. Er hat so viel gewusst. Oft habe ich gestaunt, was er alles gewusst hat. «

» War dieser neue Bekannte Ihres Freundes schon älter? Über fünfzig? «

Entschiedenes Kopfschütteln. » Dreißig und ein bisschen. «

» Sagt Ihnen der Name Jürgen Prochnik etwas? «

Fragender Blick.

Ich beschrieb ihr den alten Umweltschützer.

»Nee, der war mehr so der Anarchotyp.«

»Judith Landers?«

Wieder Kopfschütteln.

»Mary Wollstonecraft?«

Etwas blitzte auf in ihrem Blick. Für den Bruchteil einer Sekunde nur. Dann war es vorbei, und sie schüttelte zum dritten Mal den Kopf.

»Sie haben eben gezögert«, sagte ich. »Warum?«

»Irgendwo habe ich den Namen schon mal gehört. Weiß nicht. Es hatte aber nichts mit Peter zu tun, da bin ich sicher.«

»Es ist der Name einer englischen Schriftstellerin. Sie hat Ende des achtzehnten Jahrhunderts gelebt.«

Selma Mangold sah hinauf zu den weißen Wolken, die gerade die Sonne versteckten. »Es hat … irgendwas hat es mit Politik zu tun gehabt und so. Ich fühle positive Schwingungen bei dem Namen.«

»Falls es Ihnen wieder einfällt …«

»… ruf ich Sie an.« Sie lachte hell und warf den Kopf zurück. »Versprochen.« Dann sprang sie auf. »Jetzt muss ich aber wieder an die Arbeit. Danke für den Saft.«

Augenblicke später war sie im Studentengewühl des Marstallhofs verschwunden.

Erst auf dem Weg zurück zur Polizeidirektion wurde mir bewusst, dass sie die Nachricht vom Tod ihres ehemaligen Freundes mit etwas zu großer Fassung aufgenommen hatte. Fast, als hätte sie damit gerechnet.

»Was war denn nun gestern Abend?«, fragte ich Helena Guballa, als ich wieder an meinem Schreibtisch saß. »Haben Sie sie gesehen oder nicht?«

Ihr Tippen erstarb nur allmählich. Sie ließ den Kopf auf die Brust sinken.

»Nichts war«, gestand sie. »Ich … Manchmal denke ich, ich bekomme noch Halluzinationen davon.«

Mein Telefon summte. Ich ließ es summen.

»Vielleicht kein Wunder, wenn man sich Tag für Tag von morgens bis abends mit derselben Sache beschäftigt.«

Sie nickte, straffte den Rücken, tippte weiter.

Ich nahm den Hörer ab.

»So allmählich wird die Sache rund, Chef«, hörte ich Balke sagen. »Der Mercedes war am neunten Juli in Luzern in der Werkstatt.«

Ich setzte mich aufrecht hin.

»Die Verständigung mit den Schweizern war ein bisschen kompliziert, aber so viel hab ich rausgekriegt: Es war ein junger Mann, der den Wagen gebracht und am nächsten Vormittag wieder abgeholt hat. Die Beschreibung passt perfekt auf Peter von Arnstedt.«

»Das erklärt den Anruf bei Prochnik«, sagte ich langsam. »Von einer Frau war nicht die Rede?«

»Ich bin noch dabei, alle infrage kommenden Hotels abzutelefonieren. Dummerweise gibt's in Luzern eine Menge Hotels.«

Auch ich googelte den Namen Mary Wollstonecraft, fand aber nichts, was sich nicht auf die englische Schriftstellerin und frühe Frauenrechtlerin bezog, und die kleine Zeitungsmeldung, die Helena schon entdeckt hatte. Ihre einzige Tochter, bei deren Geburt sie gestorben war, führte später denselben Namen und nannte sich Mary Wollstonecraft Shelley. Auch sie wurde Schriftstellerin. Sie war die Frau, die Frankenstein erfand. Der Name war inspiriert durch eine Burg am Westrand des Odenwalds, erfuhr ich, nur etwa vierzig Kilometer nördlich von Heidelberg.

Bei der Fallbesprechung am späten Vormittag gab es kaum Neuigkeiten. Balke hatte in Luzern bisher nichts erreicht, und allmählich gingen ihm die Telefonnummern aus, die er noch hätte wählen können. Der Mercedes wurde im kriminaltechnischen Labor des LKA in seine Einzelteile zerlegt. Hoffnungen setzten wir in einige Haare und Hautschuppen, die die Spurensicherung an der Nackenstütze des Beifahrersitzes gefunden hatte. Die Haare waren alle etwa gleich lang, ungefähr sieben Zentimeter, und dunkelbraun. Das Ergebnis des DNA-Abgleichs würde nicht allzu lange auf sich warten lassen. Die Technik hatte in den letzten Jahren enorme Fortschritte gemacht. Schon bald würde ich wissen, ob Helena Guballa einem Hirngespinst nachjagte oder nicht.

Vorläufig hieß es wieder einmal warten. Warten auf einen Anruf, ein Klopfen an der Tür, eine zündende Idee, irgendeinen Geistesblitz.

Aber dieser Dienstag schien nicht der Tag für Geistesblitze zu sein.

Als es Zeit zum Essen war, fragte ich meine Bürogenossin, die mir heute noch stiller zu sein schien als sonst, ob sie Lust habe, mich zu begleiten. Sie ließ mich mit einer lahmen Ausrede abblitzen. Die Bilder aus Pakistan waren immer noch nicht gekommen.

»Wie läuft es mit deinem neuen Roman?«, fragte ich Theresa am Abend.

»Frag nicht«, seufzte sie mit finsterem Blick. »Es ist eine Wahnsinnsarbeit. Anfangs sieht es immer so leicht und einfach aus. Und dann ...«

»Und du willst mir immer noch nicht verraten, worum es geht?«

»Lassen wir das Thema. Es zieht mich runter.«

Ich nahm sie in die Arme und drückte sie fest. »Bestimmt wird die Muse dich bald wieder küssen.«

»Heute reicht es mir vollauf, wenn du mich küsst«, schnurrte sie.

Plötzlich schob sie mich auf Abstand und sah mir mit ihren großen, graugrünen Augen vorwurfsvoll ins Gesicht. »Hast du eine Vorstellung davon, wie viel ich pro Buch verdiene? Pro verkauftem Buch, wohlgemerkt!«

»Zwei Euro? Drei?«

Sie lachte grimmig und sank wieder in meine Arme. »Nicht mal fünfzig Cent. Hätte ich in der Zeit, die ich für meine Kabale und Liebe gebraucht habe, dein Büro geputzt, ich hätte das Zehnfache verdient.«

»Ich glaube nicht, dass das eine gute Idee wäre.«

»Putzen ist doch ein ehrenwerter Beruf.«

»Ich könnte keinen klaren Gedanken fassen, wenn du in einer Kittelschürze um mich herumwerkeln würdest. Ich müsste ständig daran denken, wie es darunter aussieht.«

Eine Weile streichelte ich still ihren straffen Rücken. Schließlich wurde sie weich. Ich küsste sie. Sie begann wieder zu seufzen.

Das Thema Politik blieb an diesem Abend unerwähnt. Am Ende fanden wir beide, dass Sex auf einer Matratze am Boden wirklich mehr Spaß machte als in einem Doppelbett. Ich beschloss, das sinnlos herumstehende Bettgestell demnächst zu zerlegen und in irgendeine Ecke zu räumen.

26

Der Mittwochmorgen begann so trostlos, wie der Dienstagnachmittag geendet hatte. Nichts Neues von dem Mercedes, keine Ergebnisse irgendwelcher genetischer Fingerabdrucksvergleiche, keine Sensationen aus irgendwelchen Schweizer Hotels. Der Himmel war trüb und drohte wieder einmal mit Regen. Um Viertel nach elf klopfte es an meiner Tür.

Die blonde Kollegin, die ich schon so oft an der Pforte gesehen hatte und deren Namen ich mir immer noch nicht hatte merken können, trat ein. Sie trug einen Karton unter dem Arm.

»Altpapier für Sie«, erklärte sie finster und ließ die Kiste auf meinen Schreibtisch plumpsen. »Hab gedacht, wegschmeißen können Sie es selber.«

»Was soll ich damit?«, fragte ich mit einem neugierigen Blick auf die Schachtel, die ursprünglich eine italienische Espressomaschine enthalten hatte.

»Eine junge Frau ist da gewesen, mit dem Rad. Sachen von einem gewissen Peter, soll ich ausrichten. Sie hat's furchtbar eilig gehabt, und drum wollt sie's nicht selber zu Ihnen raufschleppen. Und da hab ich mich breitschlagen lassen ...«

Allem Anschein nach Altpapier von Peter von Arnstedt, zurückgelassen bei der verlassenen Freundin. Ich telefonierte nach Evalina Krauss und bat sie, den Karton abzuholen und den Inhalt bei Gelegenheit zu sichten. In der Zeit, bis sie kam, blätterte ich oberflächlich in den größtenteils zerrissenen Papieren. Es schienen im Wesentlichen Mitschriften von Vorlesungen oder Seminaren zu sein. Vereinzelt lagen aber auch Notizzettel dazwischen. Notizzettel, wie sie auf jedem Schreibtisch dieser Welt in mehr oder weniger großer Zahl herumliegen. Außer auf dem von

Helena Guballa natürlich. Die tippte alles immer sofort in ihren Computer.

Kollegin Krauss war nur mäßig begeistert von ihrer neuen Aufgabe, packte den Karton jedoch kommentarlos und verschwand damit. Das ist das Schöne, wenn man Chef ist: Man kann Menschen freundlich um etwas bitten, und sie können es nicht ablehnen. Kaum hatte ich mich meinem Verwaltungskram zugewandt, der unerklärlicherweise schon wieder überhandzunehmen drohte, da rief meine Mitarbeiterin an, die mein Büro doch erst vor wenigen Sekunden verlassen hatte.

»In der Kiste sind Zettel mit Handynummern«, berichtete sie aufgeregt. »Hab grad angefangen, die durch den Computer zu jagen, und schon die dritte ist ein Volltreffer. Die Nummer gehört einem gewissen Adrian Horstkotte, und bei dem Namen haben bei mir alle Lampen rot geblinkt. Der ist einer von diesen Berufschaoten. Ich hab selber mal mit dem zu tun gehabt. Hat eine ziemliche Latte an Vorstrafen. Sachbeschädigung, Tätlichkeit gegen Kollegen, Brandstiftung, Verstoß gegen das Vermummungs…«

»Habe ich richtig gehört«, unterbrach ich sie. »Brandstiftung?«

»Richtig. Brandstiftung.«

»Was genau hat er angestellt?«

»Das weiß ich nicht. Ich müsste mir die Akte kommen lassen.«

»Haben Sie die Nummer schon angerufen?«

»Ich hab es von meinem privaten Handy probiert. Aber da kommt gleich die Mailbox. Vorsichtshalber hab ich erst mal nichts draufgesprochen.«

»Haben wir eine Adresse von dem Mann?«

»Die, die mein Computer ausspuckt, stimmt nicht. Dafür hab ich die von den Eltern rausgefunden. Soll ich da mal nachfragen?«

»Das übernehme ich.« Kurz entschlossen schob ich den Aktenstapel an den äußersten Rand meines Schreibtischs. »Machen Sie weiter mit den anderen Telefonnummern.«

»Ach Gott, der Junge«, seufzte die Frau, mit der ich kurze Zeit später telefonierte. »Was der uns für Sorgen macht. Was ist es denn diesmal?«

»Nichts Schlimmes. Ich würde mich nur gerne mit ihm unterhalten. Es geht um einen jungen Mann, mit dem er möglicherweise befreundet war. Peter von Arnstedt.«

»Peter wie?«

Ich wiederholte den Namen laut und langsam.

»Ist das auch einer von den Schwarzen?«

»Den Schwarzen?«

»Na, die bei den Demos immer so schwarz angezogen sind. Man sieht sie ja dauernd im Fernsehen, diese schrecklichen Randalierer. Und unser Adrian immer mittendrin ...«

»Haben Sie eine Adresse, unter der ich Ihren Sohn erreichen kann?«

Die beiden alten Leute wohnten in Mönchengladbach, wo ihr Sorgenkind zur Welt gekommen und zur Schule gegangen war.

»Wir?«, fragte die geplagte Mutter empört. »Wir haben doch nichts! Er lässt sich ja nicht mehr bei uns blicken! Seit der Oliver, das ist mein Mann, letztes Jahr seine Arbeit verloren hat, mit achtundfünfzig, und ... Ach, die streiten doch nur noch, die zwei. Der Adrian sagt, er soll sich endlich mal wehren. Aber gegen wen soll man sich denn wehren, bitte schön, wenn man seine Arbeit verliert? Die Firma hat nicht genügend Aufträge und kann nicht mehr so viele Leute beschäftigen. Dem Chef geht's selbst schlecht. Der hat jetzt einen Berg Schulden.«

»Kennen Sie andere Freunde Ihres Sohnes?«

»Der Oliver schreibt Bewerbungen und Bewerbungen, und der Adrian sagt, er soll stattdessen lieber seinem Chef das Haus anzünden. Aber kriegt er davon eine Arbeit, frage ich Sie? Wenn der Chef kein Haus mehr hat, dann muss er seine Firma zumachen, und dann gibt es noch mehr Arbeitslose!«

»Kennen Sie andere Freunde Ihres Sohnes? Oder haben Sie vielleicht eine Idee, wo ich ihn finden kann? Arbeitet er irgendwo?«

»Richtig was gearbeitet hat der Adrian nie. Fragen Sie mich nicht, wovon er lebt. Wohnen tut er meistens in einer von diesen Wohngemeinschaften. Sie wissen schon, freie Liebe und Rauschgift und so weiter. Es ist so ein Elend mit dem Jungen. Ein Elend ist das.«

Im Hintergrund hörte ich eine Männerstimme in barschem Ton etwas rufen.

»Richtig, ja«, seufzte Frau Horstkotte. »Das hatte ich vergessen. Eine Weile hat der Adrian mal gekellnert. In der Desti…« Sie besprach sich kurz mit ihrem Mann. »Irgendwas wie Destillation. Genauer weiß Oliver das auch nicht.«

Unter der Nummer der Destille meldete sich ein Mann mit einem knappen: »Bernd?«

Im Hintergrund schepperten Getränkekästen. Der Name Adrian Horstkotte bewirkte einen von Herzen kommenden Wutausbruch.

»Bleiben Sie mir bloß weg mit dem!«, fuhr der Wirt mich an. »Den hab ich ewig nicht mehr gesehen, und von mir aus kann das auch so bleiben.«

»Wie lange?«

»Zwei Jahre? Drei? Der Adi hat früher bei mir gejobbt, das stimmt. Es hat aber ständig Stress gegeben. Er hat Gäste dumm angemacht, jeden zweiten Abend hat die Kasse nicht gestimmt, ein paar Mal hat er sogar auf meine Kosten Runden geschmissen. Irgendwann hab ich dann gesagt, er braucht nicht mehr kommen.«

Brauchst du brauchen ohne zu …

»Wer könnte wissen, wo ich ihn finde?«

Der Mann namens Bernd legte eine kurze Denkpause ein. Der Radau im Hintergrund hatte aufgehört. Ein schwerer Diesel wurde angelassen.

»Haben Sie den Winnetou schon gefragt? Die zwei haben früher viel zusammengehockt und gesoffen.«

»Winnetou?«

»Kennt in der Altstadt jeder. Wie der richtig heißt, weiß kein Mensch. Der Vorname ist Pierre, glaub ich. Vielleicht wegen Pierre Brice?« Bernd lachte heiser und lustlos. »Sie werden ihn schon finden, den Apachenhäuptling. Heidelberg ist ein Dorf.«

Winnetou. Vielleicht sollte ich mich doch lieber um meine Akten kümmern? Nein, einen Versuch gab ich mir noch.

Google fiel zu Old Shatterhands Freund nichts ein, was mir weiterhalf. Im Telefonbuch fand ich eine Schule in Wieblingen, die den Namen »Pierre et Marie Curie« trug, und einen Rechtsanwalt namens Pierre Bruckmann gleich um die Ecke.

Auch Facebook war ratlos. Mein Anruf beim Einwohnermelde-amt endete um ein Haar in diplomatischen Verwicklungen.

Schließlich, als allerletzten Versuch, fragte ich Sönnchen, meine Sekretärin. Als Heidelberger Urgestein kannte sie alle und jeden.

»Winnetou?«, fragte sie verdattert.

»Vorname eventuell Pierre.«

»Es hat mal einen Pierre gegeben«, sagte sie mit krauser Stirn. »Der hat Musik gemacht. Die Band hat ›Die Müllmänner‹ gehei-ßen oder ›Die Müllkippe‹ oder so ähnlich. Sie haben meistens in Kneipen gespielt, alte Sachen von den Stones und Deep Purple. Und da hat es einen Pierre gegeben, meine ich, am Bass. Die letz-ten Jahre hab ich aber keine Plakate mehr gesehen von denen.«

»Dann wird das wohl schwierig.«

»Wissen Sie was? Ich häng mich mal ans Telefon«, beschloss meine unersetzliche Sekretärin, und keine zehn Minuten später hatte ich Pierre in der Leitung. Sein vollständiger Name lautete Jean-Pierre Brasse, er war in Luxemburg zur Welt gekommen und hatte die Musik vor fünf Jahren endgültig an den Nagel gehängt. Heute betrieb er einen kleinen Plattenladen in Weinheim, wo er mit zunehmendem Erfolg die guten alten Vinylscheiben verkaufte. CDs kamen ihm nicht ins Haus.

»Meine Frau«, sagte er mit einer Stimme, die nach einem bewegten Vorleben in dicker Kneipenluft klang. »Wir haben Kin-der. Zwei. Da brauchst du ein regelmäßiges Einkommen. Und anständige Arbeitszeiten.«

»Ich bin auf der Suche nach einem gewissen Adrian Horst-kotte.«

»Adi? Den habe ich schon seit Jahren nicht mehr gesehen. Das mit der Musik hat der auch nur sporadisch gemacht. Dabei hat der Junge eine ordentliche Bluesstimme. Aber null Disziplin. Und Musik ohne Disziplin, weißt du, das haut nicht hin. Diese Typen denken ja alle, viel saufen und kiffen und kräftig in die Klampfe hauen, das langt schon für die große Karriere.«

Jean-Pierre Brasse schimpfte noch ein wenig über die heutige Musikergeneration, die die Lust an harter, ehrlicher Arbeit verlo-ren hatte, und zählte am Ende einige Namen auf, die mir allesamt nichts sagten. »Vielleicht probierst du's mal bei Selma? Selma Mangold. Die müsste den Adi doch kennen.«

Warum einfach, wenn es auch kompliziert geht, dachte ich wütend, während ich die nächste Nummer wählte.

»Der Adi, ja klar«, sagte Selma, wie üblich atemlos. »Klar kenn ich den.«

»Können Sie mir sagen, wo ich ihn finde?«

»Ich weiß, wo er vor einem halben Jahr gewohnt hat. In einer WG in Eppelheim drüben ist das gewesen.«

Sie beschrieb mir den Weg zu dem Haus. Die Wasserturmstraße nach Norden, dann rechts in die Handelsstraße und am Ende links in die Lilienthalstraße.

»Die haben irgendwie Krieg mit dem Vermieter. Und wo es Stress gibt mit reichen Säcken, da ist der Adi normalerweise nicht weit.«

27

»Ein besetztes Haus in Heidelberg?«, wunderte sich Balke, als wir auf dem Weg nach Eppelheim waren.

Das Haus, das wir suchten, stand im äußersten Nordosten des Stadtteils, eingeklemmt zwischen einem Industriegebiet und dem Autobahnkreuz. Balke stellte den Wagen am Straßenrand ab, wir stiegen aus. Die Autobahn war durch dichtes Gebüsch verdeckt und nicht zu sehen, dafür umso besser zu hören. Das zweistöckige, etwas heruntergewirtschaftete Haus hätte – abgesehen von den Fensterläden – einen neuen Anstrich vertragen können. Ein wenig wirkte es auf mich wie die von Pippi Langstrumpf im Stich gelassene Villa Kunterbunt. Das Gartentörchen war gut geölt, ließ sich jedoch nicht richtig schließen. In den Ritzen des buckligen Plattenwegs eroberten sich Wiesenblumen ihren Lebensraum zurück. Die Klingel schien nicht zu funktionieren. Ich klopfte. Sekunden später fuhr aus einem Fenster im Obergeschoss ein schokoladeverschmiertes Kindergesicht.

»Keiner daheim!«, rief das Kind undefinierbaren Geschlechts, und das Fenster knallte wieder zu. Innen hörte ich andere Kinder lachen. Ich klopfte noch einmal. Trotz des Verkehrslärms hörten wir irgendwo im Haus eine Tür quietschen. Nein, das Geräusch schien eher von der Rückseite des Hauses gekommen zu sein. Ich wechselte mit Balke einen Blick. Mein Mitarbeiter spurtete los, links herum. Ich lief rechts herum. Als ich die Rückseite erreichte, sah ich Balke gerade noch ins Gestrüpp in Richtung Autobahn tauchen. Ich folgte ihm eine Böschung hinauf, das Gesträuch war zum Glück nicht so dicht und stachelig, wie es von ferne wirkte.

Als ich oben ankam und abrupt von der Leitplanke gestoppt wurde, sah ich Balke in einem lebensgefährlich aussehenden Manöver die Autobahn überqueren. Zum Glück war der Verkehr nicht allzu lebhaft und die Geschwindigkeit wegen einer Baustelle auf achtzig begrenzt. Ein langer Lkw versperrte mir für kurze Zeit die Sicht. Dann sah ich auch den Mann, den mein Mitarbeiter verfolgte. Er war größer als Balke, trug schwarze Jeans und einen ebenso schwarzen Kapuzenpulli. Eben flankte er – durch einen Rucksack auf der rechten Schulter leicht behindert – über die Mittelleitplanke, blickte nach rechts, wartete auf eine Lücke, die sich auch schon bot, rannte los. Wieder sah ich für kurze Zeit nichts als einen haushohen Lkw mit holländischer Aufschrift.

Nun war Balke es, der warten musste, während der Verfolgte unversehrt das rettende Ufer erreichte. Ich selbst verspürte wenig Lust, auf der Autobahn meine Knochen zu riskieren, und sah nervös, aber tatenlos zu, wie Balke nach zwei Anläufen endlich loslief. Es wurde gehupt und gebremst und noch einmal gehupt. Dann war auch mein sportlicher Untergebener drüben und tauchte ins Gebüsch. Der schwarz Gekleidete war schon seit Sekunden verschwunden.

Durch das Brausen und Tosen des Verkehrs hörte ich Männerstimmen rufen. Dann knallte etwas, was sich zu meinem Entsetzen sehr nach Schuss anhörte. Nach einem Pistolenschuss. Wieder ein aggressiver Ruf, etwas wie: »Stehen bleiben! Polizei!« Dann ein zweiter Knall. Ob aus derselben Waffe oder einer anderen, war nicht auszumachen.

Dann nur noch Verkehrsrauschen.

Dröhnende Lkws, singende Reifen, Abgasgeruch.

Ich zückte mein Handy, wählte mit fliegenden Fingern Balkes Nummer. Er nahm nicht ab. Es tutete und tutete, meine Hände wurden feucht und kalt. Schließlich wählte ich die Eins-Eins-Null und schlug Großalarm.

Ich beorderte einen Hubschrauber in den Bereich östlich der Autobahn und so viele Streifenwagen wie nur möglich. Während ich die Böschung wieder hinabschlitterte, bestellte ich außerdem eine kleine Armee nach Eppelheim, wild entschlossen, das Haus jetzt und sofort wegen Gefahr im Verzug stürmen zu lassen.

Der Mann im schwarzen Kapuzenpulli war gewiss nicht geflohen, weil er in der Straßenbahn schwarzgefahren war. Und auch Verbrechern Unterschlupf zu gewähren, war ein Straftatbestand.

Bereits zwei Minuten später war ich nicht mehr allein. Ein Streifenwagen des Eppelheimer Reviers fegte mit wimmernden Reifen um die Ecke, Augenblicke später ein zweiter, ein dritter. Die Kollegen verteilten sich nach meinen Anweisungen im Laufschritt rund um das Haus. Damit war das Anwesen so weit gesichert, dass keine Maus es mehr ungesehen verlassen konnte.

Selbst hier, zwanzig, dreißig Meter von der A 5 entfernt, roch es nach Dieselabgasen und Autobahnstaub. Die Sonne schien heute von einem milchig überzogenen Himmel. Aus der Ferne wehte ein leichter Herbstwind die Töne vieler Martinshörner heran. Mit dem Hubschrauber gab es leider Schwierigkeiten, erfuhr ich zwischendurch. Ein in Mannheim stationierter Polizeihubschrauber war gerade in Wartung, ein zweiter, der der Autobahnpolizei gehörte, irgendwo weit weg beschäftigt. Er würde sich in Kürze auf den Weg machen. Aber das würde vermutlich nicht mehr viel helfen. Noch immer keine Nachricht von Balke.

Die Minuten verstrichen.

Das Haus blieb verschlossen.

Wieder und wieder wählte ich vergeblich Balkes Nummer.

Als die anrückenden Mannschaftswagen schon deutlich zu hören waren, knackte die Haustür, und eine magere, groß gewachsene Frau trat mit theatralisch über den Kopf gehobenen Händen ans Licht. Drei Schritte vor der Tür blieb sie stehen.

»Wir kennen ihn nicht!«, schrie sie. In ihrer Stimme vibrierte Angst.

Sie trug einen Minirock aus braunem Wildleder, dazu einen karottenroten Rollkragenpulli. Überraschend elegante Frisur, an den Füßen halbhohe Pumps in zum Pullover passender Farbe. Nicht unbedingt das, was ich in einem besetzten Haus erwartet hatte.

Ich gab den nervösen Kollegen einen Wink und ging auf die Frau zu. Mit jedem Schritt, den ich näher kam, nahm sie die Hände ein klein wenig weiter herunter. Hinter mir brummten die ersten Mannschaftswagen heran und wirbelten weiteren Staub auf.

»Ich suche Adrian Horstkotte«, sagte ich zu der Frau, die mich in einer Mischung aus Trotz, Furcht und Interesse musterte.

»Der wohnt nicht mehr hier«, behauptete sie fest.

»Er hat aber hier gewohnt?«

»Bis vor sechs Wochen. Ungefähr.«

Im dunklen Flur hinter ihr entdeckte ich Kinder. Fünf, sechs oder mehr.

»Sind Sie allein hier? Mit den Kindern, meine ich?«

»Ja.«

»Sie haben sicher nichts dagegen, dass ich das überprüfen lasse?«

»Doch.« Sie schluckte ihre Angst herunter. »Eigentlich schon. Das hier ist Privatbesitz, und Sie haben mir keinen Durchsuchungsbeschluss gezeigt.«

Ersatzweise hielt ich ihr meinen Dienstausweis unter die im Herbstlicht glänzende Stupsnase. »Frau …«

»Inka Hübchen.«

»Frau Hübchen, in einer Viertelstunde habe ich einen Durchsuchungsbeschluss, und Sie haben richtig großen Ärger. Wollen Sie das? Denken Sie an die Kinder.«

Sie roch ein klein wenig nach Zimt und Lebkuchen und schüttelte erst zögernd, dann entschlossen den Kopf.

Mein Handy hatte noch immer keinen Ton von sich gegeben.

Inka Hübchen hatte die Wahrheit gesagt. In dem Haus lebten zurzeit zwei Paare und eine alleinerziehende Mutter mit insgesamt sieben Kindern. Alle Erwachsenen bis auf sie selbst waren zurzeit arbeiten. Die Pflicht der Kinderbetreuung und -beaufsichtigung wanderte in der WG nach einem ausgeklügelten System von einem zum Nächsten. Und alles in allem schien es in diesem Zwischending aus Land- und Stadtkommune gesitteter und geordneter zuzugehen als in vielen normalen Familien. Die Kinder waren aufgeweckt und fürchteten sich nicht einmal vor der Polizei.

Irgendwann kam der erlösende Handyanruf: Balke hatte offenbar einen Streifschuss abbekommen, wenn ich seine wirren Worten richtig deutete. Er blutete zwar heftig, konnte sich jedoch aus eigener Kraft fortbewegen. Im Tumult hatte er irgendwie sein Handy verloren und lange nicht wiedergefunden. Außerdem war er rasend wütend und brannte darauf, dem Kerl den Hals umzudrehen, dem er so heldenhaft nachgestellt hatte.

Der aber war vorerst spurlos verschwunden.

»Was wissen Sie über den Mann, der vorhin so eilig weggelaufen ist?«, fragte ich die Frau, als Aufregung und Staub sich ein wenig gelegt hatten.

»Wenig«, erwiderte sie mit schiefem Mund. »Vorgestern ist er auf einmal hier aufgekreuzt und hat gesagt, er heißt Jonas. Das hier ist ein offenes Haus. Hier darf jeder wohnen, der ein Dach über dem Kopf braucht. Nicht für immer natürlich, aber für eine gewisse Zeit schon.«

»Auch, wenn Sie ihn nicht kennen?«

»Solange er keinen Ärger macht, ja. Wenn sie anfangen, lästig zu werden, dann werden sie für Gemeinschaftsarbeiten eingeteilt, Unkraut jäten, Geschirr spülen, Kartoffeln schälen. Dann sind sie in der Regel bald wieder verschwunden.« Zum ersten Mal lächelte sie ein wenig.

»Sie sagten, Sie wissen wenig über diesen Jonas. Wenig ist mehr als nichts.«

»Anja kennt ihn. Anja ist die dritte Frau im Haus, die ohne Mann. Wir haben gedacht, Jonas sei vielleicht der Vater von ihrem Kleinen. Jedenfalls haben die beiden manches zu reden gehabt.«

»Und wo finde ich diese Anja zurzeit?«

»Sie jobbt bei Henckenhaf und Koch in Viernheim.«

»Der Softwarefirma?«

»Genau. Sie putzt. Eigentlich hat sie Philosophie studiert und deutsche Literatur und Journalistik.«

»Und mit so einer Ausbildung findet man keinen besseren Job?«

»Sie wallrafft. Anja schreibt an einem Buch über verdeckte Armut in unserer sogenannten Wohlstandsgesellschaft.«

»Ist sie da irgendwie erreichbar?«

Frau Hübchen schüttelte den Kopf. »Die Putzerei läuft über

einen Subunternehmer. Der sitzt in Prag und springt mit seinen Leuten um, als würden wir noch im Frühkapitalismus leben. Wer mehr als drei Tage im Jahr krank ist, fliegt. Wer sein Pensum dreimal nicht in der vorgeschriebenen Zeit schafft, fliegt. Wer bei der Arbeit ein Handy dabeihat, fliegt. Nicht, wer während der Arbeit telefoniert, das würde man ja noch verstehen. Sie dürfen nicht mal ein Handy in der Tasche haben.«

Ich bat einen uniformierten Kollegen, mir die Nummer der Viernheimer Softwarefirma zu beschaffen. Dort erreichte ich jedoch nur einen Anrufbeantworter, der mich darüber belehrte, dass ich außerhalb der üblichen Geschäftszeiten anrief.

»Sagen Sie Ihrer Mitbewohnerin bitte, sie soll sich unbedingt bei mir melden, sobald sie nach Hause kommt.«

»Normalerweise kommt sie erst nach halb elf.«

Inzwischen wusste ich, dass Inka Hübchen Kunst studiert hatte und als Teilzeitlehrerin an der Albert-Schweitzer-Schule unterrichtete.

»Warum haben Sie vorhin eigentlich nicht aufgemacht, als ich geklopft habe?«

Sie sah mir fest in die Augen. »Weil ich dachte, Sie kommen vom Vermieter. Der Typ ist so ein Arschgesicht. Wir wohnen hier schon zehn Jahre. Wir haben eine Menge am Haus gemacht, auf unsere Kosten, und er kocht uns ziemlich ab mit der Miete. Außerdem lässt er das Haus verlottern. Wir teilen die Miete durch fünf, und das ist es uns wert. Aber seit dem Sturm im letzten Winter ist das Dach undicht, und wir sehen nicht ein, dass wir das nun auch noch auf unsere Kappe nehmen sollen. Wir haben ihm einen netten Brief geschrieben, er möge es bitte in Ordnung bringen. Aber nichts. Wir haben ihm ein weniger freundliches Einschreiben geschickt und eine Frist gesetzt und mit Mietminderung gedroht. Wieder nichts. Und seit Juni zahlen wir eben gar nichts mehr, und jetzt tut dieser Hohlkopf auf einmal so, als hätten wir ihn enteignet, und lässt seinen Anwalt mit Polizei und Räumung drohen.«

Ich bat sie um eine Beschreibung ihres geflüchteten Gastes oder vielleicht auch Fotos, auf denen er zu sehen war. Stattdessen hielt ich kurze Zeit später ein aus dem Handgelenk gezeichnetes Porträt in Händen.

»Nicht schlecht«, staunte ich.

Sie strahlte. »Porträtzeichnen war immer mein Lieblingsfach.«

28

»Paps!«, empfingen mich meine wieder mal empörten Töchter. »Wir haben gelesen, dein amerikanischer Minister hat ein Baby totgefahren! Und er ist überhaupt nicht dafür bestraft worden!«

»Ich weiß«, erwiderte ich entspannt und schlüpfte aus den Schuhen. »Ich habe es auch gelesen.«

»Wenn er nach Heidelberg kommt, könntest du ihn nicht einfach verhaften, und dann wird er eben hier verurteilt?«

»Er hat in den USA vor Gericht gestanden und ist freigesprochen worden. Damit ist er von Rechts wegen unschuldig. Außerdem genießt er als Politiker Immunität. Er könnte hundert Menschen vor Zeugen ermordet haben, und ich könnte trotzdem nichts machen. Ich darf nicht.«

Das fanden sie nun gar nicht in Ordnung.

»Heißt das, die Gesetze gelten nicht für Politiker?«

»Doch, natürlich. Aber Mister Henderson ist Amerikaner. Er hat den Unfall in Amerika gebaut. Und wenn ein Richter dort beschließt, dass es in Ordnung ist, wenn er betrunken Babys totfährt, dann habe ich das zu akzeptieren.«

»Aber …«, stammelte Louise verwirrt. »Das ist doch … total ungerecht!«

»Bloß weil der Typ fett Kohle hat, steht er doch nicht über dem Gesetz?«, assistierte Sarah.

»Ich kann's nicht ändern, Mädels.« Ich setzte mich an den Küchentisch. »Gerechtigkeit ist leider immer nur eine ungefähre Sache.«

»Aber …«, sagte Louise zum zweiten Mal und schluckte. »Das Baby! Es ist tot! Er war besoffen! Es hat Zeugen gegeben!«

»Das Erste ist bewiesen, das Zweite ist nur eine Behauptung. Und der angebliche Zeuge war ein stadtbekannter Alkoholiker, der zwei Tage später spurlos verschwunden ist.«

»Weil Henderson ihn geschmiert hat.«

»Auch dafür gibt es keine Beweise. Und übrigens, nicht alles, was im Internet steht, ist wahr.«

»Wir sind nicht blöd!«, fauchte Sarah.

»Das habe ich auch nicht behauptet.«

Nein, ich würde mich nicht provozieren lassen. Nicht heute.

»In der amerikanischen Verfassung steht, alle Menschen sind vor dem Gesetz gleich!«

»Das ist mir bekannt.«

Ich erhob mich, um den Kühlschrank zu inspizieren. Meine aufgewühlten Töchter klebten an meinen Fersen. Ich klappte die Kühlschranktür wieder zu, nahm einen Zettel aus der Box im Regal, um eine Einkaufsliste zu machen. Zu diesem Zweck setzte ich mich wieder an unseren runden Esstisch aus Kiefernholz. Die Zwillinge blieben stehen.

»Gerechtigkeit ist ein Idealziel«, sagte ich, »das die Menschheit nie ganz erreichen wird. Das wisst ihr aus eigener Erfahrung. Wenn ihr in der Schule was ausgefressen habt ...«

»Ja«, sagte Louise ungeduldig. »Schon.«

»Nein«, stieß Sarah hervor. »Hier geht's doch nicht darum, dass einer was ausgefressen hat. Der Typ hat ein Baby totgefahren!«

»Die Frau sagt so, Henderson so. Die Frau behauptet, er ist zu schnell gefahren, er sagt das Gegenteil. Wenn man nichts beweisen kann, dann hat das Gericht zugunsten des Angeklagten zu entscheiden. Das ist schon seit den alten Römern so.«

Warum verteidigte ich diesen Dreckskerl eigentlich vor meinen Kindern? Die beiden setzten sich nun ebenfalls und starrten mich ratlos an.

»Wenn du nicht Polizist wärst, wenn du dich nicht an deine Vorschriften halten müsstest, würdest du dann irgendwas gegen den Typ machen?«

»Das ist doch eine völlig hypothetische Frage, Kinder. Es hat überhaupt keinen Sinn, darüber nachzudenken.«

»Doch«, fand Sarah. »Das macht schon Sinn. Mit einer hypothetischen Frage fängt nämlich jede Veränderung an.«

Was für ein Satz aus dem Mund eines Mädchens, das gerade eben sechzehn geworden war!

»Also gut«, begann ich lahm. »Wenn ich ehrlich bin ...«

»Zu uns sagst du, man muss immer ehrlich sein.«

»Ist ja gut, okay. Wenn ich könnte, wie ich wollte, dann würde ich diesem Mister Henderson vermutlich Handschellen anlegen, sobald er deutschen Boden betritt. Wenn ich könnte, wie ich wollte, würde ich nach Amerika fliegen und diesen verschwundenen Säufer auftreiben und mit der Mutter sprechen und versuchen, das Verfahren neu aufzurollen. Seid ihr jetzt zufrieden? Und wenn das morgen in der Zeitung steht, dann bin ich übermorgen nicht mehr Polizist, und es gibt kein Taschengeld mehr.«

»Anja Stern«, sagte eine trotz der späten Stunde erstaunlich frische Frauenstimme. »Sie wollten mich sprechen?«

Ich war gerade dabei gewesen, ins Bett zu gehen, und steckte erst mit einem Bein in der Pyjamahose, als mein Handy Alarm schlug. Es war schon halb zwölf vorbei, und ich brauchte einige Augenblicke, um zu begreifen, mit wem ich sprach. Es war die Frau, die für einen Hungerlohn putzen ging, um für ihr Buch Material zu sammeln. Ich bedankte mich für den Rückruf und sank reichlich unelegant auf die Bettkante.

»Es geht um einen gewissen Jonas.«

»Ich weiß.«

Die Suche nach dem schwarz gekleideten Mann hatte ich am späten Abend ergebnislos abbrechen lassen.

»Sie kennen ihn, hat man mir gesagt.«

»Wir sind uns einige Male über den Weg gelaufen. Jonas jobbt hin und wieder, wenn er Geld braucht. Einmal haben wir bei derselben Firma gearbeitet. Eine Firma in Weinheim, die Stanzteile für Waschmaschinen herstellt. Eine schrecklich eintönige und außerdem ungesunde Tätigkeit. Wir haben an zwei benachbarten Maschinen gesessen. Später haben wir uns auf Demos getroffen. Einmal in Gorleben, wenn ich mich richtig erinnere, einmal in Berlin. Jonas ist einer von denen, die sich gerne irgendwo anketten.«

»Wie ist sein vollständiger Name?«

Sie zögerte eine Spur zu lange. »In der Szene sind wir alle per Du.«

»Gehört er irgendeiner Organisation an? Einer Gruppe?«

»Typen wie Jonas halten jegliche Art von Organisation für den Beginn aller Unterdrückung.«

184

Allmählich machte es mich nervös, dass ich ihr jedes Quäntchen Information aus der Nase ziehen musste. Außerdem war ich müde.

»Stammt er aus Heidelberg?«

»Nach seinem Akzent würde ich auf Bayern tippen. Franken. Ich meine, er hat mir mal erzählt, seine Eltern hätten irgendwo in der Nähe von Nürnberg einen Bauernhof.«

»Und er geht keiner geregelten Beschäftigung nach?«

»Jonas schnorrt sich durch. Hin und wieder jobbt er auch. Alles, was er besitzt, passt in seinen Rucksack.«

»Weshalb ist er vorgestern bei Ihnen aufgetaucht? Wo hat er vorher gewohnt?«

»Weiß ich nicht, weiß ich nicht. Wir fragen nicht nach Gründen, wenn jemand bei uns schlafen will. Wir sind der Meinung, ein Dach über dem Kopf zählt zu den grundlegenden Menschenrechten. Mag ja sein, dass man das bei der deutschen Polizei anders sieht ...«

»Haben Sie eine Idee, warum er es so eilig hatte, als ich an die Tür geklopft habe?«

»Nein. Außerdem sehe ich mich nicht als Hilfsbüttel der Strafverfolgungsbehörden.«

»Frau Stern, der Mann hat auf einen meiner Mitarbeiter geschossen und ihn verletzt. Gehört es aus Ihrer Sicht auch zu den grundlegenden Menschenrechten, auf andere zu schießen?«

»Selbstverständlich nicht. Wir verurteilen jegliche Art von Gewalt, soweit sie sich gegen Menschen richtet. Außerdem kann ich mir nicht vorstellen, dass Jonas eine Waffe besitzt oder gar davon Gebrauch macht. Er ist ein zutiefst friedfertiger Mensch.«

»Das heißt, Gewalt gegen Sachen ist akzeptabel?«

»Unter Umständen ja.«

Das Gespräch begann in die falsche Richtung zu laufen. In wenigen Sekunden würde die Frau auflegen, wenn es mir nicht gelang, sie auf meine Seite zu ziehen. Ich räusperte mich.

»In diesem Fall reden wir aber von Gewalt gegen Menschen«, sagte ich ruhiger. »Mein Mitarbeiter ist verletzt.«

»Falls das wirklich so ist, dann tut es mir leid.«

»Das Gericht wird es wahrscheinlich als versuchten Totschlag werten.«

»Könnte es nicht sein, dass Ihr Kollege zuerst geschossen hat?«

»Er hat seine Waffe noch nicht mal in der Hand gehabt.« Das war eine reine Behauptung, denn ich hatte bisher keine Gelegenheit gehabt, mit Balke ausführlicher zu sprechen. Aber das brauchte diese wallraffende Zicke nicht zu wissen.

»Wir verurteilen Gewalt nämlich auch, wenn sie von der Polizei ausgeht.«

In mir kochte allmählich eine Wut hoch, die für den weiteren Verlauf des Gesprächs nicht gut war. Ich nahm das Handy ans andere Ohr.

»Worum es mir eigentlich geht, ist ein gewisser Adrian Horstkotte.«

»Adi?«

»Sie kennen ihn?«

»Weshalb interessieren Sie sich für ihn?«

»Er steht nicht unter Verdacht. Ich möchte nur mit ihm sprechen. Es geht um einen ... um ein geplantes schweres Verbrechen, von dem er vielleicht Kenntnis hat.«

»Was wollten Sie erst sagen?«

»Nichts.«

»Sie sagten: ›Es geht um einen ...‹ Dann haben Sie sich korrigiert. Wollten Sie sagen, es geht um einen Terroranschlag?«

»Wie kommen Sie darauf?«

»Liegt ja nicht so fern in diesen Tagen. Die Stadt wimmelt von Polizei.«

»Wenn es so wäre, würden Sie einen terroristischen Anschlag denn gutheißen? Gegen wen oder was auch immer?«

»Meine Antwort lautet auch dieses Mal: nein.«

Ich atmete tief ein.

»Was wissen Sie über diesen Adrian?«

»Wir haben vor Jahren hin und wieder in denselben Seminaren gesessen. Irgendwann hat er sein Studium sausen lassen und sich ganz auf die Musik verlegt.«

»Hat er als Musiker Erfolg gehabt?«

»Haben Sie jemals seinen Namen gehört?«

»Ich bin nicht mehr in dem Alter, wo man die Musikszene kennt.«

Für Sekunden hörte ich nur ihren ruhigen Atem.

»Adi ist ein Spinner«, sagte sie dann. »Früher hat er hin und wieder bei einer Band gesungen. Seine Stimme klingt ein wenig nach Bon Jovi, falls Ihnen das etwas sagt, in Ihrem Alter. Man hat sich aber wohl zerstritten, oder die Band hat sich aufgelöst, ich weiß es nicht. Später hat er eine eigene Band gegründet. Die existiert auch längst nicht mehr. Ihren letzten Auftritt hatten sie meines Wissens im April vor einem Jahr, in irgendeinem Kellerloch in Lampertheim. Er wäre um ein Haar in einer Massenschlägerei geendet, weil die Leute ihr Geld zurückverlangten.«

»Kennen Sie die Namen der anderen Bandmitglieder?«

»Ich habe mich nie sonderlich für diese Typen interessiert. Sie machen solchen Brutalorock. Hauptsache laut und schrill. Nicht so mein Ding.«

»Und wo finde ich diesen Adrian?«

Dieses Mal zögerte sie eindeutig zu lange mit der Antwort. Erklärte mir ein zweites Mal, sie sei kein Polizeispitzel. Aber schließlich nannte sie mir widerwillig eine Adresse in der Kaiserstraße.

»Das Haus ist ganz am Ende der Straße.«

Am Schluss sagte sie den entscheidenden Satz: »Möglich, dass Sie dort auch Jonas finden. Die beiden hängen in letzter Zeit öfter zusammen rum.«

29

Am Donnerstagmorgen um halb sechs war das Haus am nördlichen Ende der Kaiserstraße – ohne dass die Bewohner etwas von dem Polizeiaufmarsch ahnten – umstellt. Bereits die Nacht über hatte ich es beobachten lassen, aber niemand hatte es betreten oder verlassen, der Ähnlichkeit mit Adrian Horstkotte hatte oder mit dem Mann, der auf Sven Balke geschossen hatte. Die beiden wurden übrigens fast gleichlautend beschrieben: groß, kräftig, meist standesgemäß schwarz gekleidet.

Balke schäumte immer noch vor Wut, weshalb ich anfangs gezögert hatte, ihn zu dem Einsatz mitzunehmen. Über seinem rechten Auge klebte ein großes Pflaster. Es war kein Streifschuss, der ihn verletzt hatte, hatte ich erst im Lauf der Nacht erfahren.

Ein stacheliger Ast hatte ihm einen so heftig blutenden Kratzer ins Gesicht gezogen, dass er die Verfolgung abbrechen musste. Der Flüchtende hatte jedoch tatsächlich mit einer Waffe auf ihn gezielt und auch einmal abgedrückt, zum Glück jedoch nicht getroffen. Nach dem Projektil wurde immer noch gesucht. Der Schuss war offenbar weit danebengegangen. Ob aus Absicht oder Unfähigkeit, würde zu klären sein.

Der zweite Knall, den ich gehört hatte, war ein Warnschuss aus der Dienstwaffe meines Untergebenen gewesen. Im selben Moment, als er abdrückte, war er gestolpert, und dann war da dieser Ast gewesen. Außerdem hatte er sich beim Sturz das linke Handgelenk verstaucht, das rechte Knie aufgeschlagen und sein Handy verloren. Dies hatte er jedoch erst später bemerkt, als er die Verfolgung nach weiteren Hundert gehumpelten Metern aufgeben musste.

In der Presse klang das heute natürlich völlig anders: »Mysteriöse Schießerei an der Autobahn – Kripobeamter schwer verletzt!« Und natürlich hatte man sich die Frage nicht verkneifen können, ob der dramatische Zwischenfall möglicherweise im Zusammenhang mit den Wirtschaftsgesprächen stehe. Auf meine Weisung hin rückte unsere Pressestelle nur die allernötigsten Informationen heraus, und so hatten sich die Journalisten die vermeintliche Wahrheit notgedrungen zusammengereimt.

Dieses Mal durfte nichts schiefgehen.

Grundrisszeichnungen des Hauses lagen vor, wir wussten, wie viele Personen in welcher Wohnung hausten, sämtliche denkbaren Fluchtwege waren gesichert, zwei Notarztwagen warteten an der nächsten Ecke, und sogar das Sondereinsatzkommando hatte ich vorsichtshalber angefordert. Nun stand ich zusammen mit Balke im Halbschatten eines Hotels auf der gegenüberliegenden Straßenseite. Zum Glück herrschte noch wenig Betrieb auf den Gehwegen und Fahrbahnen. Auch Evalina Krauss hatte es sich nicht nehmen lassen, der Aktion beizuwohnen. Sie stand einige Schritte entfernt in einem Hauseingang.

Das schmucklose vierstöckige Mietshaus, in dem die Gesuchten sich versteckt hielten, stammte aus den Anfängen des vergangenen Jahrhunderts. Die Fassade war aus rotem Klinker gemauert. An der Außenwand lehnten Fahrräder. Teils klapprige Uralt-modelle, aber auch zwei relativ gut erhaltene Rennräder entdeckte ich sowie ein leuchtend orange lackiertes Mountainbike ohne Beschriftung am Rahmen und mit auffallend hoch montiertem Sattel. Die WG hauste im zweiten Obergeschoss rechts.

Gemeinsam beobachteten wir eine gebeugte alte Frau, die ihre schmale Rente dadurch aufbesserte, die Rhein-Neckar-Zeitung mit der spektakulären Schlagzeile in die Briefkästen zu stopfen. Zu manchen Häusern hatte sie einen Schlüssel, dann verschwand sie immer für Sekunden, bei anderen befanden sich die Briefkäs-ten an der Außenseite. Mit mühsamen kleinen Schritten zog sie eine leise quiekende Handkarre hinter sich her. Sie betrat das Haus, das ich in Kürze stürmen lassen würde, kam wieder heraus. Dann war sie endlich außer Sichtweite, es war siebzehn Minuten vor sechs, ich nahm das Funkgerät an den Mund.

Auf mein Kommando hin wurde die Straße in einiger Entfer-nung durch quer stehende Streifenwagen versperrt. Ich gab den Befehl zum Zugriff. Zwei schwarz gekleidete Kollegen mit Hel-men, Visieren und Maschinenpistolen in den Händen huschten geduckt zur Haustür, machten sich dort zu schaffen, waren Augenblicke später im Inneren verschwunden. Weitere Männer folgten ebenso lautlos. Hinter den Fenstern der WG war das letzte Licht erst gegen halb vier gelöscht worden, hatte man mir berich-tet. Seither hatte sich dort oben nichts mehr bewegt.

Im Haus erhob sich Geschrei. Viel zu früh, die Kollegen konn-ten noch nicht oben sein. Ein alter Mann keifte. Das war schlecht. Sehr schlecht. Meine Hände wurden feucht, in meinem Rücken kribbelte es unangenehm. Ich trat einen Schritt vor, um besser zu sehen. Balke fluchte und schien große Lust zu haben, über die Straße zu laufen und bei der Stürmung der Wohnung tatkräftig mitzumischen. Ich hörte etwas krachen, mehr Geschrei, Männer-brüllen, knappe Befehle. Dann war es für lange Sekunden voll-kommen still. Schließlich die erlösende Meldung per Funk: Die Wohnung war gesichert, die Anwesenden nicht gerade freund-lich, aber friedlich.

»Da!«, hörte ich Evalina Krauss rufen. Sie deutete nach oben.

Jetzt sah auch ich den Mann auf dem Dach. Er krabbelte gerade unbeholfen aus einer Luke, schien sich vor der Höhe zu fürchten, stakste und stolperte über die Ziegel, Balke brüllte etwas in sein Funkgerät, ein schwarzer Helm erschien in der Luke. Ich hörte den Kollegen rufen, der Fliehende – jetzt erst entdeckte ich, dass er einen Rucksack über der Schulter trug – zögerte kurz, wurde dann schneller, die Schritte jetzt noch unsicherer als zuvor. Der Kollege rief ihn ein zweites Mal an, gab einen Warnschuss ab.

»Das ist er!«, keuchte Balke. »Das ist das Arschloch!«

Der Kollege an der Luke schoss ein zweites Mal in die Luft. Das Ergebnis war lediglich, dass der Flüchtende sich duckte, endlich die Brandmauer zum Nachbarhaus erreichte, dort einen guten Meter Höhenunterschied zu überwinden hatte, was ihm wegen des Rucksacks nicht im ersten Anlauf gelang. Als er endlich oben war und sich wieder aufrichtete, bemerkte er, dass er erwartet wurde. Selbstverständlich hatte ich auch die Dächer der angrenzenden Häuser sichern lassen.

Der Mann mit dem Rucksack verharrte, sah verstört zurück, wieder nach vorn, machte einen stolpernden Schritt zur Seite und glitt aus. Er plumpste unsanft auf den Hintern und begann zu rutschen. Ziegel rutschten mit, rasch wurde er schneller, ließ den Rucksack fahren, versuchte verzweifelt, sich irgendwo festzukrallen, wo es nichts zum Festkrallen gab. Ein erst wütender, dann schon verzweifelter Schrei. Ein Schrei, der jedem, der ihn hören musste, in den Ohren und in der Seele schmerzte. Ein Schneefanggitter am Rand des Abgrunds bildete die letzte Hoffnung, den letzten Widerstand vor dem Sturz, war jedoch über die Jahre zu verrostet, flog zur Seite, ohne dem abwärts schlitternden Körper nennenswerten Halt zu bieten.

Zwei, drei gellende Sekunden später schlug der Körper mit einem dumpfen Laut auf dem Gehweg auf, und es war wieder still.

Aus der Haustür gegenüber quollen Menschen ins Freie. Nacheinander erschienen zwei junge, blasse Frauen mit wirrem Haar und reichlich Metall in den ungeschminkten Gesichtern, ein älterer Mann, der einen verstörten Eindruck machte, ein untersetzter Kerl in Jeans und T-Shirt, der sich im Gegensatz zu den anderen nicht für den leblosen Körper am Boden interessierte, sondern auffallend unauffällig in die andere Richtung strebte, wo er nach wenigen Schritten Kollegen in die Arme lief, die ihn freundlich, aber nachdrücklich nach seinem Ziel und seinen Papieren fragten.

Schließlich erschienen zwei SEK-Männer in der Haustür. Sie hielten einen großen, kräftigen Kerl in Schwarz zwischen sich, der sich ebenso wütend wie erfolglos gegen ihre Gängelung sträubte. Er humpelte. Sein rechter Fuß steckte in einem hellblauen Verband. Ein dritter Kollege folgte mit zwei schwarz lackierten Krücken in der Hand.

30

»Ich rede nicht mit Bullen!«, waren die ersten Worte, die ich aus Adrian Horstkottes breitem Mund hörte.

Inzwischen war es später Vormittag geworden. Die Staatsanwaltschaft hatte einen ausführlichen Bericht verlangt, Liebekind hatte mich dringend zu sprechen gewünscht, die Medien hatten uns mit Anfragen bombardiert. Jonas Jakoby, der Mann mit dem Rucksack, lag auf der Intensivstation des Uniklinikums, Abteilung Innere Medizin. Ob und in welchem Zustand er überleben würde, konnte zurzeit noch niemand sagen.

»Schade.« Ich lehnte mich zurück, versuchte, entspannt zu wirken. Aber ich fürchte, es gelang mir nicht allzu gut. »Dann wird das ein langer Tag werden für uns beide.«

»Ich sage nichts ohne meinen Anwalt.«

Alles war schiefgegangen. Die Festnahme Jakobys, des Mannes, der auf Balke geschossen hatte, war gescheitert. Horstkotte, den ich eigentlich nur als Zeugen hatte sprechen wollen, hatte sich des tätlichen Angriffs auf Polizisten schuldig gemacht, weshalb er nun vorläufig festgenommen und offensichtlich nicht übermäßig gut auf mich zu sprechen war.

»Sie kriegen Ihren Anwalt, keine Sorge.«

Ich hatte einen narbengesichtigen Schlägertyp mit finsterem Blick erwartet. Stattdessen saß mir ein großer, muskulöser Mann gegenüber, dessen wacher Blick Misstrauen und überraschend viel Intelligenz verriet. Er war achtunddreißig Jahre alt, wirkte jedoch mit seinem faltenzerfurchten Gesicht älter. Seine Kleidung war die übliche Uniform von Berufsdemonstranten: schwarze, relativ saubere Jeans und ein ausgewaschenes T-Shirt in derselben Farbe, dessen Aufschrift ich nur teilweise entziffern konnte. In der Mitte prangte etwas wie ein stilisierter Adlerkopf, darum herum waren Worte gedruckt wie »power«, »hate« und »kill«. An Hals und Oberarmen großflächige Tätowierungen. Rasiert hatte er sich vor Tagen zum letzten Mal. Am Tisch lehnten seine schwarzen Krücken mit roten Griffen.

»Also?«, fragte er. »Was wird nun?«

»Was soll werden?«, fragte ich zurück. »Wir unterhalten uns ein bisschen.«

Obwohl es verboten war, führte ich die Vernehmung allein durch. Sollte es später Ärger geben, dann würde es mein Ärger sein. Nicht nur Balke kochte zurzeit vor Wut.

»Hast du was an den Ohren, Mann?«, brüllte Horstkotte und drosch mit zwei gefährlich kräftigen Fäusten auf den Tisch. »Ich verlange einen Anwalt, Scheiße! Ihr dürft mich nicht verhören, solange kein Anwalt dabei ist.«

»Das hier ist kein Verhör, sondern ein nettes Gespräch zwischen Erwachsenen. Sie sitzen hier nicht als Verdächtiger, sondern als potenzieller Zeuge. Hier läuft keine Videokamera und kein Tonband. Es wird kein Protokoll geben. Wir sind ganz unter uns.«

Er wurde noch lauter: »So läuft das aber nicht! Nicht mit mir. Ich will jetzt sofort einen Anwalt! Verstehst du mich: Anwalt! Anwalt! Anwalt!«

»Sie brauchen nicht zu schreien. Ich höre ganz gut.«

Sekundenlang musterte er mich mit schmalen Augen und mahlenden Kiefern. Schließlich schien er zu begreifen, dass er mit seinem aggressiven Gehabe nicht weiterkam.

»Was wollt ihr eigentlich von mir? Ich hab keinem was getan.«

»Dann hat der Kollege sich seine schweren Prellungen wohl selbst zugefügt. Zwei andere, denen Sie nichts getan haben, mussten auch in ärztliche Behandlung. Ich weiß ja nicht, wie man das in Ihren Kreisen nennt. Ich nenne es schwere Körperverletzung.«

Nicht nur die Kollegen hatten Schrammen und Beulen davongetragen bei dem Handgemenge. Auch Horstkotte selbst hatte einiges abbekommen. Sein rechtes Auge sah aus, als würde es demnächst in allen Farben des Regenbogens schillern.

»Die Ärsche haben mich angefasst! Dazu hatten sie kein Recht!«

»Doch, das hatten sie. Wenn Sie sich nicht wie ein Irrer aufgeführt hätten, dann säßen Sie jetzt nicht hier.«

Einige Sekunden lang starrte er mit verstockter Miene auf den Tisch. Dann sagte er mit veränderter Stimme und gesenktem Blick: »Was ist mit Jonas?«

»Er lebt. Aber es hat ihn schlimm erwischt. Und damit es keine Missverständnisse gibt: Ihr Freund ist freiwillig auf dieses Dach geklettert. Niemand hat ihn gezwungen. Niemand hat ihn gestoßen. Wissen Sie, warum er so eilig davongelaufen ist?«

»Wenn ich es wüsste, du wärst der Letzte, dem ich es erzählen würde. Was wollt ihr eigentlich von mir? Was soll der ganze Stress?«

Morgen würde in den Zeitungen zu lesen sein, er sei beim Versuch, sich der vorläufigen Festnahme zu entziehen, unglücklich gestürzt. Wie genau die restlos missglückte Aktion abgelaufen war, hatte mir bisher niemand verraten wollen. Ich beugte mich vor, so weit wie der Tisch es zuließ, und fixierte ihn.

»Es geht mir nicht um Sie«, sagte ich ruhig, aber unfreundlich. »Sie interessieren mich einen Dreck. Mich interessieren Peter von Arnstedt und Jonas Jakoby.«

Mit ungerührter Miene massierte er sein rechtes Handgelenk, das bei dem Gerangel vielleicht auch etwas abbekommen hatte.

»Arnstedt? Nie gehört. Jonas kenne ich kaum.«

»Er hat im Zimmer neben Ihrem geschlafen.«

»In der WG ist viel Wechsel. Da hätte ich viel zu tun, wenn ich mir jedes Gesicht merken wollte.«

Ich faltete die Hände auf dem Tisch und atmete tief ein.

»Jetzt passen Sie mal auf«, sagte ich mit mühsam beherrschter Stimme. »Es gibt für Sie jetzt genau zwei Möglichkeiten. Entweder Sie arbeiten mit mir zusammen, oder wir sitzen hier, bis Sie grün werden. Es ist mir vollkommen wurst, ob es einen Tag dauert oder zwei oder eine Woche. Wenn ich nicht mehr kann, dann wird ein anderer mich ablösen und Ihnen auf die Nerven gehen. Und am nächsten Morgen werde ich wiederkommen, und Sie werden immer noch hier sitzen.«

»Na toll! Ist das etwa alles, was ihr hier zu bieten habt? Wie wär's mit Waterboarding? Schlafentzug? Scheinerschießung?«

»Solche Umstände habe ich gar nicht nötig«, erwiderte ich locker. »Es gibt Arten von Folter, die kein Arzt der Welt nachweisen kann. Sie haben keine Vorstellung, wie viele Verdächtige während eines netten Gesprächs mit mir schon vor Müdigkeit vom Stuhl gekippt sind und sich irgendwo den Kopf gestoßen haben. Es gibt so viele dumme Sachen, die einem passieren können, wenn man so müde ist und so unkonzentriert, wie Sie es bald sein werden.«

»Fuck, fuck, fuck!« Er wand sich, trommelte wieder auf den Tisch. »Das ist ja noch viel ätzender, als ... Das ist ja ...«

»Das ist erst der Anfang.«

Abrupt hörte er auf mit der Trommelei. Seine Unterlippe war jetzt weiß vor Wut.

»Sie sind ja jetzt schon fertig mit den Nerven«, fuhr ich gemütlich fort. »Diese Phase kommt bei Burschen, die ein bisschen mehr Mumm in den Knochen haben, frühestens nach der ersten Nacht.«

Plötzlich begann die Fassade des harten Kerls zu bröckeln. Unmerklich erst, bald schon deutlich erkennbar. Seine Hände wurden unruhig, sein Blick unstet, der rechte Mundwinkel nervös. Als ich schon dachte, ich hätte gewonnen, begann er, die Tischkante zu betrachten, und sagte: »Ab sofort hörst du keinen Ton mehr von mir, Bullenarsch. Ende der Durchsage.«

Ich blätterte in der abgegriffenen Akte, die vor mir lag. Geboren und aufgewachsen war Adrian Horstkotte in Mönchengladbach. Der Vater hatte die Familie sitzen lassen, als sein Sohn drei Jahre alt war, und nur unregelmäßig Unterhalt bezahlt. So hatte die Mutter ihr Kind über weite Strecken allein durchbringen müssen. Immerhin hatte der kleine Adrian es aufs Gymnasium geschafft und mehr schlecht als recht Abitur gemacht. Anschließend hatte er seinen Zivildienst in einem Heim für Schwerstbehinderte in Marburg abgeleistet und dort später ein Studium begonnen mit einer Fächerkombination, die ihm von vornherein jede Chance auf eine spätere Karriere verbaute. Ein wenig Politikwissenschaften, ein wenig Geschichte, ein wenig Kunstgeschichte, ein wenig von allem.

Nach dem dritten Semester hatte er aus unbekannten Gründen die Universität gewechselt und war in Heidelberg aufgetaucht.

Zwei Jahre später hatte er das Studieren endgültig aufgegeben und eine Lehre als Kfz-Mechatroniker begonnen, die er schon nach zwei Monaten wieder abbrach. Wovon er sich seither ernährte, war nicht dokumentiert. Schon in Marburg hatte es Anzeigen gegeben wegen kleinerer Delikte, bei denen meist Alkohol und andere Drogen im Spiel waren.

Zweimal war er rechtskräftig verurteilt worden. Einmal noch in Marburg wegen schwerer Körperverletzung im Rahmen einer wüsten Kneipenschlägerei, in deren Verlauf er drei Männer krankenhausreif geschlagen hatte. Die Strafe wurde zur Bewährung ausgesetzt. Beim zweiten Prozess, jetzt schon in Heidelberg, ging es um einen völlig dilettantisch durchgeführten Überfall auf eine Tankstelle, der ihm eine Beute von siebenunddreißig Euro sowie eine weitere Bewährungsstrafe einbrachte. Irgendwann hatte Horstkotte die Musik für sich entdeckt, und diesen Teil der Geschichte kannte ich im Wesentlichen schon.

»Okay«, sagte ich und klappte die Akte zu. »Dann rede erst mal ich. Wir haben Hinweise darauf, dass Peter von Arnstedt – den Sie ja dummerweise nicht kennen – einen terroristischen Anschlag geplant hat. Und ich habe den starken Verdacht, dass Sie da irgendwie mit drinstecken. Und Ihr Kumpel Jakoby auch.«

Horstkotte rollte die Augen, als hätte er diese Gerüchte schon tausend Mal gehört.

»Von Arnstedt ist tot. Ich habe Beweise dafür, dass jemand dabei nachgeholfen hat. Vielleicht Sie?«

Sein Achselzucken geriet nicht ganz so souverän, wie er vermutlich beabsichtigt hatte. Vom Tod seines Bekannten oder vielleicht sogar Freundes schien er bisher nichts gewusst zu haben. Er öffnete den Mund. Schloss ihn wieder. Schnaubte.

»Ihr Schweine habt Jonas gekillt …«

Seine Zähne waren kräftig und schlecht gepflegt.

»Jakoby ist nicht tot.«

»Der Jo, der war doch …«

Da war plötzlich ein neuer Tonfall.

»Was war er?«, fragte ich sanft.

»So was von harmlos«, flüsterte Horstkotte heiser. »Jo hat keiner Fliege … Das ist doch … Wahnsinn ist das!«

»Immerhin hat er gestern auf einen meiner Mitarbeiter geschossen und heute Morgen schon zum zweiten Mal versucht, sich der Festnahme zu entziehen.«

Dass dieser Schuss aus einem Schreckschussrevolver gekommen war, behielt ich für mich. Wir hatten die Waffe, eine verteufelt echt aussehende Kopie einer Smith & Wesson, Modell 640, in Jakobys Rucksack gefunden.

Mein Gegenüber schwieg mit geschlossenen Augen.

»Wieso hat er versucht zu türmen?«, fragte ich eindringlich. »Was hat er auf dem Kerbholz?«

»Ich habe keine Ahnung. Hatte ihn eine Weile nicht mehr gesehen. Weiß der Teufel, wo der sich rumgetrieben hat die letzten Wochen. Und gestern Abend steht er auf einmal vor der Tür und fragt, ob er ein paar Tage bei uns pennen kann. Total durch den Wind und weiß wie die Wand. Irgendwas ist da passiert, das war mir klar. Aber keiner weiß, was. Wird er durchkommen?«

»Ich weiß es nicht. Niemand weiß es. Aber ich hoffe es genauso sehr wie Sie. Was wissen Sie über ihn?«

Er zog die Nase hoch und den Mund schief. »Nichts, was Bullen was angehen würde.«

Wir waren wieder bei den alten Rollen.

»Bis geklärt ist, wer von Arnstedt auf dem Gewissen hat, bleiben Sie hier«, erklärte ich in amtlichem Ton. »Irgendein Grund für einen Haftbefehl wird sich schon finden.«

Kurz wurde mir bewusst, dass ich dabei war, im Interesse eines skrupellosen Multimilliardärs und potenziellen Kindermörders gegen Gesetze zu verstoßen und zudem meine Stellung zu riskieren.

Horstkotte schwieg mit steinerner Miene.

»Eines kann ich Ihnen versprechen.« Ich beugte mich noch weiter vor, sprach jetzt sehr leise. »Dieses Mal werden Sie keine Bewährung kriegen. Irgendwo werden meine Leute Ihre Fingerabdrücke finden oder andere Spuren. Wir haben noch immer was gefunden, wenn wir lange genug gesucht haben.«

»Ich kenne Typen bei der Zeitung!« Hektisch packte er eine seiner Krücken, die neben ihm am Tisch lehnten, drosch damit auf den Fußboden. »Die werden Blutwurst machen aus dir!«

»Das Dumme ist nur, dass Ihre Freunde bei der Zeitung gar nicht wissen werden, wo Sie stecken.«

Er schnappte nach Luft. In seinen Pupillen glomm Hass. Jetzt stand er kurz davor, sich auf mich zu stürzen. Und das konnte trotz seines verbundenen Fußgelenks gefährlich werden. Ich erhob mich, nahm meine Akte und verließ den Raum ohne ein weiteres Wort. Von zwei Dingen war ich überzeugt: Er wusste mehr, als er zugeben wollte. Und irgendwann, eher früher als später, würde er auspacken.

Adrian Horstkotte standen nun unruhige Stunden bevor. Die schlimmsten Feinde eines Menschen in Haft sind die Nacht, die Einsamkeit und seine Phantasie.

31

Freitag, der erste Oktober. Der Monat begann alles andere als golden. Der Himmel war grau, der Morgen roch nach kaltem Regen. Adrian Horstkottes Blick war trüb, das Gesicht fahl. Aber sein Wille war noch nicht gebrochen. Heute wirkte er wie ein in die Enge getriebenes Tier, das auf die geringste Chance zum Ausbruch lauerte.

»Gut geschlafen?«, fragte ich aufgeräumt, als ich den Vernehmungsraum betrat, wo ich ihn eine halbe Stunde hatte warten lassen.

»Beamtenarsch!«, lautete die harsche Begrüßung. »Mich kriegst du nicht klein!«

Ich setzte mich ihm gegenüber und lächelte ihn an. Ich bot ihm an, einen Anwalt anzurufen, aber plötzlich legte er keinen Wert mehr auf die Anwesenheit eines Rechtsbeistands.

»Wozu?«, knurrte er mit geschlossenen Augen. »Diese Rechtsverdreher machen doch sowieso gemeinsame Sache mit euch. Ich will was trinken.«

Ich ließ ihm eine Cola in der Flasche servieren, die er mit wenigen gierigen Schlucken leerte.

»Das wird dir alles noch grausam leid tun«, sagte er, nachdem er ordentlich gerülpst hatte. »Irgendwann musst du mich laufen lassen, irgendwann komm ich raus, und dann ...«

»Beihilfe zu einem Terroranschlag ist ein Delikt, bei dem man ziemlich lange drin bleibt«, versetzte ich. »Und wer weiß, ob es bei Beihilfe bleibt.«

»Fick dich ins Knie!«

Seine Aggression wirkte nicht mehr echt. Er war müde. Er war unkonzentriert. Und er hatte offensichtlich Angst. Aber noch immer gab er nicht auf. Nicht nur mein Verdächtiger war heute müde. Meine Augen brannten, es fiel mir schwer, mich zu konzentrieren. Auch ich hatte schlecht geschlafen.

»Was ist eigentlich mit Ihrem Fuß?«, fragte ich.

»Geht dich einen feuchten Furz an.«

»Eine Sportverletzung?«

»Fick dich.«

Unser bald wieder sehr einseitiges Gespräch zog sich den ganzen Vormittag hin und führte zu nichts. Schließlich verlor ich die Geduld und ließ ihn wieder in seine Zelle bringen. Die Staatsanwaltschaft hatte auf mein Drängen hin inzwischen einen Haftbefehl erwirkt wegen tätlichen Angriffs auf drei Polizeibeamte in Tateinheit mit schwerer Körperverletzung. Obwohl er keinen festen Wohnsitz nachweisen konnte und in Heidelberg nicht gemeldet war, würde ich den störrischen Burschen dennoch nicht allzu lange festhalten können.

Inzwischen hatte ich endlich erfahren, wie seine Festnahme genau abgelaufen war: Horstkotte hatte durch sein aggressives Verhalten offenbar Jonas Jakobys Flucht decken wollen, indem er die Aufmerksamkeit der SEK-Leute auf sich zog. Daraus ließ sich möglicherweise noch ein weiterer Straftatbestand konstruieren. Weiter konnte ich dieses Spiel allerdings nicht mehr treiben. Ich war schon viel zu weit gegangen. Beim nächsten Mal würde es eine offizielle Vernehmung geben müssen mit Belehrung und allem.

»Good News, Chef«, verkündete Balke, als er mir kurze Zeit später gegenübersaß. »Der Mercedes ...«

Das kriminaltechnische Labor des LKA hatte in dem Wagen, den Peter von Arnstedt vor nun schon fast drei Monaten von Italien nach Heidelberg gefahren hatte, Spuren von nicht weniger als sieben Personen gefunden. Keine dieser Personen war Judith Landers.

Das war ausnahmsweise wirklich einmal eine gute Nachricht. Ich nahm die Brille ab, rieb meine Augen. Nicht nur für den Verdächtigen war das vierstündige Gespräch anstrengend gewesen.

»Der Mercedes ist übrigens eine Doublette. Das Original gehört einem Mailänder Pizzabäcker. Die Papiere haben im Handschuhfach gelegen. Selbst die Spezialisten in Stuttgart haben Mühe gehabt zu erkennen, dass es Fälschungen sind.«

»Die Brigate Rosse haben der RAF schon früher hin und wieder mit gefälschten Papieren ausgeholfen«, erklärte uns Helena Guballa, die wieder einmal gelauscht hatte. »Die Papiere eines Wagens, der beim Anschlag auf Beckurts benutzt wurde, konnte man damals einer Druckerei in der Nähe von Neapel zuordnen.«

»Was ist eigentlich mit dem Autoschlüssel?«, fragte ich.

»Möglich, dass der im Schutt der abgebrannten Hütte liegt«, erwiderte Balke. »Genauso gut möglich, dass ihn wer in der Tasche hat, der den Wagen demnächst zu irgendeiner Schweinerei benutzen will.«

»Ich halte es ja für ziemlich unwahrscheinlich, dass von Arnstedt Kontakte zu den Roten Brigaden hatte.«

»Judith hat welche«, entgegnete meine Bürogenossin ungerührt. »Sie ist seinerzeit öfter für einige Zeit in Mailand untergetaucht. Das ist bewiesen.«

»Gibt es endlich Neuigkeiten aus Pakistan?«

»Leider nein. Ich schreibe täglich Mails. Ich weiß nicht, was da los ist.«

Ich legte die Brille auf den Schreibtisch, lehnte mich zurück und betrachtete die Zimmerdecke. Direkt über mir entdeckte ich etwas, was nach einem Wasserfleck aussah. Würde demnächst auch mein Büro wochenlang saniert werden müssen?

»Was hat es für einen Sinn, nach Italien zu fliegen, von dort ein Auto mit falschen Kennzeichen und Papieren nach Deutschland zu fahren, nur um es hier dann wochenlang rumstehen zu lassen?«, fragte ich die Zimmerdecke.

»Ein dunkelblauer Mercedes fällt bei dem zu erwartenden Nobelkarossen-Auftrieb nicht auf«, meinte Balke. »Vielleicht hatten sie vor, ihn mit Sprengstoff vollzuladen?«

»Ihn wieder an den Ort bringen zu lassen, wo er stand, und rund um die Uhr zu beobachten, bringt vermutlich nichts.«

»Das halte ich auch für sinnlos«, sagte Helena Guballa. »Ich sagte schon mehrfach und wiederhole es gerne noch einmal: Judith ist nicht der Typ, der nur auf ein einziges Pferd setzt.«

»Und ich wiederhole gerne noch einmal: Wir haben keine Spur von ihr in dem Mercedes gefunden«, beendete ich die freudlose Diskussion. »Wir haben bisher außer einem Gerücht aus Italien nicht den geringsten Hinweis darauf, dass sie sich in Deutschland aufhält. Wahrscheinlich sitzt sie in irgendeinem Kuhdorf in Pakistan und mauert in aller Ruhe eine neue Schule.«

Um ein Haar hätte ich »Ende der Durchsage« hinzugefügt.

»Was halten Sie davon, wenn wir die Spielchen lassen und uns zur Abwechslung mal wie ganz normale Menschen unterhalten?«, begann ich am Nachmittag mein drittes Gespräch mit Adrian Horstkotte. Dieses Mal saß ich ihm nicht allein gegenüber. Evalina Krauss leistete uns Gesellschaft und betrachtete den tätowierten Mann mehr neugierig als besorgt.

»Bullen sind für mich keine Menschen«, knurrte er. »Bullen sind die Prügelknechte der herrschenden Klassen.«

Ich erklärte ihm die Tatbestände, deren er verdächtigt wurde, und belehrte ihn über seine Rechte. Er ließ die Prozedur gähnend über sich ergehen.

»Was haben Sie persönlich eigentlich davon, wenn dieser Anschlag stattfindet?«, fragte ich dann.

»Eine Drecksau weniger auf der Welt«, erwiderte er achselzuckend. »Ausnahmsweise mal eine von den großen. Cool!«

»Sie wissen also von dem geplanten Anschlag?«

»Einen Scheiß weiß ich.«

Seine Antwort war den Bruchteil einer Sekunde zu schnell gekommen, und das wusste er ebenso gut wie ich.

»Ich mache Ihnen jetzt einen Vorschlag«, sagte ich sachlich. »Ich mache ihn nur ein Mal, aber Sie müssen sich nicht gleich entscheiden.«

»Ich mache keine Deals mit Bullen.«

»Sie sagen mir, was Sie wissen, und ich lasse Sie laufen. Im anderen Fall werden Sie noch wochenlang gesiebte Luft atmen. Meine Leute haben Sie inzwischen auf einem Video identifiziert. Sie wurden im April bei einer der Montagsdemonstrationen in

Stuttgart dabei gefilmt, wie Sie mit Steinen werfen. Auf Polizeibeamte, und es waren große Steine. Außerdem waren Sie bei einer Gruppe, die einen Müllcontainer auf die Straße geschoben und in Brand gesteckt hat. Mit etwas Glück reicht es sogar für eine Anklage wegen versuchten Totschlags.«

Er schwieg mit bockiger Miene und gesenktem Blick.

»Herr Horstkotte«, sagte ich förmlich. »Sie haben meinen Vorschlag gehört. Übers Wochenende dürfen Sie bei uns wohnen bleiben und haben viel Zeit, sich zu entscheiden. Ich werde dafür sorgen, dass man nett zu Ihnen ist und Sie in Ruhe lässt. Am Montagmorgen sehen wir uns wieder.«

»Fick dich ins Knie!«, lautete seine phantasielose Antwort. »Irgendwann bin ich wieder draußen. Irgendwann. Ich weiß, dass du Kinder hast. Grüß sie von mir.«

Ich erstarrte. Es war nicht das erste Mal, dass man mir während einer Vernehmung drohte. Meist war das sogar ein gutes Zeichen. Ein Zeichen von Schwäche auf der Gegenseite. Die letzte Abwehrfront, bevor die Dämme brachen. Aber es war das erste Mal, dass meine Töchter offen bedroht wurden.

»Bete zu Gott oder zu wem du magst, dass meinen Töchtern in nächster Zeit nichts zustößt«, hörte ich mich mit tonloser Stimme sagen. »Wenn eine von ihnen auch nur einen Kratzer hat, dann werde ich dich finden. Und dann wirst du dir wünschen, du wärst mir nie begegnet.«

»Das wünsche ich mir schon die ganze Zeit«, erwiderte Adrian Horstkotte mit eiskaltem Blick.

»Terrorismus?«, fragte ich entnervt. »Wieso denn jetzt ausgerechnet Terrorismus? Das ist doch kein Thema für ein Buch!«

Wir lagen nackt auf unserer Matratze und hatten uns schon ein wenig gestreichelt, als ich mehr neckisch als ernst gemeint die Frage stellte, was denn nun am Thema ihres neuen Buchs so geheimnisvoll war.

»Es interessiert mich nun mal.« Theresa rückte ab von mir und klang gekränkt. »Kein Grund, gleich so aus dem Häuschen zu geraten.«

»Und deshalb liest du stapelweise Bücher?«

»Ich bin Historikerin und habe einen gewissen Anspruch«,

erwiderte sie schnippisch. »Es wird aber kein reines Sachbuch werden, keine Sorge. Mir schwebt eine Art teilfiktiver Tatsachenroman vor. Mit ein paar Liebesgeschichten garniert. Sonst liest das ja kein Mensch.«

»Sex sells. Das haben schon die alten Griechen gewusst. Und was sagt dein Verleger dazu?«

»Nichts. Er weiß noch nichts von seinem Glück.«

Für eine Weile schwiegen wir nebeneinander her. Schließlich versuchte ich, sie an mich zu ziehen. Dieses Mal war es meine Schuld. Ich hatte überreagiert. Auf gewisse Worte reagierte ich inzwischen wie ein Pawlow'scher Hund. Theresa sträubte sich.

»Ich habe gewusst, dass du so reagieren würdest.«

»Wie ich leider den starken Verdacht habe, dass du eine gewisse Sympathie für die Leute empfindest.«

Sie setzte sich auf, zog die Decke bis zu den Schultern.

»Die Menschen, die die Bastille gestürmt haben, waren Terroristen. Die Rädelsführer der Bauernkriege waren in den Augen ihrer Zeit Terroristen. Die Männer des zwanzigsten Juli waren aus Sicht der Nazis selbstverständlich Terroristen. Ohne die Terroristen der Vergangenheit wären wir heute immer noch Leibeigene.«

»Das alles ist mir auch klar«, stöhnte ich. »Ob einer in den Geschichtsbüchern als Verbrecher steht oder als Freiheitskämpfer, hängt davon ab, wer gewonnen hat. Aber es gibt nun mal Gesetze in unserem Land. Und meine Aufgabe ist es nun mal, dafür zu sorgen, dass sie eingehalten werden.«

Die Art, wie sie das Wort »Natürlich« aussprach, war hart am Rande der Beleidigung.

»Ich persönlich bin mit unserem gegenwärtigen System ganz zufrieden«, fuhr ich fort. »Und vor allem lege ich keinen Wert darauf, dass irgendwelche dahergelaufenen Spinner ein neues installieren, das dann vermutlich bald in einer Diktatur enden würde.«

Sie sah mich erstaunt an. Schluckte eine scharfe Erwiderung herunter.

»Wie kann man denn mit diesem System zufrieden sein, um Himmels willen?«, fragte sie stattdessen. »Gesellschaftssysteme müssen sich ändern, immer wieder, weil die Bedingungen sich ständig ändern. Im Mittelalter war die Monarchie die beste aller Regierungsformen, weil eine Demokratie gar nicht funktioniert hätte. Heute ist das anders. Heute können die Menschen lesen, sie haben Fernsehen und Internet. Sie sind informiert. Und der Übergang von einem System zum anderen verläuft in den seltensten Fällen friedlich.«

»Und die leitenden Polizeibeamten dürften seinerzeit auch nicht übermäßig entzückt gewesen sein von den Unruhen.«

Lange starrten wir schweigend in verschiedene Ecken.

»Theresa, bitte«, sagte ich schließlich. »Das hat doch keinen Sinn. Ich habe keine Lust zu streiten.«

»Weil du weißt, dass du im Unrecht bist«, versetzte sie kühl.

»Das sind doch wichtige Themen, mein Gott!«

»Du brauchst mich nicht mit ›mein Gott‹ anzusprechen.«

Die Bemerkung hatte ein Scherz sein sollen und bewirkte das genaue Gegenteil.

»Du steckst in einem Konflikt«, stieß sie hervor, »und willst es nicht zugeben, weil du dann nämlich in Argumentationsschwierigkeiten kämst.«

Ich schluckte die Bemerkung herunter, dass ich auf kostenlose psychologische Beratung durch Hobbyanalytikerinnen gut verzichten konnte.

»Ich finde, du solltest wieder rauchen«, sagte ich stattdessen.

Fast hätten wir beide gelacht. Auch Theresa fühlte offenbar, dass sie den Bogen überspannt hatte. Sie rückte wieder näher. Aber die Stimmung war verdorben. Da half auch Sekt nicht mehr. Später kleideten wir uns schweigend an. Der Kuss, den wir zum Abschied tauschten, schmeckte kalt und förmlich. Draußen regnete es immer noch.

An diesem Abend begann ich, Ron Henderson zu hassen.

32

Am Sonntag erreichte mich eine neue Hiobsbotschaft: Abu Thala alias David Hinrichs war verschwunden. Tagelang hatte er sein Hotelzimmer im Norden Athens kaum verlassen. Nach Erkenntnissen der Amerikaner hatte er in dieser Zeit nicht telefoniert, keine anderen jungen Männer getroffen, sich nicht an Orten herumgetrieben, wo sich viele Menschen aufhielten. Und nun war er einfach weg.

»Liebekind hat schon angerufen«, eröffnete mir Sönnchen am Montagmorgen. »Sie sollen bitte gleich in sein Büro kommen.«

»Halten Sie den Mann denn für eine ernsthafte Bedrohung?«, fragte mein Chef, noch bevor er meine Hand losgelassen hatte.

»Ja und nein«, erwiderte ich. »Die al-Qaida stößt alle Tage finstere Drohungen aus. Die Amerikaner scheinen die Sache allerdings ziemlich ernst zu nehmen. Wir können nur hoffen, dass sie seine Spur wiederfinden, bevor er Deutschland erreicht. Er wird hier im Umfeld Kontaktleute haben. Für das, was er vermutlich plant, braucht er Waffen, Sprengstoff, Ortskenntnis. Das schafft er nicht allein. Es muss Unterstützer geben.«

»Halten Sie es für möglich, dass er mit dieser ominösen Judith Landers in Kontakt steht?«

»Für möglich halte ich zurzeit vieles.«

»Wie denken die Amerikaner über diesen Punkt?«

»Das weiß ich nicht. Sie rücken praktisch nur die Informationen heraus, die wir sowieso schon haben.«

»Sie haben heute Morgen auch den Artikel in der Zeitung gelesen?«

Ich nickte. Angelo Stober war der Autor des Geschreibsels. Natürlich war es um Jonas Jakobys Sturz vom Dach gegangen. Warum die Polizei so ungewöhnlich brutal vorgehe, fragte sich der Journalist besorgt. Ob man vielleicht mit etwas Schlimmem rechnete und die Bevölkerung bewusst im Unklaren ließ über die drohenden Gefahren.

»Auffallend nervös sind wir angeblich«, sagte ich. »Und unsere Pressestelle verdächtig zugeknöpft.«

»Sogar das abgebrannte Haus hat er erwähnt«, fügte Liebekind hinzu und kratzte sich am Kinn.

»Und von dem Sprengstoff hat er auch irgendwie erfahren. Dass es nur eine kleine Menge war, hat er natürlich unterschlagen.«

»Wie kann der Mann all diese Dinge wissen?«

»Überhaupt nicht. Er weiß praktisch nichts. Was er geschrieben hat, stammt überwiegend aus zweiter oder dritter Hand. Größtenteils sind das Spekulationen und mehr oder weniger intelligent zusammengereimte Halbwahrheiten. Aber natürlich kann er eins und eins zusammenzählen.«

Liebekind musterte mich in einer Mischung aus Sorge und Verwirrung.

»Was hat er davon? Was will er?«

»Was alle wollen: Karriere machen.«

»Kennen Sie diesen Herrn Stober näher?«

»Ich bin ihm vor ein paar Tagen zufällig über den Weg gelaufen.«

»Wie sollen wir reagieren? Ein offizielles Dementi?«

»Ich bin für das Gegenteil: Umarmungstaktik. Ich lade ihn zu einem Exklusivinterview ein, sage ihm im Vertrauen ein paar Dinge, die er schon weiß oder vermutet, und nehme ihm das Versprechen ab, nichts mehr ohne Rücksprache mit mir zu veröffentlichen.«

Liebekind nickte bedächtig hinter seinem Beichtstuhlschreibtisch aus dunklem Holz. Jetzt erst fiel mir auf, dass der Humidor verschwunden war, der früher im Regal hinter ihm gestanden hatte. Ein Humidor voller kostbarer Zigarren, die er niemals ansteckte, sondern nur hin und wieder hingebungsvoll beschnupperte.

»Sie wirken nervös, lieber Herr Gerlach«, fand mein Vorgesetzter. »Macht Ihnen diese Zeitungsgeschichte solche Sorgen?«

Ich winkte so hastig ab, dass es wie eine Bestätigung wirken musste. Aber es ging ihn nun wirklich nichts an, dass ich mich das halbe Wochenende lang über seine Frau geärgert hatte.

»Meine Töchter«, log ich.

»Ein schwieriges Alter«, meinte mein Chef gütig, der nie im Leben Kinder gehabt hatte. »Aber ich denke, das Schlimmste liegt bald hinter Ihnen.«

Es war nicht einmal eine Lüge gewesen, wurde mir bewusst. Mein Wochenende war so ruhig wie trübsinnig verlaufen. Mit Theresa hatte ich wortkarge SMS ausgetauscht über das Wetter und den kommenden Herbst. Ich war abwechselnd auf sie und auch mich selbst wütend gewesen. Und als dann meine Töchter beim heutigen Frühstück wieder einmal von Ron Hendersons

Schreckenstaten anfingen, war mir der Kragen geplatzt. Die Henderson Building and Construction habe überall auf der Welt die Finger im schmutzigen Spiel, wo ordentliche Gewinne abzuräumen waren, meinten die Zwillinge herausgefunden zu haben. Sogar beim Tiefseebohrloch im Golf von Mexiko, aus dem monatelang Millionen Tonnen Rohöl ins Meer gesprudelt waren, sei die HBC angeblich irgendwie beteiligt gewesen.

»Sie haben schlechten Beton genommen, haben wir gelesen.«

Außerdem hätten sie auf Haiti ein zwanzigstöckiges Hochhaus gebaut, das bei dem großen Erdbeben eingestürzt war.

»Hundertneunzig Tote hat es gegeben!«

»Obwohl sie genau gewusst haben, dass es da Erdbeben gibt.«

Hendersons Firma hatte sich beim Bau des Hochhauses aus Kostengründen an die auf Haiti geltenden Bauvorschriften gehalten, wurde mir erläutert, und nicht an die sehr viel strengeren, die in den USA galten. Ich hatte mich zunächst rundweg geweigert, irgendetwas von dem zu glauben, was sie mir da auftischten.

Meine Töchter waren fassungslos gewesen. Sie konnten nicht begreifen, dass solche Gemeinheiten geschehen konnten, ohne dass eine höhere Macht einschritt. Ohne dass jemand zur Verantwortung gezogen wurde. Ihr Glaube an das Gute im Menschen war zum ersten Mal in ihrem jungen Leben ernstlich erschüttert. Keinen meiner Erklärungsversuche wollten sie gelten lassen.

»Er hat persönlich angeordnet, dass überall nur noch nach den örtlichen Vorschriften gebaut wird«, empörte sich Louise. »Du kannst es bei Wikileaks nachlesen, wenn du uns nicht glaubst.«

»Selbst wenn es so wäre, wie ihr behauptet«, hatte ich entnervt geantwortet. »Die Verantwortung liegt bei den Politikern, die diese Vorschriften erlassen haben, und nicht bei denen, die sie befolgen. Und jetzt will ich frühstücken und nichts mehr von euren Schauergeschichten hören.«

Es half nichts. Für sie war und blieb Henderson ein Finsterling, und sollte ein Terrorist es schaffen, ihn zu töten, dann würden sie Beifall klatschen, jawohl.

»Jeder normale Mensch würde für das, was der alles verbrochen hat, ins Gefängnis kommen«, schimpfte Louise.

»So ist das nun mal«, hatte ich wütend gekontert. »Die Welt ist nicht immer gerecht. Sie war es nie, und sie wird es nie sein.«

Sie warfen mir vor, das Thema würde mich in Wahrheit überhaupt nicht interessieren, obwohl es doch meine wichtigste Aufgabe sei als Polizist: für Gerechtigkeit zu sorgen. Ich hatte entgegnet, sie gingen mir auf die Nerven und könnten sich ja einen besseren Vater suchen, wenn sie mit ihrem alten nicht zufrieden waren.

Zum Glück mussten sie irgendwann zur Schule.

Adrian Horstkotte hatte sich übers Wochenende nicht allzu viel überlegt. Er blieb dabei, den Namen Peter von Arnstedt nie gehört zu haben, Jonas Jakoby nur flüchtig zu kennen, nichts von einem geplanten Anschlag zu wissen und außerdem in keiner Weise mit den Bütteln der monopolkapitalistischen Staatsmacht kooperieren zu wollen. Sein lädiertes Auge schillerte inzwischen wirklich in allen Farben des Regenbogens.

Anschließend rief ich Rolf Runkel zu mir, der seit heute aus dem Urlaub zurück war. Ich bat ihn, sich um Jakobys Vorgeschichte zu kümmern und seinen Freundes- und Bekanntenkreis zu durchleuchten. Runkel war ein älterer Mitarbeiter, den ich gerne mit nicht allzu wichtigen und vor allem nicht übermäßig dringenden Aufgaben betraute. Aber es half nichts, er war der Letzte meiner Leute, der noch nicht bis zur Halskrause mit Arbeit eingedeckt war. Nach Runkels beeindruckender Bauernbräune zu schließen, hatte er seinen Urlaub im heimischen Gemüsegarten oder beim Umbau seines Hauses verbracht.

Die Tür öffnete sich. Balke und Krauss kamen zur morgendlichen Fallbesprechung.

»Mir ist in der letzten Nacht ein Gedanke gekommen«, sagte Helena Guballa, noch bevor sie Platz genommen hatten. »Es wäre doch denkbar, dass der Mensch, der das Haus in Brand gesteckt hat, ein Handy bei sich hatte. Wurde das schon abgeprüft?«

»Sagen wir mal so«, antwortete Balke an meiner Stelle. »Wir sind noch nicht dazu gekommen.«

»Falls es so wäre«, fuhr sie fort, »dann müsste in den Protokolldateien irgendeines Providers ein Handy auftauchen, das vorher und nachher nicht dort war«

Balke sah mich an. Ich sah ihn an. Runkel sah abwechselnd uns beide an. Evalina Krauss nagte auf der Unterlippe.

»Es ist ein Ansatz, den wir noch nicht verfolgt haben«, gab ich zu. Was ziemlich peinlich war.

»Vor allem ist es höllisch viel Arbeit«, meinte Balke. »Und wir haben alle wirklich genug auf dem Schreibtisch ...«

Es war klar, dass dies keine Aufgabe für Runkel war. Und niemand sonst hatte noch Luft für zusätzliche Aufgaben.

»Ich denke«, sagte ich nach kurzem Überlegen und griff zum Telefon, »ich weiß, wem ich das aufs Auge drücke.«

Klara Vangelis war begeistert.

»Das mache ich gerne«, verkündete sie. »Ich muss nur noch rasch den Kleinen füttern, dann lege ich los. Zum Glück schläft er in letzter Zeit besser. Wie komme ich an die Daten? Wurde das Verbot der Vorratsdatenspeicherung inzwischen wieder aufgehoben?«

»Es ist ja nicht so, dass die Handyprovider die Verbindungsdaten nicht mehr speichern würden«, sagte ich. »Sie dürfen sie nur nicht mehr herausrücken. Aber ich denke, ich weiß, wie wir das Problem lösen.«

Nur der Form halber rief ich die Staatsanwaltschaft an und stieß dort wie erwartet auf erstaunte Ablehnung. Die nächste Nummer, die ich wählte, war die von Keith Sneider. Anfangs zierte er sich ebenfalls. Als er allerdings hörte, bei den beiden Toten handle es sich möglicherweise um Unterstützer eines geplanten Terroranschlags, wurde er hellhörig.

In der folgenden Dreiviertelstunde wurde einmal rund um den Erdball telefoniert. Erst viel später, als längst alles vorbei war, erfuhr ich von Sneider, was in diesen fünfundvierzig Minuten geschah. Unmittelbar nach unserem Telefonat wählte er eine lange Nummer und sprach mit jemandem in Washington, DC, wo es zu diesem Zeitpunkt vier Uhr morgens war. Von der Behörde, für die er arbeitete und deren Namen er mir immer noch nicht verraten hatte, wurde sein Anliegen an das amerikanische Außenministerium weitergereicht. Ein hoher Beamter, der dort seinen Bereitschaftsdienst absaß, klingelte daraufhin zwei leitende Mitarbeiter der CIA aus den Betten. Einer der beiden telefonierte mit einer Dame in der amerikanischen Botschaft in Berlin, die sich schließlich mit jemandem im deutschen Innenministerium in Verbindung setzte.

Zwei Stunden später hatte Klara Vangelis sämtliche Dateien, die sie für ihre Recherchen benötigte, auf ihrem privaten Laptop, und ich hoffte inständig, dass niemals irgendjemand von dieser gesetzeswidrigen, weltumspannenden Amtshilfe erfahren würde.

»Vielleicht schaue ich in den nächsten Tagen wieder mal bei Ihnen vorbei«, sagte sie, bevor sie gut gelaunt ans Werk ging. »Sie hatten recht. Ich habe wirklich ein bisschen Heimweh nach meinem Büro.«

Jakoby war nicht vorbestraft, erfuhr ich beim Mittagessen von Rolf Runkel, der auf seine neue, verantwortungsvolle Aufgabe stolz zu sein schien. Jakoby hatte noch nicht einmal Punkte in Flensburg, was nicht weiter verwunderlich war, denn er besaß keinen Führerschein.

Am späten Nachmittag erschien Runkel ungerufen bei mir, um nun schon etwas ausführlicher Bericht zu erstatten. Zur Welt gekommen war Jakoby vor einunddreißig Jahren auf einem Bauernhof in der Nähe von Ansbach. Nach der mittleren Reife hatte er eine Lehre als Möbelschreiner begonnen und als Jahrgangsbester Bayerns abgeschlossen. Anschließend hatte er noch einige Monate in der Firma seines Lehrherrn gearbeitet, der ihn jedoch trotz seiner Qualitäten wegen plötzlicher wirtschaftlicher Turbulenzen entlassen musste. Schon damals hatte Jakoby sich für den Umweltschutz und gegen die Wiederaufbereitungsanlage Wackersdorf engagiert. Er hatte sich an Gleise gekettet, in Betonklötze einbetonieren lassen, tagelang bei Minustemperaturen und Eisregen in Baumwipfeln campiert. Niemals war er jedoch als gewalttätig aufgefallen.

»Und wie hat es ihn nach Heidelberg verschlagen?«

Runkel zog eine leidende Grimasse. Er machte nicht den Eindruck eines Menschen, der drei Wochen Urlaub hinter sich hatte. Vermutlich hatte er tatsächlich wieder einmal an seinem Haus in Ziegelhausen herumgebaut. Erst vor wenigen Jahren hatte er im stattlichen Alter von achtundvierzig Jahren eine Philippinin geheiratet, von der Balke hartnäckig behauptete, Runkel habe sie im Internet gefunden, sich jedoch beim Eintippen der Bestellnummer irgendwie vertan. Die Angetraute – die ich bisher nie zu

Gesicht bekommen hatte – war nach Balkes Überzeugung die definitiv hässlichste Frau der Welt. Und mit dieser Frau zeugte Runkel nun nahezu im Jahrestakt Nachwuchs. Weshalb sein Häuschen in regelmäßigen Abständen vergrößert werden musste.

»Weiß ich noch nicht«, gestand der Häuslebauer. »Ich weiß nur, vor drei Jahren ist er zum ersten Mal hier aufgetaucht. Seither hat er keinen festen Wohnsitz mehr. Und richtig was gearbeitet hat er anscheinend auch nicht.«

»Wovon lebt er dann?«

»Putzen, Gemüsekisten schleppen beim Mannheimer Großmarkt, Zeitungen austragen. Aber immer nur für ein paar Wochen. In letzter Zeit soll er sogar gebettelt haben. Alles, was dem gehört, passt in seinen komischen Rucksack, das muss man sich mal vorstellen! Die anderen in der WG sagen, er wär immer wieder mal aufgekreuzt, aber nie lang geblieben. Anscheinend hat er verschiedene von diesen Chaotenwohnungen gekannt und da gepennt, wo grad was frei war. Bei diesen Chaoten ist das anscheinend so üblich, dass man nichts fürs Übernachten zahlt.«

»Was ist mit Freunden? Kumpels?«

»Nichts. Kennen tun ihn viele. Mögen tut ihn anscheinend keiner. Ich mein halt, der ist sogar den Chaoten ein bisschen zu chaotisch.«

»Denken Sie denn, Jakoby ist wichtig?«, fragte Helena Guballa, als Rolf Runkel die Tür mit kräftigem Ruck hinter sich zugezogen hatte.

»Jemand, der mit der Waffe auf einen meiner Leute zielt, ist für mich immer wichtig«, erwiderte ich ungnädig. »Außerdem interessiert mich brennend, warum er so eine Heidenangst vor der Polizei hat.«

Draußen wurde es plötzlich heller, nachdem es schon das ganze Wochenende und den heutigen Tag über leicht geregnet hatte. Theresa hatte mir am Vormittag per SMS einen angenehmen Tag gewünscht. Meine Antwort war ähnlich kurz ausgefallen. Anschließend hatte ich nichts mehr von ihr gehört. Lustlos diskutierte ich mit Helena Guballa einige Theorien, in welcher Weise Jakoby und Horstkotte mit Prochnik und von Arnstedt in Zusammenhang zu bringen wären. Aber es führte zu nichts. Wir wussten einfach zu wenig über die beiden. Und Adrian Horstkotte schien ja nicht vorzuhaben, mir in irgendeiner Form weiterzuhelfen.

»Haben Sie heute Abend schon etwas vor?«, fragte meine Bürogenossin irgendwann völlig überraschend.

»Nein«, erwiderte ich. »Eigentlich nicht.«

»Hätten Sie Lust, unser nettes Gespräch von letzter Woche fortzusetzen?«

Um ein Haar hätte ich erwidert: »Warum nicht?« Stattdessen sagte ich: »Aber ja. Gerne.«

»Natürlich nur, wenn Sie mögen.«

»Wirklich gerne«, beeilte ich mich zu versichern. »Ich freue mich.«

Worüber ich mich tatsächlich freute: So konnte ich meinen Töchtern und weiteren Diskussionen über einen gewissen Ron Henderson aus dem Weg gehen. Und dann gab es da ja auch noch das Thema Pille …

33

Um zehn nach sieben schloss ich unser gemeinsames Büro ab, und wir gingen zusammen denselben Weg wie beim letzten Mal. Ein kräftiger Wind schüttelte die Bäume durch. Tief hängende Wölkchen sausten über die Stadt nach Osten. Heute trug Helena Guballa wieder ihren Dufflecoat, und sie war ungewohnt gesprächig. Sie lobte Heidelberg, den Neckar, die freundlichen Menschen, das immer wieder aufs Neue beeindruckende Schloss.

Als wir die Altstadt erreichten, hörten wir in der Ferne Megafonstimmen und vielstimmiges Geschrei. Streifenwagen mit Blaulicht rauschten an uns vorbei. Wir vermuteten eine nicht angemeldete Demonstration.

»Fast hätte ich damals hier studiert«, sagte meine Begleiterin, als wir in die Märzgasse einbogen. »Sie haben mich aber nicht genommen. Meine Noten …« Sie lachte verlegen. »Ich war keine besonders fleißige Schülerin.«

»Wo sind Sie stattdessen gelandet?«

»In Frankfurt. Ich habe mich dort nie wirklich wohlgefühlt.«

Wir redeten, was man so redet, wenn man sich nichts zu sagen hat. Ich dachte an Adrian Horstkotte und fragte mich, was er mir wohl so hartnäckig verschwieg. Inzwischen war ich überzeugt, dass er und Jakoby mit dieser Terrorgeschichte zu tun hatten.

Helena Guballa erzählte mir gerade irgendeine Anekdote von Paderborn, ihrer Geburtsstadt, in der der Bischof eine wichtige Rolle spielte. Dabei lächelte sie mich manchmal von der Seite an, als gäbe es ein Einverständnis zwischen uns, das nicht existierte. Inzwischen waren die rhythmischen Sprechchöre und das nervöse Megafongeplärre der Demonstration deutlich zu hören.

Eine Weile hatte die Kollegin in einem Städtchen in der Nähe der belgischen Grenze gelebt, dessen Namen ich noch nie gehört und Sekunden später schon wieder vergessen hatte. Darüber wusste sie wenig zu berichten, und aus ihrer plötzlichen Einsilbigkeit schloss ich, dass diese Phase ihres Lebens vielleicht mit dem Thema »kein Glück mit festen Beziehungen« zu tun hatte.

Als wir das Essighaus erreichten, kamen einige dunkel gekleidete Gestalten die Straße heruntergerannt. Alle waren jung und trugen Sportschuhe und Kapuzen. Augenblicke später waren sie schon um die nächste Ecke verschwunden. Unseren Tisch am Fenster fanden wir besetzt, das Lokal war voller als beim letzten Mal. Notgedrungen wählten wir einen Tisch an der Wand.

»Von hier können Sie Judiths alte Wohnung aber nicht sehen«, sagte ich. Sie hatte sich hübsch gemacht, fiel mir erst jetzt auf. Zum ersten Mal war sie heute nicht in Jeans und Pulli zum Dienst erschienen, sondern in einer Bluse und einer anthrazitfarbenen, weit geschnittenen Tuchhose. Anstelle der üblichen flachen Schuhe trug sie halbhohe Pumps, auf denen sie sich jedoch ebenfalls lautlos bewegen konnte. Wieder einmal wurde mir bewusst, dass gute Laune einen Menschen um vieles schöner macht als eine griesgrämige Miene.

»Hin und wieder haben auch die fleißigsten Zielfahnderinnen Feierabend«, erklärte sie vergnügt. Dann wurde sie plötzlich ernst. »Man muss es ab und an aus dem Kopf kriegen. Man wird sonst verrückt.«

Wir nahmen an dem kleinen, quadratischen Tisch Platz. Ich auf der Bank an der Wand, sie auf dem Stuhl gegenüber, mit dem Rücken zum Fenster.

Die obersten drei Knöpfe ihrer Bluse standen offen. Mindestens einer zu viel, fand ich. Über ihrem ohne Anstrengung sichtbaren Brustansatz baumelte eine hübsche bunte Kette. Zudem duftete sie nach einem für meinen Geschmack eine Spur zu schwülstigen Parfüm. Sie musste es sich erst kurz vor unserem Aufbruch an den Hals getupft haben, denn den Tag über war mir nichts aufgefallen.

Ihr Ernst war schon wieder verflogen. »Was war das für ein Wein, den wir letztes Mal hatten?«, fragte sie unternehmungslustig. »Ich nehme wieder denselben.«

Sie hatte die Unterarme auf den Tisch gestützt und sich ein wenig vorgebeugt, sodass es mir schwerfiel, nicht unentwegt auf ihre keineswegs zu verachtende Oberweite zu starren. Aber ich war für so etwas immun. One-Night-Stands waren nicht mein Fall. Schon gar nicht mit Kolleginnen. Und dann gab es ja noch Theresa. Obwohl …

Unser Wein kam. Wir lachten gerade über irgendetwas. Sie hatte ein schönes, unverkrampftes Lachen, wenn sie so entspannt war wie heute. Dieses Mal bestellten wir kein Schnitzel, sondern Steaks mit Kräuterbutter und Bratkartoffeln.

Und natürlich sprachen wir am Ende doch wieder über die Terroristin.

»Träumen Sie manchmal von ihr?«, fragte ich.

»Oft«, erwiderte sie mit plötzlichem Ernst. »Man darf sich nicht zu sehr einlassen. Wenn man sich zu lange mit einem Menschen beschäftigt, dann fängt man am Ende noch an, zu denken wie er. Zu fühlen wie er.«

Sie spielte mit ihrem braunen Haar, sah mir öfter in die Augen als nötig. Wir bestellten zwei weitere Viertel. Das Lokal war inzwischen bis auf den letzten Platz besetzt. Die Luft war vom Essensgeruch feucht und schwer geworden. Ich war immer noch müde, fühlte mich dennoch merkwürdig wohl.

Irgendwann begann Helena Guballa, mir wortreich etwas zu erklären. Dazu zeichnete sie eine Skizze, wofür ihre Serviette herhalten musste. Damit ich besser sehen konnte, rutschte sie von ihrem Stuhl zu mir herüber auf die Bank. Unsere Unterarme berührten sich. Sie fühlte sich warm an. Unsere Köpfe kamen sich nah. Plötzlich fand ich ihr Parfüm gar nicht mehr schwülstig, und wenn sie wollte, konnte Helena Guballa eine ziemlich anziehende Frau sein. Schon viel zu lange berührten sich unsere Knie unter dem Tisch. Gewiss nicht zufällig streifte ihre Hand die meine. Während sie weiter zeichnete und in einem fort redete, entdeckte ich, dass sie Linkshänderin war.

Plötzlich sah sie auf, lächelte mich an, ein tiefer Blick aus unergründlichen rehbraunen Augen. Mir wurde bewusst, dass sie heute keine Brille trug.

»Bisschen laut hier«, sagte sie leise, »finden Sie nicht auch?«

»Sollen wir ein paar Schritte gehen?«, schlug ich vor.

Sie nickte mit einem Glitzern in den Augen, als hätte ich einen sehr unanständigen Vorschlag gemacht. Wir bezahlten, die schwüle Luft vibrierte, in meinem Kopf waberten warme Nebel. Der freche Student, der uns bedient hatte, war nicht davon abzubringen, ich hätte drei Viertel Wein gehabt und nicht nur zwei. Helena Guballa lachte jetzt über alles und hatte heute nichts dagegen einzuwenden, dass ich ihre Rechnung übernahm.

»Nächstes Mal bin ich aber dran«, meinte sie kichernd, als wir zum Ausgang drängelten.

Wir traten in die kühle Nachtluft hinaus, und sie hakte sich ganz selbstverständlich bei mir unter. Ohne dass wir uns abgesprochen hätten, gingen wir rasch und im Gleichschritt in Richtung Osten, bogen an der nächsten Ecke rechts ab, erwischten an der Friedrich-Ebert-Anlage, ohne auch nur eine Sekunde warten zu müssen, ein freies Taxi, fielen lachend und erhitzt auf den Rücksitz.

Helena schmiegte sich sofort und unerwartet hemmungslos an mich. Seit einiger Zeit waren wir offenbar beim Du. Ich küsste sie nicht weniger selbstverständlich, und sie schmolz in meinen Armen, als hätte sie seit Jahren keine fremden Lippen mehr auf den ihren gefühlt.

»Was wir hier treiben, ist aber ziemlich unprofessionell, liebe Frau Kollegin«, sagte ich irgendwann.

»Gegen jede Dienstvorschrift«, seufzte sie wohlig schaudernd. »Vollkommen verboten.«

Der Taxifahrer, ein massiger Russe in den Sechzigern, der nur gebrochen Deutsch sprach, beobachtete uns anzüglich grinsend im Rückspiegel.

Wie meine Hand in ihre Bluse geraten war, hätte ich beim besten Willen nicht sagen können. Ihre überraschend festen Brüste fühlten sich verteufelt gut an. Augenblicke später atmete sie schon, als stünde sie kurz vor dem ersten Orgasmus.

Als ich am Dienstagmorgen leicht verspätet ins Büro kam, fand ich es zu meinem Schrecken voller Menschen. Ich hatte einen Termin verbummelt, den ich am Vorabend selbst anberaumt hatte. Neun Uhr, Fallbesprechung. Jetzt war es zehn nach, und zu meiner Erleichterung schien auch Helena verschlafen zu haben. Balke, Krauss und Runkel hatten schon ohne mich angefangen. Ich murmelte eine Entschuldigung und setzte mich an meinen Platz. Einer der großen Vorteile des Chefseins ist, dass niemand schimpft, wenn man zu spät kommt.

»Klara hat angerufen«, berichtete Balke gerade. »Die Sache mit den Handys ist anscheinend doch nicht so einfach.«

Der Nachteil ist, dass es spätestens nach dem Mittagessen jeder im Haus weiß.

»Unglaublich, wie viele Handys im fraglichen Zeitraum in der fraglichen Funkzelle waren. Es sind Tausende von Datensätzen, die sie auswerten muss.«

»Wir suchen nach einem, das nach der Brandnacht nie wieder im Netz war«, warf ich ein in der Hoffnung, es möge eine kluge Bemerkung sein. Niemand schien sie zur Kenntnis zu nehmen.

»Klara denkt aber, sie kriegt das bis morgen hin«, fuhr Balke fort. »Sie hat einen Cousin, der Informatik studiert und ihr ein Programm schreibt. Damit kann sie die Daten automatisch nach verschiedenen Kriterien sortieren.«

»Hoffentlich kommt nie raus, was wir da machen«, stöhnte Evalina Krauss.

»Wieder mal typisch«, maulte Rolf Runkel. »Die Gerichte behindern nicht die Ganoven, sondern uns, die Polizei.«

»Haben Sie schon von der Demo gehört?«, fragte Krauss, an mich gewandt.

»Es hat was in der Zeitung gestanden von einer unangemeldeten Demonstration«, sagte ich vorsichtig. »Ich habe es aber nur flüchtig überflogen. Ich war heute Morgen ein bisschen … na ja, spät dran.«

Anlass der illegalen Kundgebung, die sich anfangs auf dem Marktplatz und später auf dem nicht weit davon entfernten Kornmarkt abgespielt hatte, waren wir selbst. »Bullen killen Jonas«, hatte die Parole gelautet. »Mord im Dienst des internationalen Großkapitals.« Diese und ähnliche Sprüche hatten auf Plakaten gestanden, welche die Demonstranten an massive Holzstangen getackert hatten. Als die Kollegen nach wiederholten Aufforderungen zur Auflösung der ungenehmigten Versammlung schließlich handgreiflich werden mussten, hatten die Demonstranten diese Stangen rasch zu handlichen und äußerst wirkungsvollen Schlagstöcken umfunktioniert. Der Einsatzleiter hatte jedoch seine Deeskalationskurse zum Glück nicht umsonst besucht. So hatte es am Ende so gut wie keine Verletzten gegeben. Einige der Demonstranten aus vorderster Linie hatte man zur Feststellung der Personalien vorübergehend in Gewahrsam genommen. Inzwischen waren die meisten schon wieder auf freiem Fuß.

»Haben Sie auch den Kommentar dazu gelesen?«, fragte Krauss, während Helena lautlos eintrat, nach einem verlegenen Nicken in meine Richtung stumm an ihrem Schreibtisch Platz nahm. Das Nicken war völlig unverfänglich gewesen, ohne Augenzwinkern oder auch nur ein Lächeln.

»Nein«, gab ich zu.

»Dieser Stober hat ihn geschrieben. Der schießt sich anscheinend auf uns ein. Wieso wir so brutal mit den armen Demonstranten umspringen, wo die doch angeblich ganz friedlich gewesen sind.«

Die Zwillinge hatte ich am Morgen nur kurz gesehen. Sie waren wütend gewesen auf mich, aber es war zu keinen neuen Diskussionen gekommen. Nachdem sie wie üblich in letzter Minute losgezogen waren, hatte ich mich wieder an meinen PC gesetzt und festgestellt, dass ihre Gruselgeschichten vom Vortag im Wesentlichen den Tatsachen entsprachen. Nicht nur bei dem Bohrloch im Golf von Mexiko und bei dem Hochhaus in Port-au-Prince hatte man am Beton gespart. Auch in vielen anderen Ländern der Dritten Welt hatte die HBC – oft mit Auftrag der US-Regierung – Großprojekte abgewickelt und sich dabei stets streng an die örtlichen Bauvorschriften gehalten und nicht an die meist sehr viel strengeren Normen, die in entwickelten Ländern galten. Und dies nicht nur mit Wissen, sondern auf ausdrückliche Weisung Ron Hendersons. Der amerikanische Wirtschaftsminister schien das Lieblingsthema zahlloser Foren in allen möglichen Sprachen zu sein. Fast überall ging es um seine angeblichen oder nachgewiesenen Missetaten, bei denen es immer nur ein Ziel gab: höheren Profit.

Da ich schon einmal vor dem Monitor saß, hatte ich mich bei Facebook angemeldet. Meine stille Hoffnung war, das Studium von Louises Profil würde mir die Antwort auf die Frage liefern, für wen sie seit Neuestem die Pille nahm. Aber meine Tochter teilte die meisten Informationen über sich nur mit ihren Freunden. Und Facebook schien mich nicht zu ihren Freunden zu zählen. Ein klein wenig hatte mich wohl auch die Angst vor dem PC festgehalten, ich könnte in meinem Büro auf jemanden treffen, der heute Morgen vermutlich nicht allzu gut auf mich zu sprechen war.

Da es nichts weiter zu besprechen gab, löste ich die kleine Versammlung auf und begleitete meine Leute hinaus, um Liebekind Bericht zu erstatten. Der hatte auch schon von der Demonstration gehört und den Kommentar gelesen. Außerdem hatte er Neuigkeiten betreffend David Hinrichs.

»Angeblich ist er vergangene Nacht in Mannheim gesichtet worden«, sagte er. »Eine Streifenwagenbesatzung will ihn erkannt haben.«

Weshalb die Meldung auf seinem Schreibtisch gelandet war und nicht auf meinem, wusste er auch nicht. Jedenfalls war Hinrichs, sollte er es wirklich gewesen sein, schon wieder verschwunden. Beim Anblick der Polizisten war er um die nächste Ecke gebogen und hatte sich Sekunden später in Luft aufgelöst.

»Heute habe ich das Gespräch mit diesem Herrn Stober«, berichtete ich.

»Das ist gut«, sagte Liebekind und sah auf die Uhr. »Sehr gut. Haben wir sonst noch etwas?«

Einen weiteren Aufschub verschaffte mir Sönnchen. Sie telefonierte, als ich mein Vorzimmer wieder betrat.

»Grad kommt er rein, Frau Vangelis«, sagte sie und reichte mir mit herzlichem Lächeln den Hörer.

Meine Erste Kriminalhauptkommissarin erläuterte mir zerknirscht, es gebe immer noch Probleme. Das Programm ihres computerbegabten Cousins funktionierte nicht wie gewünscht.

»Im Lauf des Tages, hoffe ich …«

Ich beruhigte sie. Erkundigte mich nach ihrem kleinen Sohn, der wuchs und gedieh, dass es eine Freude war. Führte ein Fachgespräch über Kindererziehung und die Schwierigkeiten, die es mit sich brachte, zugleich Mutter und berufstätig zu sein. Verabschiedete mich herzlich und ausführlich. Plauderte noch ein wenig mit Sönnchen über Kirchenmusik und die Herausforderungen des Kanonsingens.

Dann gab es keinen weiteren Aufschub mehr. Ich musste hinein, in mein Büro, das mir im Augenblick eher wie die Höhle einer schlecht gelaunten Löwin vorkam. Einer wütenden und sehr verletzten Löwin.

»Es tut mir leid«, waren meine ersten Worte, nachdem ich die Tür sorgfältig hinter mir geschlossen hatte. »Ich hätte mich nicht …«

Sie war gar nicht da.

»Frau Guballa ist nach Worms gefahren«, rief Sönnchen in meinem Rücken. »Sie kommt wahrscheinlich erst morgen wieder ins Büro.«

34

Kurz vor dem Mittagessen tauchte Rolf Runkel auf. Seine zerknitterte Miene ließ mich fürchten, dass er wieder einmal nicht allzu viel zustande gebracht hatte.

»Es ist schwierig«, erklärte er mit großer Geste.

Beim Kollegen Runkel war fast alles schwierig.

»Diese Chaoten reden einfach nicht mit einem von der Polizei.«

»Hat Jakoby denn wirklich nur Chaoten gekannt?«

»So sieht's aus. Ich hab mit seinem Vater telefoniert. Er wohnt in …« Er musste den Namen des Örtchens ablesen. »… in Herrieden. Das ist im Fränkischen. Die Frau ist vor Jahren gestorben. Eine Kuh hat sie irgendwie … So ganz hab ich's nicht verstanden, ehrlich gesagt. Später hat der arme Mann den Hof verkaufen müssen und seinen Sohn allein durchfüttern. Der ist damals fünfzehn gewesen und mitten in der Pubertät, und so ein Bauernhof, ich weiß, was das für einen Haufen Arbeit macht. Mein Cousin in Walldürn oben, was der immer am Schimpfen ist ...«

»Herr Runkel«, fiel ich ihm ins Wort. »Ich erwarte einen wichtigen Anruf.«

»Tschuldigung, dann mach ich's natürlich kurz. Tschuldigung. Jedenfalls hat der Mann seit Jahren keinen Kontakt mehr zu seinem Sohn. Und er will auch gar nichts mehr von ihm wissen.«

Betrübt schüttelte Runkel den schweren Kopf, der auf seinem hageren Körper wirkte, als könnte er bei einer falschen Bewegung herunterkugeln.

»Jedenfalls weiß ich jetzt, dass der Junge mal einen Ladendiebstahl verbrochen hat. Damals ist er sechzehn gewesen, und die Sache ist dann nicht mal angezeigt worden. Das ist aber das Einzige, was ich finden konnt. Entweder, er ist die letzten Jahre anständig gewesen, oder er hat sich nicht erwischen lassen.«

»Wenn einer ein reines Gewissen hat, dann klettert er nicht aufs Dach, wenn die Polizei klingelt«, warf ich ein.

»Dass der was ausgefressen hat, ist für mich klar wie Kloßbrühe. Die Frage ist halt bloß: was?«

»Was wissen wir über seine Waffe?«

»Ein zwanzig Jahre alter aufgebohrter Schreckschussrevolver. Man hätte auch scharfe Munition damit verschießen können. Es sind aber nur Platzpatronen drin gewesen. Bloß Platzpatronen. Die Leute von der KT haben bisher nur rausfinden können, dass das Ding aus Jugoslawien stammt. Falls Sie die genaue Bezeichnung wissen wollen ...«

»Kann ich mir sowieso nicht merken, danke.«

»Auf dem Flohmarkt in Straßburg kriegen Sie so was für zehn, fünfzehn Euro. In seinem Rucksack sind auch noch fünf Patronen gewesen.«

»Und?«

»Was, und?«

»Was war sonst noch in diesem Rucksack?«

Runkel rumorte ein Weilchen in seiner Loseblattsammlung herum, bis er den richtigen Zettel gefunden hatte.

»Eine alte Jeans«, las er mit gerunzelter Stirn und vor Anstrengung runden Augen vor, »mit Löchern an der linken Arschbacke und am rechten Knie. So was ist heutzutage ja modern. Wenn meine Kinder so rumlaufen würden, ich kann Ihnen ...«

»Herr Runkel, bitte!«

»Zwei vergammelte T-Shirts, vier Paar Socken, keins davon ohne Löcher, drei Unterhosen, zwei davon ungewaschen. Sein Ausweis. Siebzehn Euro dreiundzwanzig in Kleingeld. In der rechten Hosentasche hat er auch noch knapp fünf Euro gehabt und einen Kamm und ein gebrauchtes Tempo. In der linken war eine kleine, total abgenudelte Mundharmonika. Wollen Sie auch wissen, was er angehabt hat?«

»Im Moment nicht. Haben Sie den Kollegen vom Revier Mitte sein Foto gezeigt?«

»Wieso?«

»Machen Sie das mal. Am besten jetzt gleich.«

Während des Gesprächs hatte mein Handy auf dem Schreibtisch kurz gebrummt. Als er sich endlich trollte, las ich die Nachricht von Theresa. »Wir müssen reden. Aber heute Abend nicht. Wir holen das baldmöglichst nach. Ich liebe dich immer noch. Jede Menge Küsse, T.«

Baldmöglichst. Fehlte nur noch das »Hochachtungsvoll«. Mehr wütend als enttäuscht löschte ich die SMS. Gestern Abend hatte sie mir eine ausführliche Nachricht geschrieben, in der sie mir mit glasklarer Logik auseinandersetzte, dass ich im Unrecht war. Ich hatte geantwortet, sie habe absolut recht, ich sei aber dennoch sauer auf sie, weil sie immer wieder mit diesen Politikgeschichten anfing, obwohl sie genau wusste, wie sehr das Thema mich zurzeit nervte. Jetzt tippte ich eine verhalten freundliche Antwort und dachte an den vergangenen Abend und Helenas Brüste. Im Grunde war ich erleichtert, Theresa heute nicht unter die Augen treten zu müssen. So konnte ich mich noch ein Weilchen vor der wichtigen Entscheidung drücken, ob ich meinen Fehltritt beichten sollte oder nicht. Würde irgendetwas besser, wenn Theresa von Helena wüsste? Die Lüge tötet die Liebe, hatte Hemingway geschrieben, aber die Aufrichtigkeit tötet sie erst recht.

Ich hatte kaum den »Senden«-Knopf gedrückt, als Rolf Runkel anrief.

»Also, Chef, können Sie hellsehen?«, fragte er empört. »Die kennen den tatsächlich!«

»Wer kennt wen?«, seufzte ich.

»Na, die Kollegen vom Revier Mitte kennen diesen Jakoby. Er hat manchmal auf der Hauptstraße Musik gemacht. Mit seiner Mundharmonika. Die Kollegen sagen, er hätte zum Schreien schlecht gespielt, und die Leute hätten ihm höchstens aus Mitleid was gegeben. Manche Geschäftsleute haben sogar die Polizei geholt, weil er ihnen die Kundschaft vergrault hat.«

Am Nachmittag führte ich ein längeres Gespräch mit Angelo Stober, dem Journalisten. Er stellte mir viele inquisitorische Fragen, und ich tischte ihm ebenso viele Halbwahrheiten und Ausflüchte auf. Nein, Jonas Jakobys Unfall hatte nichts mit den bevorstehenden Wirtschaftsgesprächen zu tun. Nein, es gab nicht einen konkreten Hinweis auf einen bevorstehenden Terroranschlag. Auch nicht von islamistischer Seite. Die Drohungen, die man im Internet lesen konnte, wurden von Fachleuten als nicht ernst zu nehmend eingestuft. Ja, es war eine reine Vorsichtsmaßnahme und durchaus im Rahmen des Üblichen, dass derzeit so viele Streifenwagen in der Stadt herumkurvten und -standen. Nein, wir trugen nicht die geringste Schuld daran, dass der untalentierte Straßenmusikant vom Dach gefallen war. Und ja, er war der Mann, der am Tag zuvor auf meinen Mitarbeiter geschossen hatte. Nein, ich hatte keinen Schimmer, warum er das getan hatte. Außerdem sah ich nicht die Spur eines Zusammenhangs zwischen Jakobys Unfall und einem gar nicht drohenden Terroranschlag.

Schließlich kam Stober, dessen Blick während des Interviews immer misstrauischer geworden war, auf das abgebrannte Haus zu sprechen.

»Es stimmt aber schon, dass der eine Tote ...« Er warf einen schnellen Blick in sein dickes Notizbuch. »...dieser Jürgen Prochnik, einer von den Umweltchaoten gewesen ist?«

»Umweltaktivist trifft es besser. Der Mann war nie gewalttätig. Und Demonstrieren zählt bei uns in Deutschland zu den Grundrechten.«

»Was hat er in dem Haus gewollt?«

»Wissen wir nicht. Noch nicht.«

»Wer ist die zweite Leiche?«

»Peter von Arnstedt. Ein Student, der strafrechtlich bisher ebenfalls nicht in Erscheinung getreten ist.«

»Sie halten es aber schon für denkbar, dass die zwei irgendwas geplant haben, was mit den Wirtschaftsgesprächen zu tun hat?«

»Für denkbar halte ich vieles. Das verlangt mein Job.«

»Sie glauben es aber nicht.«

»Wir haben keinerlei Anhaltspunkte dafür.«

»Und was ist mit dem Sprengstoff?«

»Kein Kommentar.«

»Warum haben Sie vorhin gezögert?«

»Wann?«

»Wie ich Sie gefragt habe, wer die zweite Leiche ist?«

»Kein Kommentar«, wiederholte ich, nachdem ich einen Moment zu lange gezögert hatte.

»Ist auch ein Kommentar.« Stober grinste mich freundlich an. »Danke für den Tipp.«

Wieder warf er einen Blick auf seine Liste. »Stimmt es, dass dieser Herr Prochnik früher mal Kontakte zur RAF gehabt hat?«

»Ein reines Gerücht. Es existiert nicht die Spur eines Beweises dafür.«

»Sie halten es aber für möglich?«

»Wie schon gesagt …«

»Danke schön.« Der Journalist stemmte die feisten Hände auf die Tischplatte und erhob sich schwerfällig. »Ich habe nicht alles erfahren, was ich erfahren wollte. Aber ich weiß jetzt, wonach ich suchen muss.«

In der Tür wandte er sich noch einmal um. »Wissen Sie, Herr Gerlach«, sagte er gemächlich, »für einen Schreiberling wie mich ist das, was ein Mensch nicht sagt, oft interessanter als das, was er sagt. Schönen Tag auch.«

Während des Gesprächs mit dem Journalisten hatte dreimal mein Telefon gesummt. Als es sich zum vierten Mal meldete, nahm ich ab.

»O'Connor«, sagte eine Frauenstimme. »Mir ist tatsächlich noch etwas eingefallen. Es ist nur eine winzige Kleinigkeit. Aber Sie sagten ja, ich soll mich melden, wenn mir etwas einfällt. Wie wir nämlich später weitergefahren sind, an dem Abend im September, war es ja schon dunkel, und es hat geregnet. Plötzlich war da ein Radfahrer. Ohne Licht. Harry hat sehr geflucht, weil die Straße so schmal war. Das war wirklich gefährlich. Ich weiß nicht, warum mir das jetzt plötzlich wieder eingefallen ist. Vielleicht weil es am Wochenende so viel geregnet hat. Der Mann auf dem Rad hat es sehr eilig gehabt und ist erst im allerletzten Moment ausgewichen.«

»Können Sie ihn beschreiben?«

»Groß. Dunkel gekleidet. Das Rad war ein Mountainbike. Harry meint, es sei gelb gewesen. Ich würde eher sagen, orange. Es war schlecht zu erkennen im Scheinwerferlicht.«

Als ich den Hörer auflegte, waren meine Hände feucht. Ein orangefarbenes Mountainbike hatte ich erst vor Kurzem gesehen. Vor dem Haus in der Kaiserstraße, in dem wir Adrian Horstkotte festgenommen hatten. Nach zwei weiteren Telefonaten stand fest: Es war sein Rad. Möglicherweise war er in der Brandnacht in der Nähe des Hauses gewesen. Mein Gefühl hatte mich nicht getrogen.

Plötzlich hatte ich gute Laune. Aber bevor ich mir den Burschen wieder vorknöpfte, wollte ich ganz sicher sein. Ein Mountainbike war noch kein Beweis. Aber wer weiß, vielleicht lieferte mir Vangelis ein weiteres Indiz. Deren Ergebnisse ließen allerdings weiter auf sich warten.

Gegen Abend erschien ein diesmal sichtlich mit sich zufriedener Rolf Runkel bei mir. Er hatte in der Zwischenzeit sämtliche Geschäfte abgeklappert, vor denen Jakoby seine Mundharmonika und das Gehör der Passanten misshandelt hatte.

»Ein paar Mal ist er nicht allein gewesen«, erklärte er. »Manchmal ist noch ein anderer dabeigewesen, und der hat gesungen. Sie haben hauptsächlich Bob Dylan gespielt und so Sachen. The answer is blowing in the wind.«

Ich wäre niemals auf den Gedanken gekommen, mein vor Aufregung schwitzender Untergebener könnte mit dem Namen Bob Dylan etwas anfangen.

»Weiß man schon, wer dieser Sänger war?«

»Wenn der Zweite dabei gewesen ist, dann hat es sich nicht gar so grauslig angehört. Drum haben sie dann auch nicht die Polizei geholt.«

»Kennt jemand den Namen?«

»Das nicht. Aber ich hab eine super Beschreibung!«

Der Sänger war etwa zwanzig Jahre alt, schlank, schmales Gesicht. Der einzige Mensch, der mir spontan dazu einfiel, war Peter von Arnstedt.

Eilig suchte ich die Handynummer von Selma Mangold in meinem Laptop.

Wieder einmal erreichte ich sie auf dem Fahrrad. Wie üblich war sie in Eile, weil spät dran.

»Jonas?«, erwiderte sie atemlos auf meine Frage hin. »Den Namen kenne ich, ja.«

»In welcher Beziehung stand er zu Ihrem ehemaligen Freund?«

»Die beiden haben sich ... na ja, gekannt eben.«

Bei den letzten Worten hatte sie im Gegensatz zu ihren Gewohnheiten langsam gesprochen.

»Nur gekannt?«

»Sage ich doch.« Das Thema schien ihr aus irgendeinem Grund unangenehm zu sein. »Gekannt eben. Wieso nicht?«

Ich hörte Verkehrsrauschen und Fahrtwind. Eine Straßenbahn quietschte. Als Nächstes quietschte eine Fahrradbremse. Das Sausen des Winds erstarb.

»Na gut, okay.« Die Stimme der jungen Frau klang jetzt anders als zuvor. Entschlossener. »Peter und ich. Die Trennung. Es war ... Der Grund war ...«

»Doch nicht etwa Jonas Jakoby?«

»Anfangs waren die beiden wirklich nur Kumpels. Nicht mal richtige Freunde. Peter hat sich sogar über Jonas lustig gemacht. Aber dann war dieser Abend im April. Peter war allein auf einer Party. Eine Freundin hatte ihren Master gemacht, und ich hatte an dem Abend irgendwie keine Zeit. Und am nächsten Morgen, da war Peter ... auf einmal war alles anders.«

Für Sekunden hing sie schmerzhaften Erinnerungen nach.

»Wir haben nie darüber gesprochen. Es ging nicht. Ich habe es zwei, drei Mal versucht, aber bei dem Thema hat er voll geblockt. Ein paar Wochen später haben wir uns dann getrennt. Nein, nicht getrennt. Peter ist sang- und klanglos verschwunden. Wie ich abends heimkam, waren seine Sachen weg. Am nächsten Morgen eine kurze SMS. Es war ja schon vorher nicht mehr so doll gelaufen mit uns. Peter war ... wie soll ich sagen? Auf der Suche. Nicht nur, was den Sex betraf. Irgendwo war er immer noch ein Kind. Ein ziemlich narzisstisches Kind. Wirklich geliebt hat er im Grunde nur sich selbst.«

Am Abend gab es erneut eine unangemeldete Demonstration in der Altstadt. Wieder war der Anlass die angebliche Ermordung von Jonas Jakoby durch die Polizei, die im Interesse des internationalen Großkapitals über Leichen ging. Dabei war Jakoby immer noch am Leben, hatte ich erst am späten Nachmittag durch einen Anruf im Klinikum erfahren. Er lag im Koma, Kreislauf und Atmung arbeiteten selbstständig, mehr konnte man im Moment nicht sagen.

Heute ging es zum Glück ohne Verletzte ab, hörte ich, als ich längst zu Hause war, auf dem Westbalkon einen letzten Rest Abendsonne genoss und über Theresa nachdachte und über mich selbst und was eigentlich plötzlich zwischen uns gefahren war. Die Demonstration war kleiner als die erste, die Polizei dieses Mal vorgewarnt. Aber es würde nicht die letzte gewesen sein. Für den Samstag vor Beginn der Wirtschaftsgespräche war eine Großdemonstration angemeldet worden, zu der mindestens fünfzigtausend Teilnehmer erwartet wurden.

Die Zwillinge waren wieder einmal unterwegs. Und das Thema Pille immer noch nicht geklärt.

Inzwischen war ich fest entschlossen, sie bei nächster Gelegenheit darauf anzusprechen, auch wenn mir ein wenig davor graute. Ich musste einfach wissen, wer der Mistkerl war, für den meine kleine Louise plötzlich jeden Morgen ein Verhütungsmittel schluckte mit wer weiß wie vielen Nebenwirkungen auf ihren unschuldigen jungen Körper.

Doch als sie später nach Hause kamen, waren sie so gut gelaunt und ich so müde, dass ich das Gespräch auf den nächsten Tag verschob.

35

Am Mittwochmorgen stand all das in der Zeitung, was ich dort auf keinen Fall hatte lesen wollen. Stober war leider wesentlich intelligenter, als er aussah.

»Zweiter Toter identifiziert«, lautete die klotzige Überschrift. »Hintergrund geplanter Terroranschlag?«

Stober schrieb, von Arnstedts Mutter habe auf Nachfrage bestätigt, dass sie vor Monaten den Kontakt zu ihrem Sohn verloren und er sich wahrscheinlich einer Terrorgruppe angeschlossen habe. Ich war überzeugt, dass sie das ein wenig anders formuliert oder gemeint hatte, als es nun zu lesen war. Anschließend ergoss sich der Journalist in dunklen Vermutungen. Prochnik blieb nicht unerwähnt und seine angebliche RAF-Vergangenheit ebenso wenig. Das Motiv des drohenden Anschlags sei wohl in Umweltfragen zu suchen. Schließlich seien die USA in diesem Feld nicht gerade ein leuchtendes Vorbild für die Welt und Ron Henderson ein führender Repräsentant jenes Teils der Vereinigten Staaten, der die drohende Klimakatastrophe als Hirngespinst kommunistischer Spinner abtat.

Irgendwie hatte Stober auch herausgefunden, dass Jonas Jakoby und Peter von Arnstedt sich gekannt hatten. Da lag die Vermutung nicht fern, auch Jakoby könnte Mitglied der Verschwörergruppe gewesen sein. Dies lege zudem der Umstand nahe, dass er bei seinem Sturz vom Dach, an dem die Polizei möglicherweise nicht ganz schuldlos war, eine Waffe mit sich führte, mit der er am Tag zuvor während seiner filmreifen Flucht über die Autobahn auf einen Kriminalbeamten geschossen hatte. Dass es sich bei dieser Waffe um einen Schreckschussrevolver handelte, wusste Stober natürlich auch. Aber er hatte es wohl nicht so wichtig gefunden.

Was ich in dem die halbe erste Seite füllenden Artikel jedoch nicht las, war der Name Judith Landers.

»Es stimmt nicht«, sagte Helena, die heute wieder im Büro war.

»Was stimmt nicht?«, fragte ich, während ich meinen Mantel an die Garderobe hängte. Das Wetter war deprimierend an diesem Morgen. Dicke, dunkelgraue Wolken hingen im Neckartal und fanden keinen Weg hinaus. Die Bäume troffen vor Nässe. Während der Nacht war eine Sturmfront über Süddeutschland hinweggebraust und hatte hie und da Dächer abgedeckt und Bäume entwurzelt.

»Was in der Zeitung steht. Wir hätten keinen Hinweis darauf, dass Prochnik Kontakte zur RAF hatte. Er kannte Judith.«

»Zu einer Zeit, als sie mit der RAF noch nichts am Hut hatte.«

»Sieh dir das hier bitte an.«

Offenbar waren wir immer noch beim Du. Ich trat hinter sie und sah über ihre Schulter. Achtete darauf, ihr nicht zu nah zu kommen.

Auf ihrem Bildschirm war eine gerade, schmucklose Straße zu sehen, an deren Rand Autos parkten. Rechts und links hinter baumlosen Vorgärtchen identisch aussehende Einfamilienhäuser im Stil der Sechzigerjahre. Auffallend wenige Autos standen am Straßenrand. Und allesamt Oldtimer. Erst beim dritten Blick wurde mir klar: Die Aufnahme war Jahrzehnte alt. Helena fuhr mit dem Mauszeiger auf eines der Häuschen am linken Bildrand, vergrößerte den Ausschnitt. »Hier hat Prochnik von vierundachtzig bis dreiundneunzig gewohnt.«

»Aha.«

Jetzt erst fiel mir das kleine Auto ins Auge, ein feuerwehrroter Fiat Cinquecento. Mit etwas gutem Willen konnte ich sogar das Heidelberger Kennzeichen entziffern.

»Wann wurde die Aufnahme gemacht?«

Helena lehnte sich zurück. »Fünfundachtzig«, sagte sie erschöpft. »Vier Wochen, bevor Judith in den Untergrund ging. Ich habe es von ehemaligen Nachbarn Prochniks, die früher in der Straße wohnten. Heute leben sie in Worms, und es hat mich drei Tage gekostet, sie zu finden und ihnen dieses Foto abzuschwatzen.«

Ich unterdrückte den Drang, mich zu räuspern. Ging langsam zu meinem Schreibtisch. Es war kein Beweis für irgendetwas. Das Foto bedeutete nichts weiter, als dass Judith Landers kurz vor Beginn ihrer kriminellen Karriere Prochnik noch einmal besucht hatte. Es bedeutete nicht, dass sie später gemeinsam Banken ausgeraubt hatten. Es bedeutete nicht, dass sie gemeinsam einen Terroranschlag geplant hatten. Es bedeutete im Grunde überhaupt nichts. Und dennoch …

Zögernd setzte ich mich. Zu meiner Erleichterung meldete sich mein Telefon. Klara Vangelis. Sie klang euphorisch.

»Ich denke, ich habe hier einen Volltreffer, Herr Gerlach. Ein Handy, das nur in der Brandnacht in der Nähe des Hauses war. Nie davor und nie danach. Von etwa halb elf bis lange nach eins. Der Vertrag läuft auf einen gewissen Adrian Horstkotte. Können Sie damit etwas anfangen?«

Und ob ich konnte. Das fehlende Puzzleteil. Er war in der Nacht dort gewesen. Er steckte mit drin. Jetzt war er dran.

Als ich aufspringen wollte, um Horstkottes sofortige Vorführung zu veranlassen, summte das Telefon zum zweiten Mal. Die träge, dialektgefärbte Frauenstimme hatte ich nie zuvor gehört.

»Annegret Beierlein, guten Tag. Spreche ich mit Herrn Kriminaloberrat Gerlach?«

»Ja«, erwiderte ich schon halb im Stehen.

»Entschuldigen Sie bitte die Störung. Es ist bloß … Es ist wegen dieser Kollegin von Ihnen. Sie hat letzte Woche hier geläutet und … Der Name fällt mir jetzt nicht ein, Entschuldigung. Sie hat ein Baby dabeigehabt und wollt wissen, ob mir in der Nacht vom neunten auf den zehnten September irgendwas aufgefallen ist. Ich hab ihr gesagt, damals hab ich andere Sorgen gehabt. Der zehnte ist nämlich der Tag gewesen, an dem der Friedrich ins Krankenhaus gemusst hat …«

»Friedrich ist Ihr Mann?« Ich nahm den Hörer ans andere Ohr und setzte mich wieder.

»Ja. Entschuldigen Sie. Er hat eine schwere Operation vor sich gehabt, Krebs. Und es ist leider nicht gut gegangen. Ein paar Tage haben sie ihn sogar im künstlichen Koma halten müssen, aber seit Samstag ist er wieder wach, und ich besuch ihn natürlich jeden Tag. Der Friedrich ist nämlich ein Kollege von Ihnen, das hab ich vergessen zu erwähnen, Entschuldigung.«

Ich begann, mit den Fingern der freien Hand einen Rhythmus auf die Tischplatte zu klopfen.

»Und gestern hab ich ihm dann von der Frau mit dem Baby erzählt. Man muss ja irgendwas reden. Der Name von der Frau, wie gesagt …«

»Vangelis, nehme ich an. Es ist ein griechischer Name.«

»Ich weiß noch, wie ich mich gewundert hab. Aber heutzutage dürfen ja sogar Türken Polizisten werden, sagt der Friedrich.«

Mein Klopfrhythmus wurde schneller.

»Was kann ich für Sie tun, Frau Beierlein?«

»Und wie ich dem Friedrich das erzähl, von dieser Frau Vange-irgendwas, da hat er gesagt, ich soll Sie sofort anrufen. Er hätt Ihnen was Wichtiges mitzuteilen. Er will es Ihnen aber selber sagen. Ich bring doch bloß wieder alles durcheinander, meint er.«

»Ich werde noch heute jemanden vorbeischicken. In welchem Krankenhaus liegt er denn?«

»Er möcht aber unbedingt mit Ihnen persönlich reden. Und Sie sollten sich beeilen.« Bei den letzten Worten verlor ihre Stimme jeden Klang. »Er liegt im Sterben.«

Ich beschloss, heute auf das Mittagessen zu verzichten.

Friedrich Beierlein war früher sicherlich ein starker Mann gewesen. Als ich ihn zum ersten und letzten Mal sah, war er ein Gerüst aus faltiger Haut und Knochen. Er war achtundfünfzig Jahre alt und seit seinem neunzehnten Lebensjahr im Polizeidienst. Sein hohes Krankenbett stand in einem sonnigen Zweibettzimmer der inneren Abteilung des Uniklinikums. Als ich leise eintrat, schlief er. Sein Atem ging rasselnd. Als ich neben dem Bett stand, erwachte er und sah mich verständnislos an.

»Ihre Frau ...«, sagte ich, nachdem ich meinen Namen genannt hatte.

»Ich hab ihr gesagt, sie soll Sie anrufen«, keuchte er. »Gut, dass Sie gleich kommen konnten, Herr Kriminaloberrat. Ich ...« Er schloss die eingefallenen, eisblauen Augen, öffnete sie mühsam wieder. »Ich mach's nicht mehr lang, wissen Sie.«

»Sie haben am Abend des neunten September irgendwas gesehen oder gehört?«

Wieder fielen die Augen zu. Ich musste eine Weile auf die Antwort warten. Das zweite Bett, das in meinem Rücken stand, war leer und frisch bezogen. Auf dem Flur klapperte Geschirr. Es roch säuerlich. Vielleicht nach Krankheit und nahem Tod. Vielleicht auch nur nach dem Mittagessen, das unberührt auf dem Nachttisch stand.

»Da ist dieses Arschloch auf dem Rad gewesen«, murmelte Hauptkommissar Beierlein mit geschlossenen Augen. »Ich weiß es noch genau, weil es am Abend vor meiner Operation war. Nachmittags hab ich noch ganz normal Dienst geschoben. Obwohl der Arzt gesagt hat, ich soll mich schonen. Aber was hilft Schonen gegen Krebs, frag ich Sie? Man muss doch was tun. Man wird doch verrückt, wenn man nur rumhockt und sich schont. Und wie ich abends heimkomm, da kann ich nicht auf meinen Stellplatz neben meinem Haus fahren, weil irgendein Depp die Einfahrt zugeparkt hat. Und bis ich dann endlich einen Parkplatz irgendwo am Straßenrand gefunden hab, war fast eine Viertelstunde rum. Ich geh also zurück, das Handy in der Hand. Wollt die Kollegen anrufen, damit sie den Angeber-BMW von diesem Knallkopf abschleppen. Da hat es grad angefangen zu regnen, und da fährt mich dieses Arschloch auf seinem Rad praktisch über den Haufen. Ohne Licht natürlich. Und telefoniert hat er auch noch beim Fahren. Die glauben ja alle, das Handyverbot gilt nur im Auto.«

»Können Sie den Mann auf dem Rad beschreiben?«

»Ich hab mir den natürlich gleich gegriffen, vom Rad runter und zack. Damals hab ich ja noch ein bisschen mehr Kraft in den Knochen gehabt. Und ihm ordentlich den Marsch geblasen. Ich hab ja noch die Uniform angehabt. Der Spinner ist furchtbar aufgeregt gewesen, hat sich andauernd entschuldigt und wollt unbedingt weiter. Furchtbar eilig hat der's gehabt. Aber so nicht, Freundchen, hab ich mir gesagt, so leicht kommst du mir nicht davon. Nicht bei Friedrich Beierlein. Die, die's so eilig haben, die haben meistens Dreck am Stecken. Die sind am schlimmsten gestraft, wenn man ihnen ganz besonders gründlich und lang ins Gewissen redet.«

Allmählich fühlte auch ich mich gestraft. Der Kranke atmete mühsam. Das Klappern auf dem Flur hatte aufgehört. Eine junge Frau schimpfte lachend über irgendeine Schlamperei. Endlich hatte der Todkranke genug Kraft gesammelt, um weiterzusprechen.

»So hab ich's dann auch gemacht. Ihm lang und breit erklärt, das die StVO auch für Radfahrer gilt und dass Fahren ohne Licht bei uns immer noch verboten ist und Telefonieren sowieso und so weiter und so weiter. Hat er auch alles eingesehen. Der hat so ein schlechtes Gewissen gehabt, dass es zum Himmel gestunken hat. Normalerweise werden die Burschen ja gleich frech. Und wenn man Glück hat, dann kann man sie einbuchten wegen Beamtenbeleidigung oder so. Der aber nicht. Der hat immer alles sofort zugegeben, er hätt aber kein Geld, um einen Strafzettel zu bezahlen, und dabei war ich ja gar nicht mehr im Dienst gewesen, aber das hat der natürlich nicht wissen können. Und dann sind auch noch die Kollegen gekommen, sogar mit Blaulicht, um sich den BMW vorzuknöpfen ... «

»Der Mann auf dem Rad«, fiel ich ihm ins Wort. »Wie hat er ausgesehen?«

»Diese Burschen sehen doch alle gleich aus. Nicht mehr ganz so jung. Anfang, Mitte dreißig. Es war ja schon dunkel gewesen. Und geregnet hat's mit jeder Minute mehr. Und die Straßenlaterne bei unserem Haus ist auch kaputt, seit Ewigkeiten, und dabei hab ich schon x-mal angerufen. Aber so viel hab ich sehen können: Kräftig gebaut ist der gewesen und ziemlich groß. Mindestens eins achtzig. Und so einen schwarzen Kapuzenpulli hat er angehabt und schwarze Jeans und Sportschuhe. Wie diese Chaoten halt so aussehen.«

Das wurde ja immer schöner.

»Aber der immer nur: Jaja. Er wird's bestimmt nie wieder tun, und: Bitte, bitte, lassen Sie mich doch laufen, nur dieses eine Mal noch. Und wie dann auch noch die Kollegen kommen, mit Blaulicht, da hat er erst recht Schiss gekriegt. Hat wohl gedacht, jetzt ist er dran.«

Da hatte Adrian Horstkotte wohl einen schlechten Tag gehabt. Oder Beierlein hatte deutlich mehr Eindruck auf ihn gemacht als ich. Ich würde es herausfinden. Wenn irgend möglich, heute noch.

»Man spürt das ja, als Polizist, wenn was nicht stimmt«, murmelte Beierlein, inzwischen schon wieder im Halbschlaf. »Drum hab ich mir dann auch noch sein Rad von allen Seiten angeguckt. Ist kein teures gewesen. Ein Mountainbike von Aldi. Mein Jüngster hat früher auch so eins gehabt. Das von dem Spinner, das war orange, das von meinem Jüngsten eisengrau-metallic. Es ist aber keine Originallackierung gewesen. Der hat das angemalt. Für den Fall, dass er mal dem in die Quere kommt, dem er's geklaut hat.«

»Haben Sie sich einen Ausweis zeigen lassen?«

»Hat er angeblich nicht dabei gehabt. Hab ihn dann ziehen lassen. Bin ein bisschen müde gewesen an dem Tag. Außerdem wollten die Kollegen wissen, was sie mit dem BMW anfangen sollen. Was wohl, hab ich gesagt, abschleppen natürlich. Der Arsch steht in meiner Einfahrt. Und die: Na ja, bloß, weil der jetzt in deiner Einfahrt steht …? Sie hatten auch schon eine Halterermittlung gemacht, aber dann ist der von selber gekommen. Ein junger Türke, natürlich, und hat sich tausend Mal entschuldigt. In der Apotheke sei er gewesen, angeblich wegen irgendeinem Medikament für seine kranke Mutter, kennt man ja. Ich hab mein Auto dann einfach stehen lassen. Drum steht es da jetzt immer noch am Straßenrand, wo ich's vor … vor fast vier Wochen … Die Annegret kann ja nicht fahren, wissen Sie. Nie hat sie den Führerschein machen wollen, und die Kinder sind weiß Gott wo. Ins Krankenhaus hab ich am nächsten Morgen ein Taxi genommen. Zahlt die Kasse.«

Der Radfahrer war in Richtung Süden unterwegs gewesen, erfuhr ich noch. Dorthin, wo das wenige Stunden später in Flammen aufgegangene Haus stand.

»Würden Sie mir einen Gefallen tun?«, sagte Friedrich Beierlein, als ich mich verabschiedete und ihm mit flauem Gefühl im Bauch alles Gute wünschte.

Ich musste ihm versprechen, seinen geliebten Mercedes noch heute auf seinen geliebten Stellplatz zu fahren, wo er schließlich hingehörte.

Der kranke Mann bedankte sich, als würde ihm seine größte Sorge von der Seele genommen. Lange drückte er meine Rechte mit beiden Händen. Seine Hände waren kalt und fühlten sich an, als wären sie mit altem Pergament überzogen. Aber sie hatten immer noch überraschend viel Kraft.

Als ich mich zum Gehen wandte, kam mir ein Gedanke. Ein Gedanke aus dem Nichts: »Könnte es sein, dass er jemandem gefolgt ist? Dass er es deshalb so eilig hatte?«

»Gefolgt?« Beierlein überlegte lange. »Jetzt, wo Sie's sagen. Kann sein, dass da ein zweites Fahrrad gewesen ist. Aber da war Licht dran. Ja, jetzt seh ich's vor mir. Das Rad hat so komisch gequiekt. Und die hat auch nicht telefoniert beim Fahren.«

»Eine Frau?«

»Eine Frau, ja.«

»Jung? Alt? Blond? Dunkel?«

»Nicht jung. Um die fünfzig vielleicht. Mager. Die Haare hab ich nicht sehen können. Ich denke, sie hat eine Kapuze aufgehabt. Und ein ordentliches Tempo hat sie draufgehabt, die Frau. Ich weiß noch, wie mich das gewundert hat. In dem Alter.«

Da ich schon im Klinikum war, läutete ich noch rasch an der Tür zur Intensivstation, die sich auf demselben Stockwerk befand. Jonas Jakobys Zustand war unverändert, erfuhr ich dort. Weder besser noch schlechter. In einer Woche, hoffentlich, würde man mehr wissen.

Anschließend fuhr ich nach Kirchheim hinaus, drückte den sauber geputzten Klingelknopf neben der Beierlein'schen Gitterglashaustür, bekam von einer müden, alten Frau den Autoschlüssel ausgehändigt und fuhr den Mercedes an seinen angestammten Platz neben dem Haus.

Als ich den liebevoll gepflegten Wagen abschloss, öffnete sich zum zweiten Mal die Haustür.

»Danke«, sagte die Frau und nahm den Schlüssel entgegen, ohne mich anzusehen. »Wenn er nur endlich tot wär.«

»Es tut mir leid, dass es Ihrem Mann so schlecht geht.«

»Wenn er sich damals gleich hätt operieren lassen … Aber er ist so ein Dickkopf … So ein Depp ist er. Manchmal könnt man ihn am Kragen packen und …«

Sie blinzelte, aber ihre Augen waren trocken. Betreten wünschte ich auch ihr alles Gute.

»Was soll das sein, dieses Gute?«, fragte sie an mir vorbei. »Sterben wird er. Morgen. Übermorgen. Und ich sitz hier mit einem Haus, das zu groß ist für mich, und einem Auto, das ich nicht brauchen kann. Und die Kinder sind in Amerika und in Italien und wollen nichts mehr von einem wissen.«

36

Eine Stunde später saß ich Adrian Horstkotte erneut gegenüber. Am Vortag war er in die Mannheimer JVA verlegt worden, und es war nicht leicht gewesen, einen Parkplatz zu finden. Heute war ich guter Dinge.

»Sie besitzen ein Handy?«, lautete meine erste Frage.

»Gibt's noch Leute, die keines haben?«

»Wo ist dieses Handy jetzt?«

»Keine Ahnung«, erwiderte er mit Blick zur Decke.

Er sprach leiser als bei unserem letzten Gespräch. Kraftloser. Die Haft, die Einsamkeit der Zelle zeigten Wirkung.

»Außerdem besitzen Sie ein orangefarbenes Mountainbike.«

»Besitzen kann man nicht sagen«, brummte er. »Das Bike hat 'ne Ewigkeit herrenlos vor dem Haus rumgestanden. Irgendwann habe ich Mitleid gekriegt. Hab es ein wenig hergerichtet und später auch manchmal benutzt. Wahrscheinlich ist es geklaut. Aber nicht durch mich.«

»Mit diesem Rad sind Sie am Abend des neunten September in Kirchheim gesehen worden. Was wollten Sie dort?«

»Was haben Sie denn an dem Abend gemacht?«, fuhr er mich an.

»Sie sind dort von einem Polizisten angehalten worden. Der Kollege hat Sie ermahnt, weil Sie während der Fahrt telefoniert haben und ohne Licht unterwegs waren.«

»Wenn Sie das sagen, dann wird's wohl stimmen.«

»Ihr Handy war in der Nacht nachweislich dort.«

»Na dann.«

»Herr Horstkotte, Sie stehen unter dem dringenden Verdacht, in dieser Nacht zwei Menschen getötet zu haben. Sie waren in der Nähe des abgebrannten Hauses. Ich habe zwei Zeugen, die Sie dort gesehen haben.«

Er grinste müde. »Dann ist ja alles geritzt, wenn Sie so viele Beweise haben.«

»Sie geben also zu, in der Nähe des Hauses gewesen zu sein?«

»Wenn es Sie glücklich macht.«

»Sie geben es zu?«, wiederholte ich meine Frage. Irgendetwas lief hier nicht so, wie ich es mir vorgestellt hatte.

»Scheiße, ja«, knurrte er und starrte mit leerem Blick auf den Tisch. »Ja, ich war dort.«

»Zu welchem Zweck?«

»Na, was wohl?«, brauste er auf. »Das Ding abfackeln.«

»Wie genau haben Sie das gemacht?«

»Ich bin rein, habe den zwei Typen was auf die Birne gegeben und Feuer gelegt. Nicht so kompliziert, oder?«

»Was wissen Sie über die Pläne der beiden?«

»Nichts.«

»Warum wollten Sie sie dann umbringen?«

»Weil ich Bock hatte, mal wen umzulegen. Mal was Neues.«

»In welcher Beziehung standen Sie zu den beiden?«

So ging es eine Viertelstunde hin und her. Horstkotte gestand alles, was ich ihm vorwarf, und wusste nichts. Als ich meine Papiere zusammenschob und mich verabschiedete, war ich überzeugt, dass er log.

Sönnchen erwartete mich mit bedrückter Miene und gleich mehreren Neuigkeiten. Ich bat sie, mit der besten anzufangen: Klara Vangelis hatte eine Liste der Nummern gemailt, die in der Brandnacht auf Horstkottes Handy gewählt worden waren.

Außerdem hatten die bayerischen Kollegen am frühen Morgen auf der Autobahn A 8 einen Opel mit Frankfurter Kennzeichen überprüft, der kurz hinter der Ausfahrt Zusmarshausen verlassen am Rand der Autobahn stand. Der Wagen war fahruntüchtig und unverschlossen. Wie es aussah, hatten die Insassen ihn stehen lassen und sich zu Fuß verdünnisiert, als der Motor streikte. Unter den Rücksitzen fanden die Kollegen gut versteckt drei Kilogramm Sprengstoff mit russischer Beschriftung.

Zwei Stunden später wurden am Bahnhof eines Örtchens namens Dinkelscherben zwei südländisch aussehende junge Männer festgenommen, die sich hartnäckig weigerten, zu sagen, woher sie kamen. Beide waren im Libanon geboren und studierten an der Universität Hamburg-Harburg. Dort, wo auch Mohammed Atta sein Diplom gemacht hatte, einer der Piloten des elften September. Laut den Fahrkarten, die die beiden Studenten gelöst hatten, wollten sie nach Stuttgart. Derzeit wurden sie in der Polizeidirektion Augsburg durch die Mangel gedreht.

Die dritte Nachricht besagte, dass die Fahndung der Mannheimer Kollegen nach David Hinrichs alias Abu Thala bislang erfolglos geblieben war. Inzwischen war er angeblich auch in Freiburg und Darmstadt gesichtet worden.

Schließlich – das war die letzte Nachricht auf Sönnchens Liste und der Grund ihrer Niedergeschlagenheit – hatte die Intensivstation angerufen. Jonas Jakoby war wenige Minuten, nachdem ich die Klinik verlassen hatte, gestorben. Sein Herz hatte aufgehört zu schlagen, und alle Reanimationsversuche und ärztlichen Künste waren vergebens gewesen.

Das musste ich erst einmal verdauen. Ich bat um einen Cappuccino und ein wenig Ruhe. Später nahm ich mir die Liste der Telefonnummern vor, die Vangelis geschickt hatte. Nicht weniger als fünf der Anrufe waren an die Nummer von Peter von Arnstedt gegangen, an jenes Handy, das dieser seit Wochen nicht mehr benutzt hatte. Bei der zweiten Nummer, die erst lange nach Mitternacht gewählt wurde, hatte sich der Anrufer vermutlich vertippt. Es war keine Verbindung zustande gekommen. Die dritte Nummer schließlich unterschied sich von der zweiten nur durch zwei vertauschte Ziffern, und unter dieser hatte er offenbar jemanden erreicht. Ich tippte die Nummer in mein Telefon und landete auf der Voicebox einer gewissen Madeleine.

»Hallöle«, jubelte eine launige Ansage. »Also, entweder mein Akku ist leer, oder ich hab mal wieder verpennt, die Rechnung zu bezahlen. Quatsch mir einfach drauf, ich meld mich dann.«

Ich quatschte ihr drauf und bat um Rückruf.

»Jetzt ist der Zapfen aus der Flasche«, war Balke überzeugt. »Auch wenn dieser Horstkotte nicht dahintersteckt. Er weiß, wer's war.«

»Diese Frau auf dem Fahrrad«, sagte Evalina Krauss. »Von der Beschreibung her könnte sie ...« Sie verstummte, aber jeder im Raum wusste, was sie nicht aussprechen mochte.

»Sie hat nicht in dem Mercedes gesessen«, erklärte ich kategorisch. »Wir haben keinen Beweis dafür, dass sie in Deutschland ist. Es gibt tausend Frauen, auf die die Beschreibung passt.«

»Wir haben aber auch keinen Beweis dafür, dass sie nicht in der Nähe ist«, warf Krauss leise ein.

»Woher stammt eigentlich das DNA-Material, das das Labor als Referenz herangezogen hat?«, fragte ich Helena.

Was die Terroristin betraf, war sie ja allwissend.

»Das liegt schon seit über zwanzig Jahren in den Kühlräumen des BKA«, kam es auch prompt. »Es wurde nach dem Herrhausen-Anschlag sichergestellt, an dem mit Sprengstoff präparierten Fahrrad. Darauf hat man Judiths Fingerabdrücke gefunden und auch DNA-Spuren, die ihr zugeordnet werden konnten. Dieselbe DNA ist später noch an zwei anderen Orten aufgetaucht. In einer Wohnung in Leverkusen, wo sie sich einige Wochen versteckt hielt, und in einem Wagen, den sie während dieser Zeit benutzt hat.«

»Wäre es denkbar, dass diese Zuordnung falsch war?«

Helena machte eine abrupte Drehung auf ihrem Stuhl und sah zum Fenster, hinter dem es nichts zu sehen gab als blendend weiße Schleierwolken.

»Völlig ausschließen lässt sich so etwas nie«, erwiderte sie unwillig. »Aber ich halte es für äußerst unwahrscheinlich. Das Material stammt von verschiedenen Orten. Es wurde mehrfach abgeglichen. Nein, ich halte es für ausgeschlossen, dass uns da ein Fehler unterlaufen ist.«

Evalina Krauss kaute auf der Backe. Balke sah mich ratlos an.

»Murphy«, sagte er. »If anything can go wrong ...«

»Sagten Sie nicht, Judith hätte ihrer Englischlehrerin damals Ansichtskarten aus Indien und Pakistan geschickt?«, fragte ich Helena.

»Vor dreißig Jahren!«, versetzte sie wütend. »Du ... Sie denken doch nicht ...?«

»Diese Karten existieren aber noch?«

Sie nickte erst zögernd, straffte sich plötzlich und griff zum Hörer.

Während sie wählte, summte mein eigenes Telefon.

»Hier ist Madlenchen«, krähte die fröhliche Stimme, die ich schon von der Voicebox kannte. »Ihr habt hoffentlich 'n Job für mich?«

Ich hatte vorhin lediglich meinen Namen genannt, nicht jedoch den Grund des Anrufs. Das holte ich jetzt nach. Der Nachname der Anruferin war Herrmanns, wusste ich inzwischen von Evalina Krauss, die mir auf die Schnelle einige Informationen über die junge Frau beschafft hatte. Sie führte ein Leben, wie ich es mir für meine Töchter keinesfalls wünschte. In den acht Jahren seit der mittleren Reife hatte sie sich im Wesentlichen als Bedienung in diversen Studentenkneipen und Bars über Wasser gehalten, fünfmal die Adresse und vermutlich zehnmal den Freund gewechselt. Eine Ausbildung zur Buchhändlerin hatte sie nach einem Jahr abgebrochen, eine zur Bankkauffrau nach vier Wochen.

Als ich geendet hatte, hörte ich für eine Weile nur den unruhigen Atem der Frau. Mehrmals klang es, als würde sie zu einer Antwort ansetzen, aber es kam nichts.

» Die Frage, die mich interessiert «, fuhr ich fort, damit sie nicht am Ende einfach auflegte, » wer hat Sie in der Nacht angerufen? Adrian Horstkotte war es ja wohl nicht. «

» Adi? «, fragte sie verdutzt. » Wieso denn Adi? «

» Es war sein Handy. «

» Logo «, murmelte sie unglücklich. » Klar. «

» Wenn er es nicht war, wer dann? «

» Ich … Ach … Shit. «

» Was ist Ihr Problem? Wenn Sie etwas wissen, müssen Sie es mir sagen. Es geht um ein schweres Verbrechen. «

» Um … Um Mord, sagen Sie? «

» Sie erinnern sich an den Anruf? «

» Ich brauch jetzt erst mal 'ne Denkpause. Sie hören wieder von mir, okay? Ich melde mich. Versprochen. «

Auch Helena hatte ihr Telefonat inzwischen beendet.

» Die Karten gehen heute noch per Kurier nach Stuttgart «, sagte sie mit dem Rücken zu uns.

» Falls sie doch in Deutschland sein sollte, wo würde sie sich verstecken? « Ich nahm die Brille ab, legte sie auf den Schreibtisch. Ob es mir gefiel oder nicht – es war Zeit, auch diese Möglichkeit in Betracht zu ziehen. » In einem Hotel wohl eher nicht. «

» Natürlich nicht. « Helena war schon wieder mit ihrer Tipperei beschäftigt und unterbrach sie keine Sekunde. » Ich denke, sie würde sich möglichst wenig in der Stadt aufhalten. Irgendwo im Umkreis von zwanzig, dreißig Kilometern vielleicht. «

» Und wie bewegt sie sich fort? «

» Ein Auto würde ich ausschließen. Zu unflexibel, zu leicht zu identifizieren und zu verfolgen. Judith hat in der Vergangenheit immer Maos Rat beherzigt: Der Revolutionär soll sich in den Volksmassen bewegen wie ein Fisch im Wasser. Sie wird die Straßenbahn nehmen, ein Rad. Das fällt am wenigsten auf, und in der Altstadt einen Radfahrer zu verfolgen, ist praktisch unmöglich.«

»Wo würde sie wohnen?«

»Ein WG-Zimmer ist aus meiner Sicht zu gefährlich. Viele dieser Wohnungen stehen zurzeit unter Beobachtung, und das weiß sie natürlich. Vielleicht eine möblierte Wohnung? Eine Ferienwohnung? Niemand verlangt einen Ausweis oder eine Verdienstbescheinigung, wenn man eine Ferienwohnung anmietet. Wenn man es geschickt anstellt, dann bekommt man den Vermieter nicht einmal zu Gesicht.«

Falls die Terroristin wirklich in der Nähe war, dann war jetzt vermutlich der letzte Zeitpunkt, mit der Suche nach ihr zu beginnen. Erst einmal mit gebremstem Schaum natürlich. Meine Leute hatten zurzeit mehr als genug zu tun. Andererseits wollte ich mir später nicht den Vorwurf anhören müssen, einem wichtigen Verdacht nicht nachgegangen zu sein.

Vielleicht war das wieder einmal eine Aufgabe für Rolf Runkel. Er war nicht der kreativste meiner Mitarbeiter. Aber darin, akribisch lange Listen abzuarbeiten, war er Meister.

Auf dem Parkplatz unten heulten Motoren auf. Autotüren wurden geknallt, Martinshörner eingeschaltet. Die Tür flog auf.

»Schon wieder eine illegale Demo«, sagte Sönnchen. »Sie sollen bitte runter ins Lagezentrum kommen.«

Zweihundert bis zweihundertfünfzig Teilnehmer seien es diesmal, wusste Sönnchen. Die meisten vermummt und äußerst gewaltbereit.

Unten heulten immer neue Martinshörner los. Ich lief zum Führungs- und Lagezentrum, das sich ein Stockwerk tiefer befand. Erste Schaufensterscheiben waren schon zu Bruch gegangen, erfuhr ich dort. Ein Souvenirgeschäft in der Nähe der Alten Brücke brannte. Die Feuerwehr wurde massiv behindert. Bereits jetzt gab es Verletzte auf beiden Seiten und erste Festnahmen. Ein Polizeihubschrauber schwebte über der Altstadt und gab pausenlos Meldungen durch über die Bewegungen der Demonstrantengrüppchen, die sich sehr geschickt verhielten, offenbar untereinander in Verbindung standen und sich gegenseitig über die aktuelle Strategie der Polizei auf dem Laufenden hielten. Der Hubschrauber hatte eine fest installierte und eine bewegliche Videokamera an Bord, deren Bilder wir online auf zwei Monitoren verfolgen konnten.

Auf einer großen Projektionsleinwand war ein Plan der Innenstadt zu sehen, wo sich rote Kreise und grüne Kreuzchen hin und her bewegten, sodass jeder im Raum ständig einen Überblick über den Stand der Dinge und die Verteilung unserer Kräfte hatte. Grün stand für die Polizei, Rot für die Bösen.

Im Raum herrschte ruhige Betriebsamkeit. Knappe Befehle und kurze Informationen wurden konzentriert und ohne Aufregung in Mikrofone gesprochen. Die Antworten dagegen klangen gehetzt, atemlos, oft auch gereizt. Im Hintergrund hörte ich ständig das an- und abschwellende Gebrüll der Demonstranten, Sprechchöre, Geräusche, die nichts Gutes ahnen ließen, Klirren, kleinere Explosionen, immer wieder das Knattern unseres Hubschraubers. Erste Müllcontainer brannten, ein kleines Haushaltswarengeschäft und eine große Boutique, die zu einer schwedischen Kette gehörte.

»Die sind super organisiert!«, schrie jemand aus dem Lautsprecher. »Wir saufen hier ab! Schickt um Gottes willen, was ihr habt!«

»Ist alles unterwegs«, antwortete die Kollegin begütigend, die neben mir im Warmen saß. »Verstärkung kommt. Keine Panik. Und Funkdisziplin, bitte.«

Vor der Talstation der Bergbahn, die zum Königstuhl hinauffuhr, gerieten zwei etwa gleich starke Gruppen Randalierer und Polizisten aneinander, konnte ich auf einem der Monitore beobachten. Steine flogen, vereinzelt auch brennende Flaschen. Unsere Antwort waren Reizgas und Schlagstöcke.

Die Kollegin am Mikrofon informierte den Einsatzleiter vor Ort über weitere, parallel durch die Gassen anrückende Autonome, beorderte vorsorglich Verstärkung an den Punkt, wo die Gruppen zusammentreffen würden. Live konnte ich beobachten, wie die Front unserer Leute vorrückte, mit erhobenen Schlagstöcken und hinter große Schilde geduckt. Die Demonstranten spritzten auseinander, teilten sich in immer kleiner und zahlreicher werdende Gruppen auf, fanden zwei Straßen weiter erneut zusammen. Zwei, drei der Angreifer lagen am Boden, wurden unter heftiger Gegenwehr überwältigt.

»Meine Fresse«, stöhnte die Kollegin am Mikrofon, nachdem sie die Sprechtaste wieder einmal losgelassen hatte. »Das ist ja Krieg!«

Aus dem Lautsprecher quäkte der nächste Hilferuf. Jetzt eskalierte die Situation plötzlich auf dem Universitätsplatz. Die Zahl der Randalierer war mehr als doppelt so groß wie vor wenigen Minuten bei der Talstation. Die Rufe aus den Lautsprechern wurden noch lauter, noch dringender. Die Chaoten hatten den Vorteil, in der Initiative zu sein, während unsere Leute nur reagieren konnten. In aller Hast wurden Kräfte verschoben und umsortiert. Neu ankommende Gruppen Bereitschaftspolizei wurden an die Orte dirigiert, wo sie gerade am nötigsten gebraucht wurden. Allmählich gewannen wir zumindest zahlenmäßig die Oberhand.

Der Mensch, der im Hubschrauber die Kameras bediente, zoomte die Szenerie auf dem Universitätsplatz heran. In der ersten Reihe wurde schon geprügelt, in der zweiten gebrüllt und geschoben. In der dritten entdeckte ich zwei Demonstranten, die schmaler waren als die anderen um sie herum. Frauen offenbar. Mädchen fast noch. Schwarze Lederjacken. Blondes, langes Haar. Die Gesichter halb von blau-weiß karierten Tüchern verdeckt. Die Kamera zoomte wieder zurück, und schon im nächsten Moment waren die Mädchen nicht mehr auszumachen im Gewühl. Aber diese eine Sekunde hatte genügt, um sie zu erkennen. Louise und Sarah mitten in einer gewalttätigen Demonstration gegen was auch immer. Niemand von uns wusste, wogegen da eigentlich ganz genau protestiert wurde. Vermutlich ging es den meisten Demonstranten nicht anders.

Jemand von der Technik entdeckte plötzlich, dass ein Teil der Autonomen CB-Funk benutzte, um sich abzustimmen. Das war ungewöhnlich und altmodisch. Möglicherweise fürchteten sie, wir würden die Handynetze vorübergehend abschalten.

»Wir könnten die Frequenzen stören, die sie benutzen«, schlug der Kollege vor.

»Lieber nicht«, widersprach ich. »Besser, wir hören zu, was sie vorhaben.«

Bei dem hektischen Geschrei und Gezeter, das unentwegt aus dem Funkgerät drang, war das nicht leicht, aber mit der Zeit erkannte ich manche Stimmen wieder. Bald konnten wir auch die ungefähren Orte bestimmen, wo die Rädelsführer sich gerade aufhielten, und so die Bewegungen der verschiedenen Gruppen vorhersagen.

Der Versuch, die große Demonstrantengruppe auf dem Universitätsplatz einzukesseln, scheiterte im letzten Moment, weil die Chaoten offenbar einen Weg durch das Universitätsgebäude hindurch kannten, den man auf unserer Seite übersehen hatte. Praktisch von einer Sekunde auf die andere waren sie weg, und unsere anrollenden Streitmächte stießen erneut ins Leere. Was die Demonstranten noch nicht wussten: Alle Zugänge zur Innenstadt waren inzwischen abgeriegelt und von starken Kräften gesichert. Es gab für sie keinen Weg aus der Altstadt hinaus. Was wir noch nicht wussten: Für die meisten der Autonomen war das gar kein Problem. Etwa zwanzig Minuten später war der Spuk plötzlich zu Ende. Über zweihundert schwarz gekleidete Menschen, viele mit Helmen auf dem Kopf und vermummten Gesichtern, hatten sich innerhalb kürzester Zeit in Luft aufgelöst. Vermutlich hatten sie sich in Wohnungen versteckt, vielleicht auch in Räumen der Universität, waren im Gewühl der Kaufhäuser untergetaucht, hatten sich irgendwo umgezogen, ihre Kampfkluft in Kaufhof-Tüten gepackt.

Siebenunddreißig Demonstranten waren festgenommen worden, elf davon mehr oder weniger stark lädiert. Aber auch auf unserer Seite hatte es Verletzte gegeben. Ein Kollege hatte einen Pflasterstein an den Kopf bekommen und trotz Helm eine Gehirnerschütterung davongetragen. Darüber hinaus gab es Platzwunden zu beklagen, verstauchte Knöchel, geprellte Finger, blaue Flecken, blaue Flecken, blaue Flecken. Und jede Menge Wut. Die Brände waren bald gelöscht, noch nicht gezählte Scheiben lagen in Scherben, drei umgekippte Pkws waren reif für die Schrottpresse.

Die Altstadt war übersät von zurückgelassenen Plakaten an kräftigen Holzstangen: »Bullen killen Jonas!«

37

Zu Hause erwarteten mich meine Töchter mit neuen Fragezeichen im Gesicht.

»Paps«, begann Sarah, noch bevor ich den Schlüssel aus dem Schloss gezogen hatte. »Wenn man Geld verdient, dann muss man doch Steuern zahlen.«

»Stimmt.«

»Wir haben in der großen Pause mit Chip darüber gesprochen.«

»Ich denke, der versteht vor allem was von Computern?«

Chip war der Spitzname eines ihrer Klassenkameraden, den ich bisher vor allem deshalb kannte, weil er meinen Mädchen zuverlässig beisprang, wenn es Probleme mit den PCs gab.

»Gar nicht«, widersprach Louise. »Der ist auch voll der Checker, wenn's um Politik geht und so.«

»Ihr wart heute auf der Demo. Ich habe euch gesehen.«

»Er sagt, wenn einer viel arbeitet und zum Beispiel hunderttausend im Jahr verdient, dann muss er ungefähr fünfunddreißigtausend davon abgeben.«

»Ihr wart heute auf der Demo.«

»Und wenn einer hunderttausend Euro an Zinsen kassiert, das heißt, er arbeitet überhaupt nichts, dann muss er nur ...«

»Hört ihr schlecht? Ihr wart auf der Demo!«

Die Zwillinge stockten. »Bist du auch da gewesen?«, fragte Louise schließlich. »Bist du bei den ... anderen gewesen?«

Das Wort »Bullen« wollten sie mir gegenüber doch lieber nicht benutzen.

»Ist euch klar, dass ihr euch strafbar gemacht habt? Ihr könnt von Glück sagen, dass ihr jetzt nicht im Gefängnis sitzt. Oder im Krankenhaus liegt.«

»Demonstrieren ist unser gutes Recht!«

»Ist es nicht. Es war eine nicht genehmigte Demo. Ihr habt euch strafbar gemacht.«

»Aber ...«

»Nichts aber. Und wo wir schon dabei sind: Ihr nehmt seit Neuestem die Pille?«

»Paps, alle nehmen die Pille«, erwiderte Sarah mitleidig.

»Darf man erfahren, wozu?«

»Hä?«

»Ihr habt mich ganz genau verstanden.«

»Paps, du … du weißt schon, wozu man die Pille nimmt?«

»Ich meine, für wen?«

»Wie – für wen?«

Darin, mich leiden zu lassen, waren sie noch selten so gut gewesen.

»Also … na ja, für welche Jungs?«

»Wir kennen viele Jungs«, erklärte Louise mit charmantem Augenaufschlag.

»Wo wir schon beim Thema sind«, ergriff nun plötzlich Sarah die Initiative. »Wer ist eigentlich die Frau, mit der du dich dauernd triffst? Nimmt die auch die Pille?«

Auch meine Töchter kannten offenbar die Taktik des überraschenden Themenwechsels.

Nun stand ich da.

»Also …«, sagte ich.

»Wir haben dich nämlich auch gesehen«, sagte Louise finster.

Erst mal Zeit schinden. »Wo? Und wann?«

»Verraten wir nicht.«

Was sollte ich sagen? Wie viel Wahrheit durfte ich preisgeben? Ich kam zu dem Schluss: alles. Ich musste ihnen alles sagen.

Sie waren sehr aufmerksam, als ich von meinem Chef erzählte, der irgendwann, als er längst verheiratet war, seine homosexuellen Neigungen entdeckte. Von Theresa, die keine Kinder bekommen konnte und einsam war in ihrer Ehe, die plötzlich keine mehr war. Und von meinen Bewerbungsunterlagen, mit denen ich mich seinerzeit um die Stellung eines Kripochefs bemüht hatte, die ich eigentlich gar nicht haben wollte. Die Unterlagen entsprachen gewiss nicht den letzten Regeln der Bewerbungspsychologie, hatten aber nicht zuletzt deshalb Erfolg, weil eine gewisse Theresa Liebekind schon das Bewerbungsfoto ausgesprochen faszinierend gefunden hatte.

»Mann!«, sagte Sarah nur, als es heraus war.

»Kein Mensch darf davon erfahren. Es geht nicht nur um mich.«

»Klar, Paps. Ist ja echt eine Wahnsinnsgeschichte.«

»Und wie geht das jetzt weiter mit euch?«, wollte Louise wissen. »Wird sie etwa hier einziehen?«

»Natürlich nicht. Sie ist verheiratet, und sie wird es bleiben.«

Dass wir derzeit Krach hatten, brauchten sie nicht auch noch zu wissen. Am Ende verbündeten meine Töchter sich noch mit meiner Geliebten gegen mich.

»Um sich zu lieben, braucht es keine Urkunden und keine gemeinsame Wohnung«, fügte ich hinzu.

»Wird sie versuchen, sich als unsere neue Mama aufzuspielen?«, fragte Sarah.

»Dann kriegt sie von mir höchstpersönlich eins auf die Glocke.«

Sie sahen sich an und dachten nach.

Ich wartete auf ihr Urteil.

Es fiel positiv aus.

»Okay«, sagten sie schließlich. »Wann lernen wir sie kennen?«

»Ihr habt sie schon kennengelernt. Wir waren mal zusammen essen bei Liebekinds. Erinnert ihr euch?«

»Nö.«

Dann lächelten sie. Und bei aller Verwirrung waren sie offensichtlich auch ein klein wenig stolz. Stolz, einen Vater zu haben, der sie bei einer so heiklen Angelegenheit ins Vertrauen zog. Und der in seinem ehrwürdigen Alter noch so verrückte Dinge tat.

»Cool«, lautete das abschließende Urteil. »Echt cool.«

Natürlich war die Demonstration Thema in den Abendnachrichten. Der Sachschaden wurde auf drei- bis vierhunderttausend Euro geschätzt. Die Zahl der Verletzten aufseiten der Ordnungskräfte bezifferte der Sprecher mit einundvierzig. Das klang dramatischer, als es war. Als Verletzung galt bereits eine Beule oder ein Kratzer im Gesicht. Der Kollege mit der Gehirnerschütterung lag zwar im Krankenhaus, war jedoch schon wieder guter Dinge, hatte ich von Rolf Runkel erfahren, der ihn persönlich kannte. Die Anzahl der Verletzten aufseiten der Demonstranten war nur ungefähr bekannt. Eine empörte ältere Dame mit bläulich schimmerndem Haar wurde interviewt, noch während sie von einem Sanitäter versorgt wurde. Sie war als völlig Unbeteiligte ins Kampfgetümmel geraten. Dabei war sie gestürzt und hatte sich das rechte Handgelenk verstaucht.

Am Donnerstagmorgen herrschte gedrückte Stimmung in der Direktion. Schon eine Stunde nach Ende der Demonstration war auf YouTube ein Video aufgetaucht, das die Polizei in keinem guten Licht erscheinen ließ. Es ging um den Sturz der alten Dame. Das etwa neunzig Sekunden lange, wahrscheinlich mit einem Handy aufgenommene Filmchen zeigte eine Gruppe von vier Kollegen und einer Kollegin, der ebenso viele Demonstranten gegenüberstanden. Eine heftige Diskussion war im Gange, es wurde gestikuliert, einer der schwarz Gekleideten deutete auf die dunkelhaarige Kollegin und brüllte sie mit rotem Kopf an. Verstehen konnte man nichts, vermutlich nicht ohne Grund gab es keinen Ton zum Film.

Irgendwann stieß ein Kollege den brüllenden Kerl gegen die Brust. Der Gestoßene taumelte rückwärts, prallte gegen die alte Frau, die überhaupt nicht begriff, in welch brenzlige Situation sie da gerade hineintippelte. Sie kippte auf der Stelle um. Ein zweiter Demonstrant, der sich bisher zurückgehalten hatte, machte den Polizisten nun offenbar Vorwürfe, während er nebenbei versuchte, der alten Frau auf die Beine zu helfen, die sich jedoch panisch gegen seine Rettungsversuche zur Wehr setzte. Sie kam erst wieder hoch, als auch eine junge Frau aus den Reihen der Demonstranten ihr beisprang. Die Kollegen traten zögernd näher, einer sprach aufgeregt in sein Helmmikrofon. Sie machten jedoch keinen Versuch, etwas für die Verletzte zu tun. Dann brach das Video ab.

Die Geschichte war im Grunde nicht weiter dramatisch. Der Kollege hatte überreagiert, keine Frage. Aber er hatte die alte Frau nicht einmal berührt. Sie hatte Pech gehabt. Und es war nicht zu verstehen gewesen, was der Demonstrant zuvor gerufen hatte, womit er den Beamten provoziert hatte.

Dennoch hatte das kleine Video enorme Symbolkraft. Die Polizisten waren die Bösen, die Chaoten die Guten, die verunglückte alte Damen retteten.

Die ein halbes Menschenleben alten Ansichtskarten aus Indien und Pakistan würden uns möglicherweise bald Gewissheit verschaffen, erfuhr ich von Helena, während ich meinen Morgencappuccino schlürfte. Auf der Rückseite einer der Briefmarken hatte das DNA-Labor in Stuttgart tatsächlich einige Kettenmoleküle isolieren können, die von der Mundschleimhaut des Menschen stammten, der die Marke vor Jahrzehnten abgeleckt hatte. Diese wenigen Moleküle wurden nun so lange mithilfe eines komplizierten und leider auch zeitaufwendigen Prozesses milliardenfach kopiert, bis genügend Material für die Erstellung des genetischen Fingerabdrucks zur Verfügung stand. In drei bis vier Tagen würden wir das Ergebnis erfahren.

Auch Helena schien allmählich am Ende ihrer Kräfte zu sein. Sie verhaspelte sich in jedem dritten Satz, verlor hin und wieder plötzlich den Faden. Noch immer hatten wir kein Wort über die vermaledeite Nacht gewechselt, in der wir uns zu nah gekommen waren. Wir mieden das Thema, und ich hatte den Eindruck, dass sie mir aus dem Weg ging, wann immer es möglich war.

Am Nachmittag stand überraschend und unangemeldet Madeleine Herrmanns vor meiner Tür, die junge Frau, mit der ich am Tag zuvor telefoniert hatte. Sie kam in Begleitung ihres Vaters, eines gütig wirkenden und beeindruckend umfangreichen Rechtsanwalts aus Markgröningen. Die junge Frau mit kastanienbraunen Locken war etwas kurz geraten, im Gegensatz zu ihrem behäbigen Begleitschutz jedoch äußerst rege. Ihr von zahlreichen Piercings mehr verunstaltetes als geschmücktes Gesicht war herzförmig, der Mund auch ohne Lippenstift rot und voll, der Blick hellwach. Unten die üblichen Jeans und zitronengelbe Segeltuchschühchen, oben ein dünner rosafarbener Pulli, unter dem sich spitze Brüste abzeichneten. Selbst die Zungenspitze hatte sie sich durchbohren und mit einer blauen Perle verzieren lassen, weshalb sie ein wenig lispelte.

»Ich hatt's Ihnen ja versprochen«, sagte sie tapfer, nachdem wir uns gesetzt hatten. »Ich hatt Ihnen ja versprochen, dass ich mich melde.«

»Nicht jeder hält seine Versprechen«, erwiderte ich freundlich.

Unbehaglich rutschte sie auf ihrem Stuhl herum.

»Madeleine möchte eine Aussage zu Protokoll geben«, erklärte der Vater förmlich. »Bringen wir es hinter uns.«

»Es ist wegen diesem Anruf«, begann die Tochter stockend

und mit gesenktem Blick. »Es stimmt, dass ich in der Nacht angerufen worden bin. Aber nicht von Adi.«

»Wer war es dann?«

»Jonas«, erwiderte sie, nachdem sie ein letztes Mal geschluckt hatte.

Ich war nicht mehr wirklich überrascht, als sie den Namen nannte.

»Er hat sich Adis Handy ausgeliehen. Und sein Bike auch. Hat er öfter gemacht.«

»Was wollte er von Ihnen?«

»Sich auskotzen. Der ist total alle gewesen. Was genau los war, hab ich nicht aus ihm rausgekriegt. Nur, dass es verdammt ernst war.«

»Und weshalb hat er ausgerechnet Sie angerufen?«

»Ich hatte ihm schon mal Geld geliehen. Wir hatten uns in den Wochen davor ein paar Mal getroffen. Auf Feten oder so. Ich hab ihn gemocht, weil er einen nicht gleich angebaggert hat wie die anderen Typen.«

Ich eröffnete ihr, dass Jonas Jakoby nicht mehr am Leben war. Sie erblasste und sank in sich zusammen.

»Wenn er sich nur bei Ihnen ausgeheult hätte, dann säßen Sie jetzt nicht hier«, warf ich ein.

Sie nickte.

»Er hätte Mist gebaut, hat er gesagt«, fuhr sie leise fort. »Großen Mist. Er müsste verschwinden, und er hätte überhaupt keine Kohle, und irgendein Peter wär tot, und er wär voll in der Scheiße. Ich hab nicht alles verstanden, ehrlich gesagt. Er ist total durcheinander gewesen. Und ich war müde und auch ein bisschen … stoned. Na ja.«

»Das hätten Sie mir alles auch am Telefon sagen können …«

»Ich sollt ihm Geld leihen.« Ein schneller, besorgter Seitenblick zum Vater, der mit würdiger Miene zuhörte. »Ich hatte ihm ein paar Wochen früher schon mal einen Fuffi geliehen und nie zurückgekriegt. Jo hat so eine Art gehabt, man konnt ihm schlecht was abschlagen. Ich jedenfalls. Ich konnt ihm nichts abschlagen. Die meisten von seinen Kumpels geben ihm längst nichts mehr.«

»Aber Sie haben ihm was gegeben?«

»Erst wollt ich gar nicht«, erwiderte sie. »Solange er nicht sagt, was los ist, hab ich gesagt, kriegt er keinen müden Euro. Dann hat er auf einmal geheult. Wie ein kleines Kind. Und ich … ich war todmüde. Es war mitten in der Nacht …«

»Was genau in der Nacht passiert war, hat er Ihnen aber nicht erzählt?«

»Nur dass dieser Peter tot ist und es ihm ganz furchtbar mies geht. Ich … Er hat mir so leidgetan. Und ich hatte grad meinen Wochenlohn gekriegt, und da hab ich gesagt, er soll halt kommen, und anschließend soll er sich möglichst lange nicht mehr blicken lassen.«

»Wie viel haben Sie ihm denn gegeben?«

»Siebenunddreißig Euro. Mehr war nicht drin. Beim besten Willen. Jo hat mir quasi die Füße geküsst und hoch und heilig geschworen, er wird's mir irgendwann zurückzahlen. Irgendwann. Mit Zinsen.«

»Haben Sie deshalb Ihren Vater zur Unterstützung mitgebracht?«

»Na ja, er hat zwei Leute umgebracht und ein Haus angezündet, und ich Dussel hab ihm auch noch geholfen. Ich Dussel geb dem auch noch Geld. Das ist doch so was wie Beihilfe, oder nicht?«

38

Am Freitagvormittag um Viertel nach elf erreichte mich viel früher als erwartet der Anruf aus Stuttgart, der alles veränderte: Judith Landers hatte nun plötzlich doch in dem italienischen Mercedes gesessen. Das DNA-Material, das das BKA all die Jahre so sorgfältig gehütet und gekühlt hatte, stammte offenbar nicht von ihr. Die Spuren an der Briefmarke aus Peshawar dagegen waren identisch mit einigen, die wir an der Kopfstütze des Beifahrersitzes gefunden hatten. Aus irgendwelchen technischen Gründen war das Ergebnis jedoch nicht ganz eindeutig. Die schnippische Mitarbeiterin des LKA-Labors, die mir die schlechte Nachricht übermittelte, bezifferte die Wahrscheinlichkeit einer völligen Übereinstimmung auf fünfundsiebzig Prozent. Damit war das, was ich bisher nur befürchtet hatte, zur Dreiviertelgewissheit geworden.

Helena gab sich wenig Mühe, ihre Befriedigung zu verbergen. Ich trommelte meine Leute zusammen. Runkel hatte schon über einhundert infrage kommende Wohnungen überprüft, berichtete er stolz.

»Ist eine Mordsarbeit. Bisher ist aber nichts Verdächtiges dabei gewesen.«

»Und wie viele hast du noch auf der Liste?«, wollte Balke müde wissen.

»Eine Menge«, erwiderte Runkel. »Zweihundert? Dreihundert? Bisher hab ich ja nur im Umkreis von zwanzig Kilometern gesucht.«

»Wir stellen vorübergehend alle Aktivitäten ein, die mit dem Brand zu tun haben«, verkündete ich. »Der ist praktisch aufgeklärt. Nur Jakobys Motiv fehlt jetzt noch.« Ich deutete auf Balke und Evalina Krauss. »Sie beide unterstützen ab sofort den Kollegen Runkel bei der Suche nach der Wohnung. Wir müssen an möblierte Zimmer denken, billige Pensionen, die es mit der Anmeldung nicht so genau nehmen. Campingplätze sollten wir auch nicht vergessen. Uns bleiben noch fünf Tage.«

»Gartenhäuschen in Kleingartenanlagen«, fügte Evalina Krauss hinzu.

»Oder noch so eine Kate wie die, wo Prochnik und von Arnstedt sich versteckt haben«, sagte Balke Augen rollend.

»Wir haben keine Chance«, meinte Krauss.

»Nutzen Sie sie.« Mit diesem dümmsten aller Managersprüche beendete ich die kurze Sitzung.

Heute war ich es, der das Treffen mit Theresa absagte, und es erfüllte mich mit einer kleinlichen Befriedigung, ihr das mitzuteilen. Meine Ausrede trug den Namen Judith Landers. Es war halb zehn, als ich an diesem Abend mein Büro verließ, und wir waren keinen Schritt weitergekommen. Helena war schon am frühen Nachmittag verschwunden, um weitere ehemalige Nachbarn von Jürgen Prochnik auszufragen. Dieses Mal hatte sie sogar ihren Laptop mitgenommen.

Am Samstagmorgen fand ich die Polizeidirektion voller Menschen. Auf dem Weg hatte ich viele gut gelaunte Gruppen und Grüppchen gesehen, die in Richtung Innenstadt marschierten, sowie ein beeindruckendes Polizeiaufgebot. Um elf Uhr würde die lange geplante Großdemonstration beginnen. Bereits jetzt, zwei Stunden vor Beginn der Veranstaltung, war der innerstädtische Verkehr praktisch zum Erliegen gekommen. Im Radio wurde im Viertelstundentakt dazu aufgerufen, die Autos zu Hause zu lassen. Die Verkehrsbetriebe hatten zusätzliche Bahnen eingesetzt, die Deutsche Bahn Sonderzüge. Streifenwagen standen an jeder Ecke, ungezählte Mannschaftswagen voller Bereitschaftspolizei umzingelten die Altstadt.

Beginnen würde der Demonstrationszug auf dem Marktplatz mit Ansprachen diverser Politiker und Gewerkschaftsfunktionäre. Anschließend würde der Zug sich die Hauptstraße entlang in Richtung Westen bewegen, um sich am Bismarckplatz wieder aufzulösen. Auf den Plakaten hatte ich eine kunterbunte Mischung von Parolen gelesen: *Stopp dem Wachstumswahn, Lasst die Banken ihre Schulden selbst bezahlen, Chancengleichheit für die Dritte Welt, Wir haben nur eine Erde, Kleiner ist feiner!*

Die Veranstalter rechneten mit fünfzig- bis sechzigtausend Teilnehmern, die Polizei mit Ausschreitungen. Von ferne hörte ich das Knattern eines Hubschraubers durchs offen stehende Fenster, während ich meinen heute selbst gemachten Cappuccino schlürfte, die frische Morgenluft genoss sowie den Umstand, dass Helena offenbar nicht vorhatte, ins Büro zu kommen.

Eine Frage ließ mich seit gestern Abend nicht mehr los: Wie waren Prochnik und von Arnstedt mit der Terroristin in Kontakt gekommen? Prochnik hatte sie vielleicht immer noch geliebt. Aber er war in den vergangenen Jahren kaum gereist. Wenn, dann nach Gorleben oder Stuttgart, aber gewiss nicht bis Pakistan. In meinen Augen war es mehr als unwahrscheinlich, dass die beiden den Kontakt ein Vierteljahrhundert lang und über Tausende Kilometer hinweg aufrechterhalten hatten. Also mussten sie ihn irgendwann und irgendwie wieder aufgenommen haben. Auf wessen Initiative hin?

Die Tarnung der Terroristin in Pakistan war perfekt. Sie hätte dort zwar nicht mit großem Komfort, aber doch in Ruhe alt werden können. Hätte sie das aufs Spiel gesetzt, um mit ihrer alten Liebe wieder anzubandeln? Auf die Gefahr hin, dass Prochnik schnurstracks zur Polizei lief? Auch umgekehrt ergab es keinen Sinn. Wie hätte Prochnik wissen sollen, wo seine ehemalige Flamme sich versteckt hielt? Über gemeinsame Bekannte vielleicht? Hatte Helena nicht gesagt, die dritte Generation der RAF habe ihren sinnlosen Kampf in strikt voneinander abgeschotteten Zellen geführt? Wie sollte es da gemeinsame Bekannte geben? Gab es vielleicht noch eine andere Möglichkeit? Eine, die ich bisher nicht bedacht hatte?

Ich machte mir einen zweiten Cappuccino und trat damit ans Fenster. Ein klarer, tiefblauer Himmel überspannte die Stadt. Die Farben leuchteten in der Morgensonne, wie sie es nur im Frühherbst tun. Kaiserwetter. Demonstrantenwetter. Prügelwetter. Am Römerkreis stauten sich die Massen an den Fußgängerampeln. An jeder Ecke Blaulicht. Ein kleiner Hubschrauber flog langsam und in geringer Höhe nach Westen und wieder zurück. Vermutlich das Kamerateam eines Fernsehsenders.

Plötzlich war der Gedanke da: War es womöglich gar nicht Prochnik gewesen, der mit Judith Landers in Verbindung trat, sondern ...?

Ich ging zu meinem Schreibtisch zurück, stellte die fast noch volle Tasse ab, wühlte in meinen Notizen, kramte in meiner Erinnerung. Aber ich fand nichts, was meine Theorie gestützt oder widerlegt hätte. Dann aus dem Nichts die Erinnerung. Ich nahm den Hörer in die Hand. Sekunden später hatte ich Peter von Arnstedts Mutter in der Leitung.

»Bei unserem ersten Gespräch sagten Sie, Ihr Sohn hätte Ihnen früher immer Bescheid gegeben, wenn er vorhatte zu verreisen.«

»Ja. Weshalb fragen Sie?«

»Würden Sie mir verraten, wo er in den letzten Jahren überall war?«

»Das ist nicht weiter schwer. Fernreisen hat Peter strikt abgelehnt. Einmal hat er mir vorgerechnet, wie viel Treibstoff Flugzeuge verbrauchen und was wir unserer Atmosphäre damit antun. Er meinte, die Welt könne man sich auch im Internet ansehen, und wenn jeder Mensch sie bereisen wollte, dann würde sie bald untergehen, diese Welt. Nachdem er aus den USA zurück war, ist er nur noch einmal geflogen. Vorletztes Jahr, im Sommer. Er war in Indien. Zusammen mit seiner damaligen Freundin.«

»Mit Selma Mangold?«

»Selma kam später, nein. Den Namen der anderen ... ich müsste nachsehen.«

»Wissen Sie, wo genau Ihr Sohn auf dieser Reise überall war?«

»Im Großen und Ganzen ja. Anfangs haben wir hin und wieder telefoniert. Er hat E-Mails geschrieben mit Fotos. Vielen Fotos. Einige davon habe ich mir sogar ausgedruckt und gerahmt. Peter hatte so viel Sinn für Ästhetik. Er ...« Sie brach ab, und es dauerte geraume Zeit, bis sie flüsterte: »Er hatte so viel Sinn für Schönheit.«

»War er die ganze Zeit in Indien? Für wie lange?«

»Lassen Sie mich überlegen. Geflogen ist er gleich nach Semesterende. Nach Bombay. Mitten in den Monsun hinein. Ich habe ihn gewarnt, aber er wollte das so. Er wollte sehen, wie die Menschen dort unten leben. Die Wirklichkeit, die Slums, den Schlamm, den Müll. Die hässliche Seite des Lebens wollte er sehen. Er meinte, wir hier im Westen lebten in einem Kokon. Wir hätten keinen Schimmer davon, unter welchen Umständen neun Zehntel der Menschheit vegetierten.«

»Wann ist er zurückgekommen?«

»Das kann ich nicht genau sagen. Die Mails wurden mit der Zeit spärlicher, und irgendwann ist der Kontakt ganz abgerissen. Anfang September hat er mir dann noch einmal eine kurze Nachricht geschickt, aus einem Internetcafé im Norden. Ich solle mir keine Sorgen machen, man hatte ihm sein Handy gestohlen. Seine Freundin war schon früher nach Hause geflogen. Sie hat es nicht mehr ertragen. Aber er wollte aushalten. Er hatte vor, noch zwei, maximal drei Wochen zu bleiben. Den Namen der Stadt im Norden müsste ich nachsehen. Seine Mails von damals habe ich noch gespeichert.«

»Könnte es sein, dass er anschließend nach Pakistan weitergereist ist?«

»Möglich.«

»Wie klang er?«

»Ich verstehe nicht ...?«

»Entspannt? Wütend? Abenteuerlustig?«

Sie brauchte eine Sekunde, bis sie das treffende Wort gefunden hatte: »Aufgewühlt. Was er dort unten gesehen hat, war tausend Mal schlimmer, als er es sich ausgemalt hatte. Kranke mit ekligen Geschwüren, Tote, die einfach am Straßenrand in der Gosse lagen, um die sich niemand kümmerte. Bettelnde Kinder voller Läuse, lästig wie Ratten, junge Mädchen, halbe Kinder noch, die sich ihm anboten ...«

Während meines Telefonats hatte sich leise die Tür geöffnet, und Helena war eingetreten. Sie hatte mir mit starrer Miene zugenickt und sich lautlos an ihren Platz gesetzt. Sie war blass und wirkte, als hätte sie in der vergangenen Nacht keine Minute Schlaf gefunden.

Als ich auflegte, machte sie mit ihrem Stuhl eine Hundertachtzig-Grad-Drehung, sah mir stumm und vorwurfsvoll ins Gesicht.

Dies war wohl der Moment, vor dem mir seit Tagen graute.

»Du willst reden?«, fragte ich, die Hand noch am Hörer.

Sie nickte fast unmerklich.

»Es tut mir leid.« Ich schluckte, wich ihrem Blick aus. »Du hältst mich für einen Feigling. Und du hast recht. Ich war ein Idiot ...«

Sie schwieg. Sah mir immer noch in die Augen. Hatte offenbar nicht vor, mir die Sache irgendwie leichter zu machen.

»Eines musst du mir glauben: Ich wollte dich nicht verletzen.«

Endlich zeigte sie eine Reaktion. Sie schlug die Augen nieder.

Es wurde ein mühsames Gespräch. Sie sagte, sie wolle und könne mir keinen Vorwurf machen. Sie sagte, sie habe sich ebenso dumm benommen wie ich. Sie wollte wissen, ob es eine Frau gab in meinem Leben. Was ich natürlich eilig abstritt. Wenn es etwas gab, was ich absolut nicht brauchte, dann war es eine Zielfahnderin, die ihre professionellen Kompetenzen nutzte, um mein Privatleben auszuforschen.

Nicht nur ich war an jenem Abend im letzten Moment zurückgezuckt. Nicht nur ich hatte im entscheidenden Moment gekniffen. Das Taxi hatte uns vor ihrer kleinen Pension in der Walldorfer Bahnhofstraße abgesetzt. Ich gab dem verständnisinnig grinsenden Russen am Steuer viel zu viel Trinkgeld, wir schlichen die Treppe hinauf wie zwei Teenager auf dem Weg zum allerersten Mal, und in ihrem Zimmer, einem kärglichen, energiesparkalt beleuchteten Kämmerchen, wir waren schon dabei, uns gegenseitig die Sachen vom Leib zu reißen – da machte es in meinem Kopf plötzlich klick. Mit einem Mal war die Realität wieder da und Theresa und die Erkenntnis, dass das nie und nimmer gut gehen konnte, was wir zu tun im Begriff waren.

Aber es war nicht nur das gewesen. Auch auf ihrer Seite hatte sich plötzlich etwas verändert. Vielleicht schon einen Augenblick früher als bei mir. Plötzlich war sie steif geworden, hatte einen Arm vor ihre Brüste gehalten und sich abgewandt. Vielleicht hatte sie mein Zögern früher gespürt als ich, vielleicht hatte auch sie plötzlich erkannt, dass es nicht ging, dass es nicht richtig war.

Schweigend hatte ich mich wieder angekleidet, beim betretenen Abschied vermutlich eine Menge Unsinn geredet, und dann war ich gegangen. Nein, gegangen klang zu groß. Davongestohlen hatte ich mich. Zum Glück war der Bahnhof nicht weit gewesen. Zum Glück hatten dort Taxis gestanden.

Sie hatte sich in mich verliebt, wurde mir im Lauf unseres auf beiden Seiten kleinlauten Gesprächs klar. Für sie war ich nicht nur irgendein Abenteuer, nicht nur eine willkommene Abwechslung ihrer einsamen Abende.

Geliebt zu werden kann ein verdammtes Elend sein.

Schließlich gingen wir wieder an unsere Arbeit. Nie hatte sie so verloren gewirkt, so ... verlassen. Sollte ich aufstehen und sie berühren? Oder würde das alles nur noch schlimmer machen?

Ich wusste nichts mehr und verfluchte den Moment, in dem ich ihrer Einquartierung zugestimmt hatte. Ich verfluchte mich selbst, meine blöde Gedankenlosigkeit im Essighaus, den süffigen Weißwein, ihr verflixtes Parfüm. Ich verfluchte meine Feigheit. Was wäre schon dabei gewesen? Menschen gingen fremd. Fast alle. Zumindest die meisten. Viele jedenfalls. Theresa und ich hatten uns nie Treue geschworen. Dennoch war ich mir merkwürdigerweise sicher, dass sie mir treu war. Dass ich es sofort bemerken würde, sollte sich dies jemals ändern. Ich dagegen war ihr untreu gewesen. Untreue beginnt im Kopf und nicht im Bett. Gab es überhaupt Liebe ohne Treue? War es vielleicht das? War man zur Untreue vielleicht einfach nicht imstande, wenn man wirklich liebte? Liebte ich Theresa wirklich?

»Ich … Du …« Sie sprach jetzt sehr leise und mit dem Rücken zu mir. Aber sie saß wieder aufrecht. »Du hast vollkommen recht, Alexander. Wir sind Kollegen, und wir sollten uns auch so benehmen. Ich würde gerne ab Montag in einem anderen Büro arbeiten.«

»Unsinn«, widersprach ich halbherzig. »Wir sind erwachsene Menschen. Außerdem, die paar Tage noch …«

Langsam drehte sie sich wieder zu mir. Ihre Augen waren trocken.

»Wenn man vom Ende absieht«, meinte sie mit erschöpftem Lächeln, »war es eigentlich ein netter Abend, nicht wahr?«

»Ja, das war es. Ich sage jetzt nicht, wir können Freunde bleiben, weil es zu sehr nach Hollywood klingt …«

»Falls du es doch einmal sagen solltest.« Ihr Lächeln wurde stärker. »Ich würde mich freuen.«

Ich wechselte das Thema und berichtete ihr von meinem Telefongespräch mit Peter von Arnstedts Mutter, von dem sie nur die letzten Sätze mitbekommen hatte. Sie hörte aufmerksam zu, und mit einem Mal herrschte ein ruhiges, selbstverständliches Vertrauen zwischen uns.

»Prochnik und von Arnstedt haben sich für Judith um die praktischen Dinge gekümmert«, sagte sie mit halb geschlossenen Augen. »Sie haben das Tagungshotel ausgekundschaftet, mögliche Fluchtwege. All das wäre von Pakistan aus unmöglich gewesen und für sie selbst viel zu riskant. Was immer sie plant, sie braucht tausend Dinge dazu: eine Waffe, Sprengstoff vielleicht, mehrere Verstecke, eventuell ein Fahrzeug.«

»Den Mercedes?«

»Der Mercedes war mit Sicherheit Teil eines Plans. Aber sie weiß natürlich längst, dass wir ihn entdeckt haben, und wird ihre Strategie entsprechend geändert haben. Wenn Judith für ihr Vorhaben ein Fahrzeug brauchen sollte, dann wird irgendwo ein anderes bereitstehen.«

Ich lehnte mich zurück, spielte mit einem Stift, von dem ich nicht wusste, wie er zwischen meine Finger geraten war. »Du hast von Anfang an recht gehabt«, sagte ich schließlich. »Auch wenn ich es ungern zugebe.«

Das Lächeln stand immer noch in ihrem Gesicht.

»Hat sie noch mehr Helfer, oder wird sie es allein versuchen?«, fragte ich.

»Möglich, dass es noch andere Unterstützer gibt. Auch wenn ich nicht wüsste, wie sie die auf die Schnelle akquiriert haben könnte. In dem Moment, in dem sie zuschlägt, wird sie aber allein sein. Es ist nicht ihre Art, sich mehr als unbedingt nötig auf andere zu verlassen.«

»Du glaubst immer noch nicht, dass sie mit diesem Abu Thala gemeinsame Sache macht?«

»Nein. Absolut nicht.«

Der junge Konvertit und al-Qaida-Kämpfer war immer noch auf freiem Fuß. Inzwischen war mir sogar der Verdacht gekommen, die Amerikaner könnten ihn in Athen gar nicht verloren haben, sondern aus dem Verkehr gezogen und irgendwo ruhiggestellt.

Der Kugelschreiber rotierte immer noch zwischen meinen Fingern. Ich war nervös. Seit Minuten schon. Etwas hatte mich beunruhigt. Etwas, das Helena gesagt hatte. Etwas, das wichtig sein könnte und mir jetzt partout nicht mehr einfallen wollte.

Eine Weile hingen wir unseren Gedanken nach und lauschten den auf- und abschwellenden Sprechchören in der Ferne. Noch hatte die Demonstration nicht begonnen, dennoch schien es schon hoch herzugehen. Natürlich würden sich Gruppen von Autonomen unter die Demonstranten mischen. Das wussten wir schon seit Tagen aus diversen Internetforen und von einschlägigen Facebookseiten. Natürlich würde es auch heute Randale geben. Problematisch war, dass die gewalttätige Fraktion dieses Mal in der Masse der Harmlosen mitschwimmen und bei Bedarf untertauchen konnte. Fische im Wasser … Hoffentlich blieben meine Zwillinge heute vernünftig und zu Hause.

»Würdest du ihr zutrauen, ihre Helfer zu töten?«, fragte ich irgendwann. »Vielleicht, nachdem sie nicht mehr gebraucht werden?«

»Ich dachte, Jakoby …?«

»Würdest du es ihr zutrauen?«

»Sie hätte es auf andere Weise getan. Unauffälliger. Nicht beide auf einmal. Und ein Brand, nein, das ist nicht ihre Handschrift.«

Irgendwo schlug eine Kirchturmuhr elf Mal. Die Demo begann. Und ich hatte einen Termin beim Chef.

39

»Ich sehe zwei Möglichkeiten«, eröffnete ich die kleine Sitzung, bei der neben Liebekind und meiner Wenigkeit auch die leitende Oberstaatsanwältin anwesend war, Frau Dr. Steinbeißer. »Erstens: Wir ermitteln weiter verdeckt, um sie in Sicherheit zu wiegen. Oder wir machen großes Tamtam, um sie nervös zu machen.«

»Denken Sie denn, sie wird sich nervös machen lassen?«, fragte die Staatsanwältin mit hochgezogenen Brauen.

»Ich weiß nichts über ihren Gemütszustand. Ich weiß nichts über ihre Motive. Das Einzige, was ich habe, sind belastbare Indizien dafür, dass sie in der Nähe ist. Und bestimmt nicht, weil sie Sehnsucht nach Heidelberg hatte.«

Die Staatsanwältin sah meinen Chef an. »Weshalb kommt eine Frau nach so langer Zeit zurück, um etwas fortzusetzen, was sie vor Ewigkeiten hinter sich gelassen hat?«

»Diese Frage habe ich mir in den letzten Wochen tausend Mal gestellt«, sagte ich. »Ich habe bis jetzt keine Antwort gefunden.«

»Eine Krankheit?«, brummte Liebekind missmutig. »Vielleicht ist sie todkrank und will mit einem letzten großen Knall aus dem Leben scheiden?«

»Ihre politischen Ansichten werden sich über die Jahre nicht wesentlich geändert haben«, spekulierte die Staatsanwältin.

»Politische Ansichten reichen als Motiv nicht aus«, warf ich ein. »Es muss etwas anderes sein. Etwas Stärkeres. Etwas Persönliches.«

Für einige Sekunden herrschte ratloses Schweigen. Die Sprechchöre schienen näher gekommen sein. Inzwischen war mehr als ein Hubschrauber in der Luft.

»Um auf Ihre Frage zurückzukommen«, sagte Liebekind schließlich und rang sich ein säuerliches Lächeln ab. »Ich persönlich bin für Plan A. Wir ermitteln mit Hochdruck, aber möglichst geräuschlos weiter. Alles andere würde zu großer Unruhe in der

Öffentlichkeit führen und die Sache vermutlich nur schlimmer machen.«

»Die Presse sieht die Bedrohung bisher ausschließlich in islamistischen Terrorgruppen.« Die Staatsanwältin nickte. »Lassen wir sie in dem Glauben.«

»Der Sprengstofffund auf der bayerischen Autobahn macht diese Bedrohung leider Gottes ziemlich real.«

»Das ist eine überregionale Sache, die das BKA bearbeitet«, sagte Liebekind in einem Ton, als würde er die Besprechung gerne beenden. »Haben Sie genug Leute für die Aufgabe?«

»Nein.«

»Und Sie glauben also nicht daran, dass sie mit der al-Qaida gemeinsame Sache macht?«

»Sie hat jede Art von Religion immer abgelehnt.«

»Frau Landers hat zwei Jahrzehnte in Pakistan gelebt«, grübelte die Staatsanwältin mit halb geschlossenen Augen. »In engstem Kontakt mit den Einheimischen. Menschen ändern sich. Auch Terroristinnen.«

So schlau war ich schon lange, hätte ich um ein Haar erwidert.

Liebekind erhob sich seufzend und mit sorgenvoller Miene. »Gehen Sie an die Arbeit, lieber Herr Gerlach. Ich versuche, Ihnen den Rücken frei zu halten, so gut ich kann. Und ich versuche, Ihnen weitere Mitarbeiter zu besorgen.«

Frau Dr. Steinbeißer schob ihren schmalen Aktenordner ins kalbslederne Köfferchen mit Goldbeschlägen.

Die Besprechung war zu Ende, und wie üblich steckte der Schwarze Peter in meinem Kartenfächer.

Balke und Krauss erreichte ich über ihre Handys. Wie ich waren sie der Überzeugung, dass sie keine Chance hatten. Wie ich hatten sie keine Idee, woher wir weiteres Personal nehmen sollten. Auch Seifried, der Leiter der Schutzpolizei, verbrachte sein Wochenende im Büro. Und auch er hatte längst keine Reserven mehr. Schon gar nicht heute, wo diese verdammte Megademo ...

Ein Anruf Liebekinds rettete mich. Das Polizeipräsidium Mannheim stellte mir eine kleine Streitmacht von acht Kolleginnen und Kollegen zur Verfügung. Zwei Frauen und sechs Männer, die meine Leute bei der diskreten Überprüfung leer stehender

Wohnungen und Ferienhäuser, verlassener Fabrikgebäude und Gartenhütten unterstützen würden. Jedes einzelne Anwesen würde mindestens einen Mitarbeiter mindestens eine halbe Stunde lang beschäftigen.

Man brauchte keine Mathematik, um zu begreifen: Es war von vornherein hoffnungslos.

In der Innenstadt tobte seit fast einer Stunde das Chaos.

»Jo? Schwachsinn!«

Adrian Horstkottes Reaktion auf meine Neuigkeit war nicht heftig genug, um glaubwürdig zu sein. Er widersprach mir mehr aus Prinzip als aus Überzeugung.

»Warum nicht?«

Anstelle einer Antwort zog er die Nase hoch. Ich nahm mir einen der robusten Holzstühle und setzte mich an den schweren Tisch in dem eigens für Verhöre eingerichteten Raum der Mannheimer JVA. Mein heute nicht mehr ganz so feindselig dreinschauender Gesprächspartner saß mir gegenüber und beobachtete seine Finger dabei, wie sie auf der Tischkante träge Gymnastik machten.

»Weil ...«, sagte er schließlich.

»Sie haben es gewusst, nicht wahr?«

»Einen Scheiß habe ich.«

Seine Stimme klang eine winzige Spur brüchig. Das Selbstbewusstsein, die Rotzigkeit waren nur noch gespielt.

»Ich habe Beweise. Er war in der Nacht auf Ihrem Rad und mit Ihrem Handy in der Tasche in der Nähe des Hauses. Er hat sich später bei einer Freundin ausgeweint ...«

Mit verkniffener Miene starrte Horstkotte auf die grüne Tischplatte zwischen uns. Ich streckte die Beine von mir, faltete die Hände im Genick.

Horstkotte atmete laut. Hin und wieder schluckte er. Es fiel ihm schwer, seine Nervosität zu verbergen. In der Ferne heulte der Motor eines schweren Motorrads auf, erstarb wieder. Im Hof zwei Stockwerke unter uns wurde gefegt. Ich hörte das gleichförmige, rhythmische Kratzen des Besens, hin und wieder das Klappern eines Blecheimers. Horstkottes linkes Augenlid zuckte jetzt immer häufiger. Allmählich begann mein linkes Bein einzuschlafen. Nach zwölf Minuten und dreißig Sekunden begann er zu sprechen.

»Ja, ich habe es gewusst«, murmelte er mit müder Stimme und hartnäckig gesenktem Blick. »Aber nicht genau. Ich weiß nur, dass Jonas Scheiße gebaut hat. Der Spast ist ja eifersüchtig gewesen wie ein Wahnsinniger. Auf Peter, ausgerechnet, dieses hochnäsige Kapitalistensöhnchen! Jo, der ist ...« Er machte eine fahrige Handbewegung ins Leere. »... komplett ausgetickt. Voll im Arsch war der. Nicht zum Aushalten. Echt, nicht zum Aushalten.«

»Sie wussten von seiner Beziehung zu von Arnstedt?«

»Er hat ja jedem die Ohren vollgeflennt, der nicht schnell genug Leine gezogen hat. Tagelang ist das so gegangen. Wochenlang.«

»Wie hat er herausgefunden, wo Peter von Arnstedt steckt?«

»Telefon, schätze ich mal. Jonas hat sich hin und wieder mein Handy ausgeliehen. War okay für mich. Er war eine arme Sau. Null Peilung, null Kohle, null Plan. Aber harmlos wie ein Streuselkuchen.«

»Immerhin hat er eine aufgebohrte Schreckschusswaffe mit sich herumgetragen.«

Horstkotte sah an mir vorbei an die Wand, blinzelte nachdenklich.

»Die habe ich ihm besorgt. Im Winter ist er mal übelst verdroschen worden. An den Neckarstaden. Von ein paar besoffenen Typen aus Michelstadt. War nicht das erste Mal, aber diesmal war's besonders krass. Jo war irgendwie ... das geborene Opfer. Der hat so was an sich gehabt, dass jeder geglaubt hat, er kann ihn rumschubsen. Und damals habe ich ihm gesagt, ey Mann, du brauchst was. Irgendwas, damit du dich nächstes Mal wehren kannst und dir nicht nur wieder die Hucke vollkloppen lässt. Erst hat er sich geziert wie ein Mädchen, wollte das Teil nicht mal anfassen. Aber dann hat er es doch eingesteckt.«

»Von Arnstedt hatte eine neue Handynummer. Jakoby scheint die nicht gekannt haben.«

Mein Gegenüber zuckte die muskulösen Schultern.

»Dieser Penner ist voll am Arsch gewesen wegen seinem blöden Peter. Immer nur Peter, Peter, Peter. Irgendwann habe ich nicht mehr hingehört. Verlassene Weiber sind die Pest. Aber verlassene Schwule – kein Vergleich, sage ich Ihnen. Kein Vergleich.«

»Hat von Arnstedt die Liebe denn überhaupt erwidert?«

Flammend empört sah er mich an. »Das ist ja das Irre. Für den ist das doch bloß ein neuer Kick gewesen. Cool, mal mit 'nem Kerl in die Kiste statt mit 'ner Tussi. Der hat Jo doch hinten und vorn verarscht. Aber der Trottel hat ja nichts geblickt. Echt, das größte Weichei, das man sich denken kann. Ich kann mir wirklich nicht vorstellen, dass Jo so was gemacht hat. Ein Haus anzünden und so. Jo war einfach nicht der Typ für so was. Wie ist das überhaupt gelaufen? Wieso sind die nicht einfach raus, wie's gebrannt hat?«

»Ich weiß es nicht. An den Leichen waren keine Spuren von Gewaltanwendung. Das bedeutet aber nicht viel. Sie waren so stark verbrannt, dass man höchstens noch Knochenbrüche hätte nachweisen können.«

»Peter war ein Sadist«, sagte Horstkotte wie zu sich selbst. »Vielleicht hat er Jo – just for fun – weisgemacht, er hätte was mit diesem anderen ... Wie hat der noch mal geheißen?«

»Jürgen Prochnik.«

»Vielleicht hat er ihm auf die Nase gebunden, er hätte was mit diesem Prochnik am Laufen. Bloß, um ihn zu ärgern. Um ihm wehzutun.«

»Das halte ich für unwahrscheinlich. Von Arnstedt und Prochnik haben sich abgeschottet. Schon seit Juli waren ihre Handys aus. Jakoby hat offenbar nicht gewusst, wo von Arnstedt sich versteckt hat.«

»Es würde ihm ähnlichsehen. Es gab mal eine Geschichte, da hat wer in der WG Geld vermisst. Ein Mädchen, Jenny. Peter hat sie aus irgendeinem Grund nicht leiden können. Nehme an, weil sie nichts von ihm wollte. Das hat er nämlich gar nicht vertragen, wenn er mal nicht der Star war, mal nicht Number One. Ich bin sicher, dass Peter das Geld geklaut hat. Aber er hat's dann Jo in die Schuhe geschoben. Er hat es nicht direkt gesagt, aber irgendwie hat er es geschafft, dass es am Ende jeder geglaubt hat. Am Ende hat Jenny ihre zwei Fuffis tatsächlich in Jos Rucksack gefunden. Der hat geflennt und gejammert und sämtliche Eide geschworen, dass er das Geld nicht genommen hat. Das war Peter. Menschen quälen, das hat ihm Spaß gemacht. Am liebsten solche, die sich nicht wehren konnten.«

»Hat Jakoby das denn nicht begriffen?«

»Liebe macht nicht nur blind, sondern meistens auch blöd.«

»Ist Ihnen an Ihrem Freund vielleicht irgendwann aufgefallen, dass er plötzlich verändert war?«

Horstkotte schwieg lange. Die Besen- und Eimergeräusche im Hof hatten aufgehört. Das Motorrad heulte erneut auf und wurde wieder still. Schließlich zuckte mein Gegenüber die Schultern.

»Irgendwann, Anfang September, hat er auf einmal wieder gestrahlt wie ein Honigkuchenpferd. Hab ihn gefragt, ob er sich etwa mit seinem Peter versöhnt hat. Das war's aber nicht. Er hat irgendwas genuschelt von wegen, er sei ein Genie darin, unbemerkt Leute zu verfolgen. Mehr war nicht aus ihm rauszubringen. Irgendwie konnte ich mir das auch gut vorstellen, das mit dem unbemerkt Verfolgen. Jo hat man leicht übersehen. Wenn der auf 'ner Party war, dann hätte später keiner sagen können, wann er gekommen und wann er gegangen ist. Oder ob er überhaupt da war.« Horstkotte betrachtete eine Weile seine Hände. Erst jetzt bemerkte ich, dass er heute ohne Krücken gekommen war. »Keiner hat ihn wirklich leiden können«, fuhr er nachdenklich fort. »Er ist überall ein bisschen dabei gewesen, man hat ihn geduldet, auch mal was Nettes zu ihm gesagt, aber dann war Ende Gelände. Das hat ihn oft runtergezogen. Am nächsten Tag hat er dann wieder die Klappe aufgerissen. Aber keiner hat ihn ernst genommen. Keiner.«

»Wer könnte mehr über ihn wissen? Wer könnte wissen, was da Anfang September passiert ist?«

Horstkotte kaute auf der rissigen Unterlippe.

»Reden Sie mal mit der Gudrun«, sagte er schließlich und sah mir zum ersten Mal offen ins Gesicht. Sein Blick war müde und todtraurig. »Die ist so was wie die WG-Mutter. Und sie hat Jo ein bisschen ins Herz geschlossen. Bei ihr hat er sich auch manchmal ausgeheult.«

Während meines Gesprächs hatte mein Handy dreimal gesurrt. Erst als ich durch das hohe, hellgrau lackierte Stahltor der Vollzugsanstalt hinaus in die trübe Nachmittagssonne trat, öffnete ich die angekommen SMS. Die erste Nachricht, die ich las, war ein kurzer Lagebericht aus der Direktion. Die Demonstration war im Großen und Ganzen friedlicher verlaufen, als wir befürchtet hatten. Natürlich hatte es einige Handgemenge gegeben und etwa vierzig Festnahmen. Der Sachschaden war jedoch dieses Mal nicht der Rede wert. Vor allem die Fisch-im-Wasser-Strategie der Chaoten war nicht aufgegangen. Das Wasser hatte dieses Mal nicht mitgespielt. Die Masse der Demonstranten hatte die Fraktion der Gewaltbereiten immer wieder isoliert. Inzwischen war es zwei Uhr vorbei, stellte ich auf dem Weg zu meinem Wagen fest, und ich hatte noch nichts gegessen.

Schon seit einer guten Stunde war die Großveranstaltung zu Ende. Der Abtransport der Demonstranten verlief bisher reibungslos. Manche waren auch gleich geblieben, um – wo man schon mal da war – das berühmte Heidelberg zu besichtigen oder ein wenig zu shoppen, was die Inhaber der Geschäfte für ihren erlittenen Umsatzeinbruch vermutlich mehr als entschädigte.

Die zweite Nachricht kam von Theresa. Aufgekratzt schrieb sie, es gehe ihr gut, sie fühle sich jung wie lange nicht und liebe mich und finde außerdem, wir sollten unseren blöden Streit endlich ad acta legen. Auch die zuletzt angekommene SMS stammte von ihr. Diese war erst wenige Minuten alt und klang weniger euphorisch: »Bin im Krankenhaus! Rette mich!!!«

Ich wählte ihre Nummer.

»Deine Schlägertruppen sind über mich hergefallen!«, tönte sie, ohne Zeit für Nettigkeiten zu verschwenden.

»Du warst doch hoffentlich nicht bei der Demo?«

»Selbstverständlich war ich!«, erwiderte sie mit vor Empörung bebender Stimme. »Aber das ist noch lange kein Grund, mich zu ermorden! Außerdem hat man mich beraubt!«

Wer noch so wütend sein konnte, lag nicht im Sterben. »Der Ritter in der schimmernden Rüstung ist unterwegs zu dir«, sagte ich entspannt. »Aber vorher muss er noch eine Kleinigkeit essen.«

»Ich sterbe! Außerdem schmeckt der Kaffee hier schauderhaft.«

Während der Fahrt nach Heidelberg zurück kam mir eine schier endlose Schlange von Bussen entgegen, die meisten vollgestopft mit gut gelaunten Demonstranten, die das Gefühl genossen, viele zu sein und alle auf der richtigen Seite.

40

Meine wutflammende Göttin entdeckte ich bei einer kleinen Gruppe von Leidensgenossen, die vor dem Eingang der Notfallambulanz in der Sonne standen und fleißig rauchten. Um den Kopf gewickelt trug sie einen provisorischen Verband vom Format eines Turbans. Links an der Stirn entdeckte ich einen Blutfleck von der Größe eines Damendaumennagels.

»Meine Handtasche!«, waren ihre ersten Worte, während sie die erst halb gerauchte Zigarette in einem Eimerchen voller Sand ausdrückte.

Wir gingen hinein zu den anderen mehr oder weniger schwer Verletzten. Ein Mann in den Vierzigern, dessen linker Unterarm in einen blutigen Lappen gewickelt war, rückte murrend einen Stuhl nach rechts, sodass wir zwei Plätze nebeneinander hatten.

»Was ist mit deiner Handtasche?«

»Deine Schläger haben sie mir weggenommen!«

Neben Theresa warteten noch etwa zwanzig weitere Personen, vermutlich größtenteils ebenfalls Demonstranten, die den Schlagstöcken übereifriger Kollegen zu nah gekommen waren oder sich sonstwie beim Demonstrieren verletzt hatten.

»Bei uns klaut niemand. Schon gar nicht im Dienst.«

»Aber wie!«, versetzte sie. »Oder wie würdest du es nennen, wenn jemand das Eigentum eines anderen ohne dessen Einwilligung an sich nimmt? Du hast ja keine Ahnung, wie es draußen zugeht, im wirklichen Leben!«

Ich schlug die Beine übereinander. »Dann kläre mich bitte auf.«

Stückchen für Stückchen rückte sie mit der Wahrheit heraus. Und mit jedem Satz wurde sie ein wenig kleinlauter. Sie war in den vordersten Reihen gewesen, von Beginn an. Und sie war stolz darauf.

»Ich habe nur von meinem Recht auf freie Meinungsäußerung Gebrauch gemacht!«

Anfangs war alles friedlich gewesen, fröhlich geradezu. Selbst manche der unzähligen Polizisten, die den Demonstrationszug begleiteten und beobachteten, hatten aufmunternd gelächelt. Etwa nach der Hälfte der Strecke war die Stimmung plötzlich gekippt. Erst hatte es böse Bemerkungen aus der Menge gegeben, die die Laune aufseiten der Staatsgewalt getrübt hatten, bald auch finstere Blicke, kleine Rempeleien. Weiter hinten hatte wohl ein schwarzer Block sein Unwesen getrieben und für Unruhe und immer wieder aufflackernde Panik gesorgt. Irgendwann hatte sich ein Disput entwickelt zwischen einer jungen Frau, die mit Theresa Arm in Arm marschierte, und zwei jungen Bereitschaftspolizisten, die den Damen angeblich zu nah gekommen waren. Es waren unschöne Worte gefallen.

»Man wird in diesem Land ja wohl noch von seinem Demonstrationsrecht Gebrauch machen dürfen!«

»Solange die Rechte anderer nicht verletzt werden.«

»Corinna und ich, wir waren friedlich wie die Lämmchen! Wir haben sogar auf die anderen eingeredet, dass sie mit den Pöbeleien aufhören sollen. Aber dann hat er einfach zugeschlagen, dieser Rüpel.«

»Die Kollegen haben vorher nicht zufällig irgendwas zu euch gesagt? Zu dir oder deiner neuen Freundin?«

»Man hat ja nichts verstehen können bei diesem Lärm!«

»Er hat also etwas gesagt.«

»Erst hat er Corinna erwischt, an der Schulter. Nicht auszudenken, wenn er sie am Kopf getroffen hätte. Ich habe ihn nach seinem Namen gefragt. Wollte er mir aber nicht verraten. Ich wollte den Namen seines Vorgesetzten wissen. Und da ist ihm wohl doch mulmig geworden, und auf einmal hat der Flegel getan, als wäre ich Luft. Das wollte ich mir nicht gefallen lassen. Ich hatte ein Recht darauf zu erfahren, wer der Schläger war. Und dann – auf einmal – fängt er an, mich niederzuknüppeln. Niedergeknüppelt hat er mich! Eine wehrlose Frau!«

»Wer sich in Gefahr begibt, riskiert blaue Flecken.«

»Wir leben in einem Rechtsstaat! In diesem Land kann die Polizei zum Glück nicht tun und lassen, was ihr gefällt!«

»Es war nicht dein Recht, den Beamten zu beleidigen. Und das hast du ja wohl getan. Sonst hätte er nicht zugeschlagen.«

»Ich habe niemanden beleidigt!«, fauchte sie. »Ich habe nur von meinem Recht auf freie Meinungsäußerung ...«

Allmählich verlor ich den Spaß an der Sache. »Und was ist nun mit deiner Handtasche?«

»Die hat er mir weggenommen. Sagte ich doch schon.«

Hin und wieder wurde jemand ins Behandlungszimmer gerufen. Immer noch drängten neue Verletzte herein, teilweise klitschnass vom Strahl eines Wasserwerfers.

»Erst hat er dir also grundlos auf den Kopf geschlagen, und anschließend hat er dir die Handtasche entrissen. Und das soll ich dir glauben?«

»Ganz so war es nicht«, gestand sie, nun schon etwas leiser.

»Wie war es dann?«

Sie sah zu Boden. »Erst hat Corinna angegriffen. Sie studiert übrigens Germanistik. Eine sehr sympathische junge Frau, so zart, so intelligent ...«

»Und vermutlich genauso eloquent wie du.«

Theresa druckste noch ein wenig herum, schließlich gestand sie: »Ich habe sie ihm an den Kopf geschlagen. Die Handtasche. Nur ein kleines bisschen. Und er hat ja auch einen Helm aufgehabt. Es war im Grunde mehr ein symbolischer Akt. Eine tätliche Meinungsäußerung, wenn du so willst. Vernünftig reden konnte man ja nicht, bei dem Lärm.«

Der ganze Warteraum bebte jetzt vor Empörung und Frustration. Und minütlich wurde es voller. Es schien immer noch hoch herzugehen, draußen im richtigen Leben.

»Und was war in der Handtasche drin, die du dem armen Kollegen symbolisch um die Ohren gehauen hast?«

»Was man in seiner Handtasche eben so hat.«

»Theresa, bitte!«

Seufzend sah sie zur Decke. »Ein bisschen Geld, Papiere, Lippenstift, Taschentücher, Tampons, Ersatzstrümpfe, zwei Müsliriegel, Kopfschmerztabletten, Sonnenbrille ...«

»Welche Handtasche war es denn?«

»Die ...« Sie schluckte und wurde noch eine Spur kleinlauter. »Die große.«

»Dann war sie ja praktisch leer.«

»Na ja, da war noch ein ... Büchlein.«

»Ein Büchlein.«

»Joyce. ›Ulysses‹.«

»Was Dickeres hast du wohl nicht gefunden in deinem Regal. War es wenigstens eine Taschenbuchausgabe?«

»Hardcover. Die Ausgabe von siebenundfünfzig.«

»Theresa, Herrgott noch mal! Das war ja schon versuchter Totschlag!«

»Er hat einen Helm getragen. Und ich habe das früher auch immer so gemacht bei Demos. Man fühlt sich nicht so hilflos als Frau, mit einem Buch in der Handtasche.«

»Wie oft hast du zugeschlagen? Einmal? Zweimal?«

»Viermal. Vielleicht auch öfter. Ich habe in der Eile nicht mitgezählt.«

»Und jetzt hat er deine Papiere, na super. Das wird Ärger geben, mein Schatz. Dein Mann wird begeistert sein.«

Köpfe fuhren herum. Die Blicke einiger in der Nähe Sitzender richteten sich auf uns. Aber das war mir jetzt gleichgültig.

»Fürchte ich auch«, gestand meine mit einem Mal sehr verunsicherte Geliebte. »Egonchen darf auf keinen Fall davon erfahren. Du kannst doch bestimmt irgendwas tun? Um zu verhindern, dass er es erfährt?«

Nun senkte ich doch lieber die Stimme: »Wie stellst du dir das vor? Soll ich eine Anzeige unterschlagen? Wenn das erst mal bei der Staatsanwaltschaft liegt, und die arbeiten zurzeit mit Hochdruck, das kannst du mir glauben ...«

»Alexander, ich bitte dich!« Kläglich sah sie mir ins Gesicht. »Ich weiß doch, wie das bei euch läuft.«

Eine Tür öffnete sich. »Frau Liebekind?«, rief eine resolute Schwester mit drohendem Blick. Theresa erhob sich umständlich und stakste mit wackeligem Stolz davon, um ihre Platzwunde versorgen zu lassen. Ich zückte mein Handy, um zu telefonieren. Solange die Handtasche sich noch in Händen der Polizei befand, war vielleicht noch etwas zu retten.

Als ich später zur Direktion zurückfuhr, kam mir ein nicht enden wollender Konvoi grüner und blauer Mannschaftswagen entgegen, und plötzlich fiel mir wieder ein, was mich am Vormittag während des Gesprächs mit Helena irritiert hatte. Wir hatten über den italienischen Mercedes gesprochen, und in diesem Zusammenhang hatte sie gesagt: »Wenn Judith ein Fahrzeug brauchen sollte, dann wird ein anderes bereitstehen.«

Prochniks Wagen war ein ausgemustertes Polizeifahrzeug gewesen. Ein Kleinbus, den er nicht umlackiert hatte, obwohl es Vorschrift war. Diesen Bus hatten wir bisher nicht gefunden. Weder im Umfeld seines Hauses in Rastatt noch in der Nähe der Stelle, wo er im Feuer ums Leben gekommen war.

In einen solchen Kleinbus konnte man eine Menge Sprengstoff packen. Ein Polizeifahrzeug würde im Trubel der kommenden Tage nicht allzu sehr auffallen und es mit etwas Glück vielleicht durch sämtliche Sperren und Kontrollen bis zum Tagungshotel schaffen. Nicht auszudenken, wenn es dort mit hoher Geschwindigkeit durch irgendwelche Glastüren ins Innere …

Zurück an meinem Schreibtisch, gab ich Anweisung, ab sofort mit allen noch verfügbaren Kräften nach dem Fahrzeug zu suchen. Die noch verfügbaren Kräfte hießen Rolf Runkel, fand ich rasch heraus. Auch die Suche nach der Wohnung der Terroristin war wichtig und lief auf Hochtouren, war jedoch bisher ergebnislos geblieben.

41

Gudrun Linhardt war Mitte fünfzig. Die große Altbauwohnung, in der wir Horstkotte verhaftet hatten, gehörte ihr seit dem Tod ihres Mannes, eines mäßig erfolgreichen Unternehmensberaters, allein. Ihr Gatte war begeisterter Großwildjäger gewesen und vor sieben Jahren in Kenia bei einem Flugzeugabsturz ums Leben gekommen. Seither vermietete sie einige ihrer vielen Zimmer an illustres und meist wenig zahlungskräftiges Publikum.

Ich erreichte sie per Handy bei »Brot & Salz«, einer Einrichtung, die preiswerte Lebensmittel an Bedürftige abgab. Der kleine Laden befand sich an der Plöck, keinen halben Kilometer von der Polizeidirektion entfernt. Am Telefon blieb sie reserviert, jedoch nicht unfreundlich. In die Direktion zu kommen, war ihr im Moment nicht möglich, da sie mit irgendwelchen wichtigen Arbeiten in Verzug war. So machte ich mich auf den Weg zu ihr. Während ich wieder einmal in Richtung Altstadt ging, wählte ich die Nummer der Staatsanwaltschaft. Dort wusste man nichts von einer im Zuge einer versuchten Körperverletzung als Tatwaffe sichergestellten Handtasche.

Gudrun Linhardt war klein und drahtig, hatte vom Sortieren von Salatköpfen, die auf irgendeinem Wochenmarkt übrig geblieben waren, schmutzige Hände und einen trotz ihres Alters kindlich neugierigen Blick. In dem kleinen Laden wurde neben keineswegs vergammelt wirkenden Lebensmitteln auch gebrauchte Kleidung angeboten.

»Seit mein Mann nicht mehr ist, bin ich allein«, sagte sie eilig, nachdem sie mir anstelle der Hand den Ellbogen gereicht hatte. »Kinder habe ich keine, und was soll ich allein mit sechs Zimmern?« Sie machte sich wieder an ihrem Salatgebirge zu schaffen. »Und da bin ich auf die Idee gekommen, einen Teil der Wohnung zu vermieten. Nicht wegen Geld. Geld habe ich genug. Ich mag es einfach, wenn Leben in der Bude ist. Ich mag junge Menschen um mich herum. Es hält einen selbst jung, bilde ich mir ein.«

»Teilweise sind es ja ziemlich merkwürdige Mitbewohner, die Sie sich ausgesucht haben«, sagte ich mit meinem gewinnendsten Lächeln.

Erstaunt sah sie auf, ohne ihre Tätigkeit zu unterbrechen.

»Adrian Horstkotte zum Beispiel. Er sitzt gerade mal wieder in U-Haft.«

Sie sah mir aufmerksam ins Gesicht, wischte sich zum dritten Mal die Hände an ihrer grünen Schürze sauber. Durch die Tür trat ein gut gelauntes Paar in den Sechzigern mit blauen Kunststoffkisten voller Tomaten und grünem Paprika. Die beiden schwärmten von der tollen Demo.

»So habe ich mich lange nicht gefühlt«, hörte ich die Frau sagen.

»Gehen wir nach hinten«, sagte meine Gesprächspartnerin. »Da ist es ruhiger, und ich könnte auch einen Schnaps vertragen.«

Sie führte mich durch eine schmale Tür in den hinteren Bereich des Ladens. Rechts befand sich ein karg möbliertes kleines Büro, in dem ein Mann und eine Frau gleichzeitig telefonierten. Die pummelige, rotgesichtige Frau offenbar mit ihren Kindern, der Mann mit dem Leiter eines Supermarkts, der einen größeren Posten Joghurt mit abgelaufenem Verfallsdatum abzugeben hatte. An den Wänden hingen bunte Werbeplakate für Waschmittel, auf denen schöne Frauen mit weißen Zähnen in die Sonne lachten.

Zwei Türen weiter gab es eine kleine Teeküche, in der ein nicht sehr sauberes Tischchen unter dem lange nicht geputzten Fenster stand. Darum herum drei billige und wenig vertrauenerweckende Klappstühle. Auch hier hing ein Plakat an der Wand. Dieses warb für Rügenwalder Teewurst. Glückliche Menschen lachten mit weißen Zähnen in die Sonne.

»Ich weiß, Luxus ist anders.« Gudrun Linhardt öffnete schwungvoll das Eisfach eines bejahrten Kühlschranks. »Mögen Sie auch einen Magenbitter?«

Ich nickte. Auf Theresas Heldentat hin konnte ich ein Schnäpschen vertragen, auch wenn ich im Dienst war. Sie füllte zwei Gläschen randvoll aus einer dunkelbraunen Flasche ohne Etikett. Wir setzten uns.

»Aber Vorsicht«, sagte sie, als wir anstießen und den Flecken auf dem Tischchen noch einige hinzufügten. »Selbst gebraut. Hilft einfach gegen alles.«

Der Magenbitter machte seinem Namen Ehre. Ich schüttelte mich und stellte das Glas vorsichtig ab.

»Zieht ganz schön durch, was?«, fragte sie vergnügt. Dann wurde sie ernst. »Ich weiß, Adi gibt gern das Raubein. Aber im Grunde seiner Seele ist er gutmütig. Wäre er nicht so, würde ich ihn nicht eine Nacht bei mir dulden.«

»Immerhin hat er zum Beispiel mal eine Tankstelle ausgeraubt.«

»Wissen Sie auch, warum?« Sie sah mir ernst in die Augen. Ich schüttelte den Kopf. »Weil der Besitzer einen seiner Kumpels um den Wochenlohn geprellt hat. Und das Geld hat Adi geholt und seinem Kumpel gegeben. So tickt er. So ist Adi.« Genießerisch schlürfte sie den letzten Rest aus ihrem Gläschen. »Die Jungs und Mädels, die bei mir wohnen, sind in Ordnung. Sie haben vielleicht ein wenig unkonventionelle Ansichten und kurvenreiche Lebensläufe, aber sie sind gute Menschen. Und bevor Sie sich jetzt komplizierte Gedanken machen: Ja, ich schlafe hin und wieder mit dem einen oder anderen. Und nein, ich habe kein schlechtes Gewissen deswegen.«

Sie schenkte sich einen zweiten Magenbitter ein. Ich lehnte dankend ab.

»Natürlich wird oft heiß diskutiert an den Abenden in der Küche. Über Politik, über all diese Umweltgeschichten. Und auch wenn Sie das als Polizist vermutlich nicht gerne hören, in vielen Dingen haben sie recht, die jungen Leute. Bei uns liegt so vieles im Argen. Wir Älteren wollen es nur nicht mehr sehen. Wir haben uns daran gewöhnt – an die schreiende Ungerechtigkeit, an die Menschenverachtung, auf der dieses System basiert.«

»Natürlich ist der Wohlstand bei uns ungleich verteilt. Aber auch denen, die wenig haben, geht es immer noch sehr viel besser als den Armen vergangener Generationen.«

Gudrun Linhardt sprang auf, setzte einen kalkfleckigen Wasserkocher in Betrieb, warf Teebeutel in zwei große Becher, setzte sich wieder. Dann sah sie mir offen und ernst in die Augen.

»Das ist das Argument, das an dieser Stelle immer kommt. Wissen Sie, dass eines von zehn Kindern in unserem Land in Armut aufwächst?«

»Es steht hin und wieder in der Zeitung. Und es ist eine Schande, ja.«

»Für diese Kinder ist es ziemlich unerheblich, dass die Kinder vor hundert Jahren noch ärmer dran waren als sie. Sie vergleichen sich auch nicht mit den Kindern in den Slums der Dritten Welt. Ihr Maßstab sind die Nachbarskinder der Gegenwart, ihre Freunde, ihre Klassenkameraden. Aber was soll von einem System Gutes kommen, dessen Hauptantriebskraft einer der verachtenswertesten menschlichen Triebe ist, die Raffgier?«

»Mehr Wohlstand für alle, zum Beispiel?«

»Wenn er nur nicht so ungerecht verteilt wäre, dieser Wohlstand. Und es wird ja von Jahr zu Jahr schlimmer.«

»Das ist alles richtig und …«

Der Wasserkocher begann zu singen.

»In unserem Grundgesetz steht: Eigentum verpflichtet. Aber heute heißt es nur noch: Jeder gegen jeden. Wer unter die Räder kommt, hat Pech gehabt. Der wird wohl an irgendeinem Punkt seines Lebens falsch abgebogen sein.«

»Was Sie sagen, mag für die USA richtig sein ...«

Sie wandte mir den Rücken zu, goss im Sitzen Tee auf, während sie weitersprach.

»Jedes Jahr wird in Berlin ein Armutsbericht veröffentlicht. Jedes Mal ist die Empörung groß. Das darf nicht so bleiben, heißt es dann. Die Schere zwischen Arm und Reich darf sich nicht immer noch weiter öffnen. Und ein Jahr später ist es genau dasselbe. Nichts ändert sich, gar nichts. In den letzten drei Jahren hat sich die Anzahl der Menschen, die sich hier in unserem Lädchen mit dem Nötigsten versorgen, mehr als verdoppelt. Und glauben Sie mir, die wenigsten kommen, weil sie Schnäppchen machen wollen. Den meisten ist es beim ersten Mal entsetzlich peinlich, und man muss ihnen lange zureden, bis sie einem glauben, dass nicht nur ihr eigenes Versagen schuld ist an ihrem Elend.«

»Frau Linhardt, ich bin eigentlich nicht hier, um ...«

Ihr Blick war finster geworden. »Die meisten denken ja, die Menschen, die in unser Lädchen kommen, sind Asoziale. Das stimmt aber nicht. Die Asozialen, die wohnen in den Villenvierteln. Die betteln nicht, sondern werden reich, ohne einen Finger zu rühren.«

Nach diesem Statement wandte sie sich wieder ihren Teebeuteln zu, mit denen sie irgendein Ritual zu vollführen schien.

»Geld hat nun mal die Eigenart, sich dort anzusammeln, wo schon Geld ist«, fuhr sie fort. »Und es ist die verdammte Pflicht und Schuldigkeit des Staates, ständig dagegen anzukämpfen. Ständig für eine Umverteilung von oben nach unten zu sorgen.«

Endlich war der Tee fertig. Sie warf die Beutel in einen randvollen Papierkorb aus dunklem Weidengeflecht, der unter dem Waschbecken stand, und schaufelte drei Löffel Zucker in ihren Tee. Ich verzichtete auf den Zucker und hatte eigentlich auch gar keine Lust auf Tee. Von dem Magenbitter hätte ich noch genommen, aber ich war ja im Dienst.

»So, und nun habe ich Ihnen ordentlich die Meinung gesagt. Aber Sie sind ja hier, um über Jonas zu reden.« Ihr Blick irrte ab, wurde verschleiert. »Das hat er nicht verdient.«

»Niemand hat den Tod verdient. Schon gar nicht in seinem Alter.«

»Was möchten Sie wissen?«

Ich schilderte kurz, worum es ging. Erzählte von dem abgebrannten Haus, in dem wir Peter von Arnstedts Leiche gefunden hatten oder besser gesagt das, was davon übrig geblieben war.

Über den dampfenden Becher hinweg sah sie mich aufmerksam an. »Jonas war der friedlichste Mensch, den man sich denken kann. Der hat jeder Fliege das Fenster geöffnet. Jede Schnecke vom Weg aufgehoben und ins Gras gesetzt.«

»Der Brand war in der Nacht vom neunten auf den zehnten September. Ist Ihnen an den Tagen davor etwas an ihm aufgefallen? War er vielleicht ungewöhnlich nervös?«

»An den Abend erinnere ich mich sogar sehr gut. In den Wochen davor war Jonas sehr deprimiert gewesen. Peter hatte ihn sitzen lassen. Schlimmer noch: Er war einfach verschwunden. Aber eines Morgens, das muss einige Tage vor dem Brand gewesen sein, da hatte ich den Eindruck, dass es Jonas besser geht. Auf einmal hat er wieder gelächelt. Wir anderen haben vermutet, dass er seinen Liebsten wiedergetroffen hat. Oder einen anderen gefunden hat. Es war aber nichts aus ihm herauszubringen. Obwohl er sonst nichts für sich behalten konnte.« Sie schwieg für kurze Zeit, nippte an ihrem heißen Tee.

»Peter ... Ich mochte ihn nicht besonders. Er hat auch nie bei mir gewohnt.«

»Jonas Jakoby war also auf einmal wieder gut drauf ...«

Sie blies in ihren Becher. »Ich habe ihn ein bisschen geneckt. Wollte ihn aus der Reserve locken. Ob er und Peter wieder zusammen seien, habe ich gefragt. So gut wie, hat er geantwortet. So gut wie. Ich habe gefragt, ob sie sich ausgesprochen hätten. Da hat er erst rumgedruckst und schließlich gesagt, er hätte noch keine Gelegenheit gehabt, mit Peter zu sprechen.«

Im Nachbarbüro wurde immer noch telefoniert. Ich sah durch das trübe Fenster hinaus in einen grauen Hinterhof, wo eine lange Reihe Müllcontainer stand.

»Er war krank vor Liebeskummer«, sagte ich langsam, »und plötzlich war er wie verwandelt ...«

»Ich denke, er hat Peter wiedergesehen. Wahrscheinlich in der Stadt. Er hat ja oft stundenlang an der Hauptstraße gestanden und seine Musik gemacht. Da sieht man früher oder später jeden Bewohner Heidelbergs vorbeikommen.«

»Wenn er ihn gesehen hat, warum hat er ihn nicht angesprochen?«

Irgendwo in den vorderen Räumen fiel etwas Schweres zu Boden. Ein Mann fluchte mit beeindruckender Ausführlichkeit.

»Vielleicht war er in Begleitung?«, schlug Gudrun Linhardt vor.

»Wäre er dann nicht erst recht eifersüchtig geworden?«

»Vielleicht war es eine Frau?« Sie stellte den halb leeren Becher auf den Tisch. »Eine Frau, die aus irgendeinem Grund keine Konkurrentin für ihn war?«

Eine Frau, die vielleicht nicht mehr jung war. Etwas wie ein Stromschlag durchfuhr mich. Eine Vorstellung, die mir ganz und gar nicht gefiel und möglicherweise vieles erklärte. Ich bemerkte, dass meine Gesprächspartnerin mir aufmerksam ins Gesicht sah.

»Sie haben eine Idee, wer diese Frau sein könnte?«

»Ja«, sagte ich. »Ich habe eine Idee.«

»Darf ich erfahren, an wen Sie denken?«

Ich erhob mich, stellte meinen fast noch unberührten Becher ins schmutzverkrustete Waschbecken. Auf der Oberfläche des Tees trieben trübe Schlieren.

»Das kann ich Ihnen im Augenblick nicht sagen.«

»Herr Gerlach.« Jetzt lächelte sie wieder. »Ich war sehr ehrlich zu Ihnen. Und ich kann schweigen wie ein Grab.«

Ich setzte mich wieder. »Kann ich mich darauf verlassen, dass Sie es nicht weitererzählen?«

»Ich stehe kurz davor, beleidigt zu sein.«

»Der Name der Frau ist möglicherweise Judith Landers.«

»Judith?« Mit großen Augen sah sie mich an. »Ich dachte … ich habe all die Jahre geglaubt, sie ist tot?«

»Sie kennen sie?«

»Kennen … Wir waren auf derselben Schule. Judith war in der Parallelklasse. Später hat sie am Klinikum ein Praktikum gemacht, und ich lag zwei Wochen dort als Patientin. Blinddarmdurchbruch. Bis dahin hatten wir kaum miteinander zu tun gehabt. Aber damals, in diesen zwei Wochen, haben wir uns fast täglich gesehen und gesprochen. Damals haben wir entdeckt, dass wir gut miteinander konnten. Haben uns sogar ein wenig angefreundet und uns auch später noch einige Male getroffen. So habe ich dann auch ziemlich hautnah miterlebt, wie sie immer extremer wurde in ihren Ansichten. Wolfram ... Sie kennen den Namen, Dr. Wolfram Helms?«

Ich nickte.

»Er hatte keinen guten Einfluss auf sie. Judith war ... ist ein kluges Mädchen, eine kluge Frau ... Sie ... Mein Gott, und jetzt ist sie wieder in der Stadt? Sie werden mir vermutlich nicht verraten, was sie hier will?«

Ich schüttelte den Kopf.

»Kann's mir denken«, murmelte Gudrun Linhardt, jetzt aschfahl im Gesicht. »Dann hätte Jonas also seinen Peter mit Judith zusammen gesehen?«

»Es ist bisher nur eine Idee. Aber es ist eine Idee, die eine halbwegs plausible Erklärung liefert für alles, was später passiert ist.«

»Hat Jonas denn nichts dazu in sein Tagebuch geschrieben?«

»Ein Tagebuch?« Ich fuhr hoch. »Ich weiß nichts von einem Tagebuch.«

Sie sprach jetzt so leise, als würde sie mir ein Geheimnis verraten: »Ganz romantisch, in ein dickes Buch. Jeden Abend hat er davor gesessen, egal, wie spät es war. Dieses Buch war sein Heiligtum. Niemand durfte es auch nur anfassen. Es war immer in seinem Rucksack, und den hat er nie aus den Augen gelassen, nie. Sogar auf die Toilette hat er den mitgenommen.«

»Wenn es im Rucksack gewesen wäre, dann hätten wir es gefunden. Könnte es noch in Ihrer Wohnung sein?«

Sie sah auf die Männerarmbanduhr, die sie am rechten Handgelenk trug. »Ich habe hier noch zwei Stunden zu tun. Sobald ich zu Hause bin, werde ich danach suchen.«

42

Meine erste Amtshandlung am Sonntagmorgen war ein weiterer Anruf bei der Staatsanwaltschaft.

»Liebekind?«, fragte die junge Staatsanwältin, die das Pech hatte, Dienst zu haben. »Wie unser Herr Polizeidirektor?«

»Komische Zufälle gibt's, nicht wahr?«

Ich hörte sie einige Sekunden energisch auf ihrer Tastatur herumhacken.

»Also, ich hab hier nichts.«

Theresas Handtasche musste sich aus irgendwelchen Gründen immer noch im Besitz der Polizei befinden. Vermutlich hatte es gestern so viele Anzeigen und Haftanträge gegeben, dass Theresa einfach noch nicht an der Reihe war. Inzwischen hatte ich in Erfahrung gebracht, welche Einheit im betreffenden Abschnitt gestanden hatte, und bald kannte ich auch Namen und Dienstrang des Mannes, der die Hundertschaft geführt hatte: Jürgen Karlstadt, Erster Hauptkommissar. Seine Einheit kam aus Koblenz und hatte in einer ehemaligen Bundeswehrkaserne im Osten Mannheims Quartier bezogen. Karlstadt sprach mit ausgeprägtem rheinischem Akzent, seine Vorfahren stammten jedoch aus Weiden in der Oberpfalz, wie er mir ungefragt und sehr ausführlich erzählte. Und er war alles andere als erfreut über den Umstand, dass er das Wochenende in der schönen Kurpfalz verbringen musste, während seine Frau wütend zu Hause saß und der Geburtstag seiner zweitältesten Tochter wieder einmal ohne den Vater gefeiert werden musste. Ich erklärte ihm mein Anliegen.

»Heißt das, Sie verdächtigen meine Leute des Handtaschendiebstahls, oder wie muss ich das verstehen?«

»Natürlich nicht. Ich weiß doch, wie es bei solchen Gelegenheiten zugeht. Da wird schon mal was vergessen, in der Aufregung.«

»Bei mir wird nichts vergessen!«, empörte er sich. »Wenn es zu Tätlichkeiten seitens der Rabauken kommt, dann haben meine Leute Weisung, Anzeige zu erstatten. Falls es gelingt, die Personalien festzustellen, natürlich.«

»Es geht um eine Frau Liebekind.«

»Und was hat diese Frau Liebekind angestellt?«

Ich schilderte den Vorfall, wobei ich alles natürlich ein wenig harmloser darstellte, als es in Wirklichkeit abgelaufen war.

»Von mir aus«, brummte er anschließend. »Werd mal rumhorchen, ob wer eine Handtasche sichergestellt hat. Aber damit das klar ist: Hier klaut keiner! Ich lege für jeden Einzelnen meiner Leute beide Hände ins Feuer. Kommt das in die Zeitung? Sind wir jetzt wieder mal die Bösen?«

»Aber nein. Darum geht es doch gar nicht.«

»Warum machen Sie dann so einen Terz um das Ding? Soll die Dame sich doch selber um ihren Krempel kümmern.«

»Falls Sie die Tasche doch noch finden, wären Sie so freundlich, mir Bescheid zu geben?«

»Warum? Haben Sie persönlich mit der Frau zu tun?«

»Sie ist eine Bekannte. Und sie hat eine kleine Dummheit gemacht, und es tut ihr sehr leid und ...«

»Und jetzt möchte Ihre Bekannte ungeschoren aus ihrer kleinen Dummheit wieder rauskommen, was?«

»Ungefähr so, ja.«

»Das wird aber eine Kleinigkeit kosten.«

Diesen Ton kannte ich. »Zwei Kästen?«

»Hier unten bei euch im Süden ist die Luft verdammt trocken.«

»Drei? Sie wissen, wie furchtbar schlecht wir Polizisten bezahlt werden.«

»Unter fünf läuft gar nichts.«

»Gilt für Ihre Leute nicht striktes Alkoholverbot?«

»Bier ist kein Alkohol, sondern ein Erfrischungsgetränk«, dozierte er würdig. »Und fünf Kisten gibt gerade mal ein Fläschchen pro Nase.«

»Wäre Rothaus okay?«

»Rothaus wäre super. Tannenzäpfle, wenn's geht. Und kalt, bitte.«

»Geht in Ordnung«, meinte ich seufzend. »Ich bringe es gleich vorbei.«

Zum Glück fuhr ich einen großen Kombi. Die nächsten anderthalb Stunden verbrachte ich damit, an einer großen Tankstelle Bier zu organisieren, das halsabschneiderisch teuer war, was jedoch zum Glück das Problem einer gewissen Frau Liebekind sein würde. Anschließend kutschierte ich die Kisten nach Mannheim und verfuhr mich dort dreimal, bis ich endlich diese verfluchte Kaserne gefunden hatte, nur um dort zu erfahren, dass die Handtasche nicht aufgetaucht war.

Im Kasernengebäude herrschte eine miefige Mischung aus Langeweile und Aggression. Das Bier wurde dankend entgegengenommen, und man gab mir den Tipp mit auf den Weg, es doch bei einer anderen Einheit zu versuchen, mit der man sozusagen Ärmel an Ärmel gekämpft hatte. Diese andere Einheit kam aus Ostfriesland, war in Bad Rappenau stationiert, und ich begann zu fürchten, dass mich mein nächstes inoffizielles Amtshilfeersuchen zehn Flaschen Korn kosten würde.

Zum zweiten Mal an diesem Sonntag telefonierte ich mit Gott und der Welt, wobei meine Laune nicht besser wurde. Schließlich beschloss ich, nach Bad Rappenau zu fahren, um mein peinliches Anliegen an Ort und Stelle loszuwerden.

Während der Fahrt – inzwischen war ich nur noch wütend, hatte gerade das Walldorfer Kreuz hinter mir gelassen und verlangte meinem alten Peugeot alles ab, was er noch hergab – erreichte mich eine launige SMS von meiner kriegsversehrten Göttin. Es ging ihr schon viel besser, las ich beim Fahren mit einem Auge, und die vermisste Handtasche war noch am vergangenen Abend wohlbehalten wieder aufgetaucht. Theresas Kampfgefährtin Corinna hatte sie dem Polizisten im Handgemenge geistesgegenwärtig entrissen und war damit im Getümmel untergetaucht. Auf meine Frage, weshalb um Himmels willen ich das erst jetzt erfuhr, erntete ich mildes Unverständnis. So wendete ich an der Ausfahrt Wiesloch-Rauenberg und war entschlossen, den Nächsten, der mir über den Weg lief, zu erwürgen.

Der Anruf von Gudrun Linhardt erreichte mich, als ich eben das Heidelberger Ortsschild passierte.

»Die ganze Wohnung habe ich auf den Kopf gestellt«, erklärte sie frustriert. »Unter die Matratzen habe ich geguckt und hinter jeden Schrank. Sogar auf dem Speicher bin ich gewesen. An der Stelle, von wo Jonas aufs Dach gestiegen ist. Aber nichts ...«

»Dann muss wohl jemand anderes das Tagebuch an sich genommen haben.«

»Wozu?«

»Damit es nicht in falsche Hände kommt, vielleicht?«

»Ich habe alle gefragt«, erwiderte sie nach einer Pause. »Und ich glaube nicht, dass jemand gelogen hat. Es kann nur in seinem Rucksack sein.«

»Ich bin noch mal die Liste der Dinge durchgegangen, die drin waren. Von einem Tagebuch stand da nichts.«

Während ich in die Stadt hineinfuhr, rief ich mir die Ereignisse noch einmal ins Gedächtnis. Auf dem Dach hatte Jakoby den Rucksack noch bei sich gehabt. Als er abrutschte, hatte er ihn losgelassen, um die Hände frei zu haben. Ich erinnerte mich daran, wie der Rucksack Sekundenbruchteile nach seinem Besitzer und einige Meter entfernt am Boden aufgeschlagen war.

Die Polizeidirektion kam in Sicht. Der Parkplatz für Einsatzfahrzeuge war hoffnungslos überfüllt, sodass ich meinen Wagen schließlich in einer Seitenstraße im Halteverbot abstellen musste. Es war kühl geworden. Herbstlich. Ein frischer Wind ging, und es roch nach Neckarwasser.

Wenn YouTube den Gegnern der Polizei Argumente lieferte, überlegte ich auf dem Weg zu meinem Schreibtisch, warum sollte es nicht auch einmal auf unserer Seite sein?

Minuten später konnte ich Jonas Jakobys Todessturz ein zweites Mal beobachten. Offenbar gab es kein Unglück mehr auf dieser Welt, das nicht mithilfe von Handycams für die Ewigkeit festgehalten wurde. Das kleine Video hatte jemand aus einem der gegenüberliegenden Häuser aufgenommen. Leider war es verwackelt und ziemlich unscharf. Dennoch genügte es, um zu erkennen, dass der Rucksack, bevor er zu Boden fiel, auf der Türkante eines weißen Cabrios aufschlug.

Der Besitzer dieses Cabrios war rasch ermittelt. Er wohnte in einem der Nachbarhäuser und schien einer jener beneidenswerten Menschen zu sein, die an jedem Tag ihres Lebens gute Laune haben. Er verdiente sein Geld mit dem Verkauf von Tiernahrung im Internet und war ohne Zögern bereit, im Dienste der Wahrheitsfindung seinen funkelnagelneuen BMW-Roadster zu durchstöbern.

Nicht einmal eine Stunde später lag das Tagebuch vor mir. Eine daumendicke, zerfledderte Kladde mit schwarzem Ledereinband. Sie hatte seit Tagen friedlich unter dem Beifahrersitz des fröhlichen Tiernahrungshändlers gelegen.

Als ich das Buch aufschlug, fühlte ich mich wie ein Dieb, der fremden Grund betritt. Der erste Eintrag war vom siebten März dieses Jahres. Jonas Jakoby war ein guter Beobachter mit starkem Hang zu Schwulst und Romantik gewesen. Er hatte ein Auge für jene Kleinigkeiten, die das Leben auch denen vergolden, die kein Geld haben, sich Schönheit und Komfort zu kaufen. Gleich auf der ersten Seite ging es um Narzissen, ihre vollkommenen Blüten, die den Frühling begrüßten, die Sonne symbolisierten, das Glück, das jedem Neubeginn innewohnt. Akribisch beschrieb er, wie es sich anfühlte, wenn man diese Blüten zart berührte, und wie es manche Menschen offenbar an alle möglichen sexuellen Erfahrungen erinnerte. Kein Wunder, dass der Autor diesen Schmachtfetzen nicht aus den Augen gelassen hatte. Einige Seiten weiter duftete der Flieder mit Macht, und die Farbe erinnerte den Schreiber an die Eicheln geschlechtsreifer Männer.

In der folgenden Stunde stellte ich fest, dass verliebte Schwule sich nicht weniger merkwürdig gebärden und mindestens ebenso unzurechnungsfähig sind wie verliebte Heterosexuelle. Hin und wieder wurde ein attraktiver Mann beschrieben, der niemals erfahren würde, dass er zeitweilig Objekt der etwas ziellosen Sehnsucht eines Geschlechtsgenossen gewesen war. Namen waren grundsätzlich abgekürzt.

Nebenbei hatte die Kladde auch ganz profan als Kassenbuch gedient. Abend für Abend notierte Jonas Jakoby säuberlich seine Einnahmen und Ausgaben. Als Straßenmusikant konnte man an guten Tagen – auch wenn man über kein besonderes Talent verfügte, was der Schreiber hin und wieder in einem Anflug von Selbstironie aufblitzen ließ – fünfzig Euro verdienen. Vor allem japanische Touristen schienen freigiebig zu sein. Regnete es, reichte es dagegen kaum fürs Abendessen.

Anfang April tauchte zum ersten Mal ein gewisser »P« auf, und dieses Mal war alles anders. Jonas Jakoby schwärmte nicht, er hatte sich mit Haut und Haaren verliebt. Und es ging ihm nicht gut dabei.

»Er ist ein strahlender Stern am hohen Firmament und ich ein schmieriger Wurm im Dreck«, las ich mit leichtem Grausen. »Wie sollte er sich je für einen Wicht wie mich interessieren?«

Jakoby haderte mit dem Schicksal, das ihn weich und wenig lebensstark gemacht hatte. Auch, dass die Natur ihn nicht übermäßig mit Intelligenz gesegnet hatte, war ihm durchaus bewusst gewesen.

In den folgenden Tagen und Wochen hatte er wiederholt mehr oder weniger zarte Annäherungsversuche gestartet, die mich an meine eigenen dümmlichen und selten von Erfolg gekrönten Versuche erinnerten, als junger Mann mit attraktiven Frauen ins Gespräch zu kommen. Aber am Ende hatte »P« sich plötzlich doch interessiert, und von nun an schrieb Jakoby nur noch blümchenreichen Unsinn. Wie jeder Mensch in seinem Zustand war er überzeugt, der Glücklichste der Welt zu sein. Der Erste, dem sich das Wunder der Liebe enthüllt, der Erste, der ihn erleben darf, diesen Irrsinnsrausch der Hormone, der einen vorübergehend jede Spur von Verstand und Zurückhaltung verlieren lässt.

Während ich die folgenden Seiten überflog, begann ich Peter von Arnstedt zu hassen. Die Arroganz, mit der er Jakoby offensichtlich zum Narren hielt, mit der er ihm immer wieder Hoffnungen machte, nur um ihn immer wieder aufs Neue zurückzustoßen, machte mich wütend. Einige Male war man schließlich und endlich doch zusammen im Bett gelandet und hatte dort Dinge getrieben, die glücklicherweise nicht allzu detailliert geschildert wurden. Ich musste Adrian Horstkotte im Stillen Abbitte tun, der die Situation vollkommen richtig eingeschätzt hatte. Schließlich begann ich, um Jonas Jakobys Leben und Gesundheit zu fürchten bei der Raserei, in die er sich hineinsteigerte. Hie und da fühlte er sich nun auch noch zum Dichter berufen, und jedes Mal war das Ergebnis zum Schreien. Irgendwann Mitte Juni wollte »P« plötzlich nichts mehr von Jakoby wissen, und wenige Tage später war er verschwunden. Das Handy ausgeschaltet. Beides bezog Jakoby natürlich auf sich. Nun wurde es unerträglich. Die nächsten dreißig Seiten las ich quer.

Am achtundzwanzigsten August, es war ein drückend schwüler Samstagnachmittag gewesen, hatte Jakoby seinen Geliebten im Gewühl der Heidelberger Hauptstraße zusammen mit einer Frau gesehen. Wie an Samstagen üblich, war die Innenstadt gut besucht, die Straßen voller gut gelaunter Menschen, und Jakoby hatte bis zu diesem Zeitpunkt schon fast siebzig Euro eingespielt. Die beiden waren aus der Innenstadt gekommen, hatten Einkaufstüten bei sich getragen und schienen guter Dinge zu sein. Peter von Arnstedt hatte Jakoby nicht bemerkt oder – was ich für wahrscheinlicher hielt – absichtlich übersehen.

Jakoby hatte die Frau an Peter von Arnstedts Seite, die deutlich älter war als dieser und eine große Sonnenbrille trug, zunächst für dessen Mutter gehalten. Da er seinen Angebeteten nicht in Verlegenheit bringen wollte, hatte er darauf verzichtet, sich bemerkbar zu machen.

Drei Tage später, am einunddreißigsten August, hatte er die Frau erneut gesehen, dieses Mal jedoch allein. An diesem Tag hatte er sie angesprochen – mir wurde nicht recht klar, zu welchem Zweck – und war auf freundliche Verständnislosigkeit gestoßen. Die Frau hatte zunächst geleugnet, Peter von Arnstedt zu kennen, um dann plötzlich zu behaupten, eine entfernte Tante zu sein, die nur für einige Tage in der Stadt zu Besuch war. Bei aller Liebesblindheit und Verzweiflung verfügte Jakoby über ein feines Gespür für Missklänge und Ausflüchte. Auf den folgenden Seiten machte er sich große Sorgen um seinen Peter. Rätselte, wer diese Frau war, warum sie gelogen hatte, was es da für ein Geheimnis geben mochte. Leider gab er – ganz gegen seine sonstigen Gewohnheiten – nur eine sehr grobe Beschreibung der Unbekannten. Nicht einmal die Haarfarbe wurde erwähnt.

Als er die angebliche Tante das nächste Mal sah, am neunten September und dieses Mal nicht in der Innenstadt, sondern auf der Bergheimer Straße, hatte er sich an ihre Fersen gehängt. Wider alle Wahrscheinlichkeit hatte sie nichts von ihrem Verfolger bemerkt, und so konnte er beobachten, wie sie ein älteres Mietshaus kurz vor dem westlichen Ende der Straße betrat und in den folgenden sechs Stunden nicht wieder verließ. Jonas Jakoby hatte zwar versäumt, die Hausnummer zu notieren, das Haus jedoch gut beschrieben. Bis zum Palace-Hilton waren es von dort keine zweihundert Meter.

Ich klappte die Kladde zu und alarmierte meine Truppen.

43

Um halb fünf am Nachmittag betrat ich den mittleren der drei in Frage kommenden Eingänge des lang gestreckten Gebäudes. Nummer eins und drei hatten Sven Balke und Evalina Krauss übernommen. Ich drückte den untersten Klingelknopf. Das Namensschild daneben war so abgegriffen und unleserlich, dass ich vermutete, die Leute lebten schon lange hier und ich würde nicht unerwartet der Terroristin gegenüberstehen. Außerdem hatte Helena gemeint, Judith Landers würde niemals eine Erdgeschosswohnung wählen.

Der Mann, der mich an der Wohnungstür im Erdgeschoss mit wachsamem Blick erwartete, war Mitte dreißig und unverkennbar südländischer Abstammung.

»Ja bitte?«, sagte er reserviert und schob eine pomadeglänzende dunkle Locke aus der hohen Stirn. »Sie wünschen?«

»Entschuldigen Sie bitte die Störung.« Ich sprach mit gesenkter Stimme. »Ich komme von den Stadtwerken. Es gibt ein Problem mit den Gasleitungen im Haus. Dürfte ich vielleicht kurz einen Blick in Ihre Wohnung werfen?«

Der Griff, mit dem er die Tür festhielt, wurde fester.

»Wenn Sie von den Stadtwerken kommen, dann können Sie sich bestimmt ausweisen.«

Meinen Dienstausweis hatte ich in der Tasche. Ich wollte ihn jedoch nicht zücken, damit nicht unversehens das Wort »Polizei?« durchs Treppenhaus schallte. Vielleicht war mein Plan doch nicht so gut gewesen.

»Ich will Ihnen nichts verkaufen«, sagte ich leise und eindringlich. »Es ist nur ... Verstehen Sie bitte, ich möchte das nicht gerne im Treppenhaus ...«

Im Gegensatz zu mir wurde mein Gesprächspartner mit jedem Satz lauter.

»Und ich werde keine Menschen in meine Wohnung lassen, von denen ich nicht weiß, wer sie sind und was ihr Anliegen ist.«

Nun zeigte ich doch meinen Ausweis und legte gleichzeitig einen Finger an den Mund. Zum Glück begriff er sofort.

Ich betrat das Halbdunkel einer offensichtlich geräumigen Wohnung. Die einzige Möblierung des Flurs bildete ein filigranes Fahrrad mit schmalem Lenker und ohne Gangschaltung. Irgendwo im Hintergrund murmelte ein Fernseher. Es duftete nach fremden Gewürzen.

»Hatte mir schon so etwas gedacht«, sagte der Mann, nachdem er die Wohnungstür sorgfältig ins Schloss gedrückt hatte. »Wie einer dieser lästigen Zeitungswerber sehen Sie nicht aus.«

»Es geht um eine Frau, die möglicherweise seit zwei oder drei Monaten hier im Haus wohnt. Sie ist um die fünfzig und schlank.«

»Eine reichlich ungenaue Beschreibung, finden Sie nicht auch?«
Ich öffnete die Aktenmappe, die ich unter dem Arm trug. »Ich
habe Fotos.«

»Oben«, erwiderte er, nachdem er einen flüchtigen Blick auf
die leider sehr unscharfen Bilder geworfen hatte. »Die Dachwohnung rechts. Eigentlich wohnt da Irene. Irene ist für ein Jahr in
Cincinnati. Und ich entsinne mich, sie hat davon gesprochen,
dass sie ihre Wohnung untervermieten möchte. Ob sie es allerdings wirklich getan hat, ist mir unbekannt.«

»Sie haben die Untermieterin selbst nie gesehen?«

»Einmal vielleicht doch«, erwiderte er nachdenklich. »Das
war vor etwa drei Wochen, morgens um kurz vor neun. Ich war
ein wenig spät, habe hastig mein Rad ins Treppenhaus geschoben.
Und da war diese Frau, noch halb auf der Treppe. Wäre sie einfach weitergegangen, hätte ich mir nichts dabei gedacht. Sie hat
jedoch auf mich gewirkt, als wollte sie ungern gesehen werden.
Wie ich aus der Tür trat, machte sie kehrt. Als hätte sie etwas
vergessen. Ich bin mir jedoch sicher, dass die nicht ins Haus
gehört. Es sind ja nur acht Parteien, und im Juli hatten wir ein
Hoffest. Daher kenne ich fast alle Bewohner.« Er räusperte sich.
»Andererseits«, fuhr er mit verändertem Ton fort, »Sie haben
selbst gesehen, wie dunkel es im Treppenhaus ist. Im Grunde bin
ich mir nicht einmal sicher, dass die Person wirklich eine Frau
war. Sie trug Hosen und einen dunkelblauen Blouson, und ich
habe sie ja praktisch nur von hinten gesehen. Bewegt hat sie sich
sportlich. Energisch. Vielleicht sollten wir Gwendolyn fragen?
Meine Frau. Sie ist öfter hier als ich.«

Unvermittelt streckte er seine Hand aus. »Öymen«, sagte er
förmlich. »Dr. Vahid Öymen. Ich arbeite an der Universität als
Gastwissenschaftler.«

»Sie sprechen sehr gut Deutsch.«

»Es ist mein Fach.« Er lächelte geschmeichelt. »Schon als
Schüler habe ich Brentano verehrt und Eichendorff vergöttert.«

Ohne dass ich hätte sagen können, aus welcher Tür sie gekommen war, stand plötzlich Gwendolyn Öymen vor mir, sah mich
blass und scheu an. Ihr Mann dolmetschte.

»Um welche Frau es geht, fragt sie.«

Sie war schmal wie ein Teenager, hatte glattes, rötliches Haar und wirkte, als wäre sie eben erst aufgewacht. Es gelang mir nicht herauszufinden, was ihre Muttersprache war. Türkin wie ihr Mann schien sie nicht zu sein. Ich zeigte ihr die Bilder aus Pakistan, die meine Techniker so gut es ging vergrößert hatten.

»Sie jetzt Brille«, sagte Gwendolyn Öymen.

»Das heißt, Sie erkennen sie wieder?«

Sie sah ihren Mann ratlos an. Die beiden besprachen sich kurz.

»Sie hat die Frau sogar mehrfach getroffen. Sie haben jedoch nie miteinander gesprochen. Sie war immer freundlich, sagt Gwendolyn.«

Gwendolyn sagte noch etwas zu ihm.

»Worum es geht, möchte sie wissen«, übersetzte er. »Ob diese Frau etwa eine Verbrecherin ist.«

»Möglicherweise«, erwiderte ich schnell. »Bleiben Sie bitte die nächste halbe Stunde in Ihrer Wohnung. Gleichgültig, was im Treppenhaus geschieht.«

»Sie ist zu Hause«, sagte Balke zwanzig Minuten später mit schmalen Augen. »Oben war schon zweimal Bewegung an den Vorhängen.«

Wir standen am Fenster eines gegenüber dem fraglichen Haus liegenden Apartments. Der Bewohner, ein fülliger Mann um die dreißig mit fettigen Haaren und Mondgesicht, hatte uns ohne Umstände eingelassen und hielt sich in unserer Nähe, damit ihm nichts entging. Zurzeit brachten sich die Männer des Sondereinsatzkommandos in Stellung. In wenigen Minuten würde alles bereit sein, hatte mir der Leiter der Gruppe eben per Funk mitgeteilt. Auf dem gegenüberliegenden Gehweg sahen wir schwarz vermummte, kräftig gebaute Kerle geduckt an der Wand entlang zur Haustür huschen.

»Da«, sagte Oberkommissarin Krauss neben mir leise, »schon wieder!«

Dieses Mal hatte ich es auch gesehen. Der zugezogene kakaobraune Vorhang hatte sich bewegt. Die Wohnung, die unsere Leute in Kürze mit Gebrüll und Getöse stürmen würden, hatte nur ein einziges Fenster zur Straße hin. Es befand sich in einer Dachgaube. Inzwischen waren vier der SEK-Männer im Inneren des Hauses verschwunden. Zwei Scharfschützen lagen auf dem

Dach über uns. Soeben kam ein Krankenwagen an, meldete das Funkgerät, und hielt sich in einer Seitenstraße bereit.

»Sie ist mit Sicherheit bewaffnet«, sagte Balke.

»Sie wird keine Gelegenheit haben zu schießen«, erwiderte ich.

Immer häufiger quäkte jetzt das Funkgerät. Streifenwagen hielten sich bereit, um Sekunden vor dem Zugriff die vierspurige Straße abzusperren. Kollegen würden sich um Menschen kümmern, die unerwartet aus irgendeiner Tür traten. Dann wurden die Funkmeldungen plötzlich spärlicher. So ist es immer: Erst überschlagen sich die Informationen und Fragen, und dann, kurz bevor es losgeht, wird es still. Jeder ist auf seinem Posten, alle sind in gespannter Erwartung. Auch unser Gastgeber, der Evalina Krauss anfangs mit neugierigen Fragen gelöchert hatte, war endlich verstummt. Er wusste nur, dass sich im Haus gegenüber jemand aufhielt, der von der Polizei gesucht wurde, und dass er sich besser nicht am Fenster zeigen sollte.

»Da ist wer drin«, raunte jemand im Funk. Die SEK-Männer hatten inzwischen eine Endoskopkamera unter der Wohnungstür hindurchgeschoben. »Niemand zu sehen. Aber man hört Geräusche.«

»So allmählich …«, meinte Balke mit nervösem Blick zur Uhr.

»Okay«, sagte ich und drückte die Sprechtaste. »Zugriff!«

Aus dem Lautsprecher drang ein verzerrter Befehl, dann Gebrüll, Krachen und Klirren. In schneller Folge eine Vielzahl unverständlicher Kommandos und knapper Antworten.

Das erste Wort, das ich wieder verstand, war: »Mist!«

In der Wohnung hielt sich nur ein neunjähriges, jetzt zu Tode erschrockenes Mädchen auf. Das arme Kind war dabei gewesen, seine Hausaufgaben zu machen, als die Wohnungstür in Trümmer ging. Seine Mutter war einkaufen.

»Wo zur Hölle kann man denn am Sonntag einkaufen?«, fragte ich entnervt.

»Tanke«, seufzte Balke.

Es dauerte quälend lange zwei Minuten, bis geklärt war, dass wir die falsche Wohnung erwischt hatten. Vahid Öymen hatte sich vertan, als er behauptete, die fremde Frau wohne auf der rechten Seite. Falls die Terroristin sich in der anderen Dachgeschosswohnung aufhielt, dann stand sie jetzt mit entsicherter Waffe und vielleicht einem Sprengstoffgürtel um den Bauch hinter ihrer Tür.

»Und jetzt?«, fragte Evalina Krauss erschöpft.

»Und jetzt?«, fragte der Leiter des SEK-Trupps mürrisch per Funk.

Und jetzt?, fragte ich mich selbst. Sollte ich das Risiko eingehen, die zweite Wohnung stürmen zu lassen? Auf die Gefahr hin, dass es Tote oder Verletzte gab? Sollte ich die Wohnung belagern lassen, bis sie von allein herauskam? Wir besprachen uns kurz.

Schließlich sagte ich schweren Herzens und mit feuchten Händen ein zweites Mal: »Zugriff.«

»Sauber«, tönte es Sekunden später. »Das Vögelchen ist ausgeflogen.«

Ich gab einige Befehle, und kurz darauf lief der Verkehr wieder, als wäre nichts gewesen.

Als wir wütend und frustriert die Treppen hinaufstiegen, knackte es im Funkgerät.

»Da kommt wer«, flüsterte eine weibliche Stimme im Funkgerät. »Eine Frau. Aus Richtung Stadt. Alter könnte hinkommen. Größe auch. Sie hat schon den Schlüssel in der Hand. Was sollen wir machen?«

»Auf keinen Fall ansprechen«, erwiderte ich, ohne zu überlegen, und machte kehrt. »Wir greifen sie uns hinter der Haustür.«

Während ich, gefolgt von Balke und Krauss, die Treppe wieder hinablief, kamen in kurzer Folge weitere Meldungen. Die Frau näherte sich tatsächlich dem Haus, in dem wir uns befanden. Unmittelbar hinter der Eingangstür war es dämmrig, sie würde im ersten Moment nicht viel sehen. Zudem war es eng, und es gab nur zwei Richtungen, in die sie sich bewegen konnte: ins Haus hinein oder zurück auf die Straße. Letzteres galt es unbedingt zu verhindern, und zu diesem Zweck musste ich hinter der Tür sein, bevor sie eintrat.

Im Laufen zückte und entsicherte ich meine Waffe. Auch Balke und Krauss hielten schon ihre Dienstwaffen in den Händen. Als ich den letzten Treppenabsatz vor dem Erdgeschoss erreichte, wurde es plötzlich laut im Funk. Aber ich hörte es auch auf direktem Weg: barsche Rufe auf der Straße. »Stehen bleiben! Halt! Polizei!«

Bremsen quietschten. Ein Schrei. Dann war es still.

Das Erste, was ich sah, waren Orangen. Unzählige Orangen am Boden verstreut, auf der Straße, auf dem Gehweg, im grellen Licht leuchtend wie tausend kleine Sonnen. Rechts von mir, keine zehn Meter entfernt, stand ein weißer Lieferwagen quer auf der Straße. Davor ein lebloser Körper am Boden. Auf dem Gehweg ein zu Tode erschrockener uniformierter Kollege. Gegenüber zwei weitere, diese in Zivil. Eine davon eine blasse Frau. Vermutlich die, deren Stimme ich vor Sekunden im Lautsprecher gehört hatte.

Es war ein Albtraum. Die falsche Frau. Was da am Boden lag, den Kopf in einer kleinen Blutlache, war die Mutter des Mädchens in der Dachwohnung, fanden wir innerhalb weniger Minuten heraus. Grund für das Desaster war ein dummer Zufall. Einer dieser Zufälle, mit denen niemand rechnen kann. Zufälle, die einfach geschehen und die klügste Planung in Sekundenbruchteilen zunichte machen.

Die Frau war nur noch wenige Meter von ihrer Haustür entfernt gewesen, als ein ahnungsloser Kollege um ein Haar mit ihr zusammengestoßen war. Er wohnte im Nachbarhaus und war in Uniform und auf dem Weg zu seinem Dienst aus der Tür getreten. Als sie viel zu sehr erschrak, hatte er sie zunächst freundlich angesprochen, hatte sie, als sie davonlaufen wollte, am Ärmel festgehalten, war in seiner Verwirrung laut geworden. Als er schließlich ihren Ausweis sehen wollte, hatte sie sich losgerissen, ihre Tüte fallen lassen und versucht, über die Straße zu fliehen.

In ihrer Wohnung fanden wir Papiere. Ludmilla Alexijewitsch stammte aus Weißrussland und hielt sich seit anderthalb Jahren illegal in Deutschland auf. Das stille Töchterchen hieß Tanja. Anhand einiger auf einem Blöckchen notierter Telefonnummern fanden wir rasch heraus, dass die Mutter in mehreren Privathaushalten geputzt und andere Arbeiten verrichtet hatte, um sich und ihr Kind zu ernähren. Hausbewohner sagten aus, sie sei sehr ruhig gewesen, andere sagten: scheu. Sie habe, wenn überhaupt, nur gebrochen Deutsch gesprochen. Ganz im Gegensatz übrigens zu ihrer aufgeweckten und stets freundlichen kleinen Tochter.

Ludmilla Alexijewitsch war nur leicht mit dem Lieferwagen zusammengeprallt, aber leider sehr unglücklich gestürzt. Den Fahrer traf keine Schuld. Er war eher zu langsam als zu schnell gefahren und fast auf der Stelle zum Stehen gekommen.

Zum Glück war sie nicht tot. Der Notarzt diagnostizierte Schädelbasisbruch.

»Die bringen wir durch«, war der schönste Satz, den ich an diesem Tag hörte.

Nachbarn eine Etage tiefer sagten aus, in den vergangenen Wochen hin und wieder Schritte in der mutmaßlichen Wohnung der Terroristin gehört zu haben, in den letzten Tagen jedoch nicht mehr. Die Person, die einige Zeit über ihnen gelebt hatte, hatten sie nie zu Gesicht bekommen. Natürlich fanden meine Leute Spuren. Haare, Fingerabdrücke, Fasern, Hautschuppen. In der Nacht zum Montag herrschte in den Labors des Landeskriminalamts hektische Betriebsamkeit. Die Auswertung der Fingerabdrücke war der einfachste Teil der Aufgabe und sollte rasch erledigt sein. Die zahlreichen DNA-Spuren auszuwerten, würde dagegen seine Zeit dauern. Zeit, die wir nicht mehr hatten.

In zweieinhalb Tagen würden die Wirtschaftsgespräche beginnen.

44

Montag. Noch zwei Tage. Die einzige neue Erkenntnis des traurigen Morgens war, dass fast alle Fingerabdrücke in der Wohnung gründlich verwischt waren.

»Es sieht ihr ähnlich«, meinte Helena bei der ersten Fallbesprechung der neuen Woche. »Sie hat schon damals den Aufenthaltsort beim geringsten Verdacht gewechselt, beim ersten merkwürdigen Gefühl.«

»Von den anderen Parteien im Haus haben die meisten die Frau nie gesehen«, berichtete Evalina Krauss. »Und keiner konnte viel mehr sagen, als dass sie halt eine Frau war. Ein bisschen älter schon, freundlich, aber wortkarg. Meistens in Jeans und Pulli.

Zurzeit ist sie anscheinend blond. Die Haare glatt, hellblond und ziemlich kurz. Der Erkennungsdienst bastelt gerade mithilfe der Zeugen ein Phantombild.« Sie warf einen Blick auf ihren karierten Spiralblock. »Außerdem hat die KT in der Wohnung ein paar Haare gefunden mit Kleber dran.«

»Von einer Perücke?«

»So sieht's aus.«

»Wann sind die DNA-Spuren ausgewertet?«

»Morgen«, erwiderte Balke mürrisch und rieb sich die Augen mit Daumen und Zeigefinger. »Falls nicht wieder was schiefgeht.«

»Haben Sie Druck gemacht?«

Er lachte sarkastisch. »Die Laborfuzzis beim LKA werden nie wieder das Telefon abnehmen, wenn sie meine Nummer sehen.«

Rolf Runkel platzte herein mit einem Zettel in der Hand. »Ich hab da was!« Keuchend plumpste er auf den letzten freien Stuhl. »Ich hab die Mieterin erreicht!«, verkündete er stolz.

»Die Mieterin?«

»Na ja, also die, die ihre Wohnung untervermietet hat.«

Plötzlich stand er im Mittelpunkt des Interesses.

»Sie habe die Wohnung an einen Mann vermietet, sagt sie. Im Juli. Sie hat in der Mensa einen Zettel aufgehängt. Erst hat sich lange keiner gemeldet. Dann hat doch einer angerufen, Moment, wo hab ich denn jetzt den Namen ...« Er kramte in seinen zerfledderten Papieren, seufzte theatralisch. »Ah, da: Jens Schmidt. Sie hat den Mann aber nie gesehen. Ist alles per SMS und E-Mail gelaufen, weil sie schon in Amerika gewesen ist. Den Schlüssel hat sie bei einer Freundin hinterlegt.«

»Vielleicht noch ein paar nette Details?«, fragte Balke freundlich.

»Jung sei er gewesen, der Mann. Angeblich Student. Die Miete für drei Monate hat er der Freundin in bar gegeben. Er hat behauptet, er sei länger im Ausland gewesen und habe noch kein Konto.«

»Diese Freundin, die den Schlüssel hatte, hat diesen Jens Schmidt ja wohl gesehen«, meinte Balke.

»Logisch.«

»Und?«

»Was und?«

»Kann sie ihn beschreiben?«

Runkel begann zu schwitzen. »Ich ... ich denk schon.«

»Mach's doch nicht immer so spannend, Rübe«, seufzte Balke. »Wir platzen alle gleich.«

Erneut wühlte Runkel in seinen Unterlagen. »Also, geredet hab ich mit ihr. Aber sie hat ... Also die Beschreibung ... ich find die jetzt grad nicht.«

»Dann gehst du jetzt nach unten und guckst auf deinem Schreibtisch nach, okay?«

Runkel sprang auf und verschwand mit rotem Kopf.

Mir fiel auf, dass Krauss und Balke wieder enger zusammensaßen und sich hin und wieder anlächelten, wie Verliebte es tun.

Auch zwischen Theresa und mir hatten sich die dunklen Wolken inzwischen verzogen. Wir tauschten häufig SMS aus und freuten uns beide auf unser nächstes Treffen, bei dem wir gebührend Versöhnung feiern wollten.

Zwanzig Minuten später hatten wir Gewissheit: Der junge Mann, der die Wohnung für drei Monate angemietet hatte, war – was niemanden überraschte – Peter von Arnstedt. Die Studentin, die ihm die Schlüssel ausgehändigt hatte, hatte ihn auf unseren Fotos zweifelsfrei wiedererkannt.

»Damit ist es wohl amtlich«, stellte Balke fest. »Die Frau in der Wohnung war Judith Landers.«

Ich lehnte mich zurück, legte die Fingerspitzen beider Hände aneinander. Helena sah mich ausdruckslos, fast mitfühlend an. Nur in ihren Augenwinkeln meinte ich winzige Spuren eines triumphierenden Lächelns zu entdecken.

Unser Phantombild war nicht schlecht geworden, fand sogar Helena. Ein ernstes, hageres Gesicht, die Augen eher klein für eine Frau, der Mund schmal, vielleicht ein wenig verkniffen. Scharfe Falten zogen sich von den Nasenflügeln zu den Mundwinkeln hinab. Kurzes, hellblondes Haar, das mit Sicherheit nicht echt war. Inzwischen würde sie längst eine andere Perücke tragen. Gut gebräunt sei sie gewesen.

»In Pakistan scheint bestimmt viel die Sonne«, meinte Evalina Krauss.

»Wir verteilen das Bild per E-Mail an alles, was zurzeit im Großraum Heidelberg Uniform trägt«, wies ich sie an. »Was wir noch brauchen, ist eine glaubhafte Story. Die Kollegen sollen die Sache ernst nehmen, aber ich möchte auf keinen Fall irgendwelche Gerüchte hören von einem drohenden Anschlag.«

»Wir suchen die Frau im Zusammenhang mit der Weißrussin«, schlug Balke vor. »Illegale Einwanderer, Schlepperbanden, das zieht immer.«

Der Zwischenfall am Sonntagabend hatte natürlich in den Medien für enorme Aufregung gesorgt. Für die Zeitungen hatte es nur noch zu einer kleinen Meldung auf der Lokalseite gereicht, in den Radio- und Fernsehnachrichten wurde dagegen eifrig berichtet. Natürlich hatte die Journaille rasch herausgefunden, dass kurz vor dem Verkehrsunfall eine größere Polizeiaktion stattgefunden hatte, über deren Ziel und Zweck keine der zuständigen Stellen Auskunft geben mochte. Die Sache habe rein gar nichts mit den bevorstehenden Wirtschaftsgesprächen zu tun, hieß es von unserer Seite wieder einmal. Die Polizei sei einer osteuropäischen Schlepper- und Menschenhändlerbande auf der Spur. Die zurzeit nicht vernehmungsfähige Frau halte sich illegal in Deutschland auf, die Hintermänner seien leider kurz vor unserem Zugriff abgetaucht.

Der Dienstag begann so hektisch, wie der Montag geendet hatte. Noch immer hatten wir keine Spur von Judith Landers, keine Spur von dem verschwundenen Polizeibus. Noch immer gab es keinen Hinweis darauf, dass die Terroristin mit militanten Islamisten gemeinsame Sache machte. Der Mann, der sich Abu Thala nannte, war in den vergangenen Tagen an allen möglichen und unmöglichen Orten Deutschlands gesichtet worden.

Die beiden jungen Araber, die die Augsburger Kollegen geschnappt hatten, redeten und redeten, wussten jedoch so gut wie nichts. Sie hatten den Opel in einem Vorort von Wien von einem unbekannten, arabisch sprechenden Mann übernommen mit dem Auftrag, ihn auf einem Autobahnparkplatz in der Nähe von Stuttgart an einen anderen Unbekannten zu übergeben. Doch dann war der Wagen dummerweise liegen geblieben, und sie hatten sich per Anhalter auf den Weg zum nächsten Bahnhof gemacht. Den Mann, der ihnen den Job vermittelt hatte, hatten sie in einer kleinen Kneipe in der Nähe ihrer Universität kennengelernt. Er hatte ihnen zweihundert Euro als Anzahlung in die Hand gedrückt sowie das Geld für die Flugtickets nach Wien. Sogar die Bezahlung für den Kurierdienst konnten sie vorweisen: fünf Hunderter für beide zusammen. Was sie in dem Wagen transportierten, hatten sie angeblich nicht gewusst. Eines war klar: Wer immer im Hintergrund böse Pläne schmiedete, würde sich durch diesen Betriebsunfall nicht von seinem Ziel abbringen lassen. Vermutlich war längst ein anderes altes Auto unterwegs mit irgendwo gut verstecktem Sprengstoff. Ich konnte nur auf den Zufall hoffen. Auf weitere Betriebsunfälle.

Zu allem Elend rief auch noch Klara Vangelis an. Sie klang nicht nach guten Nachrichten.

»Herr Gerlach«, begann sie bedrückt, »ich habe hier etwas …«

Sie hatte sich Gedanken gemacht. Sie hatte versucht, sich in die Position der Terroristin hineinzuversetzen.

»Der einzige Weg, der ihr offensteht, ist meiner Meinung nach der durch die Luft.«

»Der Flugverkehr wird ab morgen zehn Uhr weiträumig umgeleitet. Es wird nichts in der Luft sein, solange die Tagung läuft. Falls doch, werden die Amerikaner es abschießen.«

»Ein Hubschrauber hätte vielleicht doch eine Chance.«

»Woher sollte sie plötzlich einen Hubschrauber haben?«, fragte ich unfreundlicher als beabsichtigt. Das Letzte, was ich im Augenblick brauchte, waren weitere schlechte Nachrichten.

»Das kann ich Ihnen sagen«, erwiderte Vangelis geduldig.

Sie hatte schon am Sonntag begonnen, jede Telefonnummer im Umkreis von dreihundert Kilometern anzurufen, unter der man Helikopter chartern konnte. Vor wenigen Minuten war sie fündig geworden.

»Die Maschine steht auf dem Flughafen Basel-Mulhouse«, erklärte mir meine beste Mitarbeiterin. »Eine Bell 206. Ein junger Mann hat angerufen, sagt der Besitzer. Im Juni schon. Er hat behauptet, es ginge um Luftaufnahmen im Oberrheingraben. Er gab sich als Mitarbeiter des Instituts für Geophysik der Universität Heidelberg aus und wollte hören, was man braucht, um den Hubschrauber zu chartern.«

»Hat der Anrufer einen Namen genannt?«

»Jens Schmidt.«

»Und was ist aus dem Geschäft geworden?«, fragte ich mit belegter Stimme.

»Der Name sagt Ihnen etwas?«

»Leider ja. Hat dieser angebliche Herr Schmidt die Maschine gechartert?«

»Nein. Der Besitzer, übrigens zugleich der Pilot, wollte mehr Details wissen. Was dieses Institut genau macht und worum es bei den geplanten Luftaufnahmen ging. Daraufhin ist der andere ins Stottern gekommen, auf einmal hieß es, er sei Student, und es sei zunächst nur eine unverbindliche Anfrage. Am Ende hat er mitten im Satz aufgelegt. Der Schweizer hat sich anschließend sogar die Mühe gemacht, die Uni anzurufen. Dort hat er erfahren, dass es in Heidelberg ein solches Institut gar nicht gibt.«

»Vielleicht nur ein Versuchsballon?«

»Beim nächsten Mal wird er sich besser vorbereitet haben.«

»Hat er denn noch andere angerufen?«

»Ich kann es nicht ausschließen. Aber Sie glauben nicht, wie viele Hubschrauber es gibt im Umkreis von dreihundert Kilometern.«

»Wie weit kann so eine Bell denn fliegen mit einer Tankfüllung?«

»Knapp tausend Kilometer, habe ich mir sagen lassen. Hängt ab von Geschwindigkeit, Beladung et cetera.«

»Warum rufen Sie dann nur im Umkreis von dreihundert Kilometern an?«

»Weil ich sonst ins Irrenhaus komme.«

Ich hatte kaum aufgelegt, da summte mein Apparat erneut.

»Chef«, sagte Balke niedergeschlagen, »hätten Sie mal eine Minute für mich?«

»Schießen Sie los.«

»Ich würde lieber zu Ihnen hochkommen. Es ist …«

»Dann kommen Sie.«

Und schon der nächste Anruf.

»Selma hier«, hörte ich die fröhliche Stimme von Peter von Arnstedts ehemaliger Freundin. »Vergangene Nacht ist es mir wieder eingefallen!«

Mir war inzwischen entfallen, was ihr so lange nicht eingefallen war.

»Der Name! Wollstonecraft!«

Ich nahm die Brille ab, legte sie auf den Schreibtisch, rieb meine müden Augen.

»Aha, ja, und?«

»So hat ein Mann geheißen, der vor zwei Jahren mal einen Vortrag an der Uni gehalten hat. Über die Dritte Welt und so. Matthew Wollstonecraft. Ein Engländer, ich meine, er war Wirtschaftswissenschaftler. Aber keiner von diesen Anzug-und-Krawatte-Typen. Er macht in Indien dieses Mikrokreditdings.«

»Okay ...«

Selma Mangold spürte meine mangelnde Begeisterung und wurde etwas leiser. »Hab gedacht, es interessiert Sie vielleicht.«

Es klopfte. Balke. Ich bedankte mich höflich und legte auf.

»Nehmen Sie Platz«, sagte ich so freundlich, wie es mir in meiner momentanen Verfassung möglich war. »Wo brennt's diesmal?«

»Diese Geschichte morgen. Diese Tagung ...«

»Sie machen sich Sorgen?«

»Ich mache normalerweise alles, Chef, das wissen Sie. Ich bin bestimmt nicht zimperlich. Aber ich habe wirklich keine Lust, einem Typen wie diesem Henderson den – entschuldigen Sie – Arsch zu bewachen. Könnten Sie mich irgendwo einteilen, wo ich möglichst weit weg bin von dem Mann?«

»Sie haben ein Problem mit dem amerikanischen Wirtschaftsminister?«

»Sie nicht?«

»Doch«, gab ich zu. »Aber es hat auch schon andere Situationen gegeben, wo wir Menschen beschützen mussten, die wir lieber im Knast gesehen hätten.«

»Alles hat Grenzen. Wäre es okay, wenn ich Ihnen ein Attest bringe?«

»Würden Sie sich gut fühlen, wenn Sie jetzt kneifen?«

Balke zuckte ratlos die muskulösen Schultern. Das Pflaster über seinem Auge war inzwischen kleiner geworden. Seine Wunde schien gut zu heilen.

»Geht es darum, dass der Mann so reich ist? Oder darum, wie er zu seinem Reichtum gekommen ist?«

»Beides«, murmelte mein Untergebener unglücklich.

»Es gibt auch bei uns Vorstandsvorsitzende, die Millionen im Jahr ...«

»Millionen?«, fiel er mir empört ins Wort. »Sagten Sie Millionen?«

»Soweit ich informiert bin ...«

»Auf den Internetseiten der Financial Times habe ich einen interessanten Artikel gefunden. Der Börsenwert der HBC liegt heute bei zehn Milliarden Dollar. In der Zeit, die der Mistkerl den Laden leitet, hat die Firma im Schnitt pro Jahr eine Viertelmilliarde zugelegt, und die Hälfte der Aktien hält Henderson. Sein Managergehalt, das sind doch Peanuts für diese Dreckbacke! Mit seiner Kohle könnte man halb Afrika ernähren! Und wissen Sie, was das Tollste ist? Letztes Jahr haben sie in den USA auf einen Schlag siebzehntausend Mitarbeiter gefeuert, und einen Tag später war Henderson vierhundert Millionen reicher, weil der Börsenkurs natürlich einen hübschen Freudensprung gemacht hat. Jedes Mal, wenn ich seine Fresse sehen muss, werde ich auf den edlen Teppich kotzen, das schwöre ich Ihnen!«

»Was halten Sie davon«, sagte ich langsam, »wenn Sie Frau Vangelis bei der Sache mit dem Hubschrauber unterstützen? Außerdem könnten Sie mir eine Kleinigkeit abnehmen. Googeln Sie bei Gelegenheit mal den Namen Matthew Wollstonecraft.«

Als Balke die Tür hinter sich schloss, war es Viertel nach zehn und Helena noch nicht aufgetaucht. Heute wusste auch Sönnchen nicht, wo sie steckte.

45

Am Dienstagnachmittag um halb fünf erreichte mich die erste gute Nachricht des Tages: Die Rastatter Kollegen hatten endlich Jürgen Prochniks Polizeibus gefunden. In einer Garage, nur etwa zweihundertfünfzig Meter von seinem Haus entfernt. Einer Garage, die er vor einem Jahr angemietet hatte, angeblich, weil jemand ihm nachts eine Beule in die Beifahrertür getreten hatte. Beunruhigend fand ich den Umstand, dass das Fahrzeug inzwischen wieder wie ein echtes Polizeiauto aussah, mit Blaulicht und Martinshorn auf dem Dach, der Aufschrift »Polizei« an den richtigen Stellen und gut gefälschten BW-Kennzeichen. Ein halb tauber, aber sehr wachsamer Nachbar behauptete jedoch, an dem Garagentor habe sich seit Monaten kein Mensch mehr zu schaffen gemacht. Die Staubschicht, die sich im Inneren abgesetzt hatte, stützte seine Aussage. Eine kleine Sorge weniger.

Aber Vangelis und Balke hatten schon für Nachschub gesorgt: Ende Juni hatte Peter von Arnstedt einen zweiten Hubschrauberpiloten kontaktiert. Henri Peeters lebte in Anderlecht, einem Vorort von Brüssel, und der angebliche Jens Schmidt hatte ihm im Wesentlichen dieselbe Geschichte erzählt wie dem Schweizer. Auch dieser Pilot war jedoch am Ende misstrauisch geworden, und auch dieses Mal hatte der Anrufer mitten im Gespräch aufgelegt.

Ich telefonierte mit Keith Sneider und berichtete ihm von unseren Befürchtungen. Im Gegensatz zu unserem letzten Telefonat, als ich ihm von dem mit Sprengstoff beladenen Opel und den jungen Arabern berichtet hatte, zeigte er sich heute nicht übermäßig besorgt.

»Sie haben recht, ein guter Pilot könnte unser Bodenradar unterfliegen«, sagte er ruhig. »Vorstellbar wäre, dass er den Neckar entlang fliegt, immer knapp über der Wasseroberfläche. Dadurch würde er zwar dem Bodenradar entgehen, aber nicht unseren Awacs-Maschinen. Ich werde die Sache aber sicherheitshalber mit unseren Leuten bei der Air Force besprechen.«

Von den Awacs-Maschinen hörte ich in dieser Sekunde zum ersten Mal.

»Aber was, wenn der Hubschrauber längst in der Nähe ist?«, fragte ich. »In einem Wäldchen auf dem Königstuhl versteckt? Irgendwo im Odenwald?«

»Dann hätten wir nur eine Vorwarnzeit von wenigen Minuten.« Plötzlich klang Sneider doch ein klein wenig beunruhigt. »Wenn die Maschine mit Sprengstoff vollgestopft wäre und die Stadt anfliegen würde, dann würde sich ein Abschuss natürlich ...«

Er wagte nicht, den Satz zu Ende zu sprechen.

»Du siehst müde aus«, sagte Theresa.

»Ich bin so gut wie tot«, erwiderte ich. »Wenn der Wahnsinn vorbei ist, nehme ich ein halbes Jahr Urlaub.«

Ich erzählte ihr im Telegrammstil von den neuesten Turbulenzen und Entwicklungen. Sie bemitleidete mich gebührend. Und sie hatte ein schlechtes Gewissen. Wie auch ich. Sie entschuldigte sich bei mir für ihre fehlende Sensibilität und für ihre Gedankenlosigkeit. Ich tat dasselbe.

Am Ende lachten wir, sanken auf unsere Matratze und küssten und streichelten uns leise und zärtlich, ohne uns auszuziehen. Plötzlich konnte ich mir nicht mehr vorstellen, wie ich wütend hatte sein können auf diese so wunderbar duftende Frau.

»Jetzt streiten wir uns schon, als wären wir verheiratet«, sagte ich irgendwann.

Sie schien nachzudenken über meinen Satz.

»Hast du das Gefühl …«, sagte sie schließlich leise und rückte noch näher an mich heran, »…dass unsere Beziehung irgendwie anders ist, seit du weißt, dass ich Egonchen nicht betrüge?«

»Alles andere wäre ja auch ziemlich merkwürdig«, erwiderte ich. »Ich finde es besser so. Entspannter. Ehrlicher.«

»Weiß nicht«, sagte sie, nachdem sie wieder eine Weile geschwiegen hatte. Unser Saxofonist war aus dem Urlaub zurück und spielte wieder für uns. Schließlich erhob ich mich noch einmal und öffnete eine Flasche Sekt. Wir stießen an und küssten uns.

»Findest du, ich habe zugenommen?«, fragte Theresa.

»Überhaupt nicht«, erwiderte ich hastig auf die zweitgefährlichste aller Fragen. Die gefährlichste lautet: Liebst du mich eigentlich noch?

»Habe ich auch nicht«, erklärte sie stolz. »Obwohl ich nicht mehr rauche.«

»Am Samstag hast du geraucht.«

»Das war eine Ausnahme. Eine Krisensituation.«

Eine Weile nippten wir still an unserem Sekt und lauschten auf die Musik von oben, auf Geräusche der Straße, die durch die gekippten Fenster hereindrangen. In der Ferne lachten Menschen. Es war ein warmer Abend. Die Biergärten waren auch jetzt, Anfang Oktober, immer noch gut besucht.

»Früher haben wir manchmal verrückte Sachen gemacht«, sagte ich.

»Du denkst an den Abend am Baggersee?« Theresa gluckste wohlig. »Als du die Schranke kaputt gemacht hast?«

»Wobei Sie sich der Anstiftung und Beihilfe schuldig gemacht haben, gnädige Frau. Diesen Punkt bitte ich, im Protokoll festzuhalten.«

Plötzlich ging ein Ruck durch sie. Sie stellte ihr leeres Glas neben der Matratze auf den Boden. »Was hältst du von einem kleinen Abendspaziergang?«

»Jetzt?«, fragte ich erschrocken.

»Abendspaziergänge macht man üblicherweise abends.«

Sie stand schon auf den Füßen, reichte mir die Hand und zog mich hoch. Ich leistete noch ein wenig hinhaltenden Widerstand, ergab mich aber bald in mein Schicksal. Vielleicht würde mir die frische Luft gut tun. Zu erotischen Heldentaten fühlte ich mich an diesem Abend ohnehin nicht befähigt.

Mein Handy lag eingeschaltet am Boden und hatte zum Glück noch nicht Alarm geschlagen. Ich beschloss, es liegen zu lassen. In der nächsten halben Stunde würde die Welt hoffentlich nicht untergehen.

Arm in Arm schlenderten wir zum Neckar hinunter, der nur etwa hundert Meter entfernt war. Die Luft duftete nach Spätsommerabend und Freiluftvergnügungen. Am Tag war die Sonne mit Macht durchgebrochen, ein Hoch über dem Ostatlantik hatte uns warme Luft aus Spanien beschert.

Wir überquerten die Uferstraße, stiegen eine Treppe hinab und erreichten die Neckarwiesen. Hier tobte in Sommernächten das Leben, und meine geplagten Kollegen von der Schutzpolizei hatten ihre liebe Not, Sitte und Ordnung wenigstens halbwegs aufrechtzuerhalten. Meist ging es dabei um nächtliche Ruhestörung, manchmal um Drogenhandel, hin und wieder waren Schlägereien zu schlichten.

Heute schien es friedlich zu sein. Pärchen saßen oder lagen im Gras. Manche mit, manche ohne Picknickdecke. Hie und da wurde gegrillt. Es roch nach Wasser und Rauch und feuchter Erde. Irgendwo quakelten Gänse im Halbschlaf. Gelächter und Musik wehten vorbei, wurden lauter und wieder leiser.

Theresa hielt offenbar Ausschau nach einer ruhig gelegenen Bank. Aber alle, an denen wir vorüberkamen, standen dicht an dicht und waren schon besetzt. Meist von Pärchen, die entweder auseinanderrückten, als wir näher kamen, oder sich einen Teufel darum scherten, dass wir Zeugen ihres Gefummels und Geseufzes wurden.

Es war völlig windstill. Der Neckar platschte und gluckste entspannt. Im Schiffsrestaurant, das am Ufer vertäut war, herrschte ruhiges Treiben. Gläser klangen, Bestecke klapperten. Manchmal wurde gelacht, als hätte ein Regisseur es angeordnet.

Schließlich fanden wir doch noch eine freie Bank, keine hundert Meter von dem Restaurant entfernt. Sie wirkte schon ein wenig baufällig.

»Ist es hier nicht zu hell?«, wagte ich einzuwenden, als wir uns probeweise setzten.

Von dem Restaurant fiel Licht auf uns. Wenig nur, aber doch …

»Feigling.« Mit beiden Händen fuhr meine Göttin mir zärtlich durchs Haar, überfiel mich mit heißen Küssen und saß plötzlich rittlings auf meinen Oberschenkeln.

Jetzt erst wurde mir bewusst, dass sie an diesem Abend einen Rock trug anstelle der üblichen Jeans. Bald darauf stellte ich fest, dass sie heute nur das Allernötigste angezogen hatte. Als hätte sie diesen schönen Spaziergang samt seinen sittenwidrigen Folgen geplant …

Eine halbe Stunde später bummelten wir liebessatt zurück zu unserer Sektflasche, die ich im letzten Moment noch in den Kühlschrank zurückgestellt hatte. Niemand war an unserer Bank vorbeigekommen, niemand hatte uns fotografiert. Falls doch, dann hatte ich es nicht bemerkt. Theresa war fröhlich und entspannt wie lange nicht. Ich war nicht fröhlich, aber dennoch entspannt.

»Ich muss dir noch was sagen. Ich hoffe, du wirst dich freuen.«

Ich erzählte ihr von meinem Gespräch mit den Zwillingen. Dass sie meine Liebste unbedingt kennenlernen wollten.

Und wie sie sich freute!

»Du könntest zu uns kommen«, schlug ich vor. »Ich könnte eine Kleinigkeit kochen.«

»Wir kochen gemeinsam«, beschloss sie.

»Wir müssen es ja nicht überstürzen.«

»Ich schlage vor, wir machen es morgen.«

»Morgen nicht. Und übermorgen auch nicht. Frühestens am Freitag.«

Sie küsste mich, als hätte ich ihr eine schwere Last von der Seele genommen.

46

»Pass auf dich auf«, hatte Theresa am Vorabend gesagt, als sie mich zum Abschied liebevoll küsste.

Vangelis und Balke hatten in der Nacht herausgefunden, dass von Arnstedt noch zwei weitere Male versucht hatte, einen Hubschrauber zu chartern. Mit jedem Mal war er ein wenig geschickter geworden. Am dreißigsten Juni hatte er es beim Besitzer einer Robinson R-44 versucht, der in Donaueschingen wohnte. Mit ihm war er bereits über den Preis handelseinig geworden. Aber dann hatte der angebliche Jens Schmidt plötzlich erklärt, er habe ein günstigeres Angebot. Drei Tage später hatte er einen Aviation Broker in Wuppertal kontaktiert. Auch hier hatte man kurz vor dem Vertragsabschluss gestanden, als der Kontakt plötzlich abbrach. Der Tag, für den die Maschine angemietet werden sollte, war heute oder morgen. Mietzeit von zehn bis siebzehn Uhr. Kosten: pauschal zweitausendachthundert Euro. Meine Hoffnung war, dass die drei den Plan, zu dessen Ausführung sie einen Hubschrauber gebraucht hätten, an einem bestimmten Punkt aufgegeben hatten.

Von den beiden Libanesen in Augsburg gab es keine Neuigkeiten. Vermutlich wussten sie wirklich nicht mehr, als dass sie eben einen alten Opel von Wien nach Stuttgart hatten überführen sollen. Abu Thala schien der Erdboden verschluckt zu haben. Judith Landers ebenso. Es war zum Wahnsinnigwerden.

Jeder, mit dem ich an diesem Morgen sprach, war müde und überreizt. Ich war um sechs Uhr aufgestanden, erschöpft und zugleich hellwach. Als hätte ich irgendwelche Pillen genommen.

Als ich um kurz vor neun in den Dienstwagen stieg, um zum

Frankfurter Flughafen zu fahren, war ich überzeugt, dass das Ganze nur schiefgehen konnte. Dass es schiefgehen musste. Dass ich versagt hatte.

Helena begleitete mich. Sie hatte mich schon am Montag gebeten, dabei sein zu dürfen, und ich hatte keinen Grund gesehen, ihr das nicht zu erlauben. Darüber, wo sie am Vortag gesteckt hatte, verlor sie kein Wort, und ich fragte auch nicht. Spätestens am Freitag würde sie wieder aus meinem Leben verschwinden.

Ich saß auf dem Beifahrersitz, Helena hinten. Ein Kollege von der Schutzpolizei fuhr den silbergrauen Audi A6. Das Beste, was wir zurzeit in der Garage stehen hatten.

Die kritische Phase begann um zehn Uhr einundzwanzig mit der Landung der Maschine aus Washington, DC. Aus Gründen, die unsere amerikanischen Freunde uns nicht näher erläutert hatten, sollte Ron Henderson nicht per Hubschrauber, sondern auf der Straße nach Heidelberg gebracht werden. Der Konvoi bestand aus einem inneren und einem äußeren Teil. Zwei Vorausfahrzeuge würden im Abstand von etwa fünf und etwa zwanzig Kilometern vor uns herfahren, um eventuelle Staus und Auffälligkeiten zu melden. Ein Helikopter der Air Force würde das vordere Fahrzeug begleiten und außerdem für eine gegebenenfalls notwendig werdende Evakuierung Hendersons durch die Luft zur Verfügung stehen.

Erst kurz vor unserer Abfahrt waren die Sicherheitsausweise ausgeteilt worden, mit aktuellen biometrischen Fotos und RFID-Chips. Die Ausweise gab es in verschiedenen Farben, je nach Wichtigkeit der Person. Meiner war rot und klemmte jetzt an der Brusttasche meines besten Sakkos. Rot bedeutete, dass ich überall Zutritt hatte, selbst im Allerheiligsten, dem Überwachungsraum, wo alle Videokabel und Alarmleitungen zusammenliefen. Wie alle Männer um mich herum trug ich einen dunklen Anzug. Die wenigen Frauen trugen Kostüme in gedeckten Farben. Ich fühlte mich, als ginge es zu meiner Beerdigung.

Erst in der Nacht war irgendwo in Berlin die Entscheidung gefallen, dass die Bundeskanzlerin nun doch anreisen, aber noch im Lauf des Abends nach London weiterfliegen würde. Ihre Anwesenheit war aus Sicht des Protokolls überhaupt nicht erforderlich. Sie diente lediglich dazu, bei der amerikanischen Delegation für bessere Laune zu sorgen. Die transatlantische Stimmung hatte sich in den vergangenen Monaten eingetrübt, da die Konjunktur der USA nach der weltweiten Finanzkrise einfach nicht anspringen wollte, während die Wirtschaft Deutschlands längst wieder brummte.

Den Beginn des inneren Teils des Konvois bildeten zwei gepanzerte schwarze Mercedes-Limousinen der Sicherungsgruppe Berlin, die alles aus dem Weg scheuchen würden, was unsere Fahrt zu behindern drohte. Diesen folgten in kurzem Abstand wir selbst in unserem Audi. Hinter uns die Amerikaner, verteilt auf zwei schwere Botschafts-Cadillacs und drei schwarze Chevrolet-Vans mit dunklen Scheiben – exakt so, wie man es im Kino schon tausend Mal gesehen hatte. In welchem dieser Vans Mister Henderson sitzen würde, war ein Staatsgeheimnis und würde vielleicht erst im allerletzten Moment entschieden werden. Die Nachhut schließlich bildeten zwei Streifenwagen der deutschen Polizei.

Die Boeing 747 landete drei Minuten zu früh auf der Startbahn Süd, bewegte sich von dort jedoch nicht zu einer der üblichen Parkpositionen für Passagierflugzeuge, sondern rollte zum Frachtgelände im südlichen Bereich des riesigen Areals. Niemand, der keine Sondererlaubnis hatte, kam näher als zweihundertfünfzig Meter an die Maschine heran, ohne von einem der entschlossen um sich schauenden Army-Soldaten erschossen zu werden. So konnten wir nur aus der Ferne beobachten, wie die Boeing abseits vom Getümmel der Frachtmaschinen zum Stehen kam, Treppen herangefahren wurden, Türen sich öffneten und einige Personen eilig die Stufen hinabliefen und sich nach kurzem Händeschütteln in die Vans verteilten. Dann kam auch schon das »Go!« aus dem Funk.

Die Mercedesfahrer schalteten die Blaulichter ein, die ersten Fahrzeuge setzten sich in Bewegung. Sekunden später ließ auch unser Fahrer den Motor an. Die Kolonne formierte sich so elegant und problemlos, als hätte man es hundertfach geübt. An jeder Ampel standen uniformierte Kollegen und verschafften uns freie Bahn. Dieser Teil der Strecke gehörte zu den gefährlichsten, da die Geschwindigkeit notgedrungen niedrig war. Später, auf der Autobahn, waren die Fahrzeuge kaum noch zu treffen, womit auch immer. Die Amerikaner hatten sich eine Mindestgeschwindigkeit von hundertfünfzig ausbedungen, je schneller, desto besser. Balke hatte gelästert, in Wirklichkeit ginge es ihnen darum, auf den berühmten deutschen Autobahnen endlich einmal die Höchstgeschwindigkeit ihrer Fahrzeuge zu testen.

Schon jetzt wurden wir per Funk zur Eile angetrieben. Die schwarzen Mercedes vor uns fegten um immer neue Ecken und Kurven, wir folgten mit Mühe und quietschenden Reifen, die Amerikaner hielten den vorgesehenen Abstand ein. Schon kam die Autobahn in Sicht, Auffahrt Zeppelinheim, auch hier an jeder Ecke Blaulicht und Uniformen. Dann waren wir auf der A 5. Im Spiegel sah ich, dass Helena einen fiebrigen Glanz in den Augen hatte. Sie lächelte mich gequält an, als wollte sie uns beiden Mut machen.

Die Mercedes vor uns fuhren nebeneinander auf den beiden linken Fahrbahnen der vierspurigen Autobahn und drehten auf. Hundertfünfzig, sah ich auf unserem Tacho, hundertsechzig. Bei hundertachtzig beschleunigten sie nicht weiter. Die Vorausfahrzeuge meldeten freie Bahn und, abgesehen von einem polnischen Lkw mit Reifenschaden acht Kilometer vor Darmstadt, keine Auffälligkeiten. Der arme Fahrer hatte inzwischen schon Besuch von einem der Wagen der Autobahnpolizei bekommen, die alle paar Kilometer auf dem Standstreifen in Bereitschaft standen oder sich im Schleichgang bewegten.

Keith Sneider hatte seine Teilnahme am Transport am Morgen kurzfristig abgesagt. Sein Kaugummi kauender Stellvertreter, Sam Richards, war mir schon beim ersten Händedruck unsympathisch gewesen. Als er sich per Handy meldete, um zu hören, wie es vorne aussah, klang er angespannt und nervös. Die früher von den Amerikanern zur Schau gestellte Cowboy-Coolness war verschwunden.

Hin und wieder drangen knappe, knarrende Kommandos auf Englisch aus dem Funk, die ich nur zum Teil verstand. Offenbar war jemand unzufrieden mit dem Abstand zwischen den Vans.

Plötzlich wurde wenige Hundert Meter vor dem Darmstädter Kreuz eine Störung gemeldet: ein Ford Kombi älteren Baujahrs am Straßenrand, der eben erst gestoppt hatte. Kurzzeitig brach Hektik aus, denn das war kritisch. An dieser Stelle würde die

Kolonne langsamer fahren müssen, da wir die Autobahn wechseln und in Richtung Heidelberg abbiegen würden. Glücklicherweise existierte eine Alternativroute: geradeaus weiter in Richtung Mannheim und von dort auf die A 656.

Ich bat die Wagen vor uns, mit der Geschwindigkeit herunterzugehen, um den Kollegen weiter vorn Zeit zu verschaffen, den Ford zu überprüfen. Neunzig Sekunden später die Entwarnung: eine fünfköpfige Familie auf dem Weg in ihr Heimatland Kroatien. Einem der Kinder war schlecht geworden, und im Augenblick war es dabei, sich über die Leitplanke hinweg zu erbrechen. Die schwarzen, blaulichtgeschmückten Mercedes vor uns wurden wieder kleiner. Der lichte Kiefernwald, der die Autobahn bisher links und rechts begleitet hatte, wich zurück. Industrie kam in Sicht, links ein riesiges Einkaufszentrum. Immer noch mäßiger Verkehr, der bereitwillig Platz machte.

Darmstädter Kreuz noch zwei Kilometer, zeigte die Schilderbrücke an. Wir wurden schon langsamer, da kam der Befehl: »Straight ahead!« Also doch die Alternativroute, weshalb auch immer. Ich gab den Befehl weiter. Dummerweise waren unsere Vorausfahrzeuge längst abgebogen und nun auf der A 5 unterwegs, während wir in Kürze auf die parallel verlaufende A 67 wechseln würden.

Das Darmstädter Kreuz blieb zurück.

Die stationären Radarfallen, die dort postiert waren, hatten eine Menge zu knipsen in diesen Sekunden.

Meine nicht allzu freundliche Anfrage, weshalb um Gottes willen man so kurzfristig die Fahrtroute geändert hatte, blieb ohne Antwort.

Die Autobahn wurde zweispurig. Der Tacho zeigte jetzt wieder hundertachtzig. Der Hubschrauber meldete quäkend ruhigen Verkehr voraus. Die Mercedes fuhren weiterhin nebeneinander, wo immer es möglich war. Einmal mussten wir scharf bremsen, weil ein Lkw einen Kollegen überholte. Der Fahrer auf der rechten Spur war jedoch ein vernünftiger Mann und trat auf die Bremse, als er im Rückspiegel das blaue Feuerwerk bemerkte. Augenblicke später war die linke Spur frei, und ich wurde wieder in die Rückenlehne gepresst. Auch meinem Fahrer schien die Sache Spaß zu machen. Endlich einmal nach Herzenslust das

Gaspedal durchtreten, ohne sich Gedanken über Geschwindig-keitsbegrenzungen und Klimaveränderungen zu machen.

Mein Blick suchte wieder und wieder den Himmel ab auf der Suche nach Dingen, die dort nichts zu suchen hatten. Schließlich zückte ich das Handy und wählte Balkes Nummer.

»Nichts«, sagte er zu meiner Beruhigung. »Bisher nur Nieten.«

Was keine Gewähr dafür war, dass nicht doch irgendwo, viel-leicht in den Rheinniederungen oder irgendeinem stillen Tal des Odenwalds, ein Hubschrauber lauerte. Der Pilot schweißgebadet und die Mündung einer Waffe am Hals.

Erneut ging es durch Wald. Autobahnkreuz Viernheim, fünf Kilometer. Bald würde es ungemütlich werden, denn um Mann-heim herum herrschte meist reger Verkehr. Zudem wurde von dort plötzlich ein kleiner Stau gemeldet. Auffahrunfall auf der mittleren Spur, Unfallstelle noch nicht gesichert. Als ich das Mik-rofon zur Hand nahm, um mich mit Richards abzustimmen, kam das Kommando: »Turn left. Eastbound please.«

Please, immerhin.

Hatten die etwa ihre eigenen Informanten auf der Straße vor uns? Oder einen zweiten Hubschrauber in der Luft, der seine Meldungen direkt an Richards durchgab?

Blaue Schilder, Blinkerticken, eine Zweihundertsiebzig-Grad-Kurve mit winselnden Reifen, schon schossen die Mercedes wie-der davon.

Minuten später waren wir zurück auf der A 5, die wir eigentlich von Anfang an hatten nehmen wollen. Bis Heidelberg wurde alles frei gemeldet. Noch zwanzig Kilometer, wovon die letzten drei die gefährlichsten der ganzen Strecke waren.

Längst hatte man begonnen, uns auf der Einfallstraße von der Autobahn bis zum Palace-Hilton freie Bahn zu schaffen. Am Stra-ßenrand parkende Fahrzeuge wurden schon seit dem frühen Morgen misstrauisch beäugt und beim geringsten Verdacht abge-schleppt. An sämtlichen Kreuzungen wurde der Querverkehr blo-ckiert.

Noch drei Minuten bis zur Ausfahrt. Immer noch alles frei. Jetzt waren wir mit fast zweihundert Stundenkilometern unter-wegs, achtzig mehr als erlaubt.

Autobahnkreuz Heidelberg, zwei Kilometer. Viel konnte nun

nicht mehr schiefgehen. Doch – plötzlich die aufgeregte Meldung: »Da steht was in der Ausfahrt. Da hat einer angehalten!«

»Pass auf dich auf«, hatte Theresa gesagt. In meiner Magengegend machte sich Übelkeit breit.

Ich gab die Meldung an Richards weiter.

»What now?«, fragte er nach einer halben Sekunde Bedenkzeit.

»We could take the next exit.«

Natürlich gab es eine Ersatzstrecke auch für diesen Fall. Wenn die B 37 nicht ging, dann würden wir eben die Schwetzinger Straße nehmen. Die war allerdings nicht abgesperrt und würde es in den nächsten Minuten auch nicht mehr werden. Und vor allem gegen Ende, um den Bahnhof herum, würde es bei dieser Variante gefährlich werden.

Aber Richards hatte natürlich eine bessere Idee. Ideen deutscher Polizisten waren ja grundsätzlich infrage zu stellen.

»Well«, kam es. »Let's make a U-turn at the next exit.«

So rasten wir weiter geradeaus in Richtung Süden und gewannen wertvolle Minuten, bis die Situation am Autobahnkreuz hoffentlich geklärt war. Die Ausfahrt Heidelberg-Schwetzingen kam in Sicht, wieder Blinkerticken, Reifenwimmern, Sekunden später näherten wir uns zum zweiten Mal dem Heidelberger Kreuz, dieses Mal aus Richtung Süden.

»Der ist harmlos«, quakte es erleichtert aus dem Lautsprecher. »Eine junge Frau. Kolbenfresser, wie's aussieht. Der Motor ist hin, und das Mädel ist fertig mit den Nerven.«

Aber das interessierte uns nun nicht mehr, denn wir würden die Ausfahrt, in der der defekte hellblaue Škoda stand, einfach links liegen lassen.

Der Rest verlief überraschend problemlos. Nirgendwo ein Hindernis, immer noch kein Hubschrauber in der Luft, der dort nichts zu suchen hatte, überall Streifenwagen, Blaulicht, Blaulicht, Blaulicht, und dann rauschte unser Konvoi unbeschädigt in die Tiefgarage des Palace-Hilton.

Bremsen quietschten, Handbremsen ratschten.

Aufatmen.

Phase eins hatten wir überlebt.

Die Türen öffneten sich, und endlich konnte ich sehen, wer in den Vans und in den Botschaftslimousinen gesessen hatte. Insgesamt zehn, nein, zwölf Personen stiegen aus, darunter fünf Frauen, alle mit wichtigen Mienen, schweren Aktenkoffern, eleganten Anzügen oder Businessdress.

Wen ich nicht entdeckte, war Ron Henderson.

47

Ich lief auf Richards zu. »Where is Mister Henderson?«

Er schlug mir gut gelaunt auf die Schulter. »Good job, Mister Gerlach. Really well done. We love you Germans.«

»Where is he?«

»Well.« Er grinste mir unverschämt breit ins Gesicht. »Mister Henderson is already upstairs in his room.«

»But ... what?«

Alles war nur Show gewesen. Eine Riesenaktion, die Hunderte deutsche Polizisten beschäftigt, Zigtausende Euro gekostet, zeitweise den innerstädtischen Verkehr praktisch zum Erliegen gebracht hatte – alles nichts als Mimikry, um mögliche Attentäter an der Nase herumzuführen. Die Amerikaner hatten schon vor Wochen beschlossen, ihren Wirtschaftsminister auf der Air Base Ramstein in der Pfalz landen zu lassen und von dort per Luftfracht nach Heidelberg zu befördern. Vor vierzig Minuten, noch bevor in Frankfurt die Motoren angelassen wurden, hatte Henderson seine Suite bezogen. Im Augenblick entspannte er sich in einem heißen Bad und wünschte, nicht gestört zu werden.

Die paar Figuren, die in Frankfurt gelandet waren und die wir mit so viel Getöse und Gehupe nach Heidelberg eskortiert hatten, waren zwei persönliche Assistentinnen, zwei Sekretärinnen, eine Pressesprecherin und einige wichtig dreinschauende smarte Typen in eleganten Maßanzügen, die ich in diesem Moment nur zu gerne der Reihe nach geohrfeigt hätte.

Aber immerhin, es war gut gegangen, und morgen würde es hoffentlich gute Presse geben.

Der deutsche Wirtschaftsminister war ebenfalls schon im Haus, hörte ich. Er war mit dem Nachtzug angereist und hatte sich den

halben Kilometer vom Bahnhof bis zum Hotel in seinem gepanzerten Audi A 8 chauffieren lassen, der in der vergangenen Nacht
eigens zu diesem Zweck von Berlin nach Heidelberg gefahren
worden war. Weitere Sicherheitsvorkehrungen hatte man in diesem Fall nicht für nötig gehalten. Lediglich einige unentwegte
Demonstranten, die seit den frühen Morgenstunden den Bahnhof
bewachten, hatte man ein wenig zur Seite schubsen und teilweise
zwecks Feststellung der Personalien in Gewahrsam nehmen müssen. Fürs Erste war alles in Ordnung.

Und trotz allem fühlte ich mich nicht gut.

»Pass auf dich auf«, hatte Theresa gesagt. Das hätte ich gerne
getan, wenn ich gewusst hätte, wie.

Die nächste Herausforderung bildete das große Abendessen. Es
sollte um neunzehn Uhr beginnen, allerdings verzögerte sich der
Anfang, da die Bundeskanzlerin zu diesem Zeitpunkt noch im
Hubschrauber saß. Aus Gründen des Protokolls würden Henderson und seine Delegation erst erscheinen, wenn die Gastgeberin
anwesend war. Und natürlich stand auch ich im Foyer, um mir
den Aufmarsch der Wichtigkeiten nicht entgehen zu lassen.
Helena war seit dem Vormittag hier und drückte sich nun in der
Nähe der Flügeltüren zum Bankettsaal herum.

Sicherheitstechnisch war das Abendessen nach Ansicht der
Amerikaner unkritisch. Das handverlesene Servicepersonal hatte
einen mehrstufigen Securitycheck durchlaufen. In der Küche, auf
den Fluren, überall standen Posten mit glänzenden Schuhen und
unauffälligen Knöpfen im Ohr. Weder Presse noch Öffentlichkeit
würden auch nur in die Nähe der hohen Gäste gelangen. Einzig
zu Beginn durften zwei Kamerateams fünf Minuten lang Auf-
nahmen machen. Eines vom CNN, eines von der ARD. Filmauf-
nahmen während des Essens, bei dem auch Tischreden gehalten
werden würden, durfte ausschließlich ein todsicher vom CIA
bezahltes amerikanisches Team machen. Das Material würde
später allen interessierten Nachrichtensendern der Welt kosten-
frei überlassen werden.

Sieben Minuten nach dem geplanten Beginn hörte ich von
draußen die gedämpften Geräusche eines landenden Hubschraubers. Die Bundeskanzlerin hatte in Stuttgart der feierlichen Er-

öffnung eines neuen Werks der Daimler AG beigewohnt. Zwei Minuten später rauschte sie, begleitet von einem überraschend kleinen Gefolge, an mir vorbei. Ihr Wirtschaftsminister ging neben ihr, redete halblaut, aber eindringlich auf sie ein. Die Kanzlerin hörte aufmerksam zu, nickte dabei freundlich-abwesend in die Runde, schüttelte die eine oder andere Hand, verlor hie und da ein nettes Wort.

Nach einer kurzen Anstandsfrist ertönte der Gong von Ron Hendersons persönlichem Lift. Vor den Aufzugstüren entstand Unruhe, Männer und Frauen sprachen leise in verborgene Mikrofone, wechselten Blicke, strafften die Rücken.

Bei dieser Gelegenheit sah ich den Mann zum ersten Mal, der mein Leben in den vergangenen Wochen so gründlich durcheinandergerüttelt hatte. Die Türen öffneten sich lautlos, und ein zu meiner Überraschung ziemlich klein gewachsener Mann mit markiger Miene strebte, gefolgt von seinem Tross, dem festlich beleuchteten Speisesaal zu. Henderson würdigte keinen der im Foyer Anwesenden eines Blickes oder gar eines Kopfnickens. Augenblicke später war er schon wieder außer Sicht. Seine körperliche Kleinheit verblüffte mich. Vermutlich achtete er streng darauf, immer nur von unten fotografiert zu werden. Aus der Perspektive, aus der Kids zu ihrem Daddy aufsehen.

Die Türen schlossen sich.

Die Aufregung im Vorraum verebbte so schnell, wie sie gekommen war. Ich schlenderte in den Überwachungsraum und stellte mich im Hintergrund an die Wand. Auf den Monitoren wurden Hände geschüttelt, launige Bemerkungen ausgetauscht, Champagnergläser gereicht. Ich konnte beobachten, wie die Bundeskanzlerin mit Henderson anstieß, einmal nippte und dann ihr Glas an jemanden im Hintergrund weiterreichte, sobald die Fernsehkameras sich abgewandt hatten. Henderson behielt seines in der Hand und leerte es zügig. Man nahm Platz, das Hors-d'œuvre wurde aufgetragen, und bald begann es langweilig zu werden. Obwohl das, was gesprochen wurde, nicht der Geheimhaltung unterlag, war aus Gründen der Diskretion nichts zu hören.

Bereits in dieser Phase würde das Gespräch bald zum eigentlichen Thema kommen: Deutschlands notorische Exportüberschüsse und Amerikas nicht weniger rekordverdächtiges Exportdefizit.

Schon seit Langem forderten die Amerikaner, wir Deutschen sollten endlich mehr konsumieren, um Importen eine Chance zu geben und damit die Wirtschaft der USA anzukurbeln.

Die Bundeskanzlerin würde am Ende kleine Zugeständnisse andeuten, munkelte man, jedoch nichts Substanzielles. Und in spätestens zwei Stunden würde sie wieder abheben in Richtung Frankfurt, wo eine Regierungsmaschine auf sie wartete, um sie nach London zu bringen.

Was für ein Leben, dachte ich. Ein Leben, das vermutlich zu fünfundneunzig Prozent aus Show, Symbolik, Lächeln und falschen Freundlichkeiten bestand. Freundlichkeiten auch noch gegenüber den letzten Kotzbrocken. Aber die Kanzlerin schien trotz allem ihren Spaß zu haben. Jedenfalls sah ich sie angeregt mit Henderson plaudern und schäkern. Offenbar erzählte er gerade, begleitet von großen Gesten, eine aufregende Geschichte aus seinem an aufregenden Geschichten nicht armen Leben. Am Ende lachte man höflich. Angela Merkel lachte herzlich, verschluckte sich sogar, führte die vornehme Tuchserviette zum Mund und hustete zweimal.

»Fake«, sagte eine Stimme neben mir. »Alles nur Fake.«

Ich wandte den Kopf. Neben mir im Halbdunkel stand von Lüdewitz.

»Rausgeschmissene Steuergelder«, fügte er abfällig hinzu.

»Sie erleben so was öfter, nehme ich an?«

»Öfter, als mir lieb ist. Und es regt mich jedes Mal wieder auf, das ganze Getue. Die Arbeit machen später die Staatssekretäre. Und die Ergebnisse, falls es welche gibt, verkaufen die Herren Minister am Ende als ihre Erfolge.«

Eine Weile beobachteten wir schweigend das stumme Essen, Trinken und Plaudern im Speisesaal. Der Bundeskanzlerin fiel etwas von der Vorspeise von der Gabel und verschwand im Nirgendwo unter dem Tisch. Jemand in meiner Nähe lachte gedämpft. Tapfer lächelnd tupfte sie auf ihrem Rock herum. Henderson tat, als hätte er nichts bemerkt.

Im Überwachungsraum herrschte ansonsten angespannte Ruhe. Computer summten, Funkgeräte knackten, leise Stimmen gaben hin und wieder kurze Meldungen durch, ausschließlich auf Englisch. Manchmal sprach auch einer der drei Kollegen vor den

Monitoren in ein Mikrofon. Zwei waren erfahrene Mitarbeiter der Sicherungsgruppe Berlin, die solche Veranstaltungen vermutlich bereits tausend Mal hinter sich gebracht hatten. Der dritte war ein Amerikaner, dessen narbiges Gesicht ich noch nie gesehen hatte.

»Holla«, sagte von Lüdewitz halblaut. »Was macht denn die Guballa hier?« Er deutete mit seinem rundlichen Genießerkinn auf den linken Monitor. »Ich dachte, die hat Urlaub?«

»Sie haben sie bisher noch gar nicht getroffen?«

Er schüttelte den Kopf. »Sie scheint mir erfolgreich aus dem Weg gegangen zu sein.«

War das etwa der Grund, weshalb Helena unsere Kantine gemieden hatte? Sie stand sich immer noch im Foyer die Füße platt. Viel lieber wäre sie natürlich im Speisesaal gewesen, in Hendersons Nähe, aber dort hatte sie nun wirklich nichts zu suchen. Ich klärte ihn darüber auf, dass sie seit vier Wochen in Heidelberg war, um nach Judith Landers zu fahnden.

»Die alte Geschichte?« Er grinste nachsichtig. »Sie gibt wohl nie auf.«

»Warum sollte sie?«, fragte ich mehr verwirrt als verwundert.

»Weil wir seit Ewigkeiten Beweise dafür haben, dass diese Frau Landers nicht mehr lebt. Ein Verkehrsunfall irgendwo im Norden Indiens. Vorletztes Jahr im Mai, wenn ich mich recht erinnere. Aber die Kollegin will es wohl nicht glauben.«

»Das heißt«, sagte ich langsam, während ich versuchte, die in meinem Kopf herumwirbelnden Gedanken und Gefühle zu ordnen, »sie ist nicht mit offiziellem Auftrag in Heidelberg?«

»Wenn, dann weiß ich nichts davon«, erwiderte von Lüdewitz mit achtlosem Schulterzucken. »Kann natürlich sein, dass es irgendwelche neuen Sachverhalte gibt, die ich nicht kenne. Seit ich in Berlin bin, bekomme ich natürlich manches nicht mehr mit.«

Im Speisesaal wurde die Suppe aufgetragen.

48

Sönnchen wollte am nächsten Morgen alles ganz genau wissen. Ob die Bundeskanzlerin eher groß oder eher klein war (irgendwie dazwischen), ob sie mich angesehen habe (nicht eine Sekunde), ob sie ihren Mann mitgebracht habe (definitiv nein), ob der deutsche Wirtschaftsminister auch im richtigen Leben immerzu lächle (absolut nicht, er hatte sogar ziemlich finster dreingeguckt und sich das Lächeln beim Händeschütteln sichtlich abquälen müssen), wie Henderson denn in echt aussehe (wie der Sheriff in einem schlechten amerikanischen Western, nur kleiner).

»Wie war das eigentlich genau«, fragte ich, als ihre Neugier fürs Erste gestillt war, »als Frau Guballa hier aufgetaucht ist?«

»Wie soll es gewesen sein?«, fragte sie zurück, immer noch Reste eines seligen Lächelns im Gesicht. »Auf einmal ist sie da gewesen und hat mir ein offizielles Schreiben vorgelegt, dass sie vorübergehend zu uns versetzt ist.«

»Könnte ich diesen Wisch mal sehen?«

»Den hab ich später der Petra gebracht für die Ablage. Und als Nächstes hab ich dann Sie angerufen und gefragt, wo wir die arme Frau hinsetzen sollen. Und dann haben Sie gesagt, in Ihr Büro.«

»Na ja«, widersprach ich lächelnd, »ganz so war es ja nicht.«

»In Gottes Namen, haben Sie gesagt, ich weiß schon.«

Ich betrat mein heute leeres Büro, hängte mein Jackett über die Lehne des Schreibtischsessels, da ich nur einige Kleinigkeiten erledigen und mich dann wieder auf den Weg ins Hotel machen wollte. Heute war ich nicht im dunklen Anzug, sondern trug den sandfarbenen Cordanzug, der nur mehr für niedere Anlässe taugte und den ich bloß aus reiner Sentimentalität noch nicht weggeworfen hatte. Warum, war mir selbst nicht klar. Es hatte wohl mit kindlichem Trotz zu tun und einer besonderen Art von Eitelkeit. Vielleicht wollte ich auch nur Hendersons Securitytruppen ein wenig ärgern und demonstrieren, dass ihr Minister nicht das Zentrum meiner Welt war.

Heute fühlte ich mich viel besser als gestern. Ich war wieder zuversichtlicher, überzeugt, dass am Ende alles gut gehen würde, hätte jedoch nicht sagen können, weshalb.

»Wieso haben Sie sich noch mal danach erkundigt?«, fragte Sönnchen durch die einen Spalt offen stehende Tür. »Stimmt was nicht?«

»Doch, doch.« Ich setzte mich. »Alles prima.«

»Irgendwas ist nicht in Ordnung. Sonst hätten Sie doch nicht gefragt.«

»Nein, wirklich.«

Die Bemerkung des BKA-Menschen ging mir nicht aus dem Kopf. Er musste sich geirrt haben. Er konnte sich nur geirrt haben. Welchen Grund sollte Helena haben, ihren Urlaub in Heidelberg zu verbringen und mir wochenlang vorzugaukeln, sie sei in dienstlichem Auftrag hier? Vielleicht den Ehrgeiz, Judith Landers doch noch zur Strecke zu bringen? Es ihren Kollegen in Wiesbaden mal so richtig zu zeigen?

Gleichgültig jetzt, es gab Wichtigeres. Irgendwann, wenn alles vorbei war, würde ich sie fragen. In heiterem Ton natürlich. Von Lüdewitz war falsch informiert. Inzwischen gab es ja sogar Beweise: Die Terroristin lebte. Das DNA-Material, das das LKA-Labor von der dreißig Jahre alten Briefmarke aus Peshawar gekratzt hatte, war nicht nur identisch mit dem aus dem Mercedes, sondern auch mit dem aus der verlassenen Wohnung in der Bergheimer Straße. Es ließ sich nicht mehr als Hirngespinst einer übermotivierten Zielfahnderin abtun: Die Bedrohung war real. Und dennoch – irgendetwas war faul.

Ohne sagen zu können, zu welchem Zweck, beschloss ich, doch nicht gleich zum Hotel zu fahren, und begann stattdessen, die Post durchzusehen, die zum größten Teil vom Vortag stammte. Zum Glück war nichts Weltbewegendes darunter. Einige Kleinigkeiten erledigte ich sofort. Andere Dinge legte ich auf den Stapel für die Tage, wenn Ron Henderson wieder in seiner Heimat war. Vieles bekam ein großes »A« mit Kringel an der rechten oberen Ecke, was für Sönnchen »Ablage« bedeutete. Sie wusste dann schon, was damit zu tun war. Der Rest – Werbung, Einladungen zu Weiterbildungsseminaren – landete im Papierkorb.

Die Tür öffnete sich lautlos. Helena trat ein, lächelte mir scheu zu, setzte sich an ihren Tisch, ohne die dezent nadelgestreifte Kostümjacke auszuziehen.

»Zufrieden mit gestern?«, fragte ich, um etwas zu sagen.

Sie sah mich zerstreut an. »Aber ja«, erwiderte sie erst nach Sekunden. »Weshalb sollte ich nicht?«

»Bald ist es überstanden, und du darfst wieder nach Wiesbaden zurück.«

Sie blickte schon wieder auf ihren Bildschirm. »Nach meinem Büro habe ich keine Sehnsucht«, murmelte sie.

Schon nach wenigen Sekunden klappte sie ihren Laptop wieder zu, sprang auf und war Augenblicke später so geräuschlos verschwunden, wie sie gekommen war. Sönnchen saß nicht mehr an ihrem Schreibtisch, hatte wohl im Haus zu tun. Ich hatte deutlich die Außentür gehört. Ich überlegte hin und her. Erwog Möglichkeiten und Wahrscheinlichkeiten. Schließlich gab ich mir einen Ruck und stemmte mich aus meinem Schreibtischsessel. Ich musste Klarheit haben.

Ich startete Helenas Computer. Freundlicherweise hatte sie ihn nicht ausgeschaltet, sondern nur in den Stand-by-Modus versetzt. Unfreundlicherweise verlangte das Gerät ein Passwort von mir.

Was tat ich hier eigentlich? Warum fing ich plötzlich an, meiner Bürogenossin nachzuspionieren, deren Fleiß und zäher Hartnäckigkeit ich am Ende vielleicht die Vermeidung einer Katastrophe verdankte?

Ich klappte Helenas Laptop wieder zu.

Es klopfte an der offenen Tür, und im nächsten Moment stand Sönnchen vor mir.

»Ich hab mir den Schrieb sicherheitshalber doch noch mal geholt. Es ist wirklich alles in Ordnung, soweit ich das ... Was machen Sie ...?«

Natürlich hatte sie bemerkt, dass ich nicht an meinem, sondern an Helenas Schreibtisch stand. Und natürlich war ihr, während sie die Frage aussprach, klar geworden, dass es eine Sekretärin nichts anging, was ihr Chef in seinem Büro trieb.

Ich nahm ihr das Papier aus der Hand. Es sah echt aus, original BKA-Briefpapier mit Wasserzeichen, irgendeine Unterschrift, mit Füller geschrieben. Andererseits, was konnte man heutzutage mit ein wenig Geschick und einem guten Drucker nicht alles zustande bringen?

»Es ist wirklich nichts.« Ich reichte ihr das Formular zurück und lächelte harmlos. »Trotzdem. Vielen Dank.«

»Herr Gerlach«, sagte meine Sekretärin ungnädig. »Jetzt sagen Sie schon, was ist los?«

Ich zögerte noch zwei Sekunden.

»Setzen Sie sich«, sagte ich dann. »Aber machen Sie vorher bitte die Tür zu.«

Es dauerte keine fünf Minuten, bis sie das Wesentliche wusste.

»Es ist nichts als ein Gefühl«, schloss ich. »Irgendwas … ich weiß nicht. Irgendwas ist komisch, finden Sie nicht auch?«

Sie beugte sich vor und sah mir verschwörerisch in die Augen. »Was halten Sie davon, wenn wir uns zusammentun?«, sagte sie unnötig leise. »Offiziell können wir natürlich nichts machen. Wenn das rauskommt, wie sieht das aus …?«

»Das ist noch milde ausgedrückt. Was genau verstehen Sie unter zusammentun?«

»Na ja«, Sönnchen lachte ihr helles Lachen, das manchmal klang, als wäre sie zweiundzwanzig und nicht schon über fünfzig. »Sie wissen schon.«

Ich massierte meine Nasenwurzel. »Es ist wahrscheinlich nur eine Spinnerei von mir.«

»Wie Sie meinen«, versetzte sie in einem Ton, als hätte sie viel lieber »Feigling« gesagt.

»Lassen Sie es gut sein«, entschied ich nach kurzem Überlegen. »Wir haben momentan andere Sorgen. Und nachdem ich gestern die ganze Technik gesehen habe und diese halbe Armee, die im Hotel herumsteht – an Henderson kommt höchstens Spiderman ran. Und sogar der hätte seine Schwierigkeiten.«

In diesem Moment summte mein Telefon. Balke, las ich auf dem Display.

»Unserer Mister Henderson war vergangene Nacht auf Abwegen«, eröffnete er mir heiter. »Angeblich hat er nicht im Hotel, sondern bei einer alten Flamme übernachtet.«

»Wie das?«

»Ich kenne zufällig wen, der gute Kontakte zu den Amis hat. Anscheinend läuft das öfter so, wenn der Herr auf Reisen ist. Er lässt Suiten anmieten, für ein paar Tausender die Nacht, und dann verdünnisiert er sich und poppt in irgendwelchen fremden Betten rum. Den Amis stinkt das natürlich gewaltig. Aber was sollen sie machen? Ihn bei seiner Frau verpetzen?«

»Weiß man denn, wo er war?«

»Angeblich hat er eine Geliebte, die regelmäßig hinter ihm her-fliegt, im nächstbesten Fünf-Sterne-Hotel absteigt und auf ihren Stecher wartet.«

»Wie kommt er ungesehen aus dem Haus, bei all dem Auf-stand, den unsere Freunde für ihn veranstalten?«

»Die einfachste Sache der Welt: Fahrstuhl in die Tiefgarage, ein kleiner, unauffälliger Wagen, den seine Assistentinnen bei jedem Auslandsaufenthalt für ihn anmieten müssen. Dieses Mal soll's ein hellgrauer Ford Focus sein.«

»Wer außer uns weiß noch davon?«

»Bei den Amis so gut wie jeder. Bis auf seine Frau natürlich. Bei uns nur Sie und ich.«

»Das sollte auch so bleiben. Jetzt ist er wieder im Hotel?«

»Er sitzt in der Sitzung und soll topfit sein, hört man. Was für eine Kondition, wenn man bedenkt, wie alt der Typ ist!«

Ein Satz fiel mir ein, der Coco Chanel zugeschrieben wurde: Alter schützt nicht vor der Liebe, aber Liebe vor dem Alter.

49

Der Vormittag würde ruhig verlaufen. Solange die Herrschaften in ihren Meeting-Rooms saßen und über die Weltwirtschaft debattierten, waren sie höchstens durch einen Flugzeugabsturz oder einen Raketenangriff in Gefahr zu bringen. Oder durch einen mit Sprengstoff vollgestopften Helikopter. Der Luftraum über der Kurpfalz war seit nun schon fast vierundzwanzig Stun-den gesperrt. Auf der Air Base Ramstein standen zwei voll bewaff-nete Phantom-Abfangjäger mit rund um die Uhr laufenden Trieb-werken in Alarmbereitschaft. Und dennoch …

Kritisch würde es noch einmal am frühen Nachmittag werden. Nach dem Essen waren zwei Stunden Sitzungspause anberaumt, die Henderson für einen Kurzbesuch des Heidelberger Schlosses nutzen würde. Dann herrschte noch einmal Alarmstufe Rot. Die Herren Minister und ihre Staatssekretäre würden die gut zwei Kilometer zwischen Hotel und Schloss in Hubschraubern zurücklegen, der Tross in einem Fahrzeugkonvoi. Längst waren die Absperr- und Sicherungsarbeiten im Umfeld des Schlosses in vollem Gange. Angeblich hatte Henderson dort oben, mit Aussicht auf Altstadt und Neckar, seine erste Liebe geküsst. Es kursierte allerdings das Gerücht, diese oder eine ähnliche Geschichte habe er für jeden erwähnenswerten Ort der Welt parat. Immerhin hatte er sich in jungen Jahren tatsächlich zwei Semester lang in Heidelberg die Zeit vertrieben, hatte ich in der Zeitung gelesen. Das Internet war offenbar doch nicht allwissend.

Schon wieder summte mein Telefon, wieder Balke: »Das hatte ich in dem ganzen Trubel völlig vergessen. Ich sollte mich ja um diesen Matthew Wollstonecraft kümmern. Der Mann war zugleich promovierter Wirtschaftswissenschaftler und überzeugter Kommunist, man glaubt es kaum. Außerdem war er Gründungsmitglied von Attac und hat schon vor zwanzig Jahren rund um die Welt Vorträge gehalten über die drohenden Megakrisen …«

»Sie sagen ›war‹?«

»Er ist tot. Vorletztes Jahr ums Leben gekommen in Pakis… Moment mal, Pakistan? Das sehe ich jetzt erst.«

»Wie genau ist er ums Leben gekommen?«

»Muss ich klären«, sagte Balke mit belegter Stimme. »Muss ich sofort … Das ist ja …«

50

Am frühen Nachmittag stand ich mit den Händen in den Taschen auf den Wiesen östlich des heute für Besucher gesperrten Schlosses herum. Noch viele andere offiziell gekleidete Menschen standen tatenlos herum. Nicht ganz zufällig war mein Platz neben von Lüdewitz.

Die Herrschaften würden sich verspäten, entnahm ich den Gesprächen einer Gruppe von Amerikanern, die mit angespannt-gelangweilten Mienen herumstanden und im Sekundentakt die Sauberkeit ihrer Schuhe überprüften. Damit die Schlossanlagen nicht so entvölkert wirkten, war irgendein Genie auf die Idee gekommen, eine Schulklasse zu akquirieren, die Mister Henderson Fähnchen schwingend begrüßen sollte. Die armen Kinder waren etwa zehn Jahre alt und schon jetzt kaum noch zu bändigen. Die Lehrerin war bereits vor Beginn des ministerialen Kurzausflugs mit den Nerven am Ende.

Beim Mittagessen hatte sich im lockeren Gespräch zwischen Henderson und seinem deutschen Kollegen ein neuer Denkansatz ergeben, erfuhr ich, der die in eine Sackgasse geratene Tagung vielleicht doch noch zu einem Teilerfolg bringen würde. Deshalb war der Ausflug kurzfristig um eine halbe Stunde verschoben worden.

Die Lehrerin erlaubte ihren herumzappelnden Kindern, sich im hinteren Bereich des Hortus Palatinus auszutoben. Jubelnd stoben sie davon.

Minuten später kam, obwohl die halbe Stunde noch längst nicht verstrichen war, plötzlich Unruhe in die Amerikaner mit den breiten Schultern und grauen Knöpfen in den Ohren, dann hörte ich schon die Hubschrauber in der Ferne, die sich sehr rasch näherten. Hohe Geschwindigkeit schaffte auch in der Luft Sicherheit vor Anschlägen.

»Was halten Sie eigentlich von Frau Guballa?«, fragte ich von Lüdewitz so beiläufig, als wollte ich nur ein wenig Small Talk machen.

Er hob die Achseln im maßgeschneiderten Sakko. Beamte, die sich tagtäglich in den höchsten Kreisen der Politik bewegten, erhielten einen ordentlichen Bekleidungszuschuss, wusste ich.

»Ach, diese Zielfahnder«, erwiderte er abwesend. »Die sind doch alle ein bisschen gaga.«

Auch die Lehrerin hatte jetzt den Ernst der Lage begriffen und raste los, um ihre Kinder wieder einzufangen und in Stellung zu bringen.

Das Geräusch der Hubschrauber wurde ohrenbetäubend, Schatten huschten über uns hinweg, und schon sanken die zwei olivgrünen Maschinen absolut parallel und überraschend flott auf die gepflegten Wiesen.

»Ich finde sie ziemlich tüchtig«, rief ich gegen den Lärm an.

»Man muss ein verschrobenes Gemüt haben, dieses jahrelange ...«

Der Rest seiner Antwort ging unter. Staub wirbelte auf, Röcke in gedeckten Farben flatterten albern, teure Sakkoschöße wehten, die wenigen, die Hüte trugen, hielten sie rechtzeitig fest oder liefen hinter ihnen her. Die Lehrerin war nicht mehr zu sehen. Das Brausen der Turbinen erstarb, die Kopfbedeckungen konnten wieder losgelassen werden, die Türen öffneten sich.

Ron Henderson stieg als Erster aus, gefolgt von unserem Minister. Er kam mir noch kleiner vor, als ich ihn vom Vorabend in Erinnerung hatte. Aber das lag vermutlich an den riesigen Hubschraubern im Hintergrund. Er sah sich um, als würde er sein lange nicht mehr besuchtes Eigentum inspizieren, und dann kam er geradewegs auf mich zugeschossen, reichte mir freudestrahlend die Hand.

»Nice to meet you, Mister …« Für eine halbe Sekunde wurden seine Augen zu Schlitzen, dann hatte er meinen Namen entziffert. »Mister Görlach. What's your job at this wonderful place?«

Gefühlte zehntausend Blitzlichter zuckten, ungezählte Fernsehkameras nahmen mich aufs Korn. Ich fand in der Aufregung nicht den richtigen englischen Begriff für meine Funktion. Von Lüdewitz half gnädig aus: »Mister Gerlach ist head of the Heidelberg criminal investigation department.«

»Really?«, strahlte Henderson, der meine Hand immer noch festhielt. »Heidelbörg is a charming little town, isn't it?«

Der Mann reichte mir kaum bis zu den Brustwarzen, weshalb er zu mir aufsehen musste, was mir ein kleines, gemeines Vergnügen bescherte. Er roch nach einem unbezahlbaren Herrenparfüm und drückte meine Hand, als wollte er das letzte bisschen Saft herausquetschen. Sein Lächeln war zu meiner Überraschung warm und offen. Sosehr ich mich auch bemühte: Ich fand nichts Fieses darin. Jetzt erst wurde mir bewusst, dass ich tapfer zurücklächelte.

»Yes, it is«, hörte ich mich stammeln.

»All die Americans lieben Heidelbörg, you know? Ganz besonders mich.«

»Ich weiß. I know.«

»Ich studieren hier. Viele, viele years ago. Aber die wundervolle Schloss …« Er wies mit großer Geste um sich, und wieder wirkte er, als wäre er hier der Gutsherr. »Immer noch dieselbe wundervolle Platz.«

Ein letztes strahlendes Lächeln, der Händedruck wurde für einen Augenblick schmerzhaft. Dann war dieser Teil des Staatsbesuchs erledigt, das Lächeln ausgeknipst, meine Hand wieder frei, und die Kameras wandten sich wichtigeren Dingen zu. Hatte es mich durch Zufall getroffen, oder war ich Teil irgendeiner Art von Inszenierung gewesen? Auf mich hatte das Ganze gewirkt, als hätte Henderson einfach nach dem Menschen Ausschau gehalten, der ihm am sympathischsten war.

So sah also einer aus, der so viel Geld besaß, dass er sich halb Heidelberg samt Schloss hätte kaufen können. Der am helllichten Tag betrunken Babys totfuhr, ohne dafür bestraft zu werden. Inzwischen waren die Politiker und ihr Gefolge schon über die Brücke und durch den Torturm im Schlosshof verschwunden, um dort das Große Fass und das Standbild des sagenumwobenen Hofnarren Perkeo zu bewundern. Von dort ging es weiter zum Friedrichsbau, wo eine kleine Weinverkostung stattfinden würde, die bei Hendersons Tempo vermutlich nach fünf Minuten abgehakt sein würde. Endlich wurde mir klar, was eben geschehen war: Ich war der Einzige hier, der keinen dunklen Anzug trug. Der Mann aus dem Volk. Die Kinder, denen man fotogen hätte übers Haar streichen können, waren ja leider nicht rechtzeitig auf ihren Posten gewesen. Soeben kamen sie im Schweinsgalopp um die Ecke, um den Ministern mit ihren Fähnchen hinterherzuwinken.

Längst war mir klar geworden, dass es hier nicht um das Vergnügen der Politiker ging, sondern um ein medienwirksames Event, das es dank Heidelberg und Schloss vielleicht sogar in die amerikanischen Abendnachrichten schaffen würde. Ich hatte mich gerade halbwegs von meiner Verblüffung erholt, und die aufgeregten Kinder standen endlich in Reih und Glied, da kamen sie schon wieder heraus, eilten auf die wartenden Hubschrauber zu, die Turbinen, die die ganze Zeit im Leerlauf gesummt hatten, liefen wieder hoch, die Fähnchen der Kinder flatterten im Sturm, und dreißig Sekunden später war der Spuk vorbei.

Die Männer, die den halben Tag damit zugebracht hatten, Absperrgitter zu montieren und Verbotsschilder aufzustellen, begannen, alles wieder wegzuräumen und auf Lastwagen zu laden, die plötzlich überall herumstanden, ohne dass ich hätte sagen können, wo man sie zuvor versteckt hatte.

»Wir haben dich im Fernsehen gesehen!«, verkündeten meine Töchter abends in einer Mischung aus ein klein wenig Stolz und sehr viel Empörung. »Du hast ihm die Hand gegeben!«

»Andere Töchter würden sich was einbilden auf ihren Papa, wenn einer der mächtigsten Männer der Welt ihm die Hand drückt.«

»Du hast ihn angegrinst!«, zischte Louise.

»Was sollte ich machen?«

»Ihm zum Beispiel deine Meinung sagen«, schlug Sarah vor. »Wäre doch eine super Gelegenheit gewesen.«

»Muss ich mich jetzt dafür schämen, dass dieser Typ, der mir übrigens genauso wenig sympathisch ist wie euch, mir die Hand gegeben hat? Das war doch nur fürs Fernsehen, Herrgott. Das hat doch überhaupt nichts zu bedeuten.«

»Du hast aber gar nicht ausgesehen, als könntest du ihn nicht leiden«, giftete Louise.

»Du hättest ihm einfach eine reinhauen können«, meinte Sarah. »Wäre voll der Knaller gewesen.«

»Der nächste Knaller wäre gewesen, dass wir in vier Wochen irgendwo im hintersten Odenwald wohnen würden, ganz nah an der Grenze zu Bayern, und ich den Verkehr auf der einzigen Kreuzung im Dorf regeln dürfte.«

Das hatte gesessen. Dann doch lieber amerikanische Minister und Multimilliardäre angrinsen, als auf dem Land zu versauern.

»Das ist alles nicht so leicht, wie ihr euch das vorstellt, Mädels«, setzte ich nach. »Hin und wieder muss man Kompromisse machen im Leben. Das werdet ihr auch noch lernen. Man kann nicht immer so, wie man gerne möchte.«

Zu meiner Erleichterung trillerte das Familientelefon, ausnahmsweise sogar dort, wo es hingehörte: auf dem Schuhschränkchen. Es war Sönnchen.

»Herr Gerlach, entschuldigen Sie, dass ich Sie am Abend belästige. Aber ich hab gedacht, es interessiert Sie vielleicht. Frau Guballa hat nämlich tatsächlich Urlaub. Ich hab am Nachmittag, während Sie auf dem Schloss waren und diesem Amerikaner fast um den Hals gefallen sind, ein bisschen rumtelefoniert.«

Ich ging in die Küche, um den Zwillingen klarzumachen, dass das Gespräch sie nichts anging. Natürlich folgten sie mir.

»Ich hatte Sie doch ausdrücklich gebeten ...«

»Sie haben es mir aber nicht ausdrücklich verboten.«

»Und sie hat also wirklich Urlaub?«

»Seit sechs Wochen schon. Und es ist auch kein normaler Urlaub, hat man durchblicken lassen.«

»Was muss man sich denn unter einem unnormalen Urlaub vorstellen?«, fragte ich unfreundlich und setzte mich.

»Sie haben sie praktisch heimschicken müssen. Sie soll vorher ein bisschen ... na ja, so eine Art Nervenzusammenbruch gehabt haben.«

»Sie hat aber doch diesen Schrieb dabeigehabt ...«

»Diese Unterschriften sind doch alle bloß Krakel. Soll ich das Ding sicherheitshalber nach Wiesbaden faxen?«

»Erst mal nicht«, erwiderte ich zögernd. »Frau Guballa ist wahrscheinlich von einer fixen Idee getrieben. Und bisher hat sie ja keinen Schaden angerichtet. Eher im Gegenteil.«

Hatte Helena wirklich keinen Schaden angerichtet?, fragte ich mich selbst, als ich den roten Knopf drückte und das Telefon auf den Küchentisch legte.

»Du hast gesagt, man muss es immer aufs Schuhschränkchen tun«, wies Louise mich zurecht.

51

Alles konnte nur ein Irrtum sein, überlegte ich, als ich später bei einem Glas Rotwein im Wohnzimmer saß und ruhige Musik hörte. Ich hatte mich von Helena verrückt machen lassen, von einer Frau, die sich verrannt hatte und von ihren Kolleginnen und Kollegen längst nicht mehr ernst genommen wurde.

Während ich mich bei Jan Garbareks verträumter Saxofon-musik allmählich entspannte, versuchte ich, Klarheit in meinem Kopf zu schaffen. Was hatten wir? Okay, die DNA-Spur, die war nicht von der Hand zu weisen. Oder sollte Helena etwa getrickst haben bei dieser Briefmarke? Die Wohnung in der Bergheimer Straße. Der Sprengstoff in dem Haus, in dem Prochnik und von Arnstedt verbrannt waren. Eine unbekannte Frau mit Sonnenbrille, die Peter von Arnstedt als seine Tante ausgegeben hatte. Ansonsten viele Vermutungen und Behauptungen.

Konnten meine Leute Judith Landers trotz aller Mühen vielleicht nur deshalb nicht finden, weil sie doch nicht in Heidelberg, sondern längst tot war? War alles das Hirngespinst einer verrückt gewordenen BKA-Beamtin? Hatte sie bei ihrer monotonen und kleinkrämerischen Beschäftigung mit dem Leben einer ihr völlig Fremden über die Jahre den Bezug zur Realität verloren, den festen Boden der Tatsachen verlassen?

Manchmal hatte sie einen getriebenen Eindruck auf mich gemacht. In ihr brannte ein Feuer, eine Leidenschaft, als deren Ziel sie zu irgendeinem Zeitpunkt ihres einsamen und vermutlich ziemlich freudlosen Lebens vielleicht ausgerechnet Judith Landers gewählt hatte, die Terroristin aus Heidelberg. Hatte sie andererseits nicht behauptet, es gebe Hinweise auf einen bevorstehenden Anschlag aus dem Umfeld der italienischen Brigate Rosse? Das sollte ich überprüfen lassen, morgen früh. Das hätte ich vielleicht gleich zu Beginn tun sollen.

Die CD war zu Ende, wurde mir plötzlich bewusst, mein Glas leer. Ich erhob mich, um es nachzufüllen und eine andere Musik auszusuchen. Die Zwillinge waren kurz nach unserem Disput aufgebrochen, ohne mir mitzuteilen, wohin. Sie seien sechzehn, lautete seit Neuestem die lapidare Antwort, wenn ich hin und wieder nachzufragen wagte.

Als ich wieder auf der Couch saß, versuchte ich, noch einmal alle sogenannten oder wirklichen Indizien durchzugehen. Aus der Ferne hörte ich seit Minuten Martinshörner. Viele Martinshörner. Vermutlich wieder einmal eine unangemeldete Demonstration. Dieses Mal hoffentlich ohne Mitwirkung meiner Töchter.

Weshalb hatte Helena von dem Unfall nichts gewusst, bei dem Judith Landers angeblich ums Leben gekommen war? Natürlich hatte sie es gewusst. Sie hatte es mir verschwiegen, aus welchen Gründen auch immer. Was hatte sie mir sonst noch verheimlicht?

Ich sah auf meine Armbanduhr, es war erst kurz nach zehn. Draußen war ein milder Abend. Ich griff zum Telefon und wählte die Nummer von Klara Vangelis.

Eine Dreiviertelstunde später stellte ich mein Rad vor dem Haupteingang der Polizeidirektion ab. Ein rundlicher Endzwanziger erwartete mich schon, den ich auf der Straße eher für einen Tankwart als für ein Computergenie gehalten hätte. Wir schüttelten Hände. Er führte einen langen griechischen Namen, den ich sofort wieder vergaß. Der Kollege an der Pforte nickte uns schläfrig zu. Innen herrschten Geschrei und Unruhe. Durch den Hintereingang wurden gerade einige mehr oder weniger stark blutende schwarz Vermummte hereingeschleppt, die obszöne Beschimpfungen brüllten, während entnervte Kollegen ihnen die Arme auf den Rücken drehten. Offenbar ging es wieder einmal hoch her in der Stadt.

Einer der beiden Aufzüge stand offen. Wir fuhren nach oben, fanden mein Büro leer und dunkel. Ich schaltete die Lampe auf Helenas Schreibtisch an. Klara Vangelis' Cousin klappte den billigen schwarzen Aktenkoffer auf, den er mitgebracht hatte, und machte sich über Helenas Laptop her. Von draußen hörte ich neues Gebrüll und Gekeife, Blaulicht zuckte über die Decke.

Fünfunddreißig Minuten später war mein Büro wieder dunkel und ich selbst auf dem Rückweg in die Weststadt. In meiner Hosentasche lag ein Speicherstick mit Kopien vieler Dateien und Ordner von Helenas Computer sowie einer fast gigabytegroßen Archivdatei, die ihre sämtlichen E-Mails enthielt. Zu Hause angekommen, fuhr ich meinen betagten PC hoch, kopierte alles auf die Festplatte, holte mein Weinglas aus dem Wohnzimmer und begann zu lesen.

Es wurde eine lange Nacht.

Als irgendwann meine Zwillinge nach Hause kamen und mir verwundert eine gute Nacht wünschten, sah ich kaum auf.

52

Am Freitagmorgen ging ich auf direktem Weg in das Büro, das sich Sven Balke und Evaline Krauss derzeit mit zwei Kolleginnen vom BKA teilten, die jedoch glücklicherweise schon vor neun im

Palace-Hilton zu tun hatten. Was ich mit meinen Mitarbeitern zu besprechen hatte, war erst einmal nicht für fremde Ohren bestimmt.

»Krisensitzung«, verkündete ich, nahm mir einen Stuhl und setzte mich ans Kopfende der beiden moosgrünen Behördenschreibtische. »Kollegin Guballa treibt irgendein linkes Spiel mit uns, und ich habe bisher keinen Dunst, zu welchem Zweck sie das tut.«

»Was genau heißt das?« Balke machte die Beine lang und faltete die Hände auf dem von keinerlei Fettansatz verunstalteten Bauch.

»Sie hält systematisch Informationen zurück. Zum Beispiel hat sie aus Pakistan sehr wohl hoch aufgelöste Fotos von Frau Landers bekommen. Sehr gute und gestochen scharfe Fotos. Mir gegenüber hat sie aber immer wieder das Gegenteil behauptet. Außerdem hat sie zum Beispiel keine einzige Mail an die deutsche Botschaft in Islamabad geschickt.«

»Dann will sie vielleicht gar nicht, dass diese Terroristin geschnappt wird?«, sagte Evalina Krauss entgeistert.

»Ich nehme an, sie möchte den Triumph für sich allein haben«, erwiderte ich. »Und ... da fällt mir ein, ich müsste mal kurz telefonieren.«

Krauss schob mir wortlos ihren Apparat in Reichweite. Es dauerte ein Weilchen, bis von Lüdewitz im Tagungshotel gefunden war.

»Woher genau stammt die Information, dass Judith Landers tot ist?«, fragte ich.

»Kann ich nicht sagen.« Er gähnte unverhohlen. »Sie müssten in Wiesbaden anrufen.«

Er diktierte mir eine Nummer, und zwei Minuten später wusste ich mehr: Bei besagtem Verkehrsunfall auf einem nordindischen Bergsträßchen – ein Landrover war in eine Schlucht gestürzt – waren drei Menschen ums Leben gekommen. Ein Mitarbeiter der UN, eine junge französische Krankenschwester, die im Dienste von Médecins Sans Frontières unterwegs war, und eine Frau im Alter von Judith Landers, die einen deutschen Reisepass mit sich führte. Dieser Pass lautete auf den Namen der Terroristin und war vor elf Jahren abgelaufen. Die Schluchten waren tief im Vorderen Himalaja, alle drei Insassen auf der Stelle tot gewesen.

Ich hatte gerade aufgelegt, als Balkes Telefon trillerte. Er hörte kurz zu und reichte mir den Hörer. Es war Sönnchen, die als Einzige wusste, wo ich steckte, und Weisung hatte, dies Helena auf keinen Fall zu verraten, sollte sie überraschend auftauchen. Vermutlich war sie jedoch längst wieder im Hotel auf der Suche nach was auch immer.

»Sie ist grad kurz da gewesen«, berichtete sie. »Jetzt ist sie auf dem Weg ins Hotel. Und ich würd ja zu gern wissen, was Sie da unten Geheimnisvolles zu beraten haben.«

»Wissen Sie was?«, sagte ich kurz entschlossen. »Kommen Sie einfach dazu. Dann muss ich später nicht alles noch mal erzählen.«

»Wenn sie wirklich was vorhat«, murmelte Krauss, als ich auflegte, »dann ist heut die letzte Gelegenheit dafür.«

Die Tür öffnete sich. Sönnchen schlich herein und setzte sich geräuschlos.

»Die Pressekonferenz.« Balke knispelte an seinen Fingernägeln herum. »Wenn überhaupt, dann da.«

An die hundert Personen würden im Saal sein. Journalisten aus aller Welt. Selbstverständlich alle überprüft und akkreditiert und nochmals überprüft. Und dennoch – je mehr Menschen anwesend waren, desto größer war die Gefahr, dass etwas schiefging.

Sönnchen sah auf die Uhr. »Um eins fängt sie an.«

Balke legte den Kopf in den Nacken und rieb sich die müden Augen. »Wir haben noch vier Stunden, um die Welt zu retten.«

»Was ich mich die ganze Zeit frage«, sagte Evalina Krauss langsam. »Wieso kommt sie her, um diesen Minister umzubringen? Wieso nicht schon vor fünf Jahren oder vor zehn? Wieso ausgerechnet jetzt?«

»Ich glaube, ich habe letzte Nacht die Antwort auf Ihre Frage gefunden.«

Ich berichtete, was ich unter vielem anderem in Helenas Dateien gelesen hatte: Judith Landers hatte in Pakistan geheiratet, sechs Jahre nach ihrer Ankunft. Ihr Ehemann war ein Engländer namens Matthew Wollstonecraft. Sie hatte den Namen also nicht zur Tarnung angenommen, sondern trug ihn ganz offiziell. Nur ihren alten Vornamen hatte sie – vermutlich zur Tarnung – abgelegt. Als Mary Wollstonecraft hatte sie anfangs als Ärztin gearbeitet, obwohl sie ihr Medizinstudium nie beendet hatte. Auf eigene Faust war sie von Dorf zu Dorf gezogen, hatte geholfen, wo sie helfen konnte, und als Bezahlung genommen, was die Menschen zu geben imstande waren. Ihr Mann war die meiste Zeit in Peshawar geblieben und hatte von dort aus ein System zur Vermittlung von Mikrokrediten für Kleinstunternehmer und Bauern aufgebaut.

Rasch war der ehemaligen RAF-Terroristin klar geworden, dass ihre Patienten und Patientinnen niemals aus ihrem Elend herauskommen würden, solange die allermeisten nicht einmal lesen konnten. In den Gegenden, die sie besuchte, hatten schon Knaben Glück, wenn sie eine Schule besuchen durften. Bei Mädchen wurde Bildung als Verschwendung angesehen. So hatte sie begonnen, sich um den Aufbau von Mädchenschulen zu kümmern, in den Dörfern der Ebene und im Vorgebirge des Hindukusch. Wieder ganz auf sich gestellt, weder im Auftrag irgendwelcher Regierungen noch von NGOs. Ihr Mann hatte hin und wieder ein wenig Geld aufgetrieben, und jedes Mal, wenn genug zusammengekommen war, hatte sie – immer mit tatkräftiger Mithilfe der Bevölkerung – ein neues Schulgebäude gebaut, oft zunächst auch selbst unterrichtet und nebenbei Frauen aus den jeweiligen Dörfern zu Hilfslehrerinnen ausgebildet. In der Gegend rund um Peshawar waren sie und ihr Mann bestens bekannt und im Gegensatz zu den meisten anderen Ausländern hoch angesehen.

»Und die Taliban haben das geduldet?«, wunderte sich Balke. »Sprengen die nicht in Afghanistan reihenweise Mädchenschulen in die Luft?«

»Weil es ihr gelungen ist, das Vertrauen der Menschen zu erringen. Vor allem das der Dorfältesten und der Mullahs, ohne die da unten nichts geht.«

Ihre allererste Schule hatte sie zweitausendeins in einem Örtchen am Ufer des Swat gebaut, buchstäblich mit eigenen Händen. Bald hatte sie jedoch die Unterstützung von Frauen gefunden, von Müttern, die sie von ihrem Anliegen hatte überzeugen können. Bald waren Vertreter von Nachbarorten an die angebliche

Mary Wollstonecraft herangetreten mit der Bitte, auch ihnen zu helfen. Ihre Strategie war immer wieder gewesen, sich zunächst den Rückhalt der örtlichen Clanführer und Oberhäupter der wichtigen Familien zu verschaffen. Mit diesen zusammen wurde der Bauplatz festgelegt, die Größe der Räume, alles.

»Das ist das, was da unten häufig schiefläuft«, erläuterte ich meiner aufmerksamen Zuhörerschaft. »Da kommen irgendwelche Fremden daher, stellen irgendwas hin, ohne die Beglückten um ihre Meinung zu fragen, und verschwinden anschließend so schnell wieder von der Bildfläche, wie sie gekommen sind. Frau Landers hat für Nachhaltigkeit gesorgt, indem sie die Menschen mitgenommen hat.«

War eine Schule fertig und das Lehrpersonal ausgebildet, zog sie weiter. Zu Fuß oder – so hatte ich gelesen – in den letzten Jahren begleitet von einem Eselchen. Auf diese Weise hatte sie über die Jahre nicht weniger als vierzehn Schulen gegründet, die bis auf zwei alle noch in Betrieb waren. Die erste, die sie aufgebaut hatte, hatte die große Flut im vergangenen Sommer fortgeschwemmt. Eine andere hatte später eine Drohne der USA in Schutt und Asche gelegt, weil irgendjemand in Langley den Verdacht hegte, in dem Gebäude finde ein Treffen von Talibanführern statt. Bei diesem Angriff waren achtundzwanzig Mädchen ums Leben gekommen samt ihrer Lehrerin.

»Und warum hat sie jetzt auf einmal damit aufgehört?«, fragte Krauss. »Ich meine, anscheinend hat's ihr doch Spaß gemacht. Sie hat Erfolg gehabt. So was schmeißt man doch nicht einfach hin.«

»Dafür gibt es gleich mehrere denkbare Erklärungen. Vielleicht sind auch alle zusammen das Motiv für ihre Rückkehr. Erstens dieser Angriff der Amerikaner auf eine ihrer Schulen. Zweitens haben in den vergangenen Jahren auch die Amis dort unten angefangen zu bauen. Schulen, aber auch andere öffentliche Gebäude. Ihr Motiv ist allerdings weniger, den Leuten zu helfen, als den Taliban das Wasser abzugraben. Und drittens, und das ist in meinen Augen der entscheidende Punkt: Vor anderthalb Jahren ist in Peshawar eine öffentliche Bibliothek eingestürzt, bei einem Erdbeben. Das Gebäude hatte die HBC hingestellt, es war nicht mal ein Jahr alt. Natürlich haben sie nicht mit altmodischen Lehmziegeln gebaut und mit Holz und Stroh, sondern mit Beton. Das wäre an sich noch kein Problem gewesen, das Erdbeben war nicht besonders schwer. Aber sie haben ein bisschen zu sehr am Zement und an Armierungseisen gespart, obwohl sie sich streng an die örtlichen Bauvorschriften gehalten haben.«

»Dieser Drecksack hat doch wirklich überall auf der Welt seine fetten Finger im Spiel, wo Geld abzugreifen ist«, stöhnte Balke.

»Henderson hat ja wohl nicht persönlich den Befehl gegeben, schlechten Beton zu nehmen«, gab Krauss zu bedenken.

»In gewisser Weise doch«, widersprach ich. »Alle Niederlassungen weltweit haben Weisung von ihm persönlich, sich strikt an die jeweils lokal geltenden Bauvorschriften zu halten. Auch wenn man es besser weiß. Auch wenn in den USA andere Standards gelten. In Haiti, zum Beispiel, ist ein komplettes Hochhaus eingestürzt, das die HBC gebaut hatte. Hätte man nach amerikanischen oder europäischen Normen gebaut, würde es noch stehen.«

»Außerdem symbolisiert der Typ das System, das sie zeitlebens bekämpft hat«, fügte Balke nachdenklich hinzu. »Trotzdem, ich weiß nicht ... Reicht das wirklich, sein Leben wegzuschmeißen?«

»Es gibt noch einen dritten Grund«, sagte ich. »Und ich denke, das ist der entscheidende.«

Meine Zuhörer waren jetzt ganz still.

»In der eingestürzten Bibliothek in Peshawar fand zum Zeitpunkt des Bebens eine Vortragsveranstaltung statt für Gewerbetreibende und Kleinunternehmer. Es ging dabei um Mikrokredite. Matthew Wollstonecraft ist dabei ums Leben gekommen. Außerdem war unter den Toten eine gewisse Vivian Wollstonecraft. Sie war erst fünfzehn Jahre alt.«

»Sie hat ... Sie hatte eine Tochter?«, fragte Sönnchen mit runden Augen.

»Es war sein Kind, aus erster Ehe. Aber Judith Landers hat das Mädchen wohl sehr geliebt. Es hat Mom zu ihr gesagt.«

»Wieso verheimlicht uns Frau Guballa so wichtige Sachen?«, meinte Sönnchen grübelnd. »Ich versteh das nicht. Sie ist doch ... so nett. So harmlos. So ...«

»Ich denke, sie will sich selbst und ihren Kollegen in Wiesbaden irgendwas beweisen. Dort nimmt man sie schon lange nicht mehr ernst. Und nun will sie beweisen, dass sie die ganze Zeit recht gehabt hat. Dass sie nicht verrückt ist.«

»Dann sollte man die Dame schleunigst aus dem Verkehr ziehen«, meinte Balke.

»Darüber habe ich vergangene Nacht auch schon nachgedacht«, entgegnete ich. »Natürlich haben Sie recht. Natürlich ist sie nicht ganz zurechnungsfähig. Auf der anderen Seite ist sie der Mensch auf der Welt, der Judith Landers am ehesten erkennen wird.«

»Falls sie wirklich noch lebt. Falls sie wirklich in Heidelberg ist. Sie wird es nicht mal bis zur Tür des Tagungsraums schaffen«, war Balke überzeugt. »Es gibt zurzeit wenige Orte auf der Welt, die besser bewacht werden.«

»Hoffen wir, dass Sie recht haben«, sagte ich. »Hoffen wir, dass wir nichts Entscheidendes übersehen haben. Hoffen wir, dass Kollegin Guballa im Fall des Falles ihren Job trotz allem gut macht.«

»Und jetzt?«, fragte Evalina Krauss. »Wie geht's jetzt weiter?«

»Jetzt machen wir Folgendes«, sagte ich und beugte mich vor.

53

Noch waren die Türen verschlossen. Die Pressekonferenz würde erst in einer Stunde beginnen. Die meisten der Journalisten waren jedoch schon da, lungerten in Grüppchen im Foyer herum und ließen sich mit Fingerfood und alkoholfreien Getränken bewirten. Man kannte sich, man tratschte, es wurde gelacht. Derweil wurde der Sitzungssaal, wo in Kürze das medienwirksame Finale der Wirtschaftsgespräche beginnen würde, ein letztes Mal von Sprengstoffspürhunden abgeschnüffelt. Techniker testeten Mikrofone und Beleuchtung. Wasserfläschchen wurden bereitgestellt, leere Gläser ein letztes Mal poliert. Die zwei Stühle auf dem Podium wurden säuberlich in eine Reihe gerückt und dreimal korrigiert. Allerletzte Staubkörnchen wurden vom unter einer dunkelblauen Decke verborgenen Tisch gepustet. Diese Decke hing vorne bis zum Boden herab, und nur wenige wussten, dass sich dahinter eine massive Stahlplatte befand. Das verminderte die Trefferwahrscheinlichkeit im Fall eines Angriffs mit Schusswaffen oder Splitterbomben enorm, da es den verletzungsgefährdeten Teil der am Tisch sitzenden Personen halbierte. Zudem bot die unsichtbare Panzerplatte einen guten Schutz, wenn man sich im Krisenfall einfach vom Stuhl fallen ließ. Zwei Meter hinter dem Tisch hing ein sandfarbener schwerer Vorhang, an dem in fünf Meter Höhe ein riesiges Banner befestigt war: *German – American Economic Talks, Heidelberg.* Hinter diesem Vorhang würde es während der Pressekonferenz von bewaffneten Sicherheitskräften wimmeln, die bei Bedarf in zwei Sekunden bei ihren jeweiligen Schützlingen sein konnten, um diese je nach Situation hinter den Vorhang oder zu Boden zu reißen.

Am Tisch würden nur zwei Personen sitzen: Ron Henderson und sein deutscher Amtskollege. Beide würden zu Beginn ein jeweils fünfminütiges Statement abgeben, der Gast zuerst. Anschließend durften zwanzig Minuten lang Fragen gestellt werden. Schließlich würde man sich erheben und ein letztes Mal kräftig und freundschaftlich und äußerst telegen Hände schütteln.

Und dann würde es überstanden sein und Mister Henderson kurz darauf und hoffentlich unbeschädigt in seinem Helikopter davonschweben. Allzu gut gelaunt würde er allerdings nicht sein. Die Gespräche waren aus Sicht unserer transatlantischen Freunde kein Erfolg gewesen, schnappte ich im Überwachungsraum auf. Die deutsche Delegation hatte geschickt taktiert, sich immer dann, wenn es brenzlig wurde, wenn die Forderungen der Gegenseite ultimativ wurden, hinter Brüssel und EU-Regelungen verschanzt. Aber natürlich würde Henderson nicht mit leeren Händen abreisen. Einige Zugeständnisse hier, eine Senkung der Zölle auf amerikanisches Getreide dort. Er sollte ja nicht als Versager in Washington landen. Aber auch nicht als der strahlende Held, der er sicherlich gerne gewesen wäre.

Unter meiner Achsel drückte die ungewohnte Dienstwaffe, die ich seit meinem letzten Schießtraining im April nicht mehr benutzt hatte. Ihr Gewicht gab mir ein Gefühl von Sicherheit. Ein trügerisches Gefühl, denn was würde mir die Waffe im Fall des Falles nützen, hier im Überwachungsraum mit all den Monitoren?

Noch eine halbe Stunde.

Balke und Krauss befanden sich seit Stunden außerhalb des Hotels und versorgten jeden und jede, die etwas mit der Sicherheit zu tun hatte, mit Fotomontagen von Judith Landers. Fotomontagen mit verschiedenen Haarfarben und -längen. Inzwischen hatte sich meine Sorge wieder ein wenig verflüchtigt, und ich musste Keith Sneider recht geben, der auf meine Neuigkeiten gelassen reagiert hatte. Er glaubte nicht an eine Bedrohung durch Einzelgänger. Er glaubte an große Kaliber, an Boden-Boden-Raketen oder vom Himmel fallende Flugzeuge. Aus seiner Sicht war alles getan. Die kleinlichen Spinnereien der deutschen Polizei akzeptierte er mit einem Lächeln.

Auf dem linken der drei Monitore entdeckte ich Helena im minütlich dichter werdenden Gewühl des Foyers. Mit angespannter Miene schlenderte sie herum, betrachtete unauffällig die anwesenden Personen, nickte hier und da jemandem freundlich zu, und manche nickten sogar zurück. Wieder einmal musste ich an Mao denken: der Fisch im Wasser. Genauso bewegte sie sich.

Inzwischen waren die Sprengstoffhunde verschwunden, sah ich auf den anderen Monitoren, und man hatte die Kameraleute eingelassen, jeweils begleitet von einem Techniker und bewacht von zwei Sicherheitskräften, damit sie ihre Gerätschaften aufbauen und Kabel ziehen konnten. Die Zeit dafür war bewusst knapp bemessen. Selbstverständlich hatte jede Kamera, jede Kabeltrommel und jeder Metallkoffer zuvor ein Durchleuchtungsgerät passiert, das in einem Nebenraum wichtig vor sich hin brummte. Was keinen der knallgrünen Aufkleber trug, kam nicht durch die Tür. In einem Fall geschah das tatsächlich, beobachtete ich. Ein Koffer musste zurück, wurde geöffnet und durchwühlt. Alles, was sich auch nur halbwegs als Versteck für Gefährliches eignete, wurde durchleuchtet, beschnüffelt, betastet und geschüttelt.

Allmählich füllten sich die Stuhlreihen. Die Sitze waren nummeriert, die dazu gehörenden Einlasskärtchen persönlich zugeordnet. Der Schwachpunkt war in meinen Augen, dass kein Mensch sämtliche Journalisten und Journalistinnen persönlich kennen konnte, die natürlich nicht nur aus Nordamerika und Deutschland, sondern aus aller Welt angereist waren. Auch die beste Überwachungskamera und die raffinierteste Gesichtserkennungssoftware konnte irren. Es war gewiss schwierig, aber doch

nicht völlig unmöglich, jemanden, der über eine Einlasskarte verfügte, aus dem Verkehr zu ziehen und durch eine Doppelgängerin
zu ersetzen. Natürlich standen vor den Türen Metalldetektoren,
wie man sie von den Flughäfen kannte. Natürlich war es vollkommen unmöglich, dass dort drin jetzt noch eine Waffe versteckt war oder ein Sprengstoffpaket. Und dennoch waren meine
Hände feucht und klopfte mein Herz zu schnell.

Noch eine Viertelstunde.

Die Tür öffnete sich lautlos. Helena trat ein, nickte mir kaum
merklich zu und lächelte ihr scheues Lächeln.

Zusammen mit ihr trat ich näher an die Monitore heran.
Gemeinsam besahen wir uns die anwesenden Frauen, baten die
davor sitzende Technikerin, einzelne Gesichter heranzuzoomen.
Viele waren zu jung, um Judith Landers sein zu können, manche
zu alt. Gleich in der ersten Reihe saß eine Matrone mit mächti-
gem Busen, eine Amerikanerin, deren Gesicht ich aus dem Fernsehen kannte. Sie war schon weit über sechzig und mit Sicherheit
unverdächtig. Helena machte mich auf eine Frau mittleren Alters
in der fünften Reihe aufmerksam, die sich auffallend klein machte
und es krampfhaft vermied, in eine unserer Kameras zu blicken.
Sichtlich nervös blätterte sie in einem großen und ungewöhnlich
dicken Notizbuch. Aber auch dieses war natürlich durchleuchtet
und aufgeblättert worden, bevor es die Tür hatte passieren dürfen.

Als wir alle Frauen durchhatten, nahmen wir uns die Männer
vor.

Noch sieben Minuten.

Plötzlich richtete Helena sich auf und sah mir ins Gesicht.

»Ich gehe jetzt hinein«, sagte sie mit vor Anspannung heiserer
Stimme. »Und ich würde gerne meine Waffe mitnehmen.«

Ich war zu überrascht, um sofort zu reagieren. Die einzigen
Waffen dort drin befanden sich hinter dem sandfarbenen Vorhang.

»Wenn etwas geschieht«, fuhr sie eindringlich fort, »wenn sie
es trotz allem in den Saal schaffen sollte, dann geht es um Sekunden. Um Bruchteile von Sekunden vielleicht.«

Noch sechs Minuten.

Ich packte sie am Unterarm und führte sie zu Keith Sneider, der
neben von Lüdewitz entspannt plaudernd und sichtlich gut ge-

launt im Hintergrund stand. Für die beiden war die Sache gelaufen. Sie hatten die Wirtschaftsgespräche bereits als Erfolg abgehakt. Ich erklärte Sneider Helenas Anliegen.

»Und Sie glauben allen Ernstes, dass diese Frau Landers immer noch am Leben ist?«, fragte von Lüdewitz mit diskret amüsiertem Blick. »Und dass sie außerdem irgendwie da reinkommt? Noch dazu bewaffnet? Das glauben Sie wirklich im Ernst?«

»Ich glaube es nicht«, entgegnete Helena ruhig. »Aber ich kann es nicht ausschließen.«

»Die Kollegin könnte uns im unwahrscheinlichen Fall des Falles die entscheidende Sekunde verschaffen«, gab ich halbherzig zu bedenken.

»Well«, sagte Sneider und sah auf seine elegante Armbanduhr. »From my side no problem.«

Helena nickte mir dankbar zu und eilte mit kleinen Schritten davon.

Augenblicke später sah ich sie auf den Monitoren den Raum betreten und neben der zweiten Stuhlreihe im Schatten einer Säule Position beziehen.

Dann wurden die großen Doppeltüren geschlossen, der letzte Akt der großen Show konnte beginnen.

54

Die beiden Minister betraten gemeinsam die Bühne von der linken Seite, gingen gemessenen Schrittes und lebhaft scherzend an ihren Tisch, nahmen Platz, nickten sich freundschaftlich zu, sahen erfreut ins Publikum. Der deutsche Minister hieß die Anwesenden herzlich willkommen, freute sich, dass sein Freund Ron Henderson die weite Reise nach Heidelberg auf sich genommen hatte, verlor ein paar nette Worte über die Stadt und das Hotel. Dankte am Ende sogar den ungezählten Polizistinnen und Polizisten, die für die bei solchen Gesprächen unter Freunden unabdingbare Ruhe gesorgt hatten. Dann erteilte er Henderson das Wort. Der strahlte, als hätte er eben erst von einem Lottogewinn erfahren. Er strahlte mit einer Begeisterung in den Saal, dass man unmöglich glauben konnte, seine Herzlichkeit könnte nur gespielt sein.

Ron Henderson begann sein Statement mit einem Scherz, den ich nicht verstand, der im Saal jedoch für dankbares Gelächter und vereinzelten Beifall sorgte. Er rühmte die deutsch-amerikanische Freundschaft, die schon so viele Stürme und Unwetter überstanden hatte, lobte Deutschland als eine der großen Wirtschaftslokomotiven der Welt, bewunderte die deutschen Arbeitnehmer für ihren Fleiß und ihre Sparsamkeit. Dann wurde sein Strahlen ein wenig schwächer, und er begann, genau diese Sparsamkeit infrage zu stellen. Amerikaner seien es gewesen, die in der Vergangenheit mit ihrer Konsumfreudigkeit auf Pump die Weltkonjunktur am Brummen gehalten hätten. Die USA seien es gewesen, die Jahr für Jahr mehr importiert als exportiert und in China und, nun ja, ein klein wenig auch in Deutschland Arbeitsplätze gesichert hätten.

Henderson sprach langsam und ruhig, mit einer von tief innen kommenden Selbstsicherheit und in einem Englisch, das auch ich problemlos verstand. Aus diesen Gründen fand er es nur recht und billig, wenn jetzt, wo es in den USA vorübergehend nicht ganz so gut lief, Länder wie China und, nun ja, vielleicht auch Deutschland ihre Konjunktur ankurbelten, ihren Konsum befeuerten, endlich mehr importierten, vielleicht auch aus den United States of America.

Dann nickte er seinem »dear friend« zu, das Strahlen jetzt wieder auf höchster Stufe, der strahlte zurück und beugte sich zum Mikrofon, das jedoch ein wenig zu weit von seinem Mund entfernt stand. Aber schon war jemand da, um den kleinen Fehler zu korrigieren. Der Minister überbrückte die kurze Irritation mit einem Scherz, den ich wieder nicht verstand und der im Saal für brüllendes Gelächter sorgte.

Das Statement des Gastgebers bestand aus voller Zustimmung gemischt mit viel Ja-Aber. Jedes einzelne von Hendersons Argumenten zerpflückte er, nachdem er es zunächst für grundsätzlich richtig befunden hatte. Selbstverständlich werde Deutschland seine Freunde nicht im Regen stehen lassen, nachdem die USA Deutschland erst befreit, dann so lange unterstützt und beschützt und am Ende sogar die deutsche Wiedervereinigung …

Helena stand immer noch im Halbschatten der Säule und schien sich in den letzten Minuten keinen Millimeter bewegt zu haben. Die Damen und Herren von der Presse machten sich eifrig Notizen. Laptops, iPads und Fotoapparate waren aus Sicherheitsgründen nicht erlaubt. Die dicke Amerikanerin in der ersten Reihe hatte einen schlaksigen Adjutanten neben sich, der das Mitschreiben erledigte. Sie schien ein wenig unter Atemnot zu leiden. Ständig fummelte sie am Kragen ihrer tannengrünen Bluse herum. Die Ansprache des deutschen Ministers wurde synchron ins Englische übersetzt. Eine Übersetzung vom Englischen ins Deutsche war dagegen nicht vorgesehen und wohl auch nicht notwendig.

Nun durften Fragen gestellt werden.

Die dicke Amerikanerin hob als Erste die Hand. Eine junge, drahtige Frau huschte mit einem Mikrofon in der Hand zu ihr. Ich hätte nicht sagen können, woher sie gekommen war, und das beunruhigte mich. Wie viele Menschen gab es dort drin, die hinter irgendwelchen Vorhängen auf ihren Einsatz warteten? Hatte man die alle …?

Natürlich hatte man. Und zwar mehr als einmal.

Ich begann, Gespenster zu sehen.

Ein Blick zur großen, lautlos tickenden Uhr an der Wand: In siebzehn Minuten würde es vorbei sein. Und keine Judith Landers weit und breit. Die Pistole unter meiner Achsel drückte.

Ich achtete weder auf die Frage der Dicken noch auf die knappen und freundlichen Antworten der beiden mächtigen Männer hinter ihrem unsichtbar gepanzerten Tisch.

Hendersons stärkste Waffe war sein Charme, seine faszinierende Präsenz. Die Taktik seines deutschen Amtskollegen war das genaue Gegenteil. Er machte sich klein und harmlos. Dadurch war er schwer angreifbar. Die Frage der Dicken schien kritisch gewesen zu sein, eine Steilvorlage für Henderson, welche dieser elegant aufnahm, die dann aber am harmlosen Lächeln des Deutschen abprallte. Da drinnen waren Schauspieler am Werk, wurde mir bewusst. Die meisten Politiker waren vermutlich viel intelligenter, als sie sich in Fernsehinterviews und Ansprachen ans Volk gerne gaben.

Im Saal weiterhin alles friedlich.

Noch zehn Minuten.

Bald. Bald war es vorbei.

Andererseits, was konnte in sechshundert Sekunden nicht alles geschehen? Außerdem würde die Pressekonferenz mit Sicherheit länger dauern als geplant. Es gab noch so viele Wortmeldungen, so viele Fragen und oft nervtötend weitschweifige Antworten. Als der deutsche Wirtschaftsminister eine Journalistenfrage einmal nicht mit einem wortreichen Statement, sondern mit einem schlichten »No« und spitzbübischem Grinsen beantwortete, erntete er lautstarke Heiterkeit und tosenden Beifall.

Drinnen schien es inzwischen heiß geworden zu sein. Die vielen Menschen, die Scheinwerfer … Die Dicke in der ersten Reihe litt jetzt offensichtlich unter regelrechter Atemnot. Ihr Busen wogte, immer öfter wischte sie sich die Stirn mit einem karierten Holzfällertaschentuch. Hoffentlich hielt sie durch. Wieder huschte jemand zu ihr, dieses Mal jedoch nicht mit einem Mikrofon, sondern mit einem Glas Wasser, das sie mit winzigen Schlucken leerte. Dann lehnte sie sich aufatmend zurück. Der Jetlag, fehlender Schlaf, ungewohntes Essen, das setzte auch Jüngeren zu.

Wieder gab es Grund für Gelächter.

Helena schien im Stehen eingeschlafen zu sein.

Eine Journalistenfrage löste eine kurze, freundschaftliche Diskussion am Podium aus. Henderson sah so auffällig unauffällig auf die Uhr, dass allen im Raum klar wurde, die Veranstaltung würde wider Erwarten pünktlich zu Ende gehen. Sein Kollege dagegen spielte auf Zeit. Seine Antworten wurden immer länger und weitschweifiger. Die Damen und Herren im Publikum durchschauten seine Taktik, versuchten ihn mit Zwischenrufen zu unterbrechen, die er geschickt aufnahm, um seine Antworten noch ein wenig länger zu machen.

Auch auf seiner Stirn perlte jetzt Schweiß, konnte ich auf dem Monitor sehen, als sein Gesicht vorübergehend herangezoomt wurde. Selbst Henderson hatte inzwischen einiges von seiner Strahlkraft eingebüßt. Dort drinnen tobte ein Kampf. Hinter den leutseligen Fassaden der Politiker verbargen sich glasharte Profis, die sich vor der Öffentlichkeit der Welt ein Duell mit unsichtbaren Waffen lieferten.

Jetzt war Henderson wieder an der Reihe. Noch einmal betonte er, und dieses Mal mit tiefem Ernst und bebendem Pathos, dass zu einer Freundschaft, so eng und ausdauernd wie die zwischen dem schönen und fleißigen Deutschland und dem schönen und mächtigen Amerika, dass eine solche Freundschaft immer auf Leistung und Gegenleistung beruhe. Dass auch die innigste Freundschaft einmal in die Brüche gehen konnte, sagte er nicht, aber jeder im Raum dachte sich diesen Teil dazu.

Allmählich wurde die Journaille müde. Auch Helena fuhr sich immer öfter mit der flachen Hand über die Stirn. Mein Handy surrte.

Sönnchen: »Herr Gerlach, ich hab da was rausgefunden, was Sie ...«

Die Dicke in der ersten Reihe sackte unvermittelt in sich zusammen. Jemand rief etwas, vermutlich ihr Adjutant, der ihr auch schon Luft zufächelte. Aus den Lautsprechern drangen aufgeregte Stimmen.

»Jetzt nicht«, sagte ich ins Handy und drückte das Gespräch weg.

Eine Stimme aus dem Funk, auf Deutsch: »Sani! Reihe eins! Dringend!«

Hinten flogen die Türen auf, sah ich auf dem Monitor, ein kleiner, offenbar topfitter Notarzt stürzte herein, begleitet von einem älteren und einem noch recht jungen Sanitäter, jeder mit einem großen Metallkoffer in der Hand.

Manche im Publikum sprangen auf, um zu sehen, was da vorne vor sich ging.

Mein Herz klopfte jetzt zum Zerspringen. Was da drin geschah, war nicht geplant. Und alles, was nicht geplant war, war nicht gut. Ich konnte keine Sekunde länger bleiben, wo ich war. Bevor ich einen klaren Gedanken fassen konnte, war ich schon im Tagungsraum, mitten in der stickigen Hitze, durch dieselbe Tür, die der Notarzt genommen hatte und die noch halb offen stand.

Die Retter waren inzwischen an Ort und Stelle angekommen, die Patientin, die anscheinend hyperventilierte, lag schon auf dem weichen Teppichboden, die Situation war unter Kontrolle. Das Publikum nahm nach und nach wieder Platz. Die Minister auf dem Podium sahen halb amüsiert, halb erschrocken zu. Koffer wurden aufgeklappt, der Arzt setzte mit schnellen und zugleich gelassenen Bewegungen eine Spritze, gab seinen Helfern knappe, für mich nicht hörbare Anweisungen.

Inzwischen stand ich ein wenig atemlos vor der ersten Stuhlreihe und wusste nicht mehr, wozu ich eigentlich gerannt war.

Gerade wurde ein weiterer Koffer geöffnet, der ältere der beiden Sanitäter richtete sich auf und hielt plötzlich eine Waffe in der Hand.

Noch stand er mit dem Rücken zum Podium.

Aber nur für den Bruchteil einer Sekunde.

Dann machte er eine Drehung um hundertachtzig Grad, federte in die Knie wie jemand, der im Schießen geübt ist.

Der erste Schuss fiel, bevor ich auch nur die Hand unters Jackett hatte schieben können. Schreie im Publikum. Auf dem Podium regte sich nichts. Der Sanitäter war getroffen, sackte in die Knie, seine Waffe flog irgendwohin, so weit, dass er sie in keinem Fall noch erreichen würde.

Der Schuss war aus einer Waffe hinter mir gefallen, wurde mir mit einer Verzögerung von vielleicht einer halben Sekunde bewusst. Ich fuhr herum, in der Hand endlich meine Heckler & Koch.

Fünf Schritte hinter mir stand Helena, einen schweren Revolver mit beiden Händen immer noch auf den Menschen am Boden gerichtet, die Augen weit, der Blick verständnislos, vielleicht sogar ein wenig irre.

Orientierungslos.

Überall wurde jetzt geschrien. Menschen sprangen auf, drängten, flüchteten. Hinter dem sandfarbenen Vorhang hechteten Männer hervor. Helena ließ ihre Waffe immer noch nicht sinken. Sie schien erstarrt zu sein im Schrecken darüber, was sie getan hatte.

Nein, nun kam doch Bewegung in sie. Sie schwenkte den Lauf ihrer Waffe in Richtung Podium, hob ihn eine Winzigkeit an.

Was macht sie da? Sie ist doch …?

Zwei Schüsse knallten fast gleichzeitig, einer davon aus meiner Waffe, die hart zurückschlug. Noch mehr Schreie, Getrampel, Panik. Ich wurde angerempelt, taumelte, sah Helena in sich zusammenfallen. Ich hatte geschossen. Ich hatte sie getroffen. Die falsche Frau. Oder doch nicht?

Hatte sie nicht auf Henderson gezielt und ...? Sie war aber doch ...

Ich konnte nichts denken in all dem Geschrei und Gerenne. Aber ich konnte laufen. Mit wenigen Schritten war ich bei ihr.

Blut. Überall.

Ich kniete nieder, bettete, um irgendetwas zu tun, Helenas Kopf auf meine Oberschenkel. Sie lebte! Sie öffnete die Augen, lächelte mich an. Mich, den Mann, der auf sie geschossen hatte. Ohne Vorwurf. Dankbar fast.

Jemand stieß mich unsanft zur Seite. Der Arzt, so blass, wie die dicke Amerikanerin eben noch gewesen war, fummelte hektisch an Helena herum, rief etwas, was ich wegen des Dröhnens in meinen Ohren nicht verstehen konnte. Helena hatte die Augen jetzt wieder geschlossen. Empörend grob und rücksichtslos sprang er mit ihr um. Er riss sie hoch, schon lag sie auf einer Trage. Ich setzte mich auf den weichen Boden, rutschte zur Seite, um nicht im Weg zu sein.

Ich hatte geschossen. Und ich hatte sie getroffen. Wer hatte zuerst abgedrückt? Sie oder ich? Auch auf der Bühne war jetzt große Aufregung, natürlich. Die Minister schienen wohlauf zu sein, wurden gerade hinter den Vorhang gezerrt. Jetzt erst? Wie viel Zeit war vergangen, seit Judith Landers ihre Waffe auf Henderson gerichtet und Helena ihren ersten Schuss abgegeben hatte? Eine Minute? Zwei? Auf meinen Hosenbeinen Blut. Viel zu viel Blut. Meine Oberschenkel waren nass von Helenas heißem Blut.

»Are you okay?«, hörte ich jemanden über mir sagen, der offenbar schon seit einer Weile an meiner Schulter rüttelte.

Ich nickte.

Mein Handy.

Wieder Sönnchen.

»Herr Gerlach, was ist denn da los, um Gottes willen? Wo sind Sie?«

»In der Hölle«, erwiderte ich mit einer Stimme, die mir selbst fremd war, und legte das Handy zur Seite.

Jemand begann, mich mit routinierten Bewegungen abzutasten. Rote Jacke, vermutlich ein anderer Notarzt. Oder derselbe. Wer weiß. Ein Licht blendete mich.

55

Sie sagen, ich hätte Henderson das Leben gerettet. Das ist aber nicht wahr. Inzwischen weiß ich, dass Helena schon abgedrückt hatte, als meine Kugel sie traf. In den Hals. Ich habe die Videoaufzeichnungen gesehen. Später. Wieder und wieder. Sie war nicht tot, als man sie wegschaffte. Auf dem Weg zur Klinik starb sie zweimal, wurde zweimal wiederbelebt. Als sie endlich die Notaufnahme erreichten, war nichts mehr zu machen.

Ich selbst kam auf einer Art Feldbett in dem Raum zu mir, wo sich die Ärzte und Sanitäter in Bereitschaft gehalten hatten, darunter auch Judith Landers, die Terroristin, als Sanitäter verkleidet, als Mann.

Ich erholte mich rasch. Irgendwann kam jemand mit einem alten Siemens-Handy und fragte, ob es vielleicht mir gehöre. Genau in dem Moment, als er es mir in die Hand drückte, rief Sönnchen zum dritten Mal an.

»Geht's Ihnen gut, Herr Gerlach?«, fragte sie aufgelöst. »Ich hab's im Radio gehört. Mein Gott, die arme Frau Guballa!«

»Ich habe sie erschossen«, sagte eine Stimme, die wohl meine war.

»Im Radio sagen sie, wenn Sie nicht geschossen hätten, dann hätte sie wahrscheinlich getroffen. Ihr Schuss ist ganz knapp vorbeigegangen. Sie hat einen von den Sicherheitsleuten hinter dem Vorhang getroffen. In die Schulter. Er ist aber nicht schlimm verletzt. Frau Landers, die Judith, die ist jedenfalls tot.«

Ich schwieg. Sie wollte glauben, dass ich der Retter war. Dass ich in Nothilfe geschossen hatte. Sie musste das glauben. Für sie schien ich so etwas wie ein Held zu sein. Für mich war ich – ja, was?

Solange ich auch grübelte, es fiel mir kein besseres Wort ein: ein Mörder.

Eine Gruppe dunkel gekleideter Männer rauschte herein. Mittendrin Ron Henderson. Es fiel mir noch ein wenig schwer, auf eigenen Beinen zu stehen, als er mir zum zweiten Mal viel zu kräftig die Hand drückte und sich bedankte. Der Mann wirkte, als hätte er nicht vor Minuten mit knapper Not gleich zwei Mordanschläge überlebt, sondern mit meiner Hilfe seine Brieftasche wiedergefunden. Als ich zweimal geschluckt hatte, waren sie schon wieder verschwunden.

»Herr Gerlach?«, hörte ich eine leise Stimme von irgendwoher.

»Sind Sie noch da?« Sönnchen, ach ja.

»Was ich Ihnen die ganze Zeit erzählen will«, sagte sie aufgeregt. »Ich weiß jetzt, wieso die Frau Guballa so hinter der Judith her gewesen ist. Sie erinnern sich, dass man die Judith dreiundneunzig im Hauptbahnhof von Aachen beinah verhaftet hätte?«

»Es hat Tote gegeben. Zwei Kollegen, nicht wahr?«

»Einer von den beiden hat Martin Guballa geheißen. Eine Kollegin, die auch dabei war, hat überlebt. Das war unsere Frau Guballa. Damals ist sie Oberkommissarin bei der Kripo gewesen, und die beiden waren erst ein paar Wochen verheiratet. Zu dem Zeitpunkt war sie im dritten Monat schwanger.«

»Sie hat ein Kind?«, fragte ich zutiefst erschrocken und mit dem Bild eines Babys vor Augen, das nun durch meine Schuld als Vollwaise aufwachsen würde. Im nächsten Moment wurde mir klar, dass dieses Kind inzwischen erwachsen sein musste.

»Sie hat es verloren«, fuhr Sönnchen fort. »Sie hat dann lang nicht wieder arbeiten können. Die Psyche, hat's geheißen, sie hat einen Knacks gehabt. Später hat sie noch mal ein paar Monate Innendienst gemacht. Dann ist sie weg von der Polizei und hat angefangen, Psychologie zu studieren.«

Ich saß auf einmal wieder auf meiner Pritsche. Um mich herum wurde aufgeräumt. Gerätschaften und silbern glänzende Koffer wurden hinausgetragen. Mich beachtete niemand.

»Herr Gerlach?«, sagte Sönnchen.

»Ja?«

»Haben Sie eigentlich eine Erklärung dafür, dass sie auf den Amerikaner geschossen hat?«

Ja, die hatte ich. Ich hatte es schon in jener lange vergangenen Sekunde gewusst, als sie sich plötzlich zum Podium hindrehte. Der Abend im Essighaus, der zweite, als wir uns zu nah gekommen waren. Ich sah ihr ernstes Gesicht vor mir, als wäre es gestern gewesen. »Man darf sich nicht zu sehr einlassen«, hatte sie gesagt. »Wenn man sich zu lange mit einem Menschen beschäftigt, dann fängt man am Ende noch an, zu denken wie er.«

Meine Kraft kehrte allmählich zurück. Ich stand versuchsweise auf. Jemand nickte mir dankbar zu und klappte mit wenigen Handgriffen das Feldbett hinter mir zusammen. Ich verabschiedete mich von Sönnchen, trat ins jetzt fast menschenleere Foyer hinaus, blinzelte ins helle Licht, atmete tief durch, ging ein paar Schritte auf und ab, betrat schließlich den Überwachungsraum. Sneider kam mir entgegen, drückte meine Hand, schlug mir auf die Schulter wie ein Sportsfreund, ersparte mir salbungsvolle Worte.

Mithilfe der Videoaufzeichnungen hatten sie inzwischen rekonstruiert, wie die Sache abgelaufen war. Etwa eine Viertelstunde vor Beginn der Pressekonferenz war der ältere, hagere Sanitäter im Foyer aufgetaucht, hatte sich, beobachtet von zwei beifällig grinsenden Securitymännern, ein paar Häppchen vom Büfett stibitzt, war beim Weggehen mit der dicken Amerikanerin zusammengeprallt, hatte sich wortreich entschuldigt, ihr einige Krümel vom Ärmel gewischt und dabei vermutlich etwas ins Saftglas fallen lassen.

Wir sprachen darüber, dass Judith Landers nicht die geringste Chance gehabt hätte, lebend aus dem Hotel herauszukommen. Wir stimmten darin überein, dass sie dies in Kauf genommen hatte. Dass sie ihren eigenen Tod in Kauf genommen hatte. Auf Sneiders Frage, was um Himmels willen denn wohl in meine Kollegin gefahren sei, zuckte ich nur die Achseln.

Von draußen hörte ich stark gedämpft und rasch leiser werdend das Geräusch eines Hubschraubers.

56

Am nächsten Vormittag las ich Jonas Jakobys Tagebuch zu Ende, nachdem mich noch tausend Menschen zu meiner Heldentat beglückwünscht hatten. Das Ende war so bedrückend banal. Der Tod ist oft so enttäuschend langweilig. Das Schlimmste, was einem Menschen zustoßen kann – ein blöder Irrtum, ein dummes Missverständnis.

Jakoby war es an jenem Abend gelungen, Judith Landers fast

bis zu dem Haus zu folgen, wo ihre Helfer sich eingenistet hatten, wo vielleicht auch sie selbst eine Weile hatte wohnen wollen. Helena hatte ja mehrfach betont, die Terroristin habe immer mit Netz und doppeltem Boden geplant. Erst zwei Kilometer von dem Haus entfernt hatte Jakoby die Terroristin aus den Augen verloren, als er von Beierlein angehalten wurde, dem übereifrigen Polizisten.

Nach über einer Stunde und endloser Sucherei im strömenden Regen hatte er sie schließlich wiedergefunden beziehungsweise ihr Rad, das neben der Tür an der Wand lehnte. Er war zu dem Haus geschlichen, hatte durchs Fenster gespäht. All das schilderte er haarklein, geradezu detailversessen. Vielleicht, weil er sich später, beim Aufschreiben, selbst von irgendetwas hatte überzeugen müssen.

Im Inneren des Hauses hatte er die geheimnisvolle Frau gesehen, die beiden Männer, einer davon Peter von Arnstedt, das Ziel seiner unerwiderten Liebe. Die drei waren bester Stimmung gewesen, hatten getrunken, die Männer reichlich, die Frau nur symbolisch.

Auf dem Tisch hatten Kerzen gebrannt.

Jakoby mutmaßte, jemand habe an dem Tag Geburtstag gefeiert. Ich prüfte es nach, aber es stimmte nicht. Judith Landers war an Heiligabend geboren, von Arnstedt im Mai und Prochnik Anfang Juli. Dann waren sie vorübergehend ernst geworden, hatten kurz etwas anhand einer Zeichnung auf dem Tisch besprochen, diskutiert, und nach etwa einer Dreiviertelstunde hatte die Terroristin sich plötzlich verabschiedet. Man hatte sich herzlich umarmt.

Als sie draußen war, hatten die Männer sich noch einmal umarmt, zu innig, nach Jakobys Geschmack, entschieden mehr als freundschaftlich. Jakoby hatte vor Schreck ein Geräusch gemacht. Er war entdeckt und unter großer Verwunderung und lautem Gelächter ins Haus gezerrt worden. Die beiden anderen waren schon ziemlich angetrunken gewesen. Peter von Arnstedt hatte anfangs nicht verstanden, weshalb der späte und völlig durchnässte Überraschungsgast so aufgelöst war. Als Jakoby endlich mit dem Grund seiner Neugier herausrückte, hatte er schallend zu lachen begonnen.

Was weiter geschah, konnte selbst der Täter nicht mehr exakt rekonstruieren. Plötzlich hatte er etwas in der Hand gehalten, etwas Schweres, und hatte einfach zugeschlagen. Ohne Warnung. Ohne Plan. Von Arnstedt war umgekippt, Jürgen Prochnik war zurückgewichen, hatte Jakoby angebrüllt, die Arme schützend über den Kopf gehoben. Es hatte ihm jedoch nichts genützt.

Den Rest hatte Jakoby wie in Trance erledigt, im Fieberwahn einer zerstörten Hoffnung, einer enttäuschten Liebe. Der Propangasherd in der Küche, ein roter Schlauch. Das Ventil der Gasflasche war nicht zugedreht gewesen, im Weglaufen hatte Jakoby noch das Zischen gehört.

Propangas ist schwerer als Luft. Es breitete sich am Boden aus und verhinderte, dass die beiden dort liegenden Männer wieder zu sich kamen.

Mehr und mehr Gas war ausgetreten.

Auf dem Tisch hatten Kerzen gebrannt.

Wolfgang Burger

Der fünfte Mörder

Ein Fall für Alexander Gerlach.
320 Seiten. Piper Taschenbuch

Beinahe wäre Kriminaloberrat
Gerlach Opfer eines Bomben-
anschlags geworden: Vor seinen Augen explodiert der Ge-
ländewagen eines bulgarischen
Zuhälters. Wenig später ereig-
nen sich weitere rätselhafte
Morde, und Gerlach kommt
der Verdacht, es könne sich ein
Bandenkrieg anbahnen. Als er
zu ermitteln beginnt, wird er
von oberster Stelle zurückge-
pfiffen. Ausgerechnet jetzt hat
der Heidelberger Kripochef
gute Gründe, sich ernsthafte
Sorgen um seine pubertierenden Töchter zu machen, und zu
allem Übel nimmt auch sein
Liebesleben eine unvorherge-
sehene Wendung.

Wolfgang Burger

Eiskaltes Schweigen

Ein Fall für Alexander Gerlach.
304 Seiten. Piper Taschenbuch

Fröstelnd steht Kriminalrat
Alexander Gerlach vor der Leiche von Anita Bovary. Die
Frau, die erstochen in ihrer
kleinen Wohnung aufgefunden
wurde, lebte isoliert, hatte weder Freunde noch Bekannte. Im
Umfeld der Toten stößt er auf
mehr und mehr Ungereimthei-
ten, doch jede Spur führt in eine
Sackgasse. Erst als eine zweite
Leiche gefunden wird, fügen
sich die Indizien zum alarmie-
renden Bild. Gerlach beginnt zu
fürchten, dass es noch mehr
Opfer geben könnte. Es kommt
jedoch noch sehr viel schlimmer, denn er hat ein wichtiges
Detail übersehen …

»Wolfgang Burger steht für
spannende und gefühlvolle Geschichten mit Grips und Witz.«
Mitteldeutscher Rundfunk

05/2704/01/L   05/2605/01/R

Wolfgang Burger
Echo einer Nacht
Ein Fall für Alexander Gerlach.
288 Seiten. Piper Taschenbuch

Schon seit Wochen ist der kleine Gundram wie vom Erdboden verschluckt. Kein Wunder, dass der Heidelberger Kriminalrat Gerlach unter Druck steht – die Eltern und die Medien erwarten endlich Erfolge, und auch die Staatsanwaltschaft wird immer nervöser. Da passt es ihm eigentlich gar nicht, dass seine Töchter ihm von einem weiteren möglichen Entführungsfall erzählen: In der Nachbarschaft einer Freundin soll ein kleiner Junge verschwunden sein. Immer mehr deutet darauf hin, dass es sich um einen Serientäter handelt. Ein Wettlauf mit der Zeit beginnt.

Wolfgang Burger
Schwarzes Fieber
Ein Heidelberg-Krimi. 288 Seiten.
Piper Taschenbuch

Eine bewusstlose Frau mit starken Kopfverletzungen, die in der Nähe von Heidelberg gefunden wird, gibt der Polizei Rätsel auf: Wer ist sie? Und weshalb wird sie von niemandem vermisst? Als sie aufwacht, stellt sich heraus, dass sie nicht sprechen kann. Kripochef Alexander Gerlach übt sich in Geduld, doch dann kommt es zu weiteren Mordanschlägen auf die Fremde. Erst als die Leiche eines Mannes aus Angola auftaucht, beginnt Gerlach die wahren Zusammenhänge zu erahnen, und ein gefährlicher Wettlauf mit der Zeit beginnt.

05/2447/01/L   05/2217/02/R

Wolfgang Burger
Heidelberger Wut
Kriminalroman. 272 Seiten.
Piper Taschenbuch

Als der eigenbrötlerische Seligmann von seiner Nachbarin als
vermisst gemeldet wird, hat
Kriminalrat Gerlach gerade
ganz andere Sorgen, hat er
doch einen noch immer unauf-
geklärten Bankraub auf dem
Tisch. Aber als man im Haus
des Vermissten Blutspuren entdeckt, wird Gerlach hellhörig.
Gibt es eine Verbindungslinie
zu dem Bankraub? Und welche
Rolle spielte Seligmann bei der
brutalen Vergewaltigung einer
Schülerin vor einigen Jahren?
Kein Wunder, dass bei all diesen Geschehnissen auch Ger-
lachs Privatleben wieder einmal Kopf steht – gerade jetzt,
wo die pubertierenden Zwillinge eigentlich seine Aufmerksamkeit dringend benötigen...

Wolfgang Burger
Heidelberger Lügen
Kriminalroman. 272 Seiten.
Piper Taschenbuch

Kriminalrat Gerlach hat sich in
Heidelberg eingelebt, und
eigentlich könnte sein Leben
endlich in ruhigeren Bahnen
verlaufen. Doch dann ver-
spricht er einer jungen Frau, deren Mann unter seltsamen Umständen bei einem Unfall ums
Leben kam, bei der Aufklärung
zu helfen. Gerlach vermutet ein
Eifersuchtsdrama, aber plötzlich taucht ein Aktenkoffer voller Geld auf, der offenbar dem
Toten gehört hat. Der sympathische Kriminalrat muss in
einem Fall ermitteln, der ihn
rund um die Uhr fordert, weshalb er wieder einmal zu wenig
Zeit für seine Zwillingstöchter
hat, die sich gerade zum ersten
Mal verliebten, leider in denselben Jungen...

05/2062/02/L   05/2216/02/R

Language	German
Author	Burger, W.
Title	Die Falsche Frau
Type	Fiction
ISBN	9783492272582